레버넌트

THE REVENANT

레버넌트
THE REVENANT

마이클 푼케 지음
최필원 옮김

오픈하우스

나의 부모님, 마릴린과 부치 푼케에게 바칩니다.

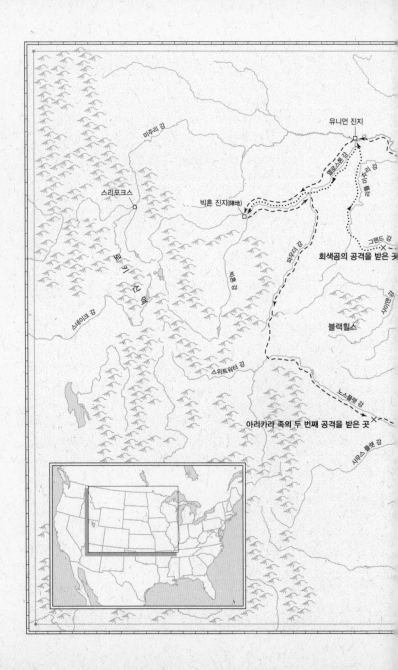

유니언 진지

미주리 강

옐로스톤 강

캐넌 볼 강

스리포크스

빅혼 진지(陣地)

파우더 강

빅혼 강

그랜드 강

회색곰의 공격을 받은 곳

로키 산 맥

스네이크 강

와이오밍

블랙힐스

스위트워터 강

노스플랫 강

아리카라 족의 두 번째 공격을 받은 곳

사우스 플랫 강

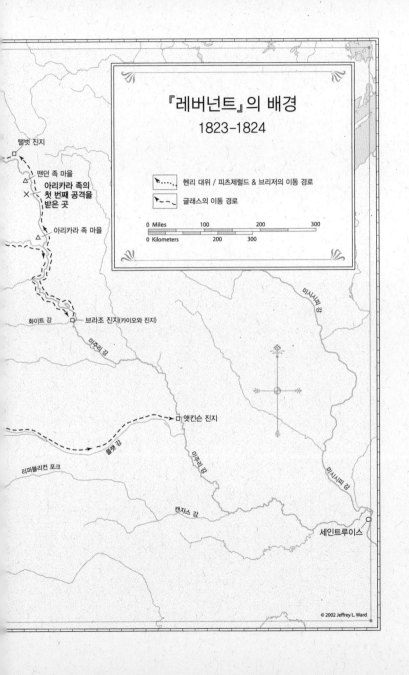

『레버넌트』의 배경
1823-1824

┌→ ····· 헨리 대위 / 피츠제럴드 & 브리저의 이동 경로
└← ─ ─ 글래스의 이동 경로

0 Miles   100   200   300
0 Kilometers   200   300

탤벗 진지

맨던 족 마을
아리카라 족의
첫 번째 공격을
받은 곳

아리카라 족 마을

화이트 강 ─ 브라조 진지(카이오와 진지)

미주리 강

미시시피 강

□ 앳킨슨 진지

리퍼블리컨 포크 플랫 강

미주리 강

캔자스 강

미시시피 강

세인트루이스

© 2002 Jeffrey L. Ward

너희가 친히 원수를 갚지 말고 하나님의 진노하심에 맡기라.
기록되었으되, 원수 갚는 것이 내게 있으니 내가 갚으리라고
주께서 말씀하시니라.

- 로마서 12:19

　그들은 그를 버려두고 떠나려 했다. 부상 입은 남자는 자신의 눈길을 피해 고개를 떨구는 소년을 보고 그것을 깨달을 수 있었다.

　지난 며칠간 소년은 늑대 털가죽 모자를 쓴 남자와 언쟁을 벌여왔다. '정말 며칠씩이나 됐나?' 고열과 극심한 통증에 시달려온 부상 입은 남자는 그것이 실제 상황이었는지, 아니면 자신의 혼미한 정신이 유발한 환청이었는지 갈피를 잡지 못했다.

　그가 빈터 위로 솟아 있는 암층을 올려다보았다. 용케도 표면을 뚫고 올라온 소나무 한 그루가 흉측하게 뒤틀린 채 서 있었다. 지겹도록 봐왔지만 신기하게도 나무는 볼 때마다 그 모습이 달랐다. 수직으로 뻗은 가지들 때문인지 꼭 십자가를 보는 듯했다. 그는 묵묵히 받아들이기로 했다. 자신이 봄 즈음에 그 빈터에서 죽게 될 거라는 것을.

　부상 입은 남자는 자신이 중심적인 역할을 하고 있는 현장에서 묘하게 동떨어진 기분을 느꼈다. 그는 잠시 생각해보았다. 만약 그들 입장이었으면 어떻게 했을지. 이곳에 남았다가 인디언 놈들과 맞닥뜨리면 모두 살아남지 못할 것이다. '나라면 저들을 위해 죽을 수 있을까? 어차피 저들이 죽은 목숨이라는 걸 알면서도?'

　"그들이 정말 개울로 오고 있어요?" 소년이 잠긴 목소리로 물었다. 그가 긴장할 때마다 들을 수 있는 소리였다.

　늑대 털가죽 모자를 쓴 남자가 몸을 숙이고 불 옆에 놓아둔 작은 고기 걸이를 살피다가 덜 말린 사슴고기 한 조각을 생가죽 주머니에 쑤셔 넣었

11

다. "여기 남아서 확인하고 싶어?" 피츠제럴드가 모닥불 앞으로 다가가 건조용 걸이에 남은 고기를 챙겨 담았다.

부상 입은 남자는 말을 해 보려 했다. 목구멍은 여전히 찢어질 듯 아팠다. 간신히 소리를 끄집어낼 수는 있었지만 상대가 알아들을 수 있는 말은 아니었다.

늑대 털가죽 모자를 쓴 남자는 못 들은 척하며 계속해서 짐을 꾸렸다. 소년이 돌아보며 말했다. "뭔가 할 말이 있나 봐요."

소년이 부상 입은 남자 옆에 한쪽 무릎을 꿇고 앉았다. 말이 나오지 않자 남자가 성한 쪽 팔을 들어 가리켰다.

"라이플을 달라고 하는 것 같아요." 소년이 말했다. "라이플을 갖다 줘야 할 것 같아요."

늑대 털가죽 모자를 쓴 남자가 빠르게, 하지만 조심스레 다가와 소년의 등짝을 냅다 걷어찼다. "빨리 움직이지 못해? 빌어먹을 놈!"

그가 부상 입은 남자 앞으로 성큼 다가갔다. 땅에는 얼마 되지 않는 남자의 소지품이 널브러져 있었다. 사냥 가방, 구슬로 장식된 칼집에 끼워진 칼, 손도끼, 라이플, 그리고 뿔 화약통. 부상 입은 남자가 무기력하게 지켜보는 가운데 늑대 털가죽 모자를 쓴 남자는 허리를 구부려 사냥 가방을 집어 들었다. 그러고는 그 안에서 찾아낸 부싯돌과 쇳조각을 자신의 가죽 튜닉 앞주머니에 쑤셔 넣었다. 뿔 화약통은 어깨에 걸쳐 맸고 손도끼는 넓은 가죽 벨트에 끼워 넣었다.

"지금 뭐하는 거예요?" 소년이 물었다.

남자는 다시 허리를 숙여 칼을 집어 들었다. 그러고는 그것을 소년 쪽으로 휙 던졌다.

"이건 네가 가져." 칼집을 받아든 소년은 잔뜩 겁에 질린 모습이었다. 이제 남은 것은 라이플뿐이었다. 늑대 털가죽 모자를 쓴 남자가 그것을 집

12

어 들고 장전 여부를 확인했다. "미안, 글래스. 이제 이런 것들은 자네에게 아무 쓸모가 없어졌잖아."

소년은 당혹스러움을 감추지 못했다. "우리가 이걸 다 가져가면 어떡해요?" 늑대 털가죽 모자를 쓴 남자가 살짝 고개를 들었다가 이내 숲 속으로 사라져버렸다.

부상 입은 남자가 소년을 올려다보았다. 소년은 남자의 칼을 손에 쥔 채 한동안 멍하니 서 있었다. 마침내 소년이 눈을 치켜떴다. 그가 무언가 말을 하려다 말고 휙 돌아서서 소나무 숲으로 달려 들어갔다.

부상 입은 남자는 그들이 사라진 나무 사이 틈을 빤히 바라보았다. 극에 달한 분노가 그의 온몸을 휘감았다. 솔잎으로 스며드는 불꽃처럼. 남자는 그들의 목을 졸라 잔인하게 죽이고 싶은 마음뿐이었다.

남자는 본능적으로 고함을 질렀다. 목구멍에서는 소리 대신 통증만이 터져 나왔다. 그가 왼쪽 팔꿈치로 땅을 짚고 상체를 세워보았다. 오른팔은 살짝 구부릴 수 있었지만 체중을 싣기에는 무리였다. 움직일 때마다 극심한 통증이 목과 등을 타고 온몸으로 전해졌다. 대충 봉합한 상처 주변의 피부가 팽팽히 당겨졌다. 남자는 자신의 다리를 내려다보았다. 꽉 묶어놓은 낡은 셔츠는 피로 흠뻑 젖어 있었다. 허벅지에는 힘이 들어가지 않았다.

남자는 가까스로 땅에 엎드렸다. 봉합한 상처가 뜯기면서 등이 피로 흥건히 물들었지만 통증은 격노의 파도 속에 파묻혀버렸다.

휴 글래스는 필사적으로 기어나가기 시작했다.

1부

1
1823년 8월 21일

"세인트루이스에서 저희 킬보트(keelboat, 화물 운송선-옮긴이)가 오고 있습니다, 무슈 애슐리. 곧 도착할 겁니다." 뚱뚱한 프랑스 남자가 차분하면서도 힘이 잔뜩 들어간 목소리로 말했다. "그 배에 실린 것들은 로키마운틴 모피회사에 기꺼이 팔겠지만…… 저희에게 없는 걸 무슨 수로 팔 수 있겠습니까."

윌리엄 H. 애슐리가 조잡하게 만들어진 테이블 위에 양철 컵을 거칠게 내려놓았다. 공들여 손질한 그의 회색 턱수염 안으로 턱 근육이 실룩거렸다. 기다림은 애슐리가 가장 경멸하는 것이었다. 이를 악문다고 쉬이 사그라질 분노가 아니었다.

카이오와 브라조라는 어울리지 않는 이름을 가진 프랑스 남자는 바짝 긴장한 얼굴로 애슐리를 지켜보았다. 애슐리가 카이오와의 외진 교역소를 친히 찾아주었다는 건 그에게 천재일우의 기회였다. 순탄한 사업을 위한 흔들림 없는 토대를 다져놓으려면 그와의 관계를 무난히 유지해야만 했다. 애슐리는 세인트루이스 재계와 정계의 저명인사였다. 그에게는 서부를 부흥하는 데 필요한 비전과 충분한 돈이 있었다. 애슐리는 그걸 '남의 돈'이라고 불렀다. 경박한 돈. 불안한 돈. 이 사업에서 저 사업으로 쉽게 넣었다 뺄 수 있는 돈.

두꺼운 안경을 쓴 카이오와의 눈이 가늘어졌다. 비록 시력은 좋지 않지만 그는 상대의 마음을 꿰뚫어 볼 수 있는 예리한 눈을 가지고 있었다. "허락해주신다면 배를 기다리는 동안 한 가지 제안을 드리겠습니다."

애슐리는 솔깃해하는 반응을 보이지도, 그렇다고 장황한 비난을 이어가지도 않았다.

"세인트루이스에서 식량을 추가로 거둬야 할 것 같습니다." 카이오와가 말했다. "내일 카누에 사람을 태워 보내겠습니다. 그가 선생님의 긴급 공문을 조합에 전달할 겁니다. 선생님께선 레번워스 대령의 패배에 대한 소문이 돌기 전에 조합원들을 안심시켜주십시오."

애슐리는 길게 한숨을 내쉰 후 시큼한 에일을 들이켰다. 계속 기다리는 것 외에는 다른 대안이 없었다. 좋든 싫든 간에 프랑스 남자의 제안은 꽤 그럴듯했다. 그의 말대로 전투 결과에 대한 소식이 세인트루이스에 닿기 전에 투자자들을 안심시켜놓을 필요가 있었다.

애슐리가 살짝 틈을 보이자 카이오와는 잽싸게 깃펜과 잉크와 양피지를 가져와 테이블에 내려놓았다. 애슐리의 양철 컵에 에일을 다시 채워주는 것도 잊지 않았다. "그럼 전 이따 다시 오겠습니다, 무슈." 그가 안도하며 자리를 피해주었다.

애슐리는 수지 양초의 희미한 빛을 받으며 편지를 써나가기 시작했다.

발신: 윌리엄 H. 애슐리 (미주리 강, 브라조 진지)
수신: 제임스 D. 피켄스 (세인트루이스, 피켄스 앤드 선즈)

피켄스 씨,
지난 2주간 있었던 불운한 일들에 대해 알려드리고자 합니다. 그 때문에 우리의 미주리 강 상류 사업장에 차질이 빚어질 것으로 보입니다만 그렇다고 회사가 존폐 위기에 처한 것은 아닙니다.
들으셨을지 모르지만 로키마운틴 모피회사가 아리카라 족에게 공격을 받았습니다. 그들은 우리에게 말 예순 필을 팔겠다며 접근해왔고 거래가 성사되자 아무 이유 없이 우리를 공격해왔습니다. 그 사건으로 우리 직원 열여섯 명이 숨지고 열 명 정도가 부상을 입었습니다. 그뿐 아니라, 그들은 전날 우리에게 넘긴 말들을 전부 끌고 가버렸습니다.

저는 하는 수 없이 하류로 몸을 피했고, 레번워스 대령과 미 육군에 지원을 요청했습니다. 주권을 침해받은 미국 시민들이 미주리 강을 무사히 건널 수 있도록 도와달라고 했습니다. 또한 저는 위험을 무릅쓰고 합류한, 앤드루 헨리 대위를 포함하여 유니언 진지에 있는 우리 직원들에게도 도움을 요청했습니다.

8월 9일, 우리는 아리카라 족과 맞닥뜨리게 되었습니다. 당시 우리 쪽 병력은 레번워스 대령의 정규군 이백 명과 (그리고 곡사포 두 개) 로키마운틴 모피회사 직원 사십 명을 포함해 총 칠백 명에 달했습니다. 수 족 전사 사백 명도 (비록 일시적이었지만) 힘을 보태주었습니다. 그들은 옛날부터 아리카라 족과 원한 관계였습니다. 그 적대감의 근원은 제가 알 수 없지만 말입니다.

우리는 집결된 병력을 몰고 가 기만적인 아리카라 족을 처절하게 응징하려 했습니다. 하지만 예상과 달리 결과는 우리의 처참한 패배였습니다. 우리 사업에 절실한 미주리 강 물길도 다시 열 수 없었습니다. 이게 다 레번워스 대령의 형편없는 지휘력 때문이었습니다.

이 불명예스러운 전투에 대해서는 세인트루이스에 돌아가서 상세히 들려드리겠습니다. 아무튼 대령의 우유부단함 때문에 아리카라 족은 적을 코앞에 두고도 무사히 도망칠 수 있었습니다. 결국 그 때문에 브라조 진지와 맨던 족 마을 사이의 미주리 강 물길은 다시 끊어지게 되었습니다. 무려 구백 명에 달하는 아리카라 족 전사들은 새로 참호까지 만들어놓고 미주리 강 상류를 완전히 봉쇄해놓은 상태입니다.

레번워스 대령은 앳킨슨 진지로 돌아갔습니다. 보나 마나 따뜻한 난로 앞에 앉아 자신의 선택지를 고민하며 겨울을 보내고 있을 겁니다. 저는 그를 기다리지 않을 생각입니다. 아시다시피 우리 사업은 8개월이라는 짧지 않은 시간을 허비할 여유가 없습니다.

애슐리는 깃펜을 멈추고 자신이 쓴 내용을 읽어보았다. 침울한 분위기가 영 마음에 들지 않았다. 편지는 그의 분노를 잘 반영하고 있었지만 그의 주된 감정들은 제대로 전달하지 못했다. 이를테면 근본적인 낙관론과 성공에 대한 확신. 신은 그를 풍요로운 낙원에 데려다 놓았다. 불굴의 용기만 있으면 누구나 번성할 수 있는 고센의 땅에. 애슐리가 솔직 담백하게 털어놓는 약점들은, 창조적으로 결합된 그의 강점들이 극복해야 할 장애물에 불과했다. 차질이 불가피했지만 애슐리는 실패를 용납하지 않았다.

이 위기를 잘 극복해야 합니다. 경쟁자들이 숨을 돌리고 있을 때 우리는 계속 밀고 나가야 합니다. 미주리 강 물길이 사실상 닫혀버렸으니 두 개의 그룹을 다른 길로 보내볼 생각입니다. 헨리 대위는 이미 그랜드 강을 따라 이동 중입니다. 그는 그랜드 강 상류에서 유니언 진지로 돌아가게 될 겁니다. 제디디아 스미스는 두 번째 그룹을 이끌고 플랫 강을 따라 올라가게 됩니다. 그의 목적지는 그레이트베이슨입니다. 저만큼이나 답답하실 줄로 압니다. 잃어버린 시간을 벌충하려면 대담해질 수밖에 없습니다. 헨리와 스미스에게는 그들이 봄에 수확물을 챙겨 세인트루이스로 돌아오지 않을 테니 우리가 직접 그들에게 가야 한다고 했습니다. 밭에서 만나 새 보급품을 내주고 그들의 모피를 받아와야 한다고 말입니다. 그러면 4개월 정도를 절약할 수 있습니다. 아깝게 허비한 시간을 조금이나마 되돌려 받을 수 있다는 뜻입니다. 세인트루이스에서는 봄에 파견할 새로운 그룹을 만들어야 할 것 같습니다. 제가 직접 그들을 이끌 생각입니다.

남은 양초가 탁탁 소리를 내며 매캐한 검은 연기를 뱉어냈다. 애슐리는 고개를 들었다. 시간이 많이 늦었고, 그는 무척 피곤했다. 애슐리가 깃펜에 잉크를 묻힌 후 다시 편지로 시선을 가져갔다. 빠르고 기운차게 편지를 맺을 시간이었다.

우리 조합에 강하게 피력해주시기를 바랍니다. 모두가 애쓰고 있는 만큼 꼭 성공을 거두리라 믿어 의심치 않습니다. 큰 보상이 기다리고 있으니 포기하지 않고 끝까지 용기를 내보겠습니다.

1823년 8월 21일
당신의 충성스러운 윌리엄 H. 애슐리

이틀 후, 1823년 8월 16일에 세인트루이스를 출발한 카이오와 브라조의 킬보트가 마침내 도착했다. 윌리엄 애슐리는 직원들에게 식량을 챙겨주고 곧장 서쪽으로 떠나게 했다. 1824년 여름에 서로 만나기로 했고 장소는 나중에 의논하기로 했다.

윌리엄 H. 애슐리는 자신도 모르는 사이에 모피 교역의 역사상 한 시대를 정의할 체계를 발명해낸 것이다.

열한 명의 남자가 불도 지펴놓지 않은 캠프에 쪼그려 앉아 있었다. 캠프는 그랜드 강 부근의 경사가 완만한 둑에 마련되었다. 몸을 숨기기에는 적합지 않은 공간이었다. 또한 불을 지폈다가는 수마일 밖의 적들이 그들의 위치를 파악할 수 있을 것이다. 잠행은 사냥꾼들의 최고 동지였다. 남자들은 어스레함 속에서 라이플을 닦고 모카신을 손질했으며 간단하게 식사를 했다. 소년은 그들이 멈춰 서는 순간에 잠이 들어버렸다. 그의 긴 팔다리는 꼬여 있었고 옷은 심하게 닳아 해진 상태였다.

남자들은 서너 명씩 무리를 지어 둑이나 바위나 세이지 덤불에 몸을 기댄 채 앉아 있었다. 마치 그런 것들이 든든한 보호막이 되어줄 거라 믿고 있는 듯이.

쉴 새 없이 농담이 이어지던 들뜬 분위기는 미주리 강에서의 재앙과 사흘 전 받은 두 번째 공격으로 완전히 망쳐진 상태였다. 가끔씩 흘러나오는 그들의 나지막한 목소리에는 수심이 잔뜩 어려 있었다. 오는 길에 목숨을 잃은 동지들과 앞으로 겪게 될 위험한 상황들이 그들의 기를 꺾어놓은 것이다.

"그가 고통 없이 죽었을까, 휴? 왠지 고통 속에서 죽어갔을 것 같아 마음이 좋지 않아."

휴 글래스가 질문을 던진 윌리엄 앤더슨을 올려다보았다. 한동안 생각에 잠겨 있던 글래스가 마침내 입을 열었다. "자네 형은 고통 없이 죽었을 거야."

"우리 집 맏형이었거든. 우리가 켄터키를 떠날 때 부모님은 형한테 신신당부하셨어. 날 잘 챙기라고. 내겐 아무 말씀도 안 하셨지. 설마 이런 일이 생길 줄 누가 알았겠어?"

"넌 형을 구하기 위해 최선을 다했잖아, 윌. 인정하고 싶진 않겠지만 사흘 전 총에 맞았을 때 그는 이미 죽은 목숨이나 다름없었어."

둑 근처 그림자 속에서 누군가의 목소리가 흘러나왔다. "그냥 그 자리에서 묻어줬어야 했는데. 이틀씩이나 질질 끌고 다닐 게 아니라." 목소리의 주인은 웅크린 채 앉아 있었다. 짙어지는 어둠 속에서 그의 검은 턱수염과 하얀 흉터만이 어렴풋이 보일 뿐이었다. 입꼬리에서 시작된 흉터는 낚싯바늘처럼 밑으로 길게 이어져 있었다. 반흔 조직에는 털이 나지 않아서인지 흉터는 꽤 두드러져 보였다. 턱수염에 감춰진 그 곡선은 영원히 지워지지 않는 미소 같았다. 그의 오른손은 숫돌에 칼을 갈고 있었다. 그의 목소리는 칼날이 갈리는 쇳소리와 뒤섞인 채 들려왔다.

"입 닥쳐, 피츠제럴드. 형의 무덤을 걸고 맹세하는데 한 번만 더 주둥아리를 놀렸다간 그 혀를 잡아 뜯어버릴 줄 알아."

"형의 무덤? 그런 게 있었나?"

그들의 대화를 엿듣고 있던 남자들이 일제히 돌아보았다. 피츠제럴드조차도 그들의 반응에 깜짝 놀란 듯했다.

동지들의 관심에 기운이 난 피츠제럴드가 말했다. "그냥 돌무더기 아니었어? 그가 아직도 그 안에서 썩어가고 있을 것 같아?" 피츠제럴드가 잠시 뜸을 들였다. 숫돌에 칼날이 갈리는 소리는 계속 이어졌다. "아마 아닐걸. 적어도 난 그렇게 생각해." 그는 말을 멈추고 동지들의 반응을 살폈다. "여우는 몰라도 코요테 놈들은 그 돌무더기를 파헤칠 수 있을 거야. 아마 지금쯤 살점을 조금씩 뜯어서……"

앤더슨이 벌떡 일어나 피츠제럴드에게 달려들었다.

피츠제럴드가 잽싸게 일어나 앤더슨의 앞으로 다리를 뻗었다. 그의 정강이가 앤더슨의 사타구니를 파고들었다. 순간 앤더슨의 몸이 반으로 접혀졌다. 마치 보이지 않는 끈에 묶이기라도 한 듯 그의 목과 무릎이 찰싹 달라붙었다. 피츠제럴드가 무릎으로 무기력한 남자의 얼굴을 가격했고, 앤더슨은 뒤로 벌러덩 넘어갔다.

피츠제럴드는 덩치에 어울리지 않게 민첩했다. 그가 무릎으로 피를 쏟으며 캑캑대는 앤더슨의 가슴을 짓눌렀다. 그러고는 숫돌에 갈다 만 칼을 그의 목에 갖다 댔다. "형 따라가고 싶어?" 칼이 닿은 앤더슨의 목에서 피가 조금씩 배어나기 시작했다.

"피츠제럴드." 글래스가 차분하면서도 권위적인 어조로 말했다. "그 정도 했으면 됐어."

피츠제럴드가 고개를 들었다. 예기치 못한 글래스의 도전에 그는 당황했다. 처참한 몰골로 뻗어 있는 앤더슨의 주변으로 동지들이 모여들었다. '오늘은 이걸로 만족하지.' 피츠제럴드는 생각했다. '글래스 저 자식은 나중에 손을 봐주겠어.' 피츠제럴드가 앤더슨의 목에서 뗀 칼을 구슬 장식이 달린 칼집에 꽂아 넣었다. "이기지 못할 싸움은 애초에 시작도 하지 마, 앤더슨. 다음엔 정말 숨통을 끊어놓을 거야."

남자들을 비집고 들어온 앤드루 헨리 대위가 피츠제럴드를 뒤에서 확 잡아끌었다. 허를 찔린 피츠제럴드가 둑에 내동댕이쳐졌다. "또 한 번 싸움질을 했다간 여기서 쫓겨날 줄 알아, 피츠제럴드." 헨리가 캠프 너머 아득한 지평선을 가리켰다. "보아하니 겁대가리가 없어진 모양인데 어디 자네 혼자서 한번 가볼 텐가?"

대위가 모여든 남자들을 찬찬히 돌아보았다. "내일은 40마일을 가야 해. 다들 쉬지 않고 뭐하는 거야? 자, 첫 번째 불침번은 누가 설 거지?" 선뜻 나서는 이는 아무도 없었다. 헨리의 시선이 소년에게로 돌아갔다. 소년은 주변의 소란을 전혀 의식하지 못하고 있는 듯했다. 헨리가 쪼그려 앉아 있는 소년에게 성큼 다가갔다. "일어나, 브리저."

눈이 휘둥그레진 소년이 벌떡 일어났다. 당황한 소년은 총으로 손을 가져갔다. 녹슨 머스킷 총과 누레진 뿔 화약통과 부싯돌 몇 개는 그가 급여 대신 받은 것들이었다.

"하류로 100미터쯤 내려가. 둑에서 가장 높은 곳에 올라가 주변을 감시해. 피그, 자넨 상류를 맡고. 피츠제럴드, 앤더슨, 자네들은 두 번째 불침번 조야."

피츠제럴드는 전날 밤에도 불침번을 섰었다. 그는 부당한 지시에 항의를 하려다 말고 투덜대며 캠프 가장자리로 이동했다. 여전히 혼란에 빠져 있는 소년은 비틀거리며 바위로 덮인 강변을 가로질러 나가기 시작했다. 소년은 이내 암청색 어둠 속으로 사라졌다.

그들이 피그라고 부르는 남자의 본명은 피네우스 길모어였다. 켄터키의 찢어지게 가난한 농부의 아들로 태어난 그는 덩치가 산만 했고 지저분했다. 그런 별명이 붙여질 수밖에 없는 조건을 모두 갖춘 셈이다. 피그는 상대를 당혹스럽게 만들 만큼 지독한 악취를 풍겼다. 처음 맡아본 사람들은 피그를 앞에 두고도 그 근원을 엉뚱한 데서 찾았다. 도저히 인간이 풍길 수 있는 냄새가 아니기 때문이다. 지저분함에 익숙한 사냥꾼들조차도 피그에게 가까이 접근하기를 꺼렸다. 피그는 느릿느릿 일어나 라이플을 어깨에 메고 상류를 향해 걸어갔다.

한 시간도 채 되지 않아 완전한 어둠이 찾아들었다. 글래스는 보초들을 살피고 돌아온 헨리 대위를 물끄러미 쳐다보았다. 그는 달빛에만 의지한 채 잠든 남자들을 요리조리 피해갔다. 이 시간에 깨어 있는 건 글래스와 헨리, 두 사람뿐이었다. 육중한 체구의 대위가 라이플을 내려놓고 글래스 옆에 앉았다. 왠지 그렇게 앉아 휴식을 취해도 피로는 쉬 물러갈 것 같지 않았다.

"내일 블랙 해리스와 정찰을 다녀오도록 해." 헨리 대위가 말했다. 글래스가 고개를 들었다. 그는 진작 잠에 빠져들지 못한 자신이 원망스러웠다.

"오후엔 사냥감도 좀 찾아보고. 내일은 불을 한번 피워볼까 해." 헨리가 고해를 하듯 나지막이 말했다. "우린 너무 뒤처졌어, 휴." 헨리는 오랫동안 주절거림을 이어갈 모양이었다. 글래스는 손을 뻗어 라이플을 끌어왔다. 잠을 잘 수 없다면 총이라도 손질해놓는 게 좋을 것 같았다. 강물에 젖었던 총이라 방아쇠에도 다시 기름칠을 해야 했다.

"12월 초엔 장난 아니게 추워질 거야." 대위가 계속 이어나갔다. "보름 동안 뭐든 잡아 와야 해. 고기가 많이 필요할 테니까. 10월까지 옐로스톤강에 도착하지 못하면 가을 사냥도 포기해야 해."

헨리 대위는 확신에 차 있는 듯해 보였다. 정말 그런지 그 속은 알 수 없었지만. 그의 사슴 가죽 튜닉의 어깨와 가슴 부분에서는 술 장식이 달랑거리고 있었다. 그는 미주리 세인트 제너비브의 광산에서 일했을 때도 그걸 걸치고 다녔다고 했다. 그의 허리에는 권총 한 쌍과 커다란 칼이 꽂힌 가죽 벨트가 둘러져 있었다. 세인트루이스에서 특별히 맞춘 그의 바지는 암사슴 가죽과 빨간 모직으로 이루어져 있었다. 그에게는 개척 정신을 기리는 명예 훈장이나 다름없었다. 가죽은 질기다는 장점은 있었지만 물에 젖으면 너무 무겁고 차가워졌다. 반면에 모직은 빨리 말랐고 젖었을 때도 어느 정도 보온이 되었다.

비록 온갖 놈들이 잡다하게 섞인 여단이었지만 헨리는 그들에게 '대위'로 불린다는 사실 하나만으로 만족했다. 헨리는 그 직함이 그저 책략에 불과하다는 걸 알고 있었다. 함께 움직이는 사냥꾼 무리는 군인이 아니었고, 대위의 명령에 기계적으로 복종할 이유가 없는 사람들이었다. 하지만 그들 중 스리포크스를 누비며 사냥을 다녀본 사람은 헨리가 유일했다. 그의 직함은 무시할 수 있어도 그 경험은 누구도 얕볼 수 없었다.

대위가 잠시 말을 멈추고 글래스의 반응을 살폈다. 글래스가 라이플에서 눈을 떼고 그를 돌아보았다. 그는 우아한 소용돌이 장식이 있는 라이플의 방아쇠울을 열어놓은 상태였다. 어둠 속에서 총을 떨어뜨리지 않으려 나사 두 개를 손에 꼭 쥐고 있었다.

글래스의 눈빛을 확인한 헨리가 만족스러운 듯 계속 이어 갔다. "내가 드루이야르에 대해 얘기한 적 있었나?"

"아뇨, 대위님."

"그가 누군지 알아?"

"조지 드루이야르. 원정대원 말입니까?"

헨리가 고개를 끄덕였다. "루이스와 클라크. 최고의 정찰꾼과 사냥꾼 팀이었지. 그가 우리 팀에 들어온 게 1809년이었어. 당시 우린 스리포크스로 향하던 길이었는데 그는 오자마자 리더가 됐어. 백 명이 넘는 멤버들 중 실제로 그곳을 밟아본 건 드루이야르와 콜터가 유일했거든. 우린 엄청나게 큰 비버도 여럿 봤어. 덫을 놓을 필요도 없이 그냥 몽둥이로 때려잡았지. 하지만 출발부터 블랙풋(Blackfoot, 북미 원주민의 한 부족─옮긴이) 놈들 때문에 우리가 얼마나 고생했는지 아나? 출발한 지 보름도 채 안 돼서 멤버 다섯이 죽어나갔다고. 한동안 사냥 팀을 내보낼 수도 없었지. 드루이야르는 우리랑 같이 일주일 정도 그렇게 숨어 지냈어. 그러던 어느 날 갑자기 더는 못 견디겠다며 혼자 밖으로 나가버리더군. 그러고는 일주일 후에 비버 가죽 스무 개를 들고 나타났어."

글래스는 대위의 말에 집중했다. 세인트루이스 시민이라면 누구나 드루이야르의 이야기를 알고 있었다. 하지만 지금처럼 그를 직접 겪어본 이로부터 상세한 내용을 들을 수 있는 기회는 흔치 않았다.

"그것도 한 번이 아니라 두 번이나 그랬었다고. 혼자 훌쩍 떠나 비버 가죽을 한 아름 안고 돌아온 것 말이야. 세 번째로 길을 나서기 전 그는 말했어. '삼세번 만의 행운이라는 얘기도 있잖아.' 그는 그렇게 말을 타고 떠났지. 그러고 나서 삼십 분쯤 후 밖에서 총성이 두 번 들려왔어. 하나는 그의 라이플 소리였고, 또 하나는 그의 권총 소리였지. 두 번째 총성은 그가 자신의 말을 쏘는 소리였을 거야. 장벽을 만들기 위해서. 예상대로 그는 자신의 말 뒤에서 숨진 채 발견됐어. 그와 말의 몸엔 스무 개가 넘는 화살이 꽂혀 있었지. 블랙풋 놈들이 일부러 남겨놓은 거야. 우리에게 보내는 메시지였다고. 놈들은 그의 목까지 베어 가버렸어."

대위는 말을 멈추고 끝이 뾰족한 막대기로 땅을 긁어댔다. "나도 모르겠어. 왜 자꾸 그가 생각나는지."

글래스는 대위를 안심시킬 한마디를 건네고 싶었다. 하지만 그가 입을 열 틈도 주지 않고 대위가 물었다. "이 강이 얼마나 더 서쪽으로 이어질 것 같은가?"

글래스는 대위의 눈을 유심히 쳐다보았다. "이동 속도가 점점 빨라질 겁니다. 당분간은 그랜드 강을 따라가야 합니다. 북서부로 계속 올라가면 옐로스톤 강이 나올 거고요." 사실 글래스는 대위를 별로 미덥게 여기지 않았다. 그의 주변에는 불운이 항상 안개처럼 맴돌았다.

"그래." 마치 자기최면을 걸 듯 대위가 말했다. "자네 말이 맞아."

비록 재난을 통해 습득한 지식이기는 했지만 헨리 대위는 누구보다도 로키 산맥의 지리를 잘 알고 있었다. 반면에 글래스는 노련한 평원의 주민이기는 했지만 지금껏 미주리 강 상류에 발을 들여본 적이 없었다. 그럼에도 불구하고 헨리는 글래스의 확신에 찬 목소리를 통해 적잖은 위안을 받았다. 언젠가 헨리는 누군가로부터 글래스가 어릴 적 배를 탄 적이 있었다는 말을 전해 들었다. 그가 해적 장 라피트의 포로였다는 소문도 돌았다. 글래스가 세인트루이스와 로키 산맥 사이의 특색 없는 평원에서 이토록 편안해할 수 있는 것도 광활한 바다를 누비며 살았던 그 시절 덕분일 것이라고 헨리는 생각했다.

"블랙풋 놈들이 유니언 진지를 초토화시켰을까 봐 걱정이야. 그렇잖아도 못미더운 녀석들만 남아 있었는데." 대위는 밤새도록 푸념을 쏟아냈다. 글래스는 입을 다물고 그의 말에 귀를 기울이는 척했다. 가끔 고개를 들거나 맞장구를 쳤을 뿐, 글래스의 온 신경은 라이플 손질에 집중되어 있었다.

글래스의 라이플은 그가 소유한 최고의 사치품이었다. 그래서 그는 방아쇠의 스프링 장치에 기름을 바를 때도 아내나 아이를 대하는 것처럼 성의를 다했다. 흔히 켄터키 플린트록으로 불리는 안슈타트는 펜실베이니아에서 독일 출신 장인들이 만든 화승총이었다. 팔각 총열의 아랫부분에는 제작자의 이름, 야코프 안슈타트와 제조 장소, 펜실베이니아 쿠츠타운이 새겨져 있었다. 총열은 90센티미터밖에 되지 않았다. 전형적인 켄터키 라이플의 총열은 그보다 길었고, 개중에는 1.2미터에 달하는 것들도 있었다. 글래스는 총열이 짧은 라이플을 선호했다. 가벼워서 들고 다니기가 편했기 때문이다. 말을 탈 때도 짧은 총은 훨씬 다루기가 쉬웠다. 총열이 길지 않아도 공들여 파놓은 강선(탄두에 회전력을 주어 정확성과 안정성을 높이기 위해 포신 또는 총신 내부에 나선 모양으로 파 놓은 홈-옮긴이) 덕분에 안슈타트의 정확도는 다른 라이플들에 비해 현저히 높았다. 아주 살짝만 건드려도 발사되는 방아쇠 역시 총의 정확도를 높여주는 데 한몫을 단단히 했다. 흑색 화약 13그램이면 안슈타트는 53구경 총알을 200미터 가까이 날려 보낼 수 있었다.

서부 평원 출신의 글래스는 라이플의 성능이 생사를 가를 만큼 중요하다는 걸 잘 알고 있었다. 세상에는 좋은 총이 많았지만 그의 안슈타트처럼 우아미가 돋보이는 건 흔치 않았다.

동지들도 그 총을 예사롭게 보지 않았다. 그들은 툭하면 그의 라이플을 한번 만져봐도 되는지 묻곤 했다. 무쇠처럼 단단한 호두나무 개머리판의 손목 부분은 그 곡선이 우아할 뿐만 아니라 엄청난 반동마저도 완벽하게 흡수할 만큼 충분히 두꺼웠다. 개머리판의 한쪽 면에는 패치 상자가, 그 반대쪽 면에는 치크 피스(cheek piece, 총대에서 뺨에 붙이는 부분-옮긴이)가 각각 붙어 있었다. 어깨에 닿는 라이플의 개머리판 끝부분은 필요에 따라 회전이 가능했고, 덕분에 쏘는 이는 총을 자신의 몸의 일부처럼 다룰 수 있었다. 개머리판에는 검정에 가까운 농갈색 얼룩이 묻어 있었다. 가까이서도 나뭇결은 잘 보이지 않았다. 하지만 코앞에 놓고 유심히 관찰하면 반들거리는 니스 밑으로 불규칙한 소용돌이꼴 결을 똑똑히 볼 수 있었다.

라이플의 금속 부품들은 놋쇠가 아닌 은으로 만들어진 것들이었다. 개머리판, 패치 상자, 방아쇠와 방아쇠울, 찻종 모양의 부품들은 전부 은으로 반짝였다. 대개 사냥꾼들은 놋쇠 장식을 라이플 개머리판에 박아 넣곤 했다. 글래스는 자신의 안슈타트에 그런 천박한 장식을 달고 싶지 않았다.

라이플 손질을 마친 글래스가 방아쇠울을 제자리에 끼워 넣고 두 개의 나사로 고정시켰다. 부싯돌 밑 팬에는 새 화약을 채워 넣었다.

캠프에는 정적이 흐르고 있었다. 글래스는 대위의 주절거림이 언제 멎었는지 궁금했다. 글래스는 캠프 중앙을 돌아보았다. 대위는 이미 잠들어 있었다. 그의 몸이 발작적으로 움찔거렸다. 그 반대편, 캠프 가장자리에는 앤더슨이 유목에 기댄 채 누워 있었다. 들리는 것이라고는 잔잔히 흘러가는 강물 소리뿐이었다.

그때 정적을 깨고 플린트록이 발사되는 소리가 들려왔다. 하류 쪽이었다. 소년, 짐 브리저가 있는 곳이었다. 그 소리에 곯아떨어져 있던 남자들이 일제히 눈을 떴다. 부리나케 총을 챙겨든 그들은 몸을 피할 곳을 찾느라 분주했다. 하류 쪽에서 검은 형체가 캠프로 다가오고 있었다. 글래스 옆에서 앤더슨이 빠른 손놀림으로 공이치기를 당기고 라이플을 들었다.

글래스도 황급히 안슈타트를 들었다. 맹렬히 내달리는 형체는 어느새 캠프에서 40미터 떨어진 지점까지 다가와 있었다. 앤더슨이 총열 끝을 형체에게 겨누고 방아쇠를 당기려 했다. 그 순간 글래스가 안슈타트로 앤더슨의 겨드랑이를 떠밀었다. 앤더슨의 총구가 하늘로 들리면서 화약이 점화되었다.

달려오던 형체가 총성을 듣고 멈춰 섰다. 그의 눈은 휘둥그레져 있었고, 가슴은 연신 들썩였다. 브리저였다. "난…… 난…… 난……" 온몸이 마비된 듯한 그가 더듬거렸다.

"무슨 일이야, 브리저?" 헨리 대위가 소년 너머로 어둠에 묻힌 하류 쪽을 살피며 물었다. 사냥꾼들은 둑을 등진 채 방어적인 태세를 취하고 있었다. 그들 대부분은 한쪽 무릎을 꿇고 앉아 총을 쏠 준비를 하고 있었다. 라이플들의 공이치기는 완전히 세워져 있었다.

"죄송합니다, 대위님. 쏠 생각은 없었습니다. 갑자기 덤불에서 이상한 소리가 들리기에 당황했습니다. 공이치기가 미끄러지면서 총이 발사된 모양입니다."

"그게 아니라 깜빡 존 거겠지." 피츠제럴드가 라이플의 공이치기를 내리고 천천히 몸을 일으켰다. "지금쯤 놈들이 이쪽으로 달려오고 있을 거야."

브리저가 입을 열었지만 수치심과 후회로 할 말을 찾지 못했다. 그는 입을 벌린 채 서서 우르르 몰려든 남자들을 겁에 질린 눈으로 쳐다보았다.

글래스가 앞으로 나아가 브리저의 활강총을 낚아채 들었다.

글래스가 머스킷의 공이치기를 젖히고 방아쇠를 당겼다. 공이치기가 부싯돌에 부딪치기 직전 그의 엄지손가락이 그 사이를 파고들었다. 그는 같은 동작을 반복했다. "형편없는 총입니다, 대위님. 다른 걸로 바꿔줘야 할 것 같습니다. 또 이런 문제가 없으려면 말이죠." 남자 몇몇이 고개를 끄덕였다.

대위가 글래스와 브리저를 차례로 쳐다보다가 말했다. "앤더슨, 피츠제럴드, 이젠 자네들이 불침번을 설 차례야." 두 남자가 각자 지정된 위치로 이동했다. 한 명은 상류, 또 한 명은 하류로.

사실 더 이상의 불침번은 필요치 않았다. 동이 틀 때까지 누구도 잠을 이루지 못했으니까.

휴 글래스는 부드러운 진흙땅에 선명하게 찍힌 발굽 자국들을 빤히 내려다보았다. 그것들은 강의 가장자리에서부터 시작되고 있었다. 사슴 한 마리가 내려와 목을 축이고 다시 우거진 버드나무 숲으로 들어가버린 모양이었다. 비버 발자국만 찍혀 있던 오솔길은 어느새 온갖 사냥감들의 흔적들로 뒤덮여 있었다. 글래스는 몸을 숙이고 오솔길 한쪽에 쌓인 무언가의 배설물을 만져보았다. 완두콩 크기의 알갱이들은 아직 따뜻했다.

글래스는 서쪽을 바라보았다. 아득한 지평선을 이룬 고원 위에는 아직도 태양이 높이 걸려 있었다. 일몰까지 세 시간 이상 남아 있다는 뜻이었다. 아직 이른 시간이었지만 대위를 비롯한 남자들이 따라잡으려면 한 시간 이상 걸릴 게 분명했다. 그들의 캠프는 여러모로 이상적인 공간이었다. 강은 자갈 덮인 긴 둑을 끼고 완만하게 굽어졌다. 버드나무 숲 너머의 미루나무 한 무리는 모닥불 연기를 완벽히 가려주었고, 장작도 충분히 제공해주었다. 버드나무는 훈제용 고기 걸이로 쓰기에 안성맞춤이었다. 글래스는 버드나무 숲 곳곳에 숨어 있는 자두나무를 눈여겨보았다. 운이 좋았다. 고기와 과일을 섞어 페미컨(pemmican, 말린 고기로 만든 일종의 비상 식품-옮긴이)을 만들 수도 있게 된 것이다. 글래스가 하류 쪽을 돌아보았다. '대체 블랙 해리스는 어디 간 거지?'

사냥꾼들이 가장 힘겨워하는 일은 매일 나가서 식량을 구해오는 것이었다. 다른 모든 과제들과 마찬가지로 사냥에서도 당장의 이득과 위험 요소 사이의 균형을 유지하는 게 중요했다. 미주리 강에서 평저선(얕은 물 위를 다니는 데 좋은 밑바닥이 평평한 배-옮긴이)을 버려두고 그랜드 강까지 걸어 이동하느라 그들은 식량을 챙겨오지 못했다. 차나 설탕을 챙겨온 몇몇을 제외하고는 대부분 고기 가공용 소금만을 조금씩 지니고 있을 뿐이었다. 그랜드 강 주변은 사냥감들로 득실거렸고, 덕분에 그들은 매일 밤 신선한 고기로 배를 채울 수 있었다. 하지만 사냥을 하려면 총을 쏴야 했고, 라이플이 내는 소리는 몇 마일 밖에서도 들릴 만큼 요란했다. 그들의 위치가 적에게 노출될 수밖에 없었다.

미주리 강을 떠나온 후로 남자들은 패턴을 유지하려 애써왔다. 그들은 매일 두 명으로 구성된 정찰대를 먼저 보냈다. 그러고 나서 한동안 그랜드 강을 따라 이동했다. 정찰대의 주요 임무는 인디언들이 있는지 살피고, 캠프에 적합한 곳을 선정하고, 식량을 찾는 것이다. 그들은 며칠에 한 번씩 큼직한 사냥감을 잡아 오곤 했다.

사슴이나 새끼 물소 따위를 잡아 온 정찰대는 곧바로 캠프를 마련해야 했다. 그들은 사냥감에서 피를 뺐고 장작으로 쓸 만한 나무를 모아왔으며 폭이 좁은 직사각형 구덩이 몇 개에 불을 피워놓았다. 작은 모닥불을 여러 개 피워놓으면 하나를 크게 피우는 것보다 연기가 덜 났다. 고기를 훈제할 공간과 열원(熱源)이 늘어나는 건 말할 것도 없었다. 밤에는 멀리서 보고 있을지 모르는 적들에게 인원수를 속이는 것도 가능했다.

불이 피워지면 정찰꾼들은 조리하기 위해 잡아 온 짐승들을 해체했다. 남은 고기는 나중을 위해 얇게 저며놓았다. 그들은 버드나무 가지로 조잡하게 만든 걸이에 소금으로 간을 한 고기를 걸어 모닥불 위에 걸쳐놓았다. 몇 달간 머무르는 장기 캠프에서 만든 육포보다는 못했지만 다음 사냥감을 잡을 때까지 며칠은 그것으로 충분히 버틸 수 있었다.

버드나무 숲을 벗어난 글래스는 빈터로 들어가 어딘가에 있을 사슴을 찾아 주위를 살피기 시작했다.

순간 글래스의 눈에 새끼 곰들이 들어왔다. 두 마리가 데굴데굴 구르며 그가 있는 쪽으로 내려오고 있었다. 녀석들은 장난기 많은 개처럼 요란한 소리를 냈다. 봄에 태어났을 새끼 곰들은 생후 5개월쯤 되어 보였다. 45킬로그램이 훌쩍 넘는 녀석들은 서로를 장난스레 할퀴어대며 글래스 쪽으로 빠르게 다가왔다. 생각해보면 웃기는 상황이었다. 새끼 곰들의 익살을 구경하느라 글래스는 50미터쯤 떨어진 빈터 끝을 미처 보지 못한 것이다.

순간 그는 깨달았다. 뱃속에 공허감이 찾아듦과 동시에 빈터 너머에서 나지막한 으르렁거림이 들려왔다. 새끼들은 글래스로부터 3미터도 채 떨어지지 않은 지점에 미끄러지듯 멈춰 섰다. 글래스는 새끼들을 무시하고 빈터의 덤불을 응시했다.

보이지는 않았지만 귀로는 어미 곰의 덩치를 똑똑히 느낄 수 있었다. 곰은 우거진 덤불을 빠르게 돌아 새끼들을 향해 다가오는 중이었다. 곰의 입에서는 깊고 낮은 으르렁거림이 터져 나왔다. 그것은 천둥소리나 나무 쓰러지는 소리와도 흡사했다.

으르렁 소리는 점점 커져갔다. 빈터로 들어선 곰이 멈춰 서서 까만 눈으로 글래스를 노려보았다. 그러더니 갑자기 땅에 얼굴을 갖다 붙이고 새끼들 냄새를 맡기 시작했다. 그를 코앞에 둔 곰은 사륜 짐마차의 커다란 스프링처럼 몸을 웅크리고 있었다. 글래스는 근육으로 덮인 놈의 몸에 경탄했다. 두꺼운 앞다리가 떠받치고 있는 육중한 어깨, 은빛이 도는 털. 회색곰이 틀림없었다.

글래스는 크게 반응하지 않으려 애쓰며 몇 가지 선택지를 떠올려보았다. 본능은 그에게 도망치라고 소리를 질러댔다. 다시 버드나무 숲 속으로! 강물 속으로! 깊이 잠수해! 필사적으로 허우적대면 하류까지 무사히 내려갈 수 있을지 몰랐다. 하지만 곰은 어느새 30미터쯤 앞으로 바짝 다가와 있었다. 글래스의 눈은 타고 오를 만한 미루나무를 찾아 분주히 움직이고 있었다. 높은 데 올라가 총을 내려 쏘는 것이 지금으로서는 최선이었다. 문제는 나무들이 곰 뒤에 늘어서 있다는 사실이었다. 버드나무 숲도 몸을 숨기기에는 적합하지 않았다. 이제 남은 선택지는 하나뿐이었다. 이 자리에서 곰을 쏘는 것. 안슈타트로 53구경 총알을 딱 한 번 발사해 회색 곰을 쓰러뜨려야 했다.

모성 본능이 발동한 회색곰이 무섭게 포효하며 달려오기 시작했다. 본능은 다시 글래스에게 돌아서서 도망칠 것을 명령했다. 하지만 무서운 속도로 달려드는 회색곰을 보고 있노라니 도망친다고 될 일이 아닌 것 같았다. 글래스는 공이치기를 완전히 세우고 안슈타트를 들었다. 잔뜩 겁에 질린 그의 눈이 조준기 너머의 회색곰에 집중되었다. 곰의 움직임은 거대한 덩치에 어울리지 않게 유연했다. 본능은 당장 방아쇠를 당기라고 성화였지만 그는 꾹 참았다. 글래스는 총을 서너 방 맞고도 끄떡없었던 회색곰을 여럿 본 적이 있었다. 그에게는 단 한 번의 기회뿐이었다.

글래스는 심하게 흔들리는 곰의 머리에 라이플을 조준하려 애썼다. 움직이는 표적에 총을 쏘는 건 결코 쉬운 일이 아니었다. 열 발짝쯤 떨어진 지점에 이르자 회색곰이 상체를 들고 일어섰다. 글래스보다 1미터 이상 큰 곰이 살인적인 발톱을 휘두르기 위해 몸을 확 틀었다. 그는 거대한 곰의 심장에 총구를 겨누고 방아쇠를 당겼다.

부싯돌에 불꽃이 튀면서 안슈타트가 발사되었다. 하얀 연기와 매캐한 화약 냄새가 사방으로 확 피어올랐다. 총알이 가슴을 파고들자 회색곰이 울부짖었다. 하지만 곰의 공격은 조금도 굼떠지지 않았다. 글래스는 무용지물이 되어버린 라이플을 떨어뜨리고 벨트에서 칼을 뽑아 들었다. 곰이 앞발을 맹렬히 휘둘렀다. 15센티미터의 발톱이 글래스의 팔뚝과 어깨와 목을 훑고 지나갔다. 충격에 그가 뒤로 나자빠졌다. 그는 칼을 떨어뜨리고 버드나무 숲을 향해 미친 듯이 기어가기 시작했다.

회색곰이 다시 네 발로 기어 글래스에게 다가왔다. 글래스는 얼굴과 가슴을 보호하기 위해 공처럼 몸을 웅크렸다. 곰이 그의 뒷덜미를 물고 위로 번쩍 들어올렸다. 어찌나 세차게 흔들어대던지 글래스는 척추가 부러져버릴까 두려웠다. 곰의 이빨이 그의 어깨뼈를 으스러뜨렸다. 발톱은 그의 등과 머리를 반복해서 할퀴었다. 그는 극심한 고통에 비명을 질렀다. 마침내 곰이 글래스를 떨어뜨리고 그의 허벅지를 물었다. 곰은 다시 그를 흔들어대다가 한쪽으로 휙 던져버렸다. 아직 의식은 살아 있었지만 그는 더 이상 저항할 엄두를 내지 못했다.

글래스는 반듯하게 누워 위를 올려다보았다. 회색곰은 그의 앞에서 뒷다리로 서 있었다. 어느새 글래스는 우뚝 선 거대한 짐승의 모습에 매료되어 있었다. 묘하게도 더 이상 공포와 통증은 느껴지지 않았다. 곰이 마지막으로 포효했다. 그 요란한 소리가 글래스의 머릿속을 쩌렁쩌렁 울려댔다. 이내 육중한 곰이 그의 몸을 덮쳤다. 축축이 젖은 곰의 털에서는 퀴퀴한 냄새가 풍겼다. '어떻게 된 일이지?' 글래스는 오두막집 널빤지 현관에서 소년의 얼굴을 핥아대는 누런 개의 이미지를 떠올렸다.

환하던 하늘이 금세 새까맣게 변해버렸다.

블랙 해리스는 강이 굽어지는 곳에서 들려온 총성에 움찔했다. 그는 글래스가 사슴 사냥에 성공했기를 바랐다. 그는 신속하게, 하지만 조용히 앞으로 이동했다. 라이플 소리는 여러 의미로 해석될 수 있었다. 잠시 후 같은 곳에서 곰의 포효와 글래스의 비명소리가 차례로 들려왔다.

버드나무 숲에 다다른 해리스의 눈에 사슴과 글래스의 흔적이 들어왔다. 그는 비버가 만들어놓은 길을 살피며 귀를 쫑긋 세웠다. 잔잔한 물소리 외에는 아무것도 들리지 않았다. 해리스는 라이플을 들고 엄지는 공이치기에, 검지는 방아쇠에 각각 얹어놓았다. 그는 벨트에 꽂아놓은 권총을 흘끔 내려다본 후 버드나무 숲으로 조심스레 들어섰다. 정적을 깨고 새끼 곰들의 울음소리가 들려왔다.

빈터 끝에 멈춰 선 블랙 해리스는 눈앞에 펼쳐진 광경에 넋을 잃고 말았다. 거대한 회색곰이 땅에 엎드려 있었다. 눈은 뜨고 있었지만 죽은 게 틀림없었다. 새끼 곰 한 마리가 뒷다리로 서서 숨기 없는 어미 곰의 몸에 코를 문질러대고 있었다. 또 다른 한 마리는 입에 문 무언가를 잡아끌고 있었다. 해리스는 그것이 사람의 팔뚝임을 깨달았다. '글래스?' 해리스가 라이플을 들고 가까이 있는 새끼 곰을 쏘았다. 녀석이 비틀거리며 쓰러지자 나머지 한 마리가 잽싸게 내달려 미루나무 숲 속으로 사라졌다. 해리스는 총을 재장전한 후 앞으로 천천히 다가갔다.

두 번의 총성을 들은 헨리 대위가 여단을 이끌고 상류로 달려 올라왔다. 두 번째 총성이 대위를 불안하게 만든 모양이었다. 첫 번째 총성은 모두가 예상했던, 글래스나 해리스가 사냥하는 소리였다. 두 번의 총성이 연이어 들려왔다면 이상하게 여기지 않았을 것이다. 두 사냥꾼이 하나의 표적을 쫓고 있다는 뜻이거나, 처음 발사된 총알이 표적을 빗나갔을 수도 있었다. 하지만 첫 번째 총성이 울린 지 몇 분 후에 또 다른 총성이 들려왔다는 건 상황이 심상치 않음을 의미했다. 대위는 사냥꾼들이 서로 멀리 떨어져 있기를 바랐다. 한 사냥꾼이 동료가 있는 쪽으로 사냥감을 몰아가는 소리였나? 혹시 물소와 맞닥뜨린 건 아닐까? 총을 맞고도 꿈쩍하지 않는 물소는 흔히 볼 수 있었다. 그런 억센 놈과 마주쳤을 때는 라이플을 재장전하고 다른 사냥감을 찾아 나서야 했다. "가까이 붙어서 따라와. 무기 점검하고."

브리저는 몇 걸음 못 가 또다시 앤더슨이 내준 새 라이플을 내려다보았다. 벌써 세 번째 점검이었다. "이제 형에겐 이게 필요 없어." 윌이 말했었다.

빈터에 다다른 블랙 해리스가 곰의 시체를 내려다보았다. 글래스의 한쪽 팔이 밖으로 삐져나와 있었다. 해리스는 주위를 한 번 둘러본 후 라이플을 땅에 내려놓았다. 그가 곰의 앞다리를 힘껏 잡아끌기 시작했다. 간신히 시체를 끌어내자 글래스의 머리가 드러났다. 그의 머리와 살은 피로 범벅이 된 상태였다. '하느님 맙소사!' 해리스는 뛰는 가슴을 애써 진정시키고 계속해서 곰을 끌어냈다.

해리스는 곰의 반대편으로 돌아가 무릎을 꿇고 다시 앞발을 잡아끌었다. 몇 번의 시도 끝에 곰의 상체를 뒤집는 데 성공했다. 이제 거대한 짐승은 몸이 흉측하게 뒤틀린 채 누워 있었다. 해리스는 곰의 뒷다리를 잡아끌어 곰의 하체까지 뒤집었다. 마침내 글래스의 전신이 드러났다. 블랙 해리스는 피가 들러붙은 회색곰의 가슴을 내려다보았다. 글래스가 제대로 맞힌 것이다.

글래스 옆에 쪼그려 앉은 블랙 해리스는 무엇부터 해야 할지 갈피를 잡을 수 없었다. 부상자를 처치해본 경험은 충분히 있었다. 세 명으로부터 화살과 총알을 뽑아줬었고, 그 자신도 두 차례나 총에 맞아봤었다.

하지만 이런 참혹한 모습의 부상자는 처음이었다. 글래스는 머리부터 발끝까지 갈가리 찢겨 있었다. 뜯겨진 머릿가죽은 한쪽으로 늘어져 있었고, 얼굴을 알아보기 힘들 만큼 망가져 있었다. 가장 심각한 부분은 그의 목이었다. 회색곰의 발톱은 글래스의 어깨에서부터 목까지 세 개의 깊은 상처를 남겨놓았다. 3센티미터만 더 깊었어도 글래스의 목정맥은 끊어지고 말았을 것이다. 찢어진 목 근육 안으로 식도가 드러나 있었다. 또한 회색곰의 발톱은 그의 기도까지 심하게 손상시켜놓았다. 해리스는 겁에 질린 눈으로 상처에서 일고 있는 피거품을 내려다보았다. 글래스는 아직 살아 있었다.

해리스는 글래스를 조심스레 눕혀놓고 그의 등을 살폈다. 글래스의 면셔츠는 넝마로 변해 있었고 그의 뒷덜미와 어깨에는 깊게 찔린 상처가 여럿 나 있었다. 그의 오른팔은 부자연스럽게 꺾여 있었고, 등 가운데부터 허리까지는 곰의 발톱이 할퀸 자국이 깊게 남아 있었다. 그것은 곰들이 영역 표시를 위해 나무둥치에 남겨놓는 발톱 자국과 일치했다. 벅스킨(buckskin, 사슴이나 염소의 부드러운 가죽-옮긴이) 바지로 덮인 글래스의 허벅지 뒷부분에서도 피가 배어나는 중이었다.

해리스는 어찌할 바를 모르고 있었다. 목의 치명상이 오히려 반갑게 여겨질 정도였다. 그는 글래스를 그늘지고 풀이 덮여 있는 곳으로 끌어냈다. 해리스는 피거품이 이는 목을 무시한 채 그의 머리에 집중했다. 글래스의 벗겨진 머릿가죽을 제대로 덮어주고 싶었다. 해리스가 물통을 꺼내 그의 머리에 물을 부었다. 상처에 묻은 흙을 최대한 씻어내야 했다. 너덜거리는 피부를 원위치로 돌려놓으려니 마치 대머리에 모자를 씌워주는 기분이 들었다. 해리스는 벗겨진 피부를 글래스의 이마에 붙여놓고 나서 그 끝을 귀 뒤로 쑤셔 넣었다. 나중에 제대로 봉합할 수 있도록. 글래스가 그때까지 버텨준다면.

갑자기 덤불에서 수상한 소리가 들려왔다. 해리스는 화들짝 놀라며 권총을 뽑아 들었다. 헨리 대위가 빈터에 불쑥 나타났다. 이내 그의 뒤로 심각한 얼굴의 남자들이 우르르 따라 들어왔다. 그들의 시선이 글래스와 회색곰, 그리고 해리스와 죽은 새끼 곰을 번갈아 훑었다.

옛 생각이 떠올랐는지 대위는 넋이 나간 표정으로 빈터를 둘러보았다. 고개를 저어대는 그의 눈은 이미 초점을 잃은 상태였다. "죽었나?"

"아직요. 하지만 상태가 심각합니다. 기관이 뜯겨졌어요."

"그가 곰을 죽인 거야?"

해리스가 고개를 끄덕였다. "곰이 이 친구 위에 엎어져 있었습니다. 정확히 심장을 쐈더군요."

"그렇게 뜸을 들이면 안 되지." 피츠제럴드가 말했다.

대위가 글래스 옆에 무릎을 꿇고 앉았다. 그는 더러운 손으로 목에 난 상처를 콕콕 찔러보았다. 글래스가 숨을 쉴 때마다 계속 피거품이 일었다. 쌕쌕거림은 조금씩 그 강도를 잃어갔다. 가슴의 오르내림도 많이 느려져 있었다.

"깨끗한 천과 물을 가져와. 혹시 깨어날지 모르니 위스키도 좀 가져오고."

브리저가 바짝 다가와 등에 멘 작은 가방을 뒤적이기 시작했다. 그가 가방에서 모직 셔츠를 꺼내 헨리에게 건넸다. "여기 있습니다, 대위님."

잠시 망설이던 대위가 거친 천의 셔츠를 받아 들고 북북 찢기 시작했다. 그런 다음, 글래스의 목에 물을 부어 고여 있는 피를 씻어냈다. 상처에서는 또다시 피가 배어났다. 글래스가 잠시 식식거리다가 기침을 하기 시작했다. 몇 번 실룩이던 그의 눈이 번쩍 뜨였다. 그의 눈은 공포로 가득 차 있었다.

글래스는 물속에서 허우적대는 기분을 느꼈다. 목구멍과 폐에 차 있는 피를 걷어내기 위해 그가 다시 격하게 기침을 했다. 그의 시선이 헨리에게로 돌아갔다. 대위는 황급히 그의 몸을 옆으로 굴렸다. 옆으로 누운 글래스는 간신히 숨을 들이쉴 수 있었다. 하지만 이내 욕지기가 찾아들었다. 그는 구토를 시작했고, 목에서는 극심한 통증이 느껴졌다. 글래스는 자신의 목에 손을 가져가보았다. 그의 오른손은 말을 듣지 않았다. 그의 왼손이 상처 난 부분에 얹어졌다. 손끝에 상처가 닿자 그는 또 한 번 압도적인 공포에 휩싸였다. 당황한 글래스가 휘둥그레진 눈으로 몰려든 얼굴들을 올려다보았다. 하지만 안심이 되기는커녕 오히려 두려움만 가중될 뿐이었다.

글래스는 말을 해 보려 했지만 그의 목에서는 으스스한 울부짖음만이 터져 나올 뿐이었다. 그는 팔꿈치를 땅에 대고 상체를 일으켜보려 애썼다. 헨리가 그를 다시 눕히고 그의 목에 위스키를 부어주었다. 타는 듯한 느낌이 다른 통증들을 잠시나마 잊게 해주었다. 글래스는 잠시 경련하다가 이내 의식을 잃고 말았다.

"기절했을 때 빨리 처치를 해줘야겠어. 천을 더 찢어줘, 브리저."

소년이 셔츠를 북북 찢기 시작했다. 나머지 남자들은 침통한 표정으로 지켜보았다. 꼭 장례식장의 상여꾼들을 보는 듯했다.

대위가 고개를 들었다. "다들 빨리 움직여. 해리스, 자넨 이 주변을 정찰해. 총성을 듣고 놈들이 몰려오고 있을지 모르니까. 누가 가서 불을 지펴놔. 반드시 마른 장작만 써야 해. 연기가 생기면 곤란하다고. 저 곰도 토막 내서 가져가고."

남자들은 하나둘씩 돌아섰다. 대위는 다시 글래스를 돌아보았다. 그는 브리저가 건넨 천 조각으로 글래스의 목을 잘 감쌌다. 그런 다음 두 조각을 더 들여 단단히 묶어놓았다. 천 조각은 피부에 닿는 순간 피로 흥건히 젖었다. 대위는 머릿가죽을 제자리에 붙여놓기 위해 또 다른 천으로 글래스의 머리를 대충 덮어놓았다. 그런 다음, 셔츠에 물을 묻혀 피로 물든 글래스의 눈 주변을 훔쳐내주었다. 그는 브리저에게 물통에 강물을 채워오라고 지시했다.

브리저가 돌아오자 대위와 브리저는 다시 글래스를 옆으로 돌려놓았다. 브리저가 그의 머리를 붙잡고 있는 동안 헨리 대위는 그의 등을 살펴보았다. 헨리가 곰의 송곳니가 남겨놓은 상처에 물을 부었다. 상처는 깊었지만 출혈은 크지 않았다. 하지만 곰의 발톱이 만들어놓은 다섯 개의 평행선들은 사정이 달랐다. 그중 두 줄은 특히 깊었다. 근육이 드러난 자리에서 많은 양의 피가 배어나오고 있었다. 대위는 흙과 피로 덮인 상처들에 계속 물을 부었다. 흙이 씻겨 내려가자 출혈은 더 심해졌다. 대위는 일단 그냥 두기로 했다. 그는 셔츠에서 뜯어낸 두 개의 천 조각으로 지혈이 필요한 부분을 꽁꽁 감싸 맸다. 하지만 역부족이었다. 아무리 막아보려 애를 써도 출혈은 멎을 줄 몰랐다.

대위는 잠시 머리를 굴렸다. "빨리 봉합하지 않으면 과다 출혈로 죽고 말 거야."

"목은 어떻습니까?"

"목도 꿰매야지. 하지만 상태가 워낙 심각해서 어디서부터 손을 대야 할지 모르겠어." 헨리가 가방에서 검은 실과 굵은 바늘을 꺼냈다.

대위는 두툼한 손가락으로 바늘에 실을 꿰었다. 놀라울 만큼 능숙한 손놀림이었다. 브리저는 가장 깊은 상처의 가장자리를 힘껏 오므려놓고 있었다. 그는 글래스의 피부에 바늘을 찔러 넣는 헨리의 일거수일투족을 휘둥그레진 눈으로 지켜보았다. 대위는 네 바늘 만에 상처를 봉합하는 데 성공했다. 그는 상처의 중앙에서 거친 실의 끝을 매듭지어놓았다. 글래스의 등에 난 다섯 군데의 상처 중 봉합이 필요한 것은 두 군데였다. 대위는 촘촘히 꿰매는 대신 각 상처의 중앙 부분만 대충 봉합해놓았다. 그럼에도 출혈은 눈에 띄게 줄어들었다.

"이제 이 친구 목을 좀 보자."

그들은 글래스를 다시 반듯하게 눕혀놓았다. 천 조각으로 대충 감싸놓은 목에서는 아직도 피거품이 일고 쌕쌕 소리가 흘러나왔다. 헨리는 상처 안으로 식도와 기관의 새하얀 연골을 똑똑히 들여다볼 수 있었다. 목에서 피거품이 인다는 것은 기관이 끊어지거나 베였다는 뜻이었다. 헨리는 손상된 기관을 처치하는 방법을 알지 못했다. 그가 글래스의 입 앞으로 한 손을 가져가 숨을 쉬고 있는지 확인했다.

"이젠 어떡하죠, 대위님?"

대위는 바늘에 새 실을 꿰어 넣었다. "아직 입으로 호흡이 가능한 상태야. 급한 대로 피부만이라도 봉합해놔야지. 나머진 알아서 낫길 바라야 하고." 헨리는 3센티미터 간격으로 글래스의 목을 봉합해나갔다. 브리저는 버드나무 숲 그늘진 곳에 글래스를 눕힐 침낭을 깔아놓았다. 그들은 그를 들고 가 조심스레 뉘어놓았다.

라이플을 챙겨들고 빈터를 나온 대위는 다시 버드나무 숲을 지나 강으로 향했다.

강에 다다른 대위가 둑에 라이플을 내려놓고 가죽 튜닉을 벗었다. 그의 두 손은 피로 끈적거렸다. 그는 강물에 손을 씻기 시작했다. 피 얼룩이 잘 지워지지 않자 둑에서 떠온 모래로 손을 북북 문질러보았다. 한참을 그렇게 씨름하던 대위가 두 손으로 얼음같이 차가운 물을 떠 턱수염으로 덮인 얼굴에 뿌렸다. 익숙한 기분이 다시 찾아들었다. '이런 일이 또 벌어졌군.'

풋내기들이 황무지에서 큰일을 당하는 경우는 흔히 있었지만 베테랑이 희생되는 경우는 드물었다. 드루이야르와 마찬가지로 글래스 역시 변경에서 잔뼈가 굵은 베테랑이었다. 용골처럼 늘 묵직하게 중심을 잡아온 그였지만 애석하게도 날이 밝으면 숨을 거둘 운명이었다.

대위는 전날 밤 글래스와 나누었던 대화를 떠올렸다. '그게 정말 어젯밤이었나?' 1809년, 드루이야르의 죽음은 종말의 첫 조짐이었다. 헨리가 이끄는 무리는 스리포크스의 골짜기에 방책(防柵)을 버려두고 남쪽으로 도망쳤다. 덕분에 그들은 블랙풋 족으로부터 무사히 도망칠 수 있었다. 하지만 그 결정은 로키 산맥의 가혹한 자연으로부터 그들을 지켜주지 못했다. 그들은 살인적인 추위와 굶주림과 크로 족의 약탈을 꿋꿋이 견뎌냈다. 1811년, 마침내 그들이 비틀거리며 산을 내려왔을 때도 모피 교역 가능성은 미해결 문제로 남아 있었다.

그로부터 십여 년이 흐른 지금까지도 헨리는 로키 산맥이 감춰놓은 부를 쫓아 사냥꾼들을 이끌고 있었다. 헨리는 머릿속으로 기억의 페이지를 찬찬히 넘겨보았다. 세인트루이스를 떠나온 지 일주일쯤 지났을 때 그는 1만 달러어치의 교역품이 실린 킬보트를 잃었다. 블랙풋 족은 미주리 강의 그레이트폴스 근처에서 그의 부하 둘을 죽였다. 그는 아리카라 족 마을로 달려가 애슐리를 지원했고, 그곳에서 레번워스 대령과 함께 괴멸됐다. 결국 미주리 강은 아리카라 족에 의해 완전히 봉쇄되고 말았다. 일주일에 걸쳐 그랜드 강을 따라 오르는 동안 그의 부하 세 명이 맨던 족에게 죽임을 당했다. 원래 평화적인 인디언인 그들은 칠흑 같은 밤에 실수로 그들을 공격했던 것이다. 그리고 지금, 그의 오른팔이라 할 수 있는 글래스가 곰의 공격을 받아 치명상을 입고 누워 있었다. '내가 전생에 무슨 죄를 지었기에 이토록 저주가 끊이지 않는 걸까?'

빈터에 남은 브리저는 글래스에게 담요를 덮어준 후 곰을 돌아보았다. 남자 네 명이 달려들어 곰을 해체하고 있었다. 간, 심장, 혀, 허릿살, 그리고 갈비가 차례로 뜯겨져 나왔다. 당장 조리해 먹을 수 있는 부위들이었다. 나머지 부위들은 얇고 길게 저미며 염장을 해놓았다.

브리저가 칼을 뽑아 들고 거대한 곰 앞으로 다가갔다. 곰을 해체하던 피츠제럴드가 고개를 들고 소년을 쳐다보았다. 브리저는 곰의 앞발에서 가장 큰 발톱을 잘라냈다. 길이는 15센티미터 가까이 되었고 두께는 그의 엄지손가락만 했다. 면도날같이 날카로운 발톱의 끝은 글래스의 피로 젖어 있었다.

"누가 발톱을 가져도 된다고 했지?"

"내가 가지려는 게 아니에요, 피츠제럴드." 브리저가 발톱을 챙겨 들고 글래스에게로 돌아갔다.

브리저는 글래스의 가방을 열고 발톱을 그 안에 넣었다.

그날 밤, 남자들은 기름기 많은 곰 고기로 배를 든든히 채웠다. 또다시 신선한 고기를 맛보려면 앞으로 며칠을 더 기다려야 할지 몰랐다. 헨리 대위는 두 명의 보초를 세워놓았다. 빈터는 바깥세상과 완벽히 격리되어 있

45

었지만 모닥불과 그 연기가 걱정이었다.

대부분의 남자들은 모닥불에 둘러앉아 버드나무 가지에 꿰인 고기를 뜯어먹고 있었다. 대위와 브리저는 차례로 글래스의 상태를 살폈다. 글래스는 초점 잃은 멍한 눈을 두 번 떴다. 모닥불 불빛에 반짝이기는 했지만 그 안에서는 불꽃이 튀지 않고 있었다. 물을 삼킬 때면 그는 죽을 만큼 고통스러워하며 경기를 일으켰다.

그들은 긴 불구덩이를 만들어 고기를 훈제했다. 동이 트기 전 헨리 대위는 다시 한 번 글래스의 상태를 확인했다. 그는 의식을 잃은 상태였다. 가빠진 숨을 내쉴 때마다 거슬리는 쇳소리가 새어 나왔다.

헨리는 모닥불 앞에 앉아 갈비를 뜯고 있는 블랙 해리스에게로 돌아갔다. "그 상황에선 누구라도 저렇게 당했을 겁니다, 대위님. 이런 엄청난 놈이 달려드는데 별 수 있었겠습니까. 원래 불운에는 이유가 없는 법입니다."

헨리는 계속 고개만 저어댔다. 그는 운에 대해 알고 있었다. 그들은 한동안 말없이 앉아 있었다. 동쪽 지평선 위로 희미한 새벽빛이 번져가고 있었다. 대위는 라이플과 뿔 화약통을 주섬주섬 챙겼다. "동이 완전히 트기 전에 돌아올게. 다들 일어나면 두 사람을 골라 무덤을 파놓으라고 해."

한 시간 후, 대위가 돌아왔다. 캠프 한쪽으로 대충 파다 만 무덤이 보였다. 그가 해리스를 돌아보았다. "이게 뭐지?"

"저기, 대위님…… 저 친구, 아직 살아 있습니다. 멀쩡히 살아 있는데 무덤을 팔 순 없지 않겠습니까."

그들은 오전 내내 휴 글래스가 죽기만을 기다렸다. 그는 의식을 되찾지 못했다. 피부는 과다 출혈로 창백했고, 호흡은 여전히 가빴다. 하지만 숨이 들락거릴 때마다 그의 가슴은 멈추지 않고 들썩거렸다.

오전 내내 강과 빈터를 맴돌던 헨리 대위는 정찰을 하고 오라며 블랙 해리스를 상류로 올려 보냈다. 해리스는 해가 중천에 떠 있을 때 돌아왔다. 그는 인디언들은 보이지 않았지만 반대편 둑의 오솔길이 여러 사람과 말들의 발자국으로 완전히 뒤덮여 있다고 했다. 또한 2마일쯤 떨어진 상류에 수상한 캠프의 흔적이 남아 있다고 보고했다. 대위는 더 이상 기다릴 수 없었다.

그는 두 남자에게 어린나무를 몇 그루 베어 오라고 지시했다. 침낭과 나무를 엮어 들것을 만들려는 것이었다.

"그러지 말고 트래보이(travois, 두 개의 막대기를 틀에 묶어서 개나 말에게 끌게 하는 운반 용구-옮긴이)를 만들어보는 게 어떻겠습니까, 대위님? 노새에게 끌고 가라면 되지 않습니까."

"트래보이를 끌기에는 강변이 너무 거칠어."

"굳이 강을 따라 이동할 필요는 없지 않습니까."

"그냥 시키는 대로 해." 대위가 말했다. 생소한 지역에서 믿을 만한 표시물은 강뿐이었다. 헨리는 강둑에서 3센티미터도 벗어날 마음이 없었다.

장애물에 가로막힌 남자들이 차례로 멈춰 섰다. 그랜드 강은 가파른 사암 절벽에 부딪혀 굽어져 있었다. 깊은 물은 벽 앞에서 맹렬히 소용돌이치다가 넓게 펼쳐져 반대편 기슭으로 흘러갔다. 마지막으로 도착한 사람은 글래스가 누운 들것을 들고 온 브리저와 피그였다. 그들은 들것을 땅에 조심스레 내려놓았다. 피그는 털썩 주저앉아 숨을 할딱거렸다. 그의 셔츠는 땀으로 흥건히 젖어 있었다.

남자들은 선택의 기로에 서 있었다. 첫 번째 선택지는 가파른 절벽을 기어오르는 것이었다. 두 손과 두 발을 모두 사용하면 충분히 가능한 일이었다. 그들보다 두 시간 먼저 출발한 블랙 해리스도 절벽을 기어올라갔을 게 분명했다. 그들은 그의 발자국을 똑똑히 볼 수 있었다. 산쑥으로 덮인 암벽에도 그가 손으로 헤집고 간 흔적이 고스란히 남아 있었다. 그러나 들것을 책임지는 사람이나 노새는 절대 오를 수 없었다.

두 번째 선택지는 강을 건너가는 것이었다. 평평한 반대편 둑은 꽤 유혹적이었다. 문제는 강을 건너는 그 자체였다. 둑에 갇힌 물의 깊이는 최소한 1.5미터 이상은 될 것이었다. 게다가 물살까지 거셌다. 상대적으로 얕은 강 중앙에서부터는 유유히 걸어갈 수 있었다. 발만 단단히 딛고 선다면 라이플과 화약을 적시지 않고도 충분히 건널 수 있을 것 같았다. 설령 미끄러진다 해도 얕은 곳까지 몇 미터만 헤엄치면 어렵지 않게 반대편에 다다를 수 있었다.

노새를 강으로 이끄는 것은 문제도 아니었다. 그들은 특히나 물을 좋아하는 녀석을 오리라고 불렀다. 노새는 매일 몇 시간씩 얕은 물에 축 늘어진 배를 깔고 서 있었다. 맨턴 족이 쳐들어왔을 때 끌려가지 않았던 것도 그 기이한 취미 덕분이었다. 다른 동물들이 기슭에서 풀을 뜯거나 자고 있을 때 오리만은 모래톱의 얕은 물에 들어가 서 있었다. 강도들이 있는 힘껏 잡아끌었을 때도 녀석은 진흙에 네 발을 깊숙이 박아 넣고 끝까지 버텨냈다. 나중에 여단은 절반에 가까운 인력을 투입해 간신히 노새를 물에서 끌어내는 데 성공했다.

강을 건너는 데 노새는 아무런 장애가 되지 않았다. 문제는 글래스였다.

들것을 수면 위로 번쩍 들고 강을 건너는 건 불가능했다.

헨리 대위는 잠시 고민에 빠졌다. 그는 이런 문제점을 진작 보고하지 않은 해리스를 원망했다. 1마일쯤 떨어진 하류에는 누구라도 손쉽게 건널 수 있는 여울이 있었다. 헨리는 단 몇 시간이라도 그룹을 나누고 싶지 않았다. 하지만 그들 모두를 이끌고 하류로 되돌아가는 건 어리석은 일이었다. "피츠제럴드, 앤더슨, 여기서부턴 자네들이 들것을 맡아. 베르노, 자넨 나랑 같이 이들을 따라 하류 도하 지점으로 돌아갈 거야. 나머진 여기서 건너가. 그런 다음 우리가 올 때까지 기다리면 돼."

피츠제럴드가 대위를 쏘아보며 중얼거리자 대위가 말했다. "나한테 뭐 할 말 있나, 피츠제럴드?"

"전 사냥꾼입니다, 대위님. 빌어먹을 노새가 아니라고요."

"모두가 교대로 들것을 맡고 있잖아."

"다들 무서워서 꺼내지 못하고 있는 얘길 내가 한번 해볼까요? 정말 이 송장을 옐로스톤까지 질질 끌고 갈 생각입니까?"

"이 여단의 누구라도 이 친구와 같은 상태에 놓이면 난 포기하지 않을 거야. 그게 자네라 할지라도 말이지."

"왜 우리가 무덤을 끌고 가야 하는 겁니까? 이러고 가다가 갑자기 골짜기에서 괴한들과 맞닥뜨리면 어쩝니까? 이 여단엔 글래스. 한 놈뿐입니까?"

"그럼 이 여단엔 너 한 놈뿐이야?" 앤더슨이 말했다. "전 피츠제럴드와 생각이 다릅니다, 대위님. 모르긴 해도 대부분 저랑 같은 생각들일 겁니다."

앤더슨이 들것으로 다가가 글래스 옆에 자신의 라이플을 놓아두었다. "나 혼자 이걸 끌게 할 거야?"

그들은 사흘 동안 글래스를 들고 갔다. 그랜드 강의 둑은 모래톱과 무질서하게 널린 바위들로 이루어져 있었다. 미루나무 무리를 지나자 3미터가 넘는 높이의 버드나무 숲이 나타났다. 그들은 거대한 식칼로 베어낸 듯한 강가 절벽을 기어 올라갔다. 한쪽에는 춘기 홍수로 떠내려온 잔해들이 수북이 쌓여 있었다. 돌무더기들, 뒤얽힌 나뭇가지들, 그리고 뿌리째 뽑혀 나온 나무들. 햇볕에 탈색된 나무들의 몸통은 유리처럼 매끈거렸다. 평평하던 땅에 바위가 많아지면 그들은 강을 건너 계속 상류로 올라갔다. 물에 젖은 벅스킨 바지가 천근만근이었지만 그들은 개의치 않았다.

강은 평원의 고속도로였고, 헨리의 부하들은 둑을 따라 이동하는 유일한 여행자들이 아니었다. 곳곳에 발자국과 캠프의 흔적들이 널려 있었다. 블랙 해리스는 정찰 중 작은 수렵단을 두 차례나 목격했다고 보고했었다. 하지만 너무 멀리 떨어져 그들이 수 족인지 아리카라 족인지 확인할 길은 없었다. 중요한 건 그 두 부족 모두 큰 위협이 될 수 있다는 사실이었다. 미주리 강 전투 이후 아리카라 족은 그들의 확실한 적이 되었다. 그 전투에서 헨리 대위의 여단을 도왔던 수 족의 현재 입장은 알 수 없었다. 멀쩡한 사람이 고작 열 명에 불과한 작은 수렵단은 그들에게 대적할 능력이 없었다. 문제는 그들의 무기와 덫과 노새가 그들의 매력적인 표적이 될 수 있다는 사실이었다. 어디서 누가 매복하고 있을지 몰랐다. 그들이 믿을 것은 블랙 해리스와 헨리 대위의 정찰 능력뿐이었다.

'여기선 더 서둘러야 해.' 대위는 생각했다. 하지만 그들은 장례 행렬만큼이나 굼뜨게 이동 중이었다.

그러는 동안 글래스는 의식을 잃었다 되찾기를 연신 반복했다. 그는 가끔 물로 목을 축였을 뿐 여전히 고형 음식물을 삼키지 못했다. 실수로 들것이 뒤집히는 바람에 글래스가 땅에 내동댕이쳐진 적이 두 번 있었다. 그 충격으로 목의 봉합선이 뜯어졌다. 대위는 벌겋게 감염된 그의 목을 다시 꿰매주었다. 나머지 상처들에는 아무도 관심을 주지 않았다. 어차피 회복을 위해 그들이 할 수 있는 게 없었다. 그런다고 글래스가 불평하는 것도 아니었다. 목의 부상은 그를 벙어리로 만들어놓았다. 이제 그가 낼 수 있는 소리는 애처로운 쌕쌕거림뿐이었다.

그들은 사흘 만에 가까스로 그랜드 강과 작은 개울이 합류하는 지점에 도착할 수 있었다. 블랙 해리스는 거기서 얼마 떨어지지 않은 곳에서 소나무들로 둘러싸인 샘을 찾아냈다. 캠프를 차려놓기에 이상적인 공간이었다. 헨리는 앤더슨과 해리스에게 사냥감을 찾아보라고 지시했다.

조금씩 배어나는 차가운 샘물은 이끼로 덮인 돌들에 깨끗이 걸러지고 있었다. 헨리 대위는 몸을 숙여 물을 마시면서 자신이 내린 결정을 다시 곱씹어보았다.

그들은 지난 사흘간 글래스를 끌고 고작 40마일 남짓밖에 이동하지 못했다. 글래스만 아니었다면 그 두 배 이상의 거리를 이동하고도 남았을 것이다. 다행히 아리카라 족의 영역은 벗어난 듯했지만 블랙 해리스는 매일 수 족의 흔적을 찾아냈다.

헨리는 현재 상황보다도 어디로 가야 할지가 더 걱정이었다. 무슨 수를 쓰더라도 너무 늦게 옐로스톤에 도착하는 일만은 없어야 했다. 앞으로 고기의 섭취 없이 보름을 더 버티다가는 여단 전체가 위험에 빠질 수 있었다. 늦가을 날씨는 카드 한 벌 만큼이나 예측 불가능했다. 인디언 서머가 찾아들 수도 있고, 눈보라를 동반하며 우짖는 바람이 불어닥칠 수도 있었다.

헨리는 신체적 안전만큼이나 상업적인 성공에도 집착했다. 운이 좋으면 몇 주간 가을 사냥을 할 수도 있을 것이고, 인디언들과의 거래를 통해 모피를 추가로 챙길 수도 있을 것이다. 그렇게 손에 넣은 모피는 부하 한두 명을 시켜 강 아래로 운반하게 하면 될 것이다.

대위는 2월의 어느 화창한 날, 모피를 가득 실은 통나무배가 세인트루이스에 도착하는 상상을 즐겨했다. 그렇게만 된다면 그들의 성공적인 옐로스톤 원정은 『미주리 리퍼블리컨』 1면에 소개될 것이다. 그 기사를 보고 새로운 투자자들이 우르르 몰려들 것이다. 봄이 되면 애슐리는 돈을 풀어 새로운 모피 수송대를 모집할 것이고, 늦여름 즈음이면 헨리가 이끄는 사냥꾼 여단이 옐로스톤 구석구석을 신나게 누빌 것이다. 충분한 인력과 교역품만 있다면 블랙풋 족과의 관계를 돈독하게 만드는 것도 불가능한 일은 아니었다. 비버들이 득실거리는 스리포크스 골짜기에 덫을 놓으려면 그들의 협조가 절실했다. 다음 겨울이면 비버 가죽이 가득 실린 평저선 몇 척을 이끌고 당당히 귀환할 수도 있을 것이다.

하지만 모든 건 시간에 달려 있었다. 경쟁자들보다 무조건 먼저 도착해야만 했다. 그 방법 외에는 없었다.

북쪽은 브리티시 노스웨스트 회사가 맨던 족 마을까지 장악하고 있었다. 또한 이 회사는 서해안 지역도 접수해버렸다. 덕분에 그들은 컬럼비아 강과 그 지류들을 마음껏 누빌 수 있게 되었다. 소문이 맞다면, 브리티시 소속 사냥꾼들은 스네이크 강과 그린 강까지 진출했다.

남쪽, 특히 타오스와 산타페 지역에서는 컬럼비아 모피, 프렌치 모피, 스톤보스트윅 등 여러 회사들이 아옹다옹 영역 다툼을 벌이는 중이었다.

하지만 그 어느 곳도 세인트루이스를 포함한 동부 지역만큼 경쟁이 치열하진 않았다. 1819년, 미 육군은 모피 교역을 활성화시키겠다며 '옐로스톤 원정'을 시작했다. 비록 존재감은 미비했지만 육군의 관여는 많은 사업가들로 하여금 모피 교역에 적극 뛰어들게 만들었다. 마누엘 리사의 미주리 모피회사는 플랫 강에 사업장을 차려놓았다. 1812년 영미전쟁 당시 영국군에 의해 컬럼비아 강에서 쫓겨났던 존 제이콥 애스터는 자신의 아메리칸 모피회사를 소생시키고 본사를 세인트루이스로 옮겼다. 그들 모두한정된 자금과 인력을 놓고 피 튀기는 경쟁을 벌이고 있었다.

헨리는 소나무 그늘 밑 들것에 누워 있는 글래스를 힐끗 돌아보았다. 그는 글래스의 뜯겨진 머릿가죽을 제대로 봉합해놓지 않았다. 너덜거리는 머릿가죽은 여전히 그의 머리 위에 불안하게 얹혀 있었다. 그 가장자리에는 짙은 자주색 피가 들러붙어 있었다. 망가진 몸의 기괴한 왕관 같았다. 대위는 복잡한 감정에 휩싸였다. 연민과 분노, 억울함과 죄책감.

회색곰의 공격은 글래스 탓이 아니었다. 곰은 그저 그들 여정에 도사리고 있는 수많은 위험 중 하나에 불과했을 뿐이다. 여단이 세인트루이스를 떠나온 순간부터 헨리는 이런 사상자가 생기게 될 거라고 예상했다. 재수없으면 그들 중 누구라도 글래스처럼 될 수 있었다. 글래스는 헨리가 가장 신뢰하는 부하였다. 그는 노련했고, 사냥에 남다른 재능이 있었다. 말 그대로 타고난 사냥꾼이었다. 그와 블랙 해리스를 제외한 나머지는 조무래기에 불과했다. 그들은 어리고, 무식하고, 약했으며, 경험도 별로 없었다. 글래스마저도 이렇게 당했는데 그들이라고 안심할 수는 없었다. 헨리 자신은 말할 것도 없었다. 대위는 다시 죽어가는 남자를 내려다보았다.

리더인 그는 여단을 위해 어려운 결정을 내려야 했다. 변경에서 살아남는 길은 자급자족뿐이었다. 세인트루이스 서부에서는 재정 지원 혜택을 받지 못했다. 연대책임 의식으로 똘똘 뭉쳐야만 버텨낼 수 있는 곳이었다. 비록 법전에 명시되지는 않았지만 동업자들 간의 약속으로 이루어진 어설픈 법규는 분명히 존재했다. 이기적인 욕심에 낭패를 보지 않으려면 그에 따르는 수밖에 없었다. 황무지에서 그 법규는 성서와 같았다. 상황이 요청할 때는 반드시 친구나 파트너 들에게 도움의 손길을 내밀어야 했다. 설령 상대가 낯선 이들이라 할지라도 그 불문율은 지켜야 했다. 서로 의지하지 않으면 결코 살아남을 수 없었다.

하지만 글래스에게는 그 법규를 적용하기 힘들었다. '이만큼 했으면 최선을 다한 거잖아.' 상처를 처치해주고, 들것에 실어 날라주고, 제대로 장례를 치러주기 위해 한없이 기다려주고. 헨리의 결정으로 여단 전체가 괴로워하고 있었다. 분명 옳은 결정이었지만 더 이상의 지탱은 어려웠다. 특히 이곳에서는.

대위는 글래스를 버리고 가버릴까도 생각했었다. 고통받는 글래스를 위해서라면 그의 머리에 총을 한 방 갈겨줄 수도 있어야 했다. 하지만 헨리는 차마 글래스를 죽일 수 없었다. 헨리는 이 치명상을 입은 남자에게 더 이상 그 때문에 여단 전체를 위험에 빠뜨릴 수는 없다는 걸 이해시키고 싶었다. 그는 글래스를 위해 적당한 공간을 찾아볼 생각이었다. 그곳에 불을 피워주고 무기와 식량을 두고 가면 될 것 같았다. 그의 상태가 호전되면 미주리 강에서 재회할 수도 있을 것이다. 헨리는 글래스를 잘 알고 있었다. 만약 글래스가 말을 할 수 있었다면 분명 헨리의 제안에 동의했을 것이다. 자기 한 사람 때문에 동지들이 위험에 빠지는 걸 원치 않았을 것이다.

그럼에도 불구하고 헨리는 차마 그를 두고 떠날 수가 없었다. 곰의 공격이 있었던 후로 글래스와 대화는 불가능해졌다. 그가 정확히 무엇을 원하는지 알아낼 길이 없었다. 명확한 지침이 없다고 해서 무작정 좋을 대로 추정하는 건 옳지 않았다. 헨리는 리더였고, 글래스는 그가 책임져야 할 부하였다.

'그럼 나머지 부하들은?' 이번 원정에 큰돈을 투자한 애슐리는? 먼 산처럼 아득하게만 느껴지는 상업적 성공을 10년 넘게 기다려온 세인트루이스의 가족은?

그날 밤, 여단 남자들은 세 개의 작은 화덕에 모여 앉았다. 주변에 우거진 소나무들이 불과 연기를 완벽히 가려주었다. 그들은 모닥불에 새끼 물소 고기를 훈제했다. 일몰 직후 8월의 저녁은 빠르게 식어갔다. 아직 춥지는 않았지만 계절의 변화가 지평선까지 바짝 다가왔음은 분명히 느낄 수 있었다.

대위는 심각한 얼굴로 일어나 남자들을 내려다보았다. "아무래도 더 서둘러야겠어. 여기 남아서 글래스를 챙겨줄 사람이 둘 필요해. 그가 죽으면 제대로 묻어주고 우릴 뒤따라오면 돼. 그래만 준다면 로키마운틴 모피회사에서 상여금으로 70달러씩 지급할 거야."

한 화덕에서 솔잎이 튀면서 밤하늘에 불꽃이 수놓아졌다. 남자들은 말없이 상황과 제안에 대해 숙고했다. 글래스의 죽음은 불가피한 결과이겠지만 그럼에도 그런 상상은 대위를 오싹하게 만들었다. 장 베르노라는 프랑스인은 성호를 그었다. 나머지 남자들은 계속해서 눈앞의 모닥불만을 빤히 응시하고 있을 뿐이었다.

아주 오랫동안 누구도 입을 열지 않았다. 남자들의 머릿속에는 온통 돈 생각뿐이었다. 70달러는 1년치 임금의 4분의 3을 넘어서는 큰돈이었다. 게다가 글래스는 오래 버티지 못하고 숨을 거둘 게 뻔했다. 빈터에 며칠 남았다가 여단에 합류해 70달러를 챙기는 건 모두에게 무척 매력적인 조건이었다. 물론 위험 부담은 있었다. 적이 쳐들어왔을 때 열 명이 막는 것과 달랑 두 명이 막는 것은 큰 차이가 있었다. 인디언들이 용케 냄새를 맡고 쳐들어온다면…… 죽고 나면 70달러가 무슨 소용이겠는가.

"제가 남겠습니다, 대위님." 남자들의 시선이 일제히 목소리가 들려온 쪽으로 돌아갔다. 놀랍게도 가장 먼저 자원하고 나선 이는 피츠제럴드였다.

헨리 대위는 피츠제럴드의 의도가 의심스러웠다.

어리둥절해하는 대위를 올려다보며 피츠제럴드가 말했다. "갑자기 동지애가 발동해서 이러는 게 아닙니다, 대위님. 당연히 돈 때문이죠. 아무 조건 없이 여기 남아 저 친구를 어머니처럼 돌봐줄 사람을 찾는다면 다른 데 가서 알아봐요."

헨리 대위의 시선이 나머지 남자들을 찬찬히 훑어나갔다. "또 누가 남겠어?" 블랙 해리스가 작은 나뭇가지를 화덕에 휙 던져 넣으며 말했다. "저도 남겠습니다, 대위님." 글래스는 해리스의 친구였다. 해리스는 글래스를 피츠제럴드와 단둘이 남겨놓을 수는 없었다. 여단의 누구도 피츠제럴드를 좋아하지 않았다. 글래스는 그보다 나은 대접을 받아 마땅했다.

대위가 고개를 저었다. "자넨 안 돼, 해리스."

"왜 안 된다는 겁니까?"

"자넨 여기 남을 수 없어. 글래스랑 각별한 사이라는 거 알지만 우리에겐 자네 같은 정찰꾼이 필요해."

한동안 어색한 침묵이 감돌았다. 남자들은 멍한 눈으로 화덕만을 쳐다보았다. 그들은 모두 같은 결론에 이른 상태였다. 그럴 만한 가치가 없다는 결론. 글래스를 존중하지 않아서가 아니었다. 오히려 그들은 그를 좋아했다. 앤더슨을 비롯한 몇몇은 그에게 마음의 빚을 진 상태였다. '글래스를 보호하는 게 과제라면 선뜻 나서겠어.' 앤더슨은 생각했다. 하지만 그러라는 게 아니잖아. 글래스가 죽기를 기다렸다가 묻고 오는 애긴데, 그걸 누가 하려고 하겠어?

헨리는 피츠제럴드에게만 그 일을 맡겨야 할지 모른다고 생각했다. 그때 짐 브리저가 굼뜬 움직임으로 일어났다. "제가 남겠습니다."

피츠제럴드가 피식 웃었다. "맙소사, 대위님, 설마 저 꼬마 녀석을 남기고 떠나진 않겠죠? 브리저가 남는다면 돈을 두 배로 줘야 합니다. 하나도 아니고 둘씩이나 챙겨야 할 테니까요."

그 말에 브리저가 한 대 얻어맞기라도 한 듯 움찔했다. 당혹감과 분노에 그의 피가 끓어올랐다. "대위님, 제 몸은 제가 챙길 수 있습니다."

대위는 뜻밖의 결과에 적잖이 놀랐다. 브리저와 피츠제럴드에게 글래스를 맡기는 건 그를 그냥 버리고 가는 것과 다르지 않았다. 브리저는 말 그대로 아이였다. 지난 1년간 로키마운틴 모피회사와 일해온 그는 정직하고 유능했지만 피츠제럴드의 상대는 결코 될 수 없었다. 피츠제럴드는 용병이었다. 하지만 이걸 노리고 결정한 게 아니었나? 대위는 생각했다. 연대 책임을 핑계로 내 책임을 그에게 떠넘기려고 했던 거 아니었냐고. 이길 외엔 없다는 거 알잖아. 또 다른 방법이 있긴 해?

"좋아." 대위가 말했다. "나머지는 새벽에 출발한다."

헨리 대위와 그의 여단이 떠난 후 이틀이 지났다. 저녁이 되자 피츠제 럴드는 소년에게 장작으로 쓸 나무를 모아오라고 시켰다. 글래스는 자신 이 지켜보겠다고 했다. 글래스는 작게 피워놓은 모닥불 근처에 누워 있었 다. 피츠제럴드는 그에게 눈길조차 주지 않았다.

빈터 위로 솟은 가파른 비탈은 특이한 암층으로 이루어져 있었다. 곳곳 에는 거대한 둥근 바위들이 수북이 쌓여 있었다. 마치 거인의 손이 꾹꾹 눌러 쌓아 올린 것 같아 보였다.

두 개의 돌무더기 사이에는 심하게 뒤틀린 소나무 한 그루가 서 있었다. 지역 부족들이 티피(tepee, 과거 북미 원주민의 원뿔형 천막-옮긴이)의 뼈 대로 쓰는 로지폴 소나무로, 참새가 산 아래 숲의 옥토에서 물어온 씨가 이 높은 빈터에 떨어져 싹을 틔우고 이렇게 자라난 것이었다. 공교롭게도 두 돌무더기 틈에 떨어진 그 씨는 때마침 내린 비로 무사히 발아했을 것이 다. 바위에 고스란히 스며든 한낮의 열기도 그 과정을 도왔을 것이다. 직 사광선을 받지 못한 소나무는 한동안 옆으로만 자라다가 나중이 되어서 야 비로소 위로 뻗어나갈 수 있었다. 뒤틀린 몸통에서 뻗쳐 나온 울퉁불퉁 한 가지들은 촘촘한 솔잎으로 덮여 있었다. 산 아래 로지폴 소나무들은 모 두 반듯했다. 그중에는 다른 나무들보다 18미터 이상 높이 솟아오른 것들 도 여럿 있었지만 그 무엇도 비비 꼬인 빈터의 소나무보다 높이 오르지 못 했다.

대위가 여단을 이끌고 떠난 후 피츠제럴드는 캠프에서 최대한 멀리 떨어져 육포를 만드는 데 집중했다. 그는 글래스의 목숨이 끊어지는 순간 그걸 챙겨 부리나케 캠프를 떠날 셈이었다.

본류에서 충분히 떨어져 있기는 했지만 피츠제럴드는 여전히 불안했다. 작은 개울이 빈터로 이어졌기 때문이다. 모닥불의 흔적을 보아하니 다른 무리도 이곳에서 추운 봄을 지낸 것 같았다. 피츠제럴드는 빈터가 이미 잘 알려진 캠프일까 두려웠다. 설령 그렇지 않다 해도 여단과 노새가 남기고 간 흔적이 강을 따라 올라온 적들을 빈터로 이끌 수도 있었다. 그랜드 강의 둑 주변을 기웃거리는 수렵단이나 인디언들은 어렵지 않게 빈터를 찾아낼 수 있을 것이다.

피츠제럴드는 인상을 찌푸리며 글래스를 돌아보았다. 동지들이 떠난 날 그는 호기심에 글래스의 상태를 유심히 살펴보았다. 조잡하게 봉합된 목은 감염이 되어 벌겋게 부어올라 있었다. 다리와 팔의 찔린 상처는 조금씩 아물어가는 중이었지만 길고 깊게 난 등의 상처들에는 염증이 생겼다. 그나마 다행인 건 글래스가 대부분의 시간을 무의식 상태에 빠져 보낸다는 사실이었다. '대체 언제 뒈지는 거야?'

1815년, 존 피츠제럴드는 술김에 한 창녀를 칼로 찔러 죽였다. 그 후 운명은 도망치듯 뉴올리언스를 떠나야 했던 그를 이곳 변방으로 이끌었다.

피츠제럴드는 뉴올리언스에 자리를 잡은 스코틀랜드인 뱃사람과 케이준(cajun, 프랑스계 이민의 자손−옮긴이) 상인의 딸 사이에서 태어났다. 배를 타는 그의 아버지는 매년 한 번씩 뉴올리언스에 들렀다. 하지만 결혼한 지 10년째 되던 어느 날, 그의 배는 카리브해 지역에서 침몰했다. 매년 뉴올리언스에 들를 때마다 그는 아내에게 씨앗을 뿌렸다. 남편의 사망 소식을 접한 지 3개월 만에 피츠제럴드의 어머니는 잡화점을 운영하는 노인과 재혼했다. 걷잡을 수 없이 불어난 자식들을 부족함 없이 키우기 위해 내린 불가피한 결정이었다. 그런 현실적인 결정 덕분에 그녀는 대부분 아이들을 별 무리 없이 키울 수 있었다. 총 여덟 명의 아이가 성인이 될 때까지 살아남았다. 노인이 세상을 뜨자 맨 위 두 아들이 잡화점을 물려받았다. 나머지 아이들은 일자리를 찾아 나서거나 좋은 상대를 만나 결혼했다. 하지만 존만은 그 틈에서 방황했다.

피츠제럴드는 어릴 적부터 폭력에 남다른 재능을 보였다. 상대와 마찰이 생기면 그 자리에서 주먹과 발로 깔끔하게 처리해버렸다. 그는 열 살 때 연필로 급우의 다리를 찔러 학교에서 쫓겨났다. 피츠제럴드는 아버지처럼 고된 뱃일을 하며 살고 싶지 않았다. 그는 지저분한 부두에서 싸움질을 하며 10대 시절을 보냈다. 열일곱 살 때는 술집에서 싸움을 벌이다가 한 뱃사공이 휘두른 칼에 얼굴을 베이기도 했다. 얼굴에 생긴 낚싯바늘 모양의 흉터는 그에게 날붙이류에 대한 흥미를 심어주었다. 그는 칼에 큰 관심을 갖게 되었고, 그때부터 온갖 종류의 단검과 끌을 수집하기 시작했다.

스무 살이 된 피츠제럴드는 부둣가 술집에서 일하는 어린 창녀와 사랑에 빠졌다. 도미니크 페로라는 이름의 여자는 프랑스인이었다. 도미니크는 빈털터리인 피츠제럴드를 대신해 돈을 벌어야 했다. 하지만 그는 그녀가 하는 일을 못마땅해했다. 어느 날, 도미니크가 킬보트의 뚱뚱한 선장과 엉겨 붙어 있는 걸 본 피츠제럴드는 피가 끓어올랐다. 그는 분을 참지 못하고 그들을 찔러 죽였다. 그런 다음, 형들이 운영하는 가게에서 84달러를 훔쳐 미시시피 강을 따라 북쪽으로 향하는 보트에 몸을 실었다.

그 후로 5년 동안 피츠제럴드는 골든 라이온이라는 멤피스의 술집에서 숙식과 약간의 급여를 제공받는 조건으로 일했다. 바텐더라는 직무상의 자격은 그에게 언제든 폭력을 휘두를 수 있는 자유를 주었다. 뉴올리언스에서는 누려보지 못했던 호사였다. 그는 난동을 부리는 손님들에게 마음껏 완력을 행사했다. 그에게 두들겨 맞아 죽을 뻔한 손님도 둘이나 있었다.

피츠제럴드는 잡화점을 운영하며 승승장구 중인 형들만큼이나 숫자에 밝았다. 그는 자신의 그런 타고난 재능을 도박에 썼다. 한동안 그는 술집에서 챙겨주는 쥐꼬리만 한 급여를 흥청망청 써버리는 재미에 흠뻑 빠져 살았다. 하지만 시간이 흐를수록 욕심은 점점 커져만 갔다. 피츠제럴드는 여기저기서 돈을 끌어와 도박의 밑천으로 썼다.

골든 라이온과 경쟁하는 술집의 주인으로부터 200달러를 빌려 도박을 시작한 피츠제럴드는 금세 운 좋게 천 달러를 따게 되었다. 그는 자축의 의미로 일주일 동안 주색에 빠져 지냈다. 뜻밖의 횡재는 그에게 잘못된 자신감을 심어주었다. 그는 자신이 도박에 소질이 있다고 믿고 과욕을 부리기 시작했다. 피츠제럴드는 골든 라이온을 때려치우고 도박장에 눌러앉아버렸다. 하지만 행운은 다시 찾아오지 않았고 그는 한 달 만에 제프리 로빈슨이라는 악덕 사채업자에게 2천 달러를 빚지게 되었다. 로빈슨은 피츠제럴드가 몇 주 동안 자신을 피해 다니자 심복 두 명을 보내 그의 팔을 부러뜨려놓았다. 그들은 일주일 안에 돈을 갚지 않으면 가만두지 않겠다고 경고한 후 사라졌다.

다급해진 피츠제럴드는 한스 방게만이라는 독일인에게 2천 달러를 빌렸다. 하지만 그는 그 돈으로 로빈슨에게 진 빚을 갚지 않고, 멤피스를 뜨기로 했다. 다음 날 아침, 피츠제럴드는 북쪽으로 향하는 또 다른 보트에 몸을 실었고 1822년 2월, 세인트루이스에 발을 딛게 되었다.

새 도시에서 한 달을 보낸 피츠제럴드는 어느 날, 수상한 두 남자가 지역 술집들을 돌며 '얼굴에 흉터가 난 노름꾼'의 행방을 찾고 있다는 소문을 듣게 되었다. 멤피스 사채업자들이 피츠제럴드의 도주를 뒤늦게 알아차린 것이다. 제프리 로빈슨과 한스 방게만은 100달러짜리 똘마니 둘을 고용해 피츠제럴드를 죽이고 남은 돈을 회수해오라고 지시했다. 그들은 빌려준 돈을 한 푼도 회수하지 못할 거라는 걸 알고 있었다. 그저 괘씸한 피츠제럴드를 잡아 죽이고 싶을 뿐이었다. 그들에게는 돈보다도 명예를 회복하는 게 중요했다. 그 소식은 멤피스 술집들에 널리 퍼져나갔다.

피츠제럴드는 독 안에 든 쥐였다. 세인트루이스는 미시시피 강 최북단에 자리한 문명의 마지막 벽지 소도시였다. 그는 위험천만한 뉴올리언스와 멤피스로 돌아가고 싶지 않았다. 그날 피츠제럴드는 술집 손님들이 『미주리 리퍼블리컨』에 실린 광고에 대해 주절대는 걸 엿들었다. 그는 신문을 집어 들고 내용을 직접 확인했다.

진취력 있는 청년들에게. 미주리 리퍼블리컨의 한 구독자가 미주리 강을 따라 수원(水源)까지 거슬러 올라갈 100명의 청년을 찾고 있습니다. 선발되면 그곳에서 짧게는 1~2년, 길게는 3년간 일을 하게 됩니다. 문의 사항이 있으면 워싱턴 흑연광 근처에서 그룹을 이끌고 지휘할 헨리 대위를 찾으십시오.

피츠제럴드는 그 자리에서 결정을 내렸다. 그는 얼마 남지 않은 한스방게만의 돈으로 낡은 가죽 튜닉과 모카신, 그리고 라이플을 구입했다. 다음 날 그는 헨리 대위를 찾아가 모피 수송대에 끼워줄 것을 요구했다. 헨리는 피츠제럴드가 마음에 들지 않았지만 부족한 인원을 채우기 위해 받아줄 수밖에 없었다. 대위에게는 백 명의 청년이 필요했고, 피츠제럴드는 충분히 건강해 보였다. 건장한 체구에 칼부림 경험까지 있다면 금상첨화였다. 한 달 후, 피츠제럴드는 킬보트를 타고 미주리 강을 따라 올라갔다.

피츠제럴드는 변경으로 향하는 내내 기회가 오면 로키마운틴 모피회사를 떠날 궁리만을 했다. 그는 칼뿐만 아니라 다른 무기도 잘 다뤘다. 피츠제럴드는 비록 여단 내 산쟁이들 같은 추적 기술은 없었지만 총 하나는 기가 막히게 쏠 줄 알았다. 얼마 전 미주리 강에서 적에게 포위당했을 때 그는 저격수의 인내심으로 아리카라 족 두 명을 해치웠다. 헨리의 부하들 대부분은 인디언들과의 교전을 두려워했지만 피츠제럴드는 오히려 그걸 기대하고, 또 즐겼다.

피츠제럴드는 다시 글래스를 내려다보았다. 그의 시선이 부상자 옆에 놓인 안슈타트 쪽으로 돌아갔다. 그는 브리저가 돌아오지 않았는지 잽싸게 주위를 살피다가 라이플을 집어 들었다. 피츠제럴드는 라이플의 개머리를 어깨에 갖다 붙이고 총열의 끝에 시선을 고정시켰다. 몸에 딱 맞는 옷을 걸친 느낌이었다. 가벼운 총의 넓은 조준기는 표적을 신속히 찾아냈다. 여러 표적에 차례로 겨누어지던 총구가 마침내 글래스 앞에서 멈췄다.

피츠제럴드는 안슈타트가 탐났다. 대위와 의논해본 적은 없지만 자원해서 빈터에 남기로 한 만큼 자신이 라이플을 차지하는 게 마땅하다고 생각했다. 브리저가 주제넘게 소유권을 주장할 리도 없었다. 여단의 사냥꾼들 모두가 글래스의 라이플을 탐내고 있었다. 70달러는 그들이 떠안은 위험 부담에 비하면 보잘것없는 액수였다. 피츠제럴드는 안슈타트를 노리고 선뜻 나섰던 것이다. 그런 무기는 소년에게 어울리지 않았다. 게다가 브리저는 윌리엄 앤더슨의 라이플만으로도 충분히 만족해하고 있었다. 하지만 필요하다면 글래스의 칼 정도는 기꺼이 내줄 용의가 있었다.

피츠제럴드는 글래스와 남기로 결정한 순간 세워둔 계획을 다시 떠올려보았다. 그 계획은 시간이 흐를수록 점점 더 매력적으로 느껴졌다. '하루 일찍 죽는다고 뭐가 달라지겠어?' 하지만 이 위험천만한 환경에서 어떻게든 살아남아야 하는 피츠제럴드는 그 '하루'의 차이를 누구보다도 잘 알고 있었다.

피츠제럴드는 안슈타트를 내려놓았다. 글래스의 머리 옆에는 피로 얼룩진 셔츠가 나뒹굴고 있었다. '저걸로 몇 분간 얼굴을 짓이기면…… 아침엔 여길 뜰 수 있을 거야.' 피츠제럴드는 다시 라이플을 내려다보았다. 농

63

갈색 라이플은 주황색으로 변한 솔잎 위에서 특히 더 매혹적으로 보였다. 그의 손이 셔츠를 향해 서서히 다가갔다.

"일어났어요?" 그의 뒤에서 브리저가 물었다. 소년은 장작을 한 아름 안고 있었다. 깜짝 놀란 피츠제럴드는 잠시 당황했다. "빌어먹을! 또다시 날 놀라게 했다간 내 손에 죽을 줄 알아!"

브리저는 장작을 떨어뜨리고 글래스에게 다가갔다. "수프를 좀 먹여봤으면 좋겠는데."

"지금 제정신이야, 브리저? 저 목구멍에 수프를 부어주게? 그냥 두면 내일 죽을 텐데 뭣하러 그런 짓을 하지? 여기서 지내는 게 좋아? 왜? 수프를 먹이면 이 자식이 벌떡 일어날 거라고 생각해?"

한동안 침묵을 지키던 브리저가 말했다. "그냥 저대로 죽기를 바라는 것 같군요."

"당연하지. 그걸 말이라고 해? 네 눈으로 똑똑히 보라고. 이 자식도 빨리 죽기를 바라고 있잖아!" 피츠제럴드는 극적인 효과를 위해 잠시 뜸을 들였다. "학교에 다녀본 적 있어, 브리저?" 피츠제럴드는 그 질문의 답을 알고 있었다.

소년이 고개를 저었다.

"그럼 내가 간단한 산수를 가르쳐주지. 헨리 대위와 동지들은 하루에 최소한 30마일 이상씩은 이동할 수 있을 거야. 글래스라는 짐을 벗었으니까. 우리가 그들보다 빨리 움직인다고 쳐. 하루에 40마일씩 이동할 수 있다고 쳐보잔 말이야. 40에서 30을 빼면 뭐가 남지, 브리저?" 소년이 멍한 얼굴로 그를 쳐다보았다.

"답이 뭔지 가르쳐주지. 10." 피츠제럴드가 조롱하듯 양손을 펼쳐보였다. "딱 이만큼이라고. 우리가 아무리 용을 써도 하루에 10마일 정도씩만 따라잡을 수 있다는 뜻이야. 그들은 이미 100마일도 넘게 앞서가고 있다고. 우리가 열흘 동안 미친 듯이 걸어야 따라잡을 수 있는 거리야. 그것도 이 자식이 오늘 죽고, 우리가 그들을 대번에 찾아낸다는 가정 하에서 말이지. 그 열흘 동안 수 족과 맞닥뜨리지 않는다고 어떻게 장담할 수 있겠어? 무슨 얘긴지 이해해? 여기서 하루를 보낼 때마다 실제로는 사흘씩 뒤처지게 되는 거라고. 수 족에게 붙잡히면 글래스 이 친구보다 더 험한 꼴을 당하게 될걸. 머릿가죽 벗겨진 사람을 본 적 있어?"

브리저는 말이 없었다. 그는 언젠가 그레이트폴스 근처에서 머릿가죽이 벗겨진 남자를 본 적이 있었다. 헨리 대위가 블랙풋 족에게 잔인하게 살해당한 두 사냥꾼을 캠프로 끌고 왔을 때였다. 브리저는 그 시체들이 어떤 꼴을 했는지 생생히 기억하고 있었다. 대위가 노새에 묶어놓은 끔찍한 몰골의 시체들을 풀어놓자 사냥꾼들이 우르르 몰려들었다. 불과 아침까지만 해도 모닥불 앞에 모여 같이 시시덕거렸던 이들이었다. 그들의 머릿가죽은 벗겨져 있었고, 코와 귀와 눈은 도려내어진 상태였다. 코가 베어진 얼굴은 꼭 두개골을 보는 듯했다. 알몸의 시체들에서는 은밀한 부위도 보이지 않았다. 그들의 목과 손목에는 햇볕에 그을려 생긴 선이 선명하게 남아 있었다. 그 선 위의 갈색 피부는 무두질한 마구용 쇠가죽처럼 질겼지만 나머지 부분은 레이스처럼 하앴다. 한편으로는 우스워 보이기까지 했다. 그토록 끔찍한 몰골만 아니었어도 사냥꾼들은 이런저런 농담을 늘어놓았을 것이다. 물론 시체들을 보고 웃는 사람은 아무도 없었다. 브리저는 몸을 씻을 때마다 그날 보았던 레이스처럼 하얗고, 아기처럼 연약한 살을 떠올리곤 했다.

브리저는 피츠제럴드에게 당당히 맞서고 싶었다. 하지만 통쾌하게 받아칠 방법은 떠오르지 않았다. 할 말은 있었지만 반박할 명분이 없었다. 피츠제럴드의 속셈을 비난하는 건 쉬운 일이었다. 그는 자신의 입으로 돈 때문이라고 당당히 밝혔었다. 하지만 소년이 내건 명분은? 물론 돈 때문은 아니었다. 소년에게 금액은 전혀 중요하지 않았다. 그는 이미 만족스러운 수준의 급여를 받고 있었다. 브리저는 충성심에서 그 명분을 찾고 싶었다. 여단 동지에 대한 충성. 그는 글래스를 존경했다. 글래스는 친절했고, 크게 드러나지 않는 방법으로 그를 지켜주었으며, 많은 가르침을 주었다. 브리저는 글래스에게 진 빚을 모른 척하고 싶지 않았다. 하지만 언제까지나 그것에 목매여 살 수는 없는 일이었다.

소년은 자신이 글래스와 빈터에 남겠다고 나섰을 때 놀라움과 감탄의 눈으로 바라보던 남자들의 반응을 생생히 기억하고 있었다. 보초를 서다가 큰 실수를 저질렀던 밤, 자신에게 집중되었던 분노와 경멸의 시선과는 대조적인 반응이었다. 여단을 이끌고 빈터를 떠나기 전 대위는 그의 어깨를 토닥여줬었다. 그 간단한 제스처는 소년에게 처음으로 소속감을 느끼게 해주었다. 마침내 우락부락한 남자들 틈에서 자신의 자리를 찾은 것이다. 그래서 빈터에 남기로 한 거 아니었나? 상처 난 자존심을 치료하기 위해서? 딱한 동지가 아닌, 자기 자신을 챙기기 위해서? 남의 불행을 통해 이득을 얻으려 했으니 피츠제럴드와 다를 바가 없는 건가? 아니, 오히려 피츠제럴드만도 못했다. 적어도 그는 빈터에 남기로 한 이유를 당당히 밝혔으니까.

6

1823년 8월 31일

세 번째 날 아침, 브리저는 캠프에 홀로 남아 세 시간에 걸쳐 구멍 난 모카신을 수선했다. 낡아빠진 신발 때문에 그의 발은 심하게 긁히고 멍들어 있었다. 소년은 이렇게 수선할 기회가 주어졌다는 사실에 감사했다. 그는 여단이 남기고 간 생가죽을 조금 잘라 송곳으로 그 가장자리에 구멍을 뚫었다. 닳아 해진 밑창도 새 가죽으로 바꾸었다. 비뚤비뚤한 바늘땀은 느슨했던 신을 꽉 조여주었다.

수선이 끝난 신발을 살피던 브리저의 시선이 글래스 쪽으로 돌아갔다. 그의 상처들 위로는 파리 떼가 윙윙거리고 있었다. 브리저는 바짝 마른 글래스의 입술이 쩍쩍 갈라져 있음을 깨달았다. 소년은 또다시 자신의 도덕 수준이 피츠제럴드보다 높기는 한지 궁금해졌다. 브리저는 커다란 금속제 컵에 샘에서 떠온 차가운 물을 따라 글래스의 입에 갖다 대주었다. 입술에 컵이 닿자 글래스는 조금씩 물을 마시기 시작했다. 무의식적인 반응이었다.

글래스가 컵에서 입을 떼자 브리저는 낙담했다. 쓸모 있는 사람이 되었다는 사실에 잠시나마 흐뭇했는데…… 소년은 글래스를 빤히 내려다보았다. 피츠제럴드가 옳았다. 글래스는 머지않아 숨을 거두게 될 것이다. '그래도 그때까진 최선을 다해야 하잖아. 숨을 거둘 때까지는 곁에서 잘 챙겨줘야 하잖아.'

브리저의 어머니는 땅에서 자라는 모든 것의 효능을 속속들이 알고 있었다. 그는 어머니가 숲에서 잔뜩 챙겨온 꽃과 잎과 나무껍질 들에 특별히 관심을 갖지 않았던 자신을 질책했다. 물론 기본적인 지식은 가지고 있었다. 브리저는 빈터 끝에서 당밀처럼 끈적거리는 진이 배어나는 소나무 한 그루를 찾아냈다. 그는 녹슨 칼을 꺼내 송진을 긁어냈다. 칼날은 금세 끈적거리는 물질로 뒤덮였다. 브리저는 다시 글래스에게로 돌아와 무릎을 꿇고 앉았다. 소년은 먼저 회색곰의 송곳니가 깊이 박혔던 다리와 팔뚝 상처에 송진을 발라주었다. 주변이 아직 검푸른 탓인지 피부는 눈에 띄게 회복된 듯해 보였다. 브리저는 손가락으로 문질러 깊이 팬 상처들에 송진을 채워나갔다. 주변 피부에도 넉넉히 발라놓았다.

그런 다음, 글래스를 옆으로 누이고 그의 등을 살폈다. 조잡하게 봉합된 부분들은 들것이 뒤집혔을 때 대부분 뜯어져 나갔다. 그의 등에는 새로운 출혈의 흔적도 뚜렷이 남아 있었다. 하지만 글래스의 등을 진홍색으로 물들여놓은 것은 피가 아니라 감염이었다. 다섯 개의 평행선은 등 전체를 뒤덮은 상태였다. 상처들 중앙에서는 누런 고름이 배어 나오고 있었고, 가장자리는 시뻘겋게 성이 나 있었다. 폴폴 풍기는 악취는 상한 우유를 떠올리게 했다. 브리저는 나무에서 두 번 더 긁어온 송진을 글래스의 등 전체에 발라주었다.

마지막 남은 송진은 목에 난 상처에 발랐다. 대위가 꿰매놓은 봉합선 밑으로 끔찍하게 벌어진 살이 보였다. 여전히 의식을 회복하지 못한 글래스는 쌕쌕거리며 힘겨운 호흡을 이어가고 있었다. 꼭 기계의 고장 난 부품들에서 새어나오는 소리 같았다. 브리저는 다시 소나무로 다가가 칼로 나무껍질을 벗겨냈다. 그런 다음, 안쪽의 부드러운 부분을 뜯어 모자에 담아왔다.

브리저는 컵에 다시 샘물을 채우고 벌겋게 달아오른 석탄 위에 걸어놓았다. 물이 끓자 그는 컵에 송진을 넣고 칼끝으로 살살 휘저었다. 농도는 금세 진흙처럼 부드럽고 걸쭉해졌다. 그는 자신이 만든 약제가 식을 때까지 기다렸다가 글래스의 목에 발라주었다. 길게 베인 상처들을 그것으로 채웠고, 어깨 부분에도 넓게 발라주었다. 그 작업이 끝나자 브리저는 자신의 작은 가방에서 여분의 셔츠를 꺼냈다. 그는 셔츠로 글래스의 목에 발린 약제를 덮은 후, 글래스의 머리를 살짝 들어 목 뒤로 꽉 묶어놓았다.

브리저는 다시 부상자의 머리를 조심스레 내려놓았다. 글래스의 눈이 뜨여 있는 걸 확인한 그가 흠칫 놀랐다. 만신창이가 된 몸뚱이와 어울리지 않게 글래스의 또렷한 두 눈에는 힘이 잔뜩 들어가 있었다. 브리저는 글래스를 빤히 쳐다보며 그가 전하려는 메시지를 이해해보려 노력했다. '무슨 말이 하고 싶은 거지?'

글래스는 1분간 소년을 응시하다가 다시 눈을 감았다. 의식이 돌아온 그 짧은 순간 동안 글래스는 자신의 민감성이 크게 증폭된 것을 똑똑히 느낄 수 있었다. 마치 순간적으로 비밀스러운 몸의 작용을 인식하기라도 한 듯했다. 소년의 정성이 그의 몸 일부에나마 안정을 가져다준 것이다. 송진이 발린 곳은 따끔거렸고 약제의 온기는 그의 목을 편안하게 해주었다. 글래스는 자신의 몸이 또 한 차례의 결전을 위한 준비에 들어갔음을 깨달았다. 겉으로는 변화가 없었지만 몸속 깊은 곳에서 분명히 느껴졌다.

피츠제럴드는 그림자가 초저녁 빛에 길게 늘어났을 때 캠프로 돌아왔다. 그의 어깨에는 암사슴 한 마리가 걸쳐져 있었다. 사슴의 목은 깊이 베여 있었고, 내장도 이미 제거된 상태였다. 그는 모닥불 옆에 사슴을 떨어뜨렸다. 살아 있었다면 그 어떤 동물보다도 우아했을 녀석이지만 지금은 흉측한 꼴로 널브러져 있었다.

피츠제럴드는 글래스의 몸에 발린 송진과 약제를 내려다보았다. 그의 얼굴이 딱딱하게 굳어졌다. "헛된 짓을 해놨군." 그가 잠시 뜸을 들였다. "네놈이 이러면 내 시간까지 허비된다고."

브리저는 못 들은 척 했다. 하지만 그의 얼굴은 분노로 화끈 달아올라 있었다. "너 지금 몇 살이지?"

"스무 살이에요."

"거짓말 마. 깩깩대지 않고선 말도 제대로 못하는 놈이. 보나 마나 네 엄마 말고 다른 여자 젖통은 본 적도 없을걸."

소년은 고개를 돌려버렸다. 피츠제럴드에게는 상대의 약점을 블러드하운드처럼 찾아내는 남다른 재능이 있었다.

피츠제럴드는 불편해하는 브리저의 반응을 날고기의 영양분처럼 쪽쪽 빨아들였다. 그가 웃음을 터뜨렸다. "뭐야? 정말 여자랑 같이 자본 적이 없는 거야? 거봐, 내 말이 맞지? 한심한 녀석이군. 그깟 2달러가 없어서 세인트루이스에서도 창녀랑 재미를 못 보다니."

피츠제럴드는 육중한 몸을 땅에 앉히고 실실 웃었다. "여자가 싫은 건가? 너 호모야? 이런, 오늘부턴 땅에 등을 착 붙이고 자야겠군. 한밤중에 네놈이 갑자기 발정 나면 큰일이잖아." 브리저는 여전히 대꾸가 없었다.

"이 자식 이거, 물건도 없는 거 아냐?"

그 말에 브리저가 라이플을 집어 들고 벌떡 일어나 공이치기를 당겼다. 총구는 이내 피츠제럴드의 머리에 겨누어졌다. "이 개자식, 피츠제럴드! 한마디만 더 나불거리면 네놈 머리통을 박살내주겠어!"

피츠제럴드는 넋 나간 얼굴로 라이플의 시커먼 총구를 빤히 올려다보았다. 그는 한동안 총구에서 눈을 떼지 않은 채 미동도 없이 앉아 있었다. 그의 시선이 천천히 브리저의 눈으로 올라갔다. 흉터 난 그의 얼굴에 옅은 미소가 떠올랐다. "대단한데, 브리저. 쪼그리고 앉아 오줌을 누진 않을 것 같군."

피츠제럴드가 코웃음을 치며 칼을 뽑아 들고 사슴을 해체하기 시작했다.

캠프의 정적 속에서 브리저는 자신의 거친 숨소리와 심장의 쿵쾅거림을 똑똑히 들을 수 있었다. 그가 총을 내려놓고 다시 땅에 주저앉았다. 갑자기 피로가 몰려들었고, 소년은 담요를 끌어와 어깨에 둘렀다.

몇 분 후 피츠제럴드가 다시 입을 열었다. "이봐."

브리저가 말없이 그를 돌아보았다.

피츠제럴드는 피 묻은 손으로 코를 문질렀다.

"네 총은 부싯돌 없이 발사되지 않아."

브리저가 자신의 라이플을 내려다보았다. 록에 붙어 있어야 할 부싯돌이 보이지 않았다. 그의 얼굴이 다시 확 달아올랐다. 이번에는 피츠제럴드가 아닌, 자신에게 화가 난 것이었다. 피츠제럴드가 나지막이 웃으며 긴 칼로 능숙하게 작업을 이어나갔다.

사실 짐 브리저는 열아홉 살이었고, 마른 체격 때문에 그보다도 어려 보였다. 그가 태어난 1804년은 루이스와 클라크의 원정이 시작된 해였다. 그들의 귀환을 지켜보며 자극을 받은 짐의 아버지는 1812년, 버지니아를 출발해 서부 원정에 나섰다.

브리저의 가족은 세인트루이스 근처 식스마일 대초원의 작은 농장에 자리를 잡았다. 여덟 살 소년에게 서부 원정은 그야말로 환상적인 모험이었다. 넘어야 할 온갖 장애물들 하며, 저녁식사를 위한 사냥에 노숙까지. 짐은 5만 평에 달하는 목초지와 숲과 개울들을 놀이터 삼아 누비고 다녔다. 짐은 농장에 들어온 지 첫 주 만에 작은 샘을 찾아냈다. 그는 들뜬 마음에 아버지를 데려와 샘을 보여주었던 순간을 아직도 생생히 기억하고 있었다. 그들은 샘 위에 고기 저장소를 지어놓았다. 짐은 어릴 적부터 측량 일을 겸했던 아버지를 자주 따라다녔고, 그 덕분에 탐험이라는 남다른 취미를 가질 수 있었다.

브리저의 유년기는 그가 열세 살 때 갑작스레 끝나버렸다. 그의 어머니와 아버지와 형은 한 달 만에 열병으로 모두 세상을 떠났다. 소년은 졸지에 자신과 여동생의 생계를 책임져야 하는 상황에 놓이게 되었다. 여동생은 나이 든 숙모가 맡아 길러주었지만 가족의 재정적 부담은 고스란히 그가 떠안아야 했다. 그는 돈을 벌기 위해 연락선 선주 밑에서 일을 시작했다.

브리저가 어렸을 때만 해도 미시시피 강은 쉴 새 없이 지나다니는 배들로 북적였었다. 남쪽에서는 급속히 발전하는 세인트루이스로 향하는 화물선들이 꼬리에 꼬리를 이었고, 북쪽에서는 변경의 자원이 분주히 실어 날라졌다. 브리저는 이국적인 뉴올리언스와 그 너머의 외국 항구들에 대한 이야기를 귀가 따갑도록 들어왔다. 그는 오로지 몸뚱이와 의지만으로 보트를 밀고 올라가는 억센 뱃사공들을 여럿 보았고, 렉싱턴에서 테러호트까지 상품을 실어 나르는 트럭 운전사들과도 많은 이야기를 나누었다. 그는 물살을 힘차게 거슬러 오르는 기선들을 보며 꿈을 키웠다.

하지만 짐 브리저의 상상력을 자극한 것은 미시시피 강이 아닌, 미주리 강이었다. 연락선 선착장에서 6마일쯤 가면 두 개의 거대한 강이 하나로 모이는 지점이 나타났다. 매일 변경의 격류가 잔잔한 물살을 뒤흔드는 곳이었다. 옛 강과 새 강, 알려진 것과 미지의 것, 문명사회와 황무지의 합류 지점이었다. 브리저는 선착장에 매끈한 평저선을 매어놓고 근처에서 캠핑을 하는 모피 상인과 뱃사공들을 오랫동안 지켜보곤 했다. 브리저는 그들로부터 야만적인 인디언들과 바글거리는 사냥감들, 끝없이 펼쳐진 평원과 우뚝 솟은 산들에 대한 흥미진진한 이야기를 들으며 꿈을 키웠다.

귀가 따갑게 듣기만 했을 뿐 직접 본 적은 없는 변경은 마치 자석처럼 브리저를 잡아끌었다. 어느 날, 등 굽은 노새를 탄 전도사가 브리저의 연락선에 오른 적이 있었다. 그는 브리저에게 신이 내린 임무를 알고 있는지 물었다. 브리저는 망설임 없이 대답했다. "로키 산맥으로 가는 것이죠." 전도사는 뛸 듯이 기뻐하며 미개인들에게 선교하는 일을 해 보지 않겠느냐고 소년에게 제안했다. 브리저는 인디언들에게까지 예수를 소개하고 싶지 않았다. 하지만 그때 나눈 대화는 아직도 그의 뇌리 깊은 곳에 박혀 있다. 소년은 서부로의 여정이 단순히 새로운 세상을 구경하는 것에서 끝나지 않기를 바랐다. 그는 원정을 통해 자신의 영혼을 들여다보고 싶었다. 멀리 떨어진 산이나 평원에서만 자신에게서 빠진 마지막 한 조각을 찾을 수 있을 거라 믿었다.

하지만 브리저는 꿈을 접고 계속해서 느릿느릿한 연락선을 몰았다. 앞으로 뒤로, 왔다 갔다. 진척 없는 움직임으로. 그는 고정된 두 선착장에서 1마일 이상 떨어져 나와본 적이 없었다. 머릿속에 그려왔던, 미지의 땅을 방랑하고 탐험하는 삶과는 정반대로 살았던 것이다.

1년 후, 브리저는 연락선 일을 그만두고 세인트루이스에서 한 대장장이의 도제로 들어갔다. 그토록 갈망해온 서부 원정을 위한 첫 걸음이었다. 대장장이는 그를 잘 챙겨주었다. 여동생과 숙모에게 부치라며 돈도 몇 푼씩 내어주곤 했다. 문제는 5년이라는 견습 기간이었다.

새 직장은 그를 황야로 보내주지 않았다. 하지만 세인트루이스에서는 서부 원정에 대한 이야기를 원 없이 들을 수 있었다. 브리저는 5년 동안 변경과 관련된 설화에 흠뻑 빠져 지냈다. 그는 말에 편자를 박거나 덫을 수리하러 찾아온 평원의 주민들에게 궁금한 모든 것을 물어보았다. 그들이 어디를 다녀봤는지, 무엇을 봐왔는지. 소년은 무섭게 쫓아오는 블랙풋족 백 명에게 머릿가죽을 내주지 않으려 알몸으로 도망친 존 콜터의 이야기를 비롯해 마누엘 리사와 슈토 형제 같은 성공한 상인들에 대해서도 자세히 들을 수 있었다. 영웅들의 모습을 실물로 볼 기회도 가끔 있었다. 앤드루 헨리 대위는 말에 편자를 박기 위해 매달 한 차례씩 대장장이를 찾아왔다. 그럴 때마다 브리저는 자신이 직접 하겠다며 나섰다. 운이 좋으면 대위와 몇 마디 나눠볼 수도 있었다. 헨리와의 조우는 그로 하여금 전설과 소설 속에서만 존재할 법한 환상의 세계에 대해 계속 꿈꾸게 해주었다.

브리저의 견습 기간은 그의 열여덟 번째 생일인 1822년 3월 17일까지 이어졌다. 당시 한 지역 극단이 3월 15일(로마 공화정 말기의 정치가이자 장

군인 율리우스 카이사르, 즉 줄리어스 시저가 암살된 날-옮긴이)을 기념해 셰익스피어의 「줄리어스 시저」를 무대에 올렸다. 브리저는 25센트를 내고 공연을 관람했다. 긴 공연의 내용은 도무지 말이 되지 않았다. 발목까지 오는 긴 가운 차림의 남자들은 우스꽝스러웠고, 그들의 대사는 영어가 맞는지 의심이 들 정도로 알아듣기가 힘들었다. 그럼에도 불구하고 연극은 꽤 볼만했다. 부자연스러운 대사도 계속 들으니 어색함이 덜한 것 같았다. 잘생긴 배우가 카랑카랑한 목소리로 읊은 한마디 대사가 브리저의 가슴 깊숙이 파고들었다. '인간사엔 기회라는 것이 있는 법, 기회를 잘 타면 성공에 도달할 수 있다.'

사흘 후, 대장장이는 브리저에게 『미주리 리퍼블리컨』에 실린 공고문에 대해 들려주었다. '진취력 있는 청년들에게……' 브리저는 마침내 자신에게도 기회가 왔음을 대번에 알 수 있었다.

다음 날 아침, 브리저가 눈을 떴을 때 피츠제럴드는 쪼그려 앉아 글래스의 이마를 손으로 짚어보고 있었다.

"뭐 하는 거죠, 피츠제럴드?"

"이 자식, 언제부터 몸이 절절 끓었지?"

브리저는 잽싸게 다가가 글래스의 몸에 손을 대보았다. 그의 피부는 열기와 땀 범벅이었다. "어젯밤에 봤을 땐 괜찮았어요."

"지금은 전혀 괜찮지 않잖아. 이건 곧 숨이 끊어진다는 신호야. 이제야 저세상으로 떠나게 된 거라고."

브리저는 언짢아해야 할지 다행으로 여겨야 할지 갈피를 잡지 못했다. 글래스는 심하게 몸을 떨고 있었다. 피츠제럴드의 말이 맞는 것 같았다.

"이제 떠날 채비를 해야지. 내가 먼저 가서 그랜드 강을 살펴볼게. 넌 여기서 산딸기나 넉넉히 따놓고 있어. 고기도 두들겨서 페미컨으로 만들어놓고."

"글래스는 어쩌고요?"

"어쩌긴 뭘 어째? 네가 무슨 의사라도 돼? 더 이상 우리가 할 수 있는 건 없어."

"기다려야죠. 죽는 걸 확인하고 제대로 묻어줘야 하잖아요. 대위에게도 그러겠다고 약속했고요."

"묻어주고 싶으면 너 혼자 해! 하는 김에 아예 제단까지 만들어주지 그래? 내가 돌아올 때까지 고기를 준비해놓지 않으면 내 손에 죽을 줄 알아. 이 자식보다 더 험한 꼴을 보게 될 거라고!" 피츠제럴드가 라이플을 챙겨 들고 개울 너머로 사라졌다.

아침에는 맑고 상쾌하지만 오후에는 찌는 듯이 더운, 전형적인 9월 초의 날씨였다. 개울과 강이 만나는 곳의 지형은 평평했다. 작은 물줄기들은 넓은 모래톱을 가로질러 그랜드 강의 거센 물살로 빨려 들어갔다. 피츠제럴드는 눈을 내리깔고 모피 수송대의 발자국을 따라갔다. 떠난 지 나흘이 지났음에도 그들이 남긴 흔적은 여전히 뚜렷했다. 피츠제럴드는 상류 쪽을 바라보았다. 독수리 한 마리가 죽은 나무의 헐벗은 가지에 앉아 보초를 서고 있었다. 무언가가 새를 놀라게 한 모양이었다. 새는 두 번의 힘찬 날갯짓 만에 허공으로 붕 떠오르더니 날개 끝을 중심으로 휙 방향을 튼 후 상류를 향해 날아갔다.

그때 말의 요란한 울음소리가 아침 공기를 가르고 들려왔다. 피츠제럴드가 그쪽을 휙 돌아보았다. 아침 해는 강 위에 걸려 있었다. 강렬한 햇살이 수면에 반사되어 춤을 추고 있었다. 피츠제럴드는 눈을 가늘게 뜨고 말을 탄 인디언들의 검은 윤곽을 바라보았다. 그가 잽싸게 땅에 엎드렸다. '날 봤나?' 그는 납작 엎드린 채 가쁜 숨을 몰아쉬었다. 그러고는 뱀처럼 꿈틀꿈틀 기어 우거진 버드나무 숲으로 들어갔다. 또다시 말의 울음소리가 들려왔다. 하지만 피츠제럴드가 있는 쪽으로 맹렬히 달려오는 소리는 들리지 않았다. 그는 라이플과 권총의 장전 상태를 확인하고 늑대 털가죽 모자를 벗은 후 버드나무 너머를 살폈다.

그랜드 강 너머 180미터쯤 떨어진 지점에 인디언 다섯 명이 머물러 있었다. 한 인디언은 말을 듣지 않는 핀토(pinto, 말의 일종-옮긴이)를 채찍으로 마구 후려치고 있었고, 나머지 네 명은 그를 에워싼 채 그 광경을 지켜보고 있었다. 그들 중 두 명이 웃음을 터뜨렸다.

한 인디언은 독수리 깃털로 만든 머리 장식을 하고 있었다. 피츠제럴드는 그의 가슴에 늘어뜨려진 곰 발톱 목걸이를 똑똑히 볼 수 있었다. 그의 땋은 머리는 수달의 털가죽으로 덮여 있었다. 세 명은 총으로, 두 명은 활로 무장한 상태였다. 그들과 말의 얼굴에는 출진 물감(warpaint, 북미 원주민 등이 전투에 나갈 때 얼굴과 몸에 바르는 물감-옮긴이)이 발라져 있지 않았다. 피츠제럴드는 그들이 사냥을 나왔을 거라 짐작했다. 어떤 부족인지는 알 수 없었지만 이 지역 인디언들은 사냥꾼들을 위협적인 존재로 여기는 경향이 있었다. 그들은 라이플의 사정거리 밖에 있었다. 그들이 갑자기 달려들지 않는다면 먼저 공격할 방법이 없었다. 그들이 몰려오면 라이플로 한 방, 권총으로 한 방, 두 명을 해치울 수 있을 것이다. 라이플은 그들이 강을 건너는 동안 재장전하면 된다. '다섯 개의 표적을 단 세 발로 해치워야 하다니.' 피츠제럴드는 불안해졌다.

피츠제럴드는 땅에 엎드린 채 버드나무로 둘러싸인 개울 근처의 높은 지대로 올라갔다. 땅에 선명히 남겨진 여단의 발자국이 야속했다. 인디언들은 여전히 고집 센 핀토를 다루느라 정신이 없었다. 하지만 그들은 결국 개울과 강의 합류 지점으로 몰려오게 될 것이다. '빌어먹을!' 여단의 발자국이 화살표처럼 그들을 개울로 이끌게 뻔했다.

버드나무 숲을 빠져나온 피츠제럴드는 소나무들이 있는 쪽으로 이동했다. 그가 마지막으로 몸을 틀고 인디언들을 살폈다. 마침내 핀토가 진정이 된 모양이었다. 인디언들은 강을 따라 다가오고 있었다. '당장 여길 떠나야 해.' 피츠제럴드는 개울을 뛰어넘어 캠프로 달려갔다.

피츠제럴드가 빈터로 돌아왔을 때 브리저는 사슴고기를 바위에 힘껏 내리치고 있었다. "다섯 놈이 그랜드 강을 따라 이쪽으로 오고 있어!" 피츠제럴드는 몇 안 되는 소지품을 허둥지둥 가방에 쑤셔 넣다가 갑자기 고개를 번쩍 쳐들었다. 그의 눈은 공포와 분노로 이글거리고 있었다. "서둘러, 이 자식아! 놈들이 오고 있단 말이야!"

브리저는 고기를 자신의 생가죽 가방에 집어넣고 그것을 어깨에 걸친 후 라이플을 향해 손을 뻗었다. 나무에는 글래스의 안슈타트가 기대어져 있었다. '글래스!' 순간 따귀를 한 대 얻어맞기라도 한 듯 정신이 번쩍 들었다. 그는 부상당한 남자를 내려다보았다.

놀랍게도 글래스의 눈은 뜨여 있었다. 브리저는 깊은 잠에서 막 깨어난 듯한 그의 멀건 눈을 빤히 응시했다. 글래스의 눈은 서서히 초점을 되찾아 가고 있었다. 글래스 역시 강을 따라 접근 중인 인디언들 소식에 몹시 불안해하고 있었다. 한층 또렷해진 그의 눈은 분명 그렇게 말을 하고 있었다.

순간 브리저의 온몸에 오싹 소름이 돋아났다. 글래스의 두 눈에서는 묘한 평온함이 엿보였다. '이해한다는 뜻인가? 날 용서한다고? 아니면 내가 믿고 싶은 대로 상상하고 있는 걸까?' 글래스를 내려다보는 소년에게 죄책감이 날카로운 송곳니처럼 파고들었다. '글래스는 지금 무슨 생각을 하고 있을까? 대위는 뭐라고 할까?'

"그들이 정말 개울로 오고 있어요?" 브리저가 떨리는 목소리로 물었다. 그는 용기가 요구되는 상황에서 한없이 나약해진 자신이 못마땅했다.

"여기 남아서 확인하고 싶어?" 피츠제럴드가 모닥불 앞으로 다가가 건조용 걸이에 남은 고기를 챙겨 담았다.

브리저는 다시 글래스를 돌아보았다. 부상당한 남자의 바짝 말라버린 입술이 실룩거리고 있었다. 그는 갈가리 찢어진 목에서 단어를 끄집어내려 애쓰는 중이었다. "뭔가 할 말이 있나 봐요." 소년이 무릎을 꿇고 앉아 귀를 쫑긋 세웠다. 글래스가 천천히 한 손을 들고 떨리는 손가락으로 한쪽을 가리켰다. 안슈타트를 달라는 것 같은데. "라이플을 달라고 하는 것 같아요. 총을 쥐여줘야겠어요."

순간 소년의 등에 둔한 통증이 느껴졌다. 예기치 못한 발길질에 소년은 앞으로 고꾸라졌다. 그는 힘겹게 몸을 일으키고 피츠제럴드를 올려다보았다. 늑대 털가죽 모자 아래서 피츠제럴드의 얼굴은 분노로 일그러져 있었다. "빨리 서두르란 말이야!"

충격에 휩싸인 브리저가 천천히 일어났다. 그의 눈은 여전히 휘둥그레져 있었다. 피츠제럴드가 글래스에게로 성큼 다가갔다. 글래스 주변에는 그의 소지품 몇 개가 어지럽게 널브러져 있었다. 사냥 가방, 구슬로 장식된 칼집에 끼워진 칼, 손도끼, 안슈타트, 그리고 뿔 화약통.

피츠제럴드가 몸을 숙이고 글래스의 가방을 집어 들었다. 그러고는 그 안에서 부싯돌과 쇳조각을 꺼내 자신의 가죽 튜닉 앞주머니에 떨어뜨렸다. 그런 다음, 뿔 화약통을 집어 들고 어깨에 걸쳐 멨다. 손도끼는 넓은 가죽 벨트에 쑤셔 넣었다.

브리저는 이해할 수 없다는 표정으로 지켜보았다. "지금 뭐하는 거예요?"

피츠제럴드는 다시 허리를 숙여 글래스의 칼을 집어 들고 브리저에게 획 던졌다. "이건 네가 가져." 브리저는 겁에 질린 눈으로 칼집을 내려다보았다. 이제 남은 것은 라이플뿐이었다. 피츠제럴드는 그것을 집어 들고 장전 상태를 확인했다. "미안, 글래스. 이제 이런 것들은 자네에게 아무 쓸모가 없어졌잖아."

브리저는 어이가 없었다. "우리가 이걸 다 가져가면 어떡해요?"

늑대 털가죽 모자를 쓴 남자가 잠시 하늘을 올려다보다가 이내 숲 속으로 사라져버렸다.

브리저는 손에 쥔 칼을 내려다보았다. 그의 시선이 다시 글래스에게로 돌아갔다. 글래스는 풀무 밑 석탄처럼 이글거리는 눈으로 소년을 올려다보고 있었다. 순간 브리저는 온몸이 마비된 듯한 기분을 느꼈다. 그의 안에서는 여러 감정이 충돌하고 있었다. 하지만 오래가지 않아 그중 하나가 그를 압도해버렸다. 공포.

소년은 돌아서서 숲을 향해 내달리기 시작했다.

7
1823년 9월 2일, 아침

햇빛이 쏟아지고 있었다. 글래스는 움직이지 않고도 그걸 알 수 있었다. 하지만 대충 몇 시나 되었을지는 알 길이 없었다. 그는 전날 고꾸라졌던 자리에 그대로 누워 있었다. 분노는 그를 빈터 가장자리까지 데려다놓았지만 그곳에서 고열에 발목이 잡혀버리고 말았다.

곰은 글래스의 몸 밖을 망쳐놓았고, 고열은 그의 몸 안을 망쳐놓고 있었다. 글래스는 마치 몸속 한 부분이 도려내진 듯한 기분을 느꼈다. 그는 모닥불의 온기를 갈망하며 심하게 몸을 떨었다. 캠프의 불구덩이에서는 더 이상 연기가 피어오르지 않았다. 불이 없으니 온기가 있을 리 없었다.

글래스는 누더기가 된 담요로 돌아가고 싶었다. 남아 있는 기운을 끌어오려니 그의 몸속 깊은 틈에서 희미한 절규의 메아리가 들려왔다.

움직임은 그의 가슴 속 무언가를 기분 나쁘게 자극했다. 기침이 터지려하자 그는 황급히 복부에 힘을 주어 막아보았다. 그간 숱한 전투를 치러온 그의 몸은 성한 곳이 한 군데도 없었다. 그의 노력에도 기침은 기어이 터져 나오고 말았다. 글래스는 극심한 통증에 얼굴을 일그러뜨렸다. 마치 깊숙이 박힌 낚싯바늘을 뽑아내는 듯한 기분이었다. 내장이 목구멍을 뚫고 나오는 듯했다.

고통스러운 기침이 잦아들자 그는 다시 담요에 온 신경을 집중시켰다. '몸을 데워야 해.' 글래스는 가까스로 고개를 들었다. 담요는 6미터쯤 떨어져 있었다. 글래스는 땅에 엎드려 왼팔을 몸 앞으로 쭉 뻗어냈다. 그런 다음, 왼팔을 구부렸다가 있는 힘껏 땅을 밀어냈다. 글래스는 성한 한쪽 팔과 한쪽 다리만 써서 빈터를 느릿느릿 가로질러나갔다. 6미터는 6킬로미터처럼 아득하게 느껴졌다. 글래스는 세 번이나 동작을 멈추고 숨을 돌려야 했다. 숨을 들이쉴 때마다 목이 따끔거렸고, 상처 난 등이 욱신거렸다. 그는 필사적으로 손을 뻗어 허드슨 베이 담요를 움켜잡았다. 담요를 끌어와 어깨에 두르고 양모의 온기를 온몸으로 받았다. 그러고는 이내 의식을 놓아버렸다.

오전 내내 글래스의 몸은 상처의 감염과 치열한 싸움을 벌였다. 그는 의식과 무의식 상태를 연신 넘나들었다. 그 사이의 혼란스러운 상태에서는 주변 환경이 무작위로 펼쳐진 책 속 그림들처럼 연속성 없이 느껴졌다. 의식이 돌아올 때면 그는 다시 잠에 빠져들기를 간절히 바랐다. 그렇게 해서라도 극심한 통증으로부터 잠시나마 해방되고 싶었다. 간간이 잠이 찾아들 때마다 그는 두 번 다시 깨어나지 못할 수도 있다는 두려움에 시달렸다. '죽는다는 게 이런 기분인가?'

글래스는 자신이 얼마나 오래 누워 있었는지 알 길이 없었다. 어딘가에서 나타난 뱀 한 마리가 빈터로 들어왔다. 섬뜩하면서도 한편으로는 매혹적인 상황이었다. 확 트인 공터로 들어선 뱀이 혀를 날름거리며 공기를 맛보았다. 먹이를 찾는 포식자의 모습이었다. 뱀이 갑자기 방향을 틀어 글래스를 향해 무서운 속도로 다가오기 시작했다.

글래스는 몸을 굴려 도망치려다 멈칫했다. 뱀과 맞닥뜨렸을 때 절대 움직이면 안 된다는 누군가의 충고가 떠올랐기 때문이다. 그는 최면에 걸리기라도 한 듯 바짝 얼어붙었다. 뱀은 그의 얼굴을 몇 미터 남겨두고 다시 멈춰 섰다. 글래스는 눈을 부릅뜨고 뱀을 노려보았다. 하지만 이내 전염병만큼이나 압도적인 뱀의 눈빛에 기가 꺾여버리고 말았다. 글래스는 넋 나간 얼굴로 천천히 똬리를 트는 뱀을 지켜보았다. 놈은 맹렬한 공격을 준비하고 있었다. 혀는 연신 입을 들락거렸다. 앞뒤로 흔들리는 뱀의 꼬리에서 메트로놈 같은 소리가 났다. 그의 죽음이 임박했음을 알리는 신호 같았다. 글래스에게 움찔할 틈도 주지 않은 채 놈의 첫 번째 공격이 시작되었다. 글래스는 공포에 질린 눈으로 불쑥 내밀어진 방울뱀의 머리를 응시했다. 쩍 벌어진 입 안으로 독이 뚝뚝 떨어지는 송곳니가 보였다. 놈의 송곳니가 글래스의 팔뚝을 파고들었다. 그는 극심한 통증에 비명을 질렀다. 독은 글래스의 몸속으로 빠르게 스며들었다. 글래스가 미친 듯이 팔을 흔들었지만 송곳니는 뽑혀 나오지 않았다. 글래스가 팔을 이리저리 휘두를 때마다 뱀의 몸이 맹렬히 춤을 추었다. 마침내 그의 팔뚝에서 뱀이 떨어져 나갔다. 놈의 기다란 몸은 글래스의 몸통과 수직을 이루고 있었다. 글래스가 몸을 굴려 도망칠 틈도 없이 뱀은 몸을 꼬았다가 다시 튀어 올랐다. 글래스는 비명을 지를 수 없었다. 뱀의 송곳니가 그의 목에 깊숙이 박혔기 때문이다.

글래스의 눈이 번쩍 뜨였다. 태양은 그의 바로 위에 걸려 있었다. 빈터에 빛을 뿌릴 수 있는 유일한 각도였다. 글래스는 눈부신 햇빛을 피하기 위해 조심스레 몸을 굴렸다. 몸길이가 2미터에 달하는 방울뱀은 그에게서 3미터쯤 떨어진 지점에 뻗어 있었다. 한 시간 전, 놈은 솜꼬리토끼 새끼를 통째로 삼켰었다. 그리고 지금, 커다란 덩어리가 뱀의 몸속에서 꿈틀대고 있었다. 토끼가 뱀의 소화관을 따라 서서히 내려가는 중이었다.

글래스는 황급히 자신의 팔뚝을 내려다보았다. 송곳니가 박혔던 흔적이 보이지 않았다.

그는 조심스레 자신의 목을 만져보았다. 뱀에 물렸던 자리에는 아무 흔적도 남아 있지 않았다. 그제야 그는 안도의 한숨을 내쉴 수 있었다. 악몽을 꾼 것이다. 글래스는 다시 뱀을 돌아보았다. 놈은 무기력한 모습으로 먹이를 소화시키는 데 집중하고 있었다.

글래스는 목에 얹은 손으로 자신의 얼굴을 더듬어보았다. 그의 차가운 얼굴은 땀으로 흥건히 젖어 있었다. 마침내 열이 내린 것이다. '물!' 그의 몸이 그렇게 소리치고 있었다. 글래스는 샘이 있는 쪽으로 기어갔다. 갈가리 찢긴 그의 목으로는 아주 약간의 물만을 넘길 수 있었다. 한 방울의 물조차도 적지 않은 통증을 유발시켰다. 하지만 그에게 차가운 물은 원기 회복제나 다름없었다. 글래스는 몸속이 정화되는 상쾌한 기분을 느꼈다.

휴 글래스의 놀라운 삶은 평범하게 시작되었다. 그는 빅토리아와 필라델피아의 영국인 벽돌공, 윌리엄 글래스의 맏아들로 태어났다. 세기의 전환기를 맞아 급성장한 필라델피아는 건축업자들의 천국이었다. 윌리엄 글래스는 비록 부유하지는 않지만 다섯 아이들을 부족함 없이 키워냈다. 윌리엄에게 아이들을 키우는 건 건물의 토대를 다지는 작업과 다르지 않았다. 다섯 아이 모두 정규교육을 받았고, 그는 그것을 자신의 최고 업적으로 여겼다.

휴가 학업에 적성을 보이자 윌리엄은 아들에게 법을 공부해보는 것이 어떻겠느냐고 제안했다. 하지만 휴는 하얀 가발을 뒤집어쓰고 퀴퀴한 냄새가 풍기는 법전을 뒤적이며 살고 싶지 않았다. 그의 관심사는 오로지 지리학뿐이었다.

글래스가 사는 골목에는 로스톤 앤드 선즈 선박회사의 사무실이 자리하고 있었다. 그 건물 로비에는 필라델피아에서 흔히 볼 수 없는 거대한 지구본이 진열되어 있었다. 휴는 방과 후 항상 그 사무실에 들러 지구본을 구경했다. 그는 손끝으로 세상의 모든 바다와 산을 더듬었다. 사무실 벽에는 그날그날의 항로들이 표시된 화려한 지도가 걸려 있었다. 필라델피아를 떠난 가느다란 선들이 드넓은 대양을 가로질러 세계의 주요 항구들로 이어졌다. 휴는 그 가는 선들 끝의 장소와 그곳 사람들을 상상해보곤 했다. 보스턴에서 바르셀로나로, 그리고 콘스탄티노플에서 캐세이까지.

아들의 관심사를 확인한 윌리엄은 휴에게 지도 제작을 해 보라고 권했다. 하지만 휴는 지도 그리는 일에 별 흥미를 느끼지 못했다. 지도만 그리고 있는 건 너무 소극적이고 따분했다. 휴는 장소들의 추상적인 표시보다 장소들 그 자체에 훨씬 더 관심이 있었다. 특히 미지의 땅에. 당시 지도 제작자들은 알려지지 않은 공간들에 상상 속에서나 나올 법한 무시무시한 괴물들을 아로새겨놓곤 했다. 휴는 그런 괴물들이 실제로 존재하는지, 아니면 그저 지도 제작자들의 펜이 날조한 것들에 불과한지 궁금했다. 그는 아버지에게 물어보았고, 아버지는 이렇게 대답했다. "그걸 누가 알겠니?" 휴에게 겁을 주어 지도 제작보다 실용적인 일을 찾아보도록 유도하려는 것이었다. 하지만 그 전략은 먹혀들지 않았다. 휴가 열세 살이 되던 해, 그는 큰 배의 선장이 되겠노라고 선언했다.

1802년, 휴는 열여섯 살이 되었다. 어느 날 갑자기 아들이 바다로 도망쳐버릴 것을 우려한 윌리엄은 휴의 뜻을 존중하기로 했다. 윌리엄은 친분 있는 로스톤 앤드 선즈 호위함의 네덜란드인 선장을 찾아가 휴를 사환으로 받아들여줄 것을 부탁했다. 자식이 없는 요지아스 판 아르천 선장은 휴를 아들로 삼고 10년에 걸쳐 바다에 대한 모든 것을 가르쳐주었다. 1812년, 선장이 세상을 떠나자 휴는 일등 항해사로 진급하게 되었다.

영미전쟁이 발발하자 로스톤 앤드 선즈는 무모하게 봉쇄망을 뚫고 들어가 영국과의 거래를 이어나갔다. 위험했지만 수익성 좋은 사업을 포기할 수는 없었다. 휴는 자신의 날렵한 호위함을 몰고 영군 군함들을 피해 카리브해 지역에서 가져온 럼주와 설탕 따위를 공세에 시달리는 미국 항구들로 분주히 날랐다. 1815년, 전쟁이 끝났을 때 로스톤 앤드 선즈는 이미 카리브해 지역 상권을 장악한 상태였고, 휴는 그간의 공을 인정받아 작은 화물선 선장 자리에 오를 수 있었다.

휴 글래스가 서른한 살이 되던 해 여름, 그는 엘리자베스 판 아르천을 처음 만났다. 당시 열아홉 살이던 그녀는 글래스의 멘토였던 선장의 조카였다. 로스톤 앤드 선즈가 후원하는 독립 기념일 행사의 꽃은 라인 댄스와 쿠바산 럼주였다. 라인 댄스를 추며 대화하는 건 불가능에 가까웠지만 그들은 힘겹게나마 밀어를 이어나갔다. 엘리자베스는 아주 독특한 여자였다. 자신감에 넘쳤고 도전적이었다. 글래스는 그녀에게 흠뻑 빠져버리고 말았다.

다음 날 글래스는 그녀를 찾아가 만났다. 또한 필라델피아로 돌아올 때마다 그녀와 함께 시간을 보냈다. 그녀는 견문이 넓었고 교양이 있었으며, 먼 나라 사람들과 장소들에 대해 이야기하는 걸 좋아했다. 그들은 짧게 줄인 언어로 대화했고, 굳이 말을 하지 않아도 서로의 생각을 꿰뚫어볼 수 있었다. 그들은 웃음이 많은 커플이었다. 필라델피아를 떠나 있는 시간은 글래스에게 고문과도 같았다. 그는 틈날 때마다 아침 햇살에 반짝이던 그녀의 눈과 달빛을 받아 창백해진 그녀의 피부를 떠올렸다.

1818년 5월의 어느 화창했던 날, 글래스는 제복 가슴 주머니에 자그마한 벨벳 상자를 넣고 필라델피아로 돌아왔다. 그 상자 안에는 진주가 달린 금목걸이가 담겨 있었다. 그는 엘리자베스에게 목걸이를 걸어주며 청혼했다. 그들은 여름에 결혼하기로 약속했다.

일주일 후 글래스는 쿠바로 떠났다. 하지만 100통에 달하는 럼주의 배달이 늦어지면서 지역 상인들과 마찰이 빚어졌고 그는 아바나 항구에 발이 묶이게 되었다. 그가 아바나에 온 지 한 달쯤 되었을 때 또 한 척의 로스톤 앤드 선즈 화물선이 도착했다. 그들은 글래스에게 아버지가 세상을 떠났다는 어머니의 편지를 전해주었다. 그의 어머니는 서둘러 필라델피아로 돌아와달라고 애원했다.

럼주 문제가 해결되려면 몇 달이 더 걸릴지 모르는 상황이었다. 글래스는 일단 필라델피아로 돌아가 아버지의 유산 문제를 처리하기로 했다. 하지만 신속한 진행을 기대했던 소송 절차는 기약 없이 지연되었고, 일등 항해사와 배를 몰고 돌아가려 했던 계획은 물거품이 되어버렸다. 글래스는 하는 수 없이 볼티모어로 떠나는 스페인 상선, 보니타 모레나에 몸을 싣게 되었다.

불행하게도 스페인 무역상은 맥헨리 요새의 성벽을 넘지 못했다. 글래스는 두 번 다시 필리델피아를 볼 수 없게 되었다. 아바나를 출항한 지 딱 하루가 지났을 때 수평선에서 기를 걸지 않은 수상한 배 한 척이 나타났다. 보니타 모레나의 선장은 황급히 달아나려 했지만 그의 느려터진 배는 해적들의 쾌속정에 금세 따라잡히고 말았다. 쾌속정은 상선을 향해 포도탄 다섯 방을 발사했다. 한순간에 선원 다섯 명을 잃게 된 선장은 결국 돛을 내렸다.

선장은 그들의 자비를 기대했지만 그것은 헛된 바람이었다.

해적 스무 명이 보니타 모레나로 올라왔다. 금니를 하고 금목걸로 치장한 두목은 물라토(mulatto, 백인과 흑인 부모 사이에서 태어난 흑백 혼혈아—옮긴이)였다. 두목은 선미 갑판에 서 있는 선장에게 성큼 다가갔다.

물라토가 벨트에서 뽑아든 권총으로 선장의 머리를 쏘았다. 선원과 승객들은 충격에 휩싸였다. 휴 글래스는 그들 틈에서 해적들과 그들의 배를 지켜보았다. 그들은 크리올어(creole, 프랑스계 이민들이 사용하는 프랑스어), 프랑스어, 그리고 영어가 마구 뒤섞인 묘한 언어를 구사했다. 글래스는 그들이 그 당시 빠르게 세를 불려나가고 있던 장 라피트 조직의 부하들이라는 걸 대번에 알 수 있었다.

장 라피트는 1812년 전쟁이 발발하기 전부터 카리브해 지역을 장악해 왔다. 하지만 미국인들은 그들을 대수롭지 않게 생각했다. 그들의 주요 표적이 영국인들이었기 때문이다. 1814년, 라피트는 영국에 대한 자신의 증오를 해소할 방법을 찾아냈다. 당시 에드워드 파크넘 소장과 워털루 전투에서 활약했던 퇴역 군인 육천 명은 뉴올리언스를 포위해놓은 상태였다. 앤드루 잭슨 장군이 이끄는 미 육군은 수적으로 열세였다. 라피트는 잭슨의 군대에 힘을 보탰고, 잭슨은 그들을 반겨 맞았다. 라피트와 그의 부하들은 뉴올리언스 전투에서 용맹하게 싸웠고, 혁혁한 공을 세웠다. 전투가 미국의 승리로 끝이 나자 매디슨 대통령은 잭슨의 제안을 받아들여 라피트의 전과를 사면해주었다.

라피트는 자신이 선택한 일을 포기하고 싶지 않았다. 하지만 최고 통치자의 후원을 뿌리치는 건 어리석은 일이었다. 멕시코는 스페인과 전쟁을 치르고 있었다. 라피트는 갤버스턴 섬에 캄페체라는 거류지를 만들고 멕시코시티를 지원하기 시작했다. 멕시코 군대는 라피트와 그의 부하들에게 눈에 들어오는 모든 스페인 군함들을 소탕해줄 것을 주문했다. 라피트는 그 대가로 약탈 면허를 챙겼다.

휴 글래스는 그 합의의 잔혹한 현실을 떠올려보았다. 치명상을 입은 선장을 돕기 위해 나선 두 선원도 역시 총에 맞았다. 나이 든 미망인을 포함한 선상의 세 여자는 음흉한 남자들로 득실대는 쾌속정으로 끌려갔다. 한 무리의 해적이 화물을 살피기 위해 주갑판 밑에 내려가 있는 동안 또 다른 무리는 선원과 승객들을 체계적으로 살펴나갔다. 두 노인과 뚱뚱한 은행가는 소지품을 전부 빼앗기고 바다로 던져졌다.

물라토는 스페인어는 물론, 프랑스어에도 능통했다. 그는 억류된 선원들을 모아놓고 그들에게 주어진 선택지들을 나열했다. 스페인을 포기하면 장 라피트를 따를 수 있게 해줄 것이고, 포기하지 않는다면 선장과 같은 운명을 맞게 될 거라고 했다. 남은 열 명 남짓의 선원들은 라피트를 선택했다. 그들 중 절반은 쾌속정으로 보내졌고, 나머지는 보니타 모레나에서 해적 무리에 합류했다.

스페인어를 모르는 글래스도 물라토의 최후통첩의 요지를 대충 이해할 수 있었다. 물라토가 권총을 앞세우고 다가오자 글래스는 자신을 가리키며 프랑스어로 말했다. "마항(Marin, 선원)."

물라토는 말없이 그를 뜯어보았다. 잠시 후, 입가에 능글맞은 미소를 머금으며 그가 말했다. "아 본? 무슈 르 마항, 이쓰 르 픽(Ah bon? monsieur le marin, hissez le foc, 오 그러신가? 선원은 돛을 올리시게)."

글래스는 자신이 알고 있는 몇 안 되는 프랑스어 단어들을 잽싸게 뒤적이기 시작했다.

아무리 머리를 굴려봐도 '이쓰 르 픽'의 의미가 떠오르지 않았다. 하지만 살려면 어떻게 해서라도 물라토의 시험을 통과해야만 했다. 그는 자신에게 내려진 지시가 선원의 임무 중 하나일 거라 생각했다. 그는 태연하게 배의 앞 쪽으로 걸어가 돛의 밧줄을 움켜잡았다.

"비엔 패, 무슈 르 마항(Bien fait, monsieur le marin, 잘하셨네, 선원)." 물라토가 말했다. 1819년 8월의 일이었다.

휴 글래스는 그렇게 해적이 되었다.

글래스는 다시 피츠제럴드와 브리저가 사라진 숲 쪽을 돌아보았다. 그들이 한 짓을 생각하니 피가 끓어올랐다. 그는 당장이라도 그들을 뒤쫓아가고 싶은 강한 충동에 휩싸였다. 그의 몸은 약해질 대로 약해져 있었지만 정신만은 곰에게 공격당한 이후 처음으로 또렷해져 있었다. 그는 자신이 처한 상황에 절망했다.

자신의 몸 상태를 찬찬히 살펴나가는 글래스에게 압도적인 공포가 찾아들었다. 그는 왼손으로 머리를 더듬어보았다. 샘물에 비친 흐릿한 반영을 통해 곰이 벗겨놓은 머릿가죽을 대충 확인할 수 있었다. 그가 상상했던 것보다 훨씬 심각한 상태였다. 용케 살아남는다면 그의 흉터들은 동지들의 존경심을 불러일으키기에 충분할 것이다.

글래스는 무엇보다도 자신의 목 상태가 걱정이었다. 샘물에 비친 부연 반영만으로는 정확한 상태를 확인하기 힘들었다. 그는 손끝으로 상처를 조심스레 건드려보았다. 브리저가 목에 발라준 약제는 전날 정신없이 기어 다니느라 거의 다 떨어져 나간 상태였다. 글래스는 헨리 대위가 봉합해놓은 부분을 손으로 더듬어보았다. 그가 치명상을 입은 직후 대위가 신속히 처치해준 기억은 아직 어렴풋이 남아 있었다.

글래스는 고개를 숙이고 목에서 시작해 어깨까지 이어지는 곰의 발톱 자국을 눈으로 확인했다. 곰은 그의 가슴과 팔뚝 근육을 갈가리 찢어놓았고, 깊게 할퀸 상처들은 브리저가 발라놓은 송진으로 대충 봉해진 상태였다. 우려했던 만큼 심각하지는 않았지만 오른팔은 날카로운 근육통 때문에 여전히 움직일 수 없었다. 송진을 보니 브리저가 떠올랐다. 글래스는 소년이 자신을 극진히 보살펴준 사실을 잊지 않고 있었다. 하지만 그의 뇌리에 선명히 남아 있는 것은 자신을 돌보는 브리저의 모습이 아닌, 훔친 칼을 쥐고 빈터 끝에 서서 그를 돌아보던 브리저의 모습이었다.

글래스는 뱀을 쳐다보며 생각했다. '지금 그 칼만 있었어도.' 방울뱀은 여전히 움직이지 않고 있었다. 그는 머릿속에서 피츠제럴드와 브리저 생각을 지워냈다. '지금은 때가 아니야.'

글래스는 자신의 오른쪽 다리를 내려다보았다. 허벅지 윗부분의 찔린 상처에도 브리저의 송진이 발라져 있었다. 그 찔린 상처들 역시 심각해 보이지는 않았다. 그는 조심스럽게 다리를 뻗어보았다. 송장의 것처럼 뻣뻣했다. 그는 시험 삼아 오른쪽 다리에 체중을 살며시 실어보았다. 상처들에서 극심한 통증이 전해져 왔다. 제대로 딛기에는 무리가 있을 것 같았다.

글래스는 왼손을 뻗어 등에 난 상처들을 더듬어보았다. 총 다섯 개의 그인 상처가 만져졌다. 봉합된 부분은 송진과 딱지로 덮여 있었다. 그는 손끝에 묻은 피를 물끄러미 내려다보았다. 엉덩이에서부터 시작된 상처들은 등으로 오르면서 점점 깊어졌다. 가장 깊이 팬 부분은 그의 손이 닿지 않는 견갑골 사이였다.

대충 검진을 마친 글래스는 몇 가지 냉정한 결론에 이르렀다. 그는 무방비 상태였다. 인디언이나 짐승들이 몰려온다 해도 그는 저항할 수 없었다. 더 이상 빈터에 머무는 것은 위험했다. 그는 자신이 캠프에 온 지 며칠이나 되었는지 모르고 있었다. 샘이 있고 비바람이 들이치지 않는 빈터를 인디언들이 모를 리 없었다. 아직까지 그들에게 발각되지 않은 건 그야말로 기적이었다.

인디언들이 두려웠지만, 글래스는 그랜드 강으로부터 멀리 벗어날 마음은 없었다. 강에서는 물과 식량을 얻을 수 있고, 길을 잃을 염려도 없었다. 문제는 상류로 올라갈지, 하류로 내려갈지를 결정하는 것이었다. 글래스는 당장 배신자들을 쫓고 싶었지만 그것은 현실적으로 불가능했다. 적지에 갇힌 그는 혼자였고, 무기도 없었다. 게다가 고열과 굶주림에 기력이 심각한 수준으로 떨어져 있었다. 걷는 것부터가 문제였다.

일시적인 퇴각이 불가피한 상황이었다. 내키지 않았지만 다른 선택의 여지는 없었다. 하류로 350마일쯤 내려가면 브라조 진지의 교역소가 있었다. 화이트 강과 미주리 강이 합류하는 지점이었다. 그곳에서 식량을 보급받으면 본격적으로 배신자들을 추격할 수 있을 것이다.

'350마일.' 건강한 사람이 무난한 날씨에 걸으면 보름 정도가 걸릴 것이다. '하지만 내가 기어간다면 얼마나 걸릴까?' 계산조차 되지 않았다. 그렇다고 한자리에 계속 머무를 수는 없는 일이었다. 글래스의 팔과 다리에는 더 이상 염증의 흔적이 남아 있지 않았다. 그는 시간이 흐르면 자연히 아물어질 거라 믿었다. 글래스는 목발을 짚을 수 있을 때까지 기어가야만 했다. 하루에 3마일을 채 못 간다 해도 상관없었다. 그 3마일을 앞에 두는 것과 뒤에 두는 것에는 큰 차이가 있었다. 게다가 식량을 찾으려면 계속 움직일 수밖에 없었다.

물라토와 그가 포획한 배는 갤버스턴 만(灣)과 라피트의 해적이 장악한 캄페체를 향해 서쪽으로 나아갔다. 그들은 뉴올리언스에서 남쪽으로 100마일쯤 떨어진 곳에서 또 한 척의 스페인 상선을 공격했다. 먹이가 보니타 모레나가 높이 내건 스페인 기를 보고 대포 사정권 안으로 들어온 것이다. 해적들은 새로 포획한 상선, 카스텔라나에 올라 배와 선원들의 상태를 빠르게 살폈다. 대포알 세례를 받아 크게 손상된 카스텔라나는 서서히 가라앉는 중이었다.

이번에도 행운의 여신은 해적들 편이었다. 세비야를 출발해 뉴올리언스로 향하던 카스텔라나에는 휴대용 병기들이 가득 실려 있었다. 배가 완전히 가라앉기 전에 그것들을 챙겨 나올 수 있다면 그들은 어마어마한 돈을 벌게 될 것이고, 라피트는 무척 기뻐할 것이다.

1819년, 텍사스 조약이 체결되자 갤버스턴 섬에 자리를 잡은 장 라피트와 그의 부하들은 눈코 뜰 새 없이 바빠졌다. 리오그란데 강과 사빈 강 사이에 수많은 마을들이 우후죽순처럼 생겨났기 때문이다. 주민들은 식량을 비롯해 생존을 위한 여러 물자가 절실했다. 라피트는 중간상을 거치지 않고 그들에게 필요한 물자를 공급했다. 라피트가 그런 막강한 경쟁력을 갖추게 되자 캄페체는 빠르게 번창했고, 오래가지 않아 불법 거래에 관대한 환경을 반기는 온갖 종류의 밀수업자와 노예 상인과 도적들로 득실거리게 되었다. 텍사스의 어정쩡한 상황 덕분에 캄페체의 해적들은 외세에 휘둘리지 않을 수 있었다. 스페인 선박들에 대한 해적들의 공격은 계속 이어졌고, 그럴 때마다 멕시코는 큰 이득을 챙겼다. 약해빠진 스페인은 그들의 적수가 되지 못했다. 미국은 그걸 알면서도 한동안 모른 척했다. 라피트는 뉴올리언스 전투의 영웅인 데다가 미국 선박들을 절대 건드리지 않았기 때문이다.

비록 족쇄는 채워져 있지 않았지만 휴 글래스는 장 라피트의 포로나 다름없었다. 배에서는 어떠한 형태의 반란도 용납되지 않았다. 반란은 곧 죽음을 의미했다. 스페인 상선들을 공격할 때도 그는 라피트의 눈 밖에 나지 않으려 필요 이상의 열의를 보였다. 하지만 자신의 손에 피를 묻혀가며 무고한 사람을 죽이는 일은 결코 없었다. 그저 상황에 따라 딱 필요한 만큼의 행동만을 취했을 뿐이었다.

캄페체 해안에서도 탈출할 기회는 좀처럼 오지 않았다. 라피트는 섬을 완전히 장악한 상태였다. 당시 만(灣) 너머 텍사스 본토에서는 식인 행위로 악명이 높은 카란카와 인디언들이 득세하고 있었다. 그곳을 벗어나면 톤카와 족, 코만치 족, 카이오와 족, 그리고 오세이지 족의 영역들이 차례로 나타났다. 그들 역시 백인들을 환대하지 않았지만 그나마 사람을 잡아먹는 따위의 짓은 하지 않았다. 여기저기 흩뿌려진 문명 지역들은 여전히 스페인인들 천지였다. 멕시코인 노상강도와 자경단원들도 적지 않았다.

문명 세계가 무법천지로 바뀌는 건 한순간의 일이었다. 미국은 스페인과의 관계 개선에 힘쓰고 싶었지만 해적들은 계속해서 스페인 상선들을 괴롭혀댔다. 미국 영해에서도 골치 아픈 일이 종종 벌어지곤 했다. 1820년 11월, 매디슨 대통령은 래리 커니 중위, USS 엔터프라이즈호, 그리고 여러 척의 군함을 캄페체로 보냈다. 커니 중위는 라피트에게 선택을 요구했다. 섬을 떠나든지, 함대의 무자비한 공격을 받든지.

장 라피트는 못말리는 허세꾼이었지만 지독한 실용주의자이기도 했다. 그는 배에 약탈품을 가득 싣고 캄페체에 불을 지른 후 역사 속으로 사라져버렸다.

그해 11월의 어느 날 밤, 휴 글래스는 아비규환에 빠진 캄페체 거리에 서서 당장 어떻게 할 것인지 머리를 굴려보았다. 그는 도망치는 해적들과 운명을 함께하고 싶지 않았다. 바다는 한없이 자유로울 것만 같았지만 정작 나가보면 답답한 배 안을 지겹도록 맴도는 게 전부였다. 글래스는 새로운 방향으로 눈을 돌려보기로 했다.

캄페체에서의 마지막 날 밤, 진홍빛 불꽃을 지켜보고 있노라니 마치 세상에 종말이 온 듯한 착각에 사로잡혔다. 드문드문 지어진 건물들마다 약탈자들이 우글거렸다. 사방에서는 술이 넘쳐났다. 약탈품을 놓고 언쟁이 벌어지면 예외 없이 총이 등장했다. 마을 곳곳에서 짧고 날카로운 총성이 끊이지 않았다. 언제부터인가 미국 함대가 섬을 무자비하게 포격할 거라는 소문이 돌기 시작했다. 남자들은 섬을 떠나는 배들에 필사적으로 기어올랐고, 선원들은 긴 칼과 권총으로 그들을 막아냈다.

어디로 가야 할지 고민하던 글래스는 알렉산더 그린스톡이라는 남자를 찾아갔다. 그린스톡 역시 해적들에게 붙잡혀 포로로 지냈었고, 최근에는 글래스와 함께 멕시코 만 전투에 투입된 적도 있었다. "남해안에 작은 보트가 하나 있어." 그린스톡이 말했다. "난 그걸 타고 본토로 들어갈 거야." 본토라고 안전이 보장된 건 아니었지만 분명한 건 바다보다 훨씬 나은 선택이라는 사실이었다. 글래스와 그린스톡은 조심스레 마을을 가로질러 갔다. 좁은 길을 따라 한동안 걸으니 수많은 통과 상자들이 가득 실린 수레가 나타났다. 말이 끄는 수레에는 중무장한 남자 세 명이 앉아 있었다. 한 명은 말에게 채찍질을 했고, 나머지 두 명은 약탈품을 감시하고 있었다. 돌부리에 걸린 수레가 요동치면서 상자들이 우수수 떨어져 내렸다. 세 남자는 떨어뜨린 약탈품을 무시한 채 떠나는 배를 잡기 위해 계속 말을 몰았다.

떨어진 상자에는 '펜실베이니아, 쿠츠타운'이라고 적혀 있었다. 상자에는 야코프 안슈타트라는 총기 제작자가 만든 신형 라이플이 가득 담겨 있었다. 글래스와 그린스톡은 라이플을 하나씩 챙겨 들었다. 뜻밖의 행운에 그들은 어리둥절했다. 그들은 아직 재로 변하지 않은 건물들을 뒤져 총알과 화약과 자질구레한 장신구들을 찾아냈다.

그들은 밤새도록 노를 저어 갤버스턴 만을 가로질러나갔다. 불타는 섬이 춤추는 물결 위에 일렁거렸다. 마치 만 전체가 불길에 휩싸인 듯했다. 그들은 어마어마한 미국 함대와 멀어져가는 라피트의 배들을 똑똑히 볼 수 있었다. 본토 해안을 100미터쯤 남겨놓았을 때 섬에서 요란한 굉음이 들려왔다. 글래스와 그린스톡은 장 라피트의 거주지이자 무기고였던 메종 루즈에서 거센 불길이 솟구쳐 오르는 걸 바라보았다. 수심이 얕은 곳에서 뛰어내린 그들은 해안까지 힘겹게 걸어 올라갔다. 글래스는 그렇게 바다와 영영 작별을 고했다.

계획도, 목적지도 없는 두 남자는 텍사스 해안을 따라 천천히 이동했다. 그들은 무엇을 찾아야 할지보다 무엇을 피해야 할지에 목적을 두고 움직였다. 그들이 가장 걱정하는 것은 카란카와 인디언들이었다. 노출이 불가피한 해변을 벗어나야 했지만 그렇다고 무작정 우거진 사탕수수 정글과 질퍽한 늪지로 들어갈 수도 없는 일이었다. 스페인 군대와 미국 함대 또한 가급적 피해 다녀야 했다.

7일간 정처 없이 걷자 작은 내커도치스 전초기지가 나타났다. 미국 함대의 캄페체 습격 소식이 이미 널리 퍼진 모양이었다. 재수 없게 현지인들에게 붙잡히면 갤버스턴에서 도망쳐온 해적으로 오해받아 죽임을 당할 수도 있었다. 글래스는 내커도치스가 스페인인들의 주 거주지인 산 페르난도 데 벡사르의 기점이라는 걸 알고 있었다. 그들은 마을을 거치는 대신 본토를 가로질러 가기로 했다. 해안에서 멀리 떨어질수록 캄페체의 상황을 모를 가능성이 높았다.

하지만 그것은 그들의 오판이었다. 6일 후, 산 페르난도 데 벡사르에 도착한 그들은 스페인인들에게 붙잡히고 말았다. 답답한 감옥 독방에 갇힌 지 일주일 만에 두 남자는 지역 치안 판사인 후안 팔라시오 델 바예 레르

순디 소령 앞으로 불려가게 되었다.

팔라시오 소령은 피로에 지친 모습으로 그들을 응시했다. 그는 자신의 직책에 환멸을 느끼고 있었다. 한때 정복자를 꿈꿨던 그였지만 숙명적으로 스페인이 질 수밖에 없는 전쟁이 끝난 후 어쩌다 보니 칙칙한 벽지의 행정가가 되어버렸다. 팔라시오 소령은 두 남자를 교수형에 처하는 것이 가장 무난한 판결이라는 걸 알고 있었다. 라이플로 무장한 채 해안에서 들어왔다면 해적이거나 첩자이거나 둘 중 하나였다. 하지만 그들은 스페인 배를 타고 가다가 라피트에게 붙잡혀 억류되었다고 주장했다.

팔라시오 소령은 그들을 교수형에 처할 기분이 아니었다. 일주일 전, 그는 보초 근무 중 잠들어버린 젊은 스페인 병사에게 사형을 선고했었다. 엄연한 규정 위반이었다. 자신의 실수로 애꿎은 젊은이가 목숨을 잃게 되자 그는 심한 우울증에 빠져버렸다. 그는 거의 매일 신부를 찾아가 고해를 했다.

소령은 두 죄수의 주장을 귀담아 들었다. 그들의 주장이 사실일까? 그걸 어떻게 확인할 수 있을까? 과연 어떤 판결을 내려야 공정한 걸까?

팔라시오 소령은 글래스와 그린스톡에게 구미가 당기는 제안을 내놓았다. 북쪽으로만 가준다면 자유의 몸으로 산 페르난도 데 벡사르를 떠날 수 있게 해주겠다는 것이었다. 그들이 남쪽으로 향하면 스페인 군대에 잡힐 우려가 있기 때문이었다. 팔라시오는 해적들을 사면해주었다는 비난만큼은 피하고 싶었다.

그들은 텍사스에 대해 아는 게 거의 없었다. 하지만 글래스는 나침반 없이 대륙의 중심으로 들어갈 생각에 잔뜩 부풀었다.

그들은 미시시피 강이 나타날 때까지 북동쪽으로 계속 올라갔다. 텍사스의 확 트인 평원을 천 마일 넘게 걸었지만 누구도 글래스와 그린스톡을 막아서지 않았다. 사냥감은 도처에 널려 있었다. 수천 마리에 달하는 사나운 소 떼도 종종 볼 수 있었다. 덕분에 식량 걱정은 없었다. 적대적인 인디

언들의 영역을 잇달아 가로질러야 했지만 그들은 기적적으로 카란카와,
코만치, 카이오와, 톤카와, 그리고 오세이지 족 영역을 무사히 빠져나올 수
있었다.

하지만 행운은 아칸소 강 기슭에 이르러서 싹 증발해버렸다. 그들이 갓
잡아 온 새끼 물소를 도살하려는데 루프 포니 족 인디언 스무 명이 말을
타고 나타났다. 물소 사냥할 때 낸 총성을 듣고 잽싸게 산을 넘어온 것이
다. 나무가 없는 평원에서 그들이 숨을 곳은 없었다. 그 흔한 바위 하나 보
이지 않았다. 말이 없어 도망칠 수도 없는 상황이었다. 어리석은 그린스톡
이 라이플을 들고 맹렬히 달려오는 한 인디언의 말을 쏘았다. 몇 초 후, 그
는 인디언들이 쏜 화살 세 발을 가슴에 맞고 쓰러졌다. 글래스의 허벅지에
도 화살 하나가 박혔다.

글래스는 라이플을 들지 않았다. 그는 열아홉 명의 인디언이 자신을 향
해 몰려오는 광경을 넋 놓고 바라보았다. 선봉에 선 말의 가슴에는 물감이
칠해져 있었다. 놈의 검은 갈기가 파란 하늘 아래서 거칠게 휘날렸다. 그
는 쿠 스틱(coup stick, 북미 인디언 전사가 사용하는 공격용 막대)의 둥근 돌
이 자신의 머리에 떨어지는 걸 거의 느끼지 못했다.

글래스는 포니 족 마을에서 깨어났다. 그의 목은 땅에 박힌 말뚝에 밧
줄로 고정되어 있었고, 머리는 심하게 욱신거렸다. 그들은 글래스의 손목
과 발목까지 꽁꽁 묶어놓았다. 그가 눈을 뜨자 몰려든 아이들이 신나게 재
잘거렸다.

머리를 뾰족하게 세운 나이 든 추장이 다가와 이 지역에서 흔히 볼 수
없는 백인 남자를 빤히 내려다보았다. 걷어차는 황소라는 이름의 추장은
글래스가 알아들을 수 없는 말을 몇 마디 내뱉었다. 모여든 포니 족 인디
언들이 일제히 기쁨의 함성을 질렀다. 마을 한복판에는 화형을 위한 장작
더미가 수북이 쌓여 있었다. 포니 족 사람들은 그것을 보며 환호하고 있었

다. 한 노파가 아이들을 쫓아내자 포니 족 인디언들은 화형식 준비에 들어 갔다.

글래스는 자신에게 무슨 일이 벌어지게 될지 상상해보았다. 둘로 갈라 진 캠프의 흐릿한 이미지는 눈을 가늘게 뜨거나 한쪽 눈을 감아버리면 그 제야 하나로 합쳐졌다. 그의 시선이 자신의 다리로 떨어졌다. 허벅지에 박 혔던 화살은 뽑혀진 상태였다. 깊이 박힌 것은 아니었지만 도망치는 데는 확실히 지장이 있을 것 같았다. 제대로 볼 수도, 걸을 수도 없게 된 것이다. 그런 상태로 내달리는 건 상상도 할 수 없었다.

글래스는 셔츠 앞주머니를 손으로 더듬어보았다. 주홍색 물감이 담긴 작은 용기가 만져졌다. 캠페체를 탈출할 때 그가 챙겨온 것이었다. 그는 한쪽으로 돌아누워 용기를 꺼냈다. 그러고선 뚜껑을 열고 용기 안에 침을 뱉은 후 손가락으로 물감을 잘 개었다. 글래스는 물감을 얼굴에 조심스레 발라나가기 시작했다. 이마에서부터 셔츠 윗부분까지 꼼꼼하게 바르는 게 중요했다. 남은 물감은 손바닥에 발랐다. 그는 작은 용기에 뚜껑을 닫고 모래흙 속에 잽싸게 파묻은 후 땅에 납작 엎드려 얼굴을 감추었다.

글래스는 그들이 다가올 때까지 그 자세를 유지했다. 그의 처형식을 앞 두고 모두가 들떠 있었다. 마침내 땅거미가 내려앉았고, 포니 족 캠프 한 복판에서는 거대한 불기둥이 솟아올랐다.

글래스의 야심찬 작전은 죽기 전 상징적인 최후의 몸짓이 될 수도 있 었고, 스스로를 살리는 기적이 될 수도 있었다. 그는 대부분의 야만인들이 미신에 집착한다는 얘기를 들은 적이 있었다. 아무튼 글래스의 작전은 극 적인 효과를 냈고 덕분에 그는 목숨을 부지할 수 있었다.

포니 족 전사 두 명과 추장, 걷어차는 황소가 그를 화형대로 끌고 가기 위해 다가왔다. 그들은 땅바닥에 엎드린 글래스를 내려다보며 그가 잔뜩 겁에 질려 있다고 짐작했다. 걷어차는 황소가 말뚝에 매인 밧줄을 끊자 두 전사가 달려들어 글래스의 어깨를 잡아끌었다. 글래스는 허벅지의 통증을 무시하고 벌떡 일어나 추장과 전사들과 나머지 주민들을 차례로 돌아보았다.

글래스의 얼굴을 본 포니 족 사람들은 충격에 빠진 모습이었다. 글래스의 얼굴은 마치 피부가 뜯겨 나가기라도 한 듯이 핏빛으로 물들어 있었다. 불빛을 머금은 그의 눈 흰자위가 가을 달처럼 환했다. 백인을 실제로 본 적이 없는 대부분의 인디언들에게 시뻘건 얼굴과 덥수룩한 수염은 악마의 모습 그 자체였다. 글래스는 손바닥으로 한 전사의 가슴을 후려쳤다. 그의 가슴에 벌건 손자국이 남았다. 그걸 지켜보던 사람들의 입에서 탄성이 터져 나왔다.

캠프에는 한동안 정적이 흘렀다. 글래스는 포니 족 사람들을 빤히 응시했다. 충격에 빠진 인디언들은 그에게서 눈을 떼지 못하고 있었다. 설마 했던 작전이 성공을 거두자 글래스는 다음 단계를 궁리하기 시작했다. 그들 중 누구 하나라도 이성을 되찾으면 글래스는 끝장이었다. 그는 다급한 마음에 주기도문을 큰소리로 외쳐대기 시작했다. "하늘에 계신 우리 아버지여, 아버지의 이름이 거룩히 빛나시며……"

걷어차는 황소는 어리둥절한 눈으로 글래스를 쳐다보았다. 추장은 과거에 백인을 몇 명 본 적이 있었다. 하지만 주술사나 악마를 실물로 본 것은 이번이 처음이었다. 남자의 요상한 구호가 주민들 모두를 마법에 빠뜨린 듯했다.

글래스는 계속해서 소리쳤다. "나라와 권능과 영광이 영원히 아버지에게 있나이다! 아멘."

마침내 백인의 입에서 고함이 멎었다. 글래스는 멀뚱히 서서 지친 말처럼 가쁜 숨을 몰아쉬었다. 걷어차는 황소가 주위를 슥 돌아보았다. 포니 족 사람들은 겁에 질린 눈으로 추장과 미치광이 악마를 번갈아 쳐다보고 있었다. 걸어차는 황소는 그들의 원망을 느낄 수 있었다. 내가 대체 누굴 데려온 거지? 새로운 행동 방침을 내려야 할 때였다.

추장은 글래스 앞으로 천천히 다가갔다. 그가 자신의 목에서 매의 발 두 개를 꿰어 만든 목걸이를 빼 글래스의 목에 걸어주었다. 그의 시선이 악마의 눈을 유심히 훑었다.

글래스는 화형대를 돌아보았다. 그 앞에는 버드나무 의자들이 네 줄로 놓여 있었다. 무고한 사람을 산 채로 태워 죽이는 굉장한 구경거리를 바로 코앞에서 즐길 수 있는 명당자리였다. 글래스가 그쪽으로 절뚝거리며 다 가가 의자에 털썩 주저앉았다. 걸어차는 황소가 무언가를 지시하자 두 여 자가 음식과 물을 가져왔다. 가슴에 벌건 손자국이 찍힌 전사에게는 글래 스의 안슈타트를 가져오라는 지시가 내려졌다.

글래스는 아칸소 강과 플랫 강 사이 평원에서 루프 포니 족과 거의 1년 을 함께 지냈다. 걸어차는 황소는 백인 청년을 아들로 받아들였다. 글래스 는 1년 동안 포니 족에게 황무지에서 살아남는 법을 배웠다. 지금껏 그 누 구도 가르쳐준 적 없는 꽤 유용한 기술들이었다.

1821년, 사방으로 흩어진 백인들은 플랫 강과 아칸소 강 사이의 평원을 누비고 다니기 시작했다. 그해 여름, 글래스는 포니 족 전사 열 명과 사냥 을 하던 중 사륜마차를 타고 이동 중인 백인 두 명과 맞닥뜨리게 되었다. 글래스는 포니 족 친구들에게 멀리 물러나 있으라고 한 후 홀로 그들에게 다가갔다. 남자들은 인디언 사건 담당 사무국 감독관, 윌리엄스 클라크가 보낸 연방 요원들이었다. 그들은 클라크가 세인트루이스 주변 부족들의 추장들을 초대했다며 마차에 가득 실린 선물들을 보여주었다. 담요, 바늘, 칼, 주철 냄비들이 있었다. 정부가 내려준 선의의 선물이라고 했다.

3주 후, 글래스는 걸어차는 황소와 함께 세인트루이스에 도착했다.

변경에 자리한 세인트루이스에는 글래스를 유혹하는 두 개의 세상이 공존하고 있었다. 동쪽에서는 익숙한 문명 세계가 손짓하고 있었다. 엘리자베스와 그의 가족이 기다리는 곳이자 그의 일과 과거가 남아있는 곳이었다. 서쪽에서는 미지의 땅, 무한한 자유와 새로운 출발이 그를 애타게 불러대고 있었다. 글래스는 필라델피아로 세 통의 편지를 부쳤다. 엘리자베스, 그의 어머니, 그리고 로스톤 앤드 선즈 앞으로 각각 한 통씩 보냈다. 그는 미시시피 운송회사에 취직해 일하면서 답장을 기다렸다.

기다림은 6개월 이상 이어졌다. 1822년 3월 초, 그의 동생이 답장을 보내왔다. 아버지가 세상을 떠났고, 한 달 후 어머니마저 세상을 등졌다는 내용이었다.

고향 소식은 계속 이어졌다. '애석하게도 형의 약혼녀 엘리자베스도 세상을 떠났어. 지난 1월부터 열병에 시달렸는데 끝내 회복하지 못했어.' 글래스는 의자에 털썩 주저앉았다. 죽을병에라도 걸린 듯 그의 얼굴에서 핏기가 싹 가셨다. 그는 편지를 계속 읽어 내려갔다. '어머니 옆에 고이 묻어주었으니 너무 걱정하지 마. 다들 형이 죽었다고 믿었지만 엘리자베스는 형과의 신의를 끝까지 저버리지 않았어.'

3월 20일, 여느 때처럼 미시시피 운송회사 사무실에 출근한 글래스는 『미주리 리퍼블리컨』에 실린 광고를 중심으로 옹기종기 모여 있는 한 무리의 남자들을 발견했다. 윌리엄 애슐리가 미주리 강 상류로 올려 보낼 모피 수송대를 모집한다고 했다.

일주일 후, 로스톤 앤드 선즈도 답장을 보내왔다. 필라델피아와 리버풀을 왕복하는 쾌속정의 선장으로 와달라는 내용이었다. 4월 14일 저녁, 글래스는 마지막으로 그 제안을 읽어본 후 편지를 구겨 벽난로 안으로 던져버렸다. 그는 전생과의 마지막 연결 고리가 불꽃 속에서 사라져가는 걸 묵묵히 지켜보았다.

다음 날 아침, 휴 글래스는 헨리 대위가 이끄는 로키마운틴 모피회사 수송대와 함께 배에 몸을 실었다. 서른여섯 살의 글래스는 더 이상 스스로를 팔팔한 청년으로 여기지 않았다. 아무것도 잃을 게 없다는 피 끓는 젊은이들과는 달랐다. 서부로 가겠다는 건 경솔하게 내린 결정도, 강요받은 선택도 아니었다. 지금껏 그래왔듯 가슴이 시키는 대로만 했을 뿐이었다. 이유는 설명할 수도, 이해할 수도 없었다.

글래스는 동생에게 띄우는 편지에 이렇게 적었다. '지금껏 느껴본 적 없는 마성의 기운에 끌려 이런 결정을 내리게 됐다. 이유는 설명할 수 없지만 내가 옳은 결정을 내렸다는 믿음에는 변함이 없다.'

글래스는 또 한 번 방울뱀을 돌아보았다. 놈은 아직도 무기력하게 늘어져 토끼를 소화시키는 중이었다. 글래스가 의식을 회복한 후로 뱀은 단 한 번의 미동도 없었다. '식량.' 갈증은 샘물로 해소할 수 있었지만 배고픔은 또 다른 문제였다. 글래스는 마지막으로 무언가를 먹어본 게 언제였는지 기억하지 못했다. 영양실조 탓에 그의 두 손은 부들부들 떨리고 있었다. 글래스가 고개를 들자 눈앞에서 빈터가 빙빙 돌기 시작했다.

글래스는 뱀이 있는 쪽으로 천천히 기어갔다. 악몽을 꾸었을 때 본 끔찍한 이미지는 아직도 그의 뇌리를 맴돌고 있었다. 그는 뱀으로부터 2미터쯤 떨어진 지점에서 호두 크기의 돌을 집어 들고 왼손으로 휙 던졌다. 돌은 데굴데굴 굴러가 뱀의 몸에 부딪쳤다. 놈은 꿈쩍도 하지 않았다. 글래스는 주먹 크기의 돌을 찾아 들고 뱀을 향해 조금 더 다가갔다. 그제야 뱀은 느릿느릿 몸을 풀고 달아나기 시작했다. 글래스는 쥐고 있는 돌로 놈의 머리를 힘껏 내리찍었다. 뱀이 죽었다는 확신이 들 때까지 무자비한 공격을 멈추지 않았다.

방울뱀을 죽였으니 이제는 놈의 내장을 제거할 차례였다.

글래스는 캠프 곳곳을 찬찬히 둘러보았다. 빈터 가장자리에 그의 가방이 놓여 있었다. 글래스는 그쪽으로 기어가 내용물을 쏟아냈다. 라이플 청소용 천 조각 몇 개, 면도칼, 목걸이에 꿰어진 매의 발 두 개, 그리고 15센티미터에 달하는 회색곰의 발톱. 글래스는 발톱을 집어 들고 그 끝에 달라붙은 두꺼운 피딱지를 물끄러미 내려다보았다. 그는 발톱을 가방에 집어 넣으며 누가 그것을 이곳까지 가져왔을지 생각해보았다. 그는 천 조각들을 부싯깃으로 써볼 작정이었다. 가장 반가운 것은 면도칼이었다. 칼날이 약해 무기로 쓰기에는 무리가 있었지만 뱀 가죽 벗기기 등 다른 작업에는 꽤 유용하게 쓸 수 있을 것 같았다. 글래스는 면도칼을 가방에 넣고 다시 뱀에게 돌아갔다.

피범벅이 된 뱀의 머리는 파리 떼로 뒤덮여 있었다. 아직은 경계를 늦출 때가 아니었다. 언젠가 글래스는 잘린 뱀 머리가 호기심 많은 개의 코를 깨물고 있는 희한한 광경을 목격한 적이 있었다. 글래스는 그 불운한 개를 떠올리며 긴 막대기로 뱀의 머리를 눌러놓았다. 그런 다음, 왼발로 힘껏 짓이겼다. 어깨의 극심한 통증 때문에 오른쪽 팔을 들어 올릴 수는 없었지만 다행히 손은 정상적으로 기능했다. 글래스는 오른손에 면도칼을 쥐고 뱀의 머리를 잘라냈다. 잘려나간 머리는 막대기로 쳐서 빈터 끝으로 날렸다.

글래스는 뱀의 목에서부터 시작해 배를 갈라나갔다. 칼날은 금세 무뎌졌다. 그는 2미터에 달하는 몸통을 간신히 항문까지 갈라놓았다. 안에서 뜯어낸 내장은 한쪽으로 던져버렸다. 글래스는 면도칼로 목에서부터 가죽을 벗겨내기 시작했다. 뱀고기가 허기진 그의 눈앞에서 탐스럽게 반짝거렸다.

글래스는 뱀을 깨물어 큼직한 살점을 떼어냈다. 마치 옥수수에서 껍질을 벗겨내는 듯한 느낌이었다. 그는 쫀득쫀득한 뱀고기를 입에 넣고 오물거렸다. 오로지 배를 채워야겠다는 일념에 그만 한 점을 삼켜버리는 실수를 저지르고 말았다. 성치 않은 목구멍 안에서 커다란 돌이 걸린 듯한 통증이 느껴졌다. 글래스는 격하게 기침을 하며 고기가 목에 걸려 질식하는 일만은 없기를 바랐다. 다행히 고기는 그의 식도를 무사히 통과했다.

소중한 교훈을 얻은 글래스는 해가 질 때까지 쉬지 않고 면도칼로 고기를 잘라나갔다. 작게 떨어져 나온 고기들은 돌로 찧어 연하게 만들었다. 그는 샘물로 목을 축여가며 고기를 씹었다. 꼬리까지 먹어치웠지만 허기는 완전히 가시지 않았다. 글래스는 갑자기 불안해졌다. 다음 사냥도 이번처럼 손쉬울 리 없었다.

글래스는 뱀의 꼬리 끝에 달린 음향 기관들을 유심히 살펴보았다. 허물을 벗을 때마다 하나씩 늘어나는 음향 기관의 수는 총 열 개였다. 글래스는 지금껏 음향 기관이 열 개 달린 방울뱀을 본 적이 없었다. '10년이라. 오래도 살았군.' 잔혹한 속성을 앞세워 무려 10년이라는 세월을 버텨온 뱀은 관용 없는 환경에서 한순간의 실수로 죽임을 당하고 글래스에게 잡아먹히는 신세가 되었다. 그는 뱀의 꼬리에서 음향 기관들을 떼어 묵주처럼 만지작거렸다. 한참 후, 그는 그것들을 가방 안에 넣었다. 두고두고 보며 오늘 일을 생생히 기억하고 싶었다.

어느새 땅거미가 내려앉아 있었다. 글래스는 담요를 몸에 두르고 잔뜩 웅크린 채 잠에 빠져들었다.

토막잠을 이어가던 글래스는 갈증과 배고픔에 눈을 떴다. 온몸이 쑤시고 아팠다.

'카이오와 진지까지 350마일 남았어.' 전체 거리는 잊어야 했다. '당장 가야 할 거리부터 걱정하자고.' 글래스는 그랜드 강을 첫 번째 목적지로 결정했다. 여단은 그가 혼수상태에 빠져있을 때 본류를 이탈했다. 하지만 브리저와 피츠제럴드는 분명 강이 멀지 않은 것처럼 얘기했었다.

글래스는 어깨에 두르고 있던 허드슨 베이 담요를 벗었다. 그다음 그것을 면도칼로 잘라 가늘고 긴 조각을 세 개 만들었다. 첫 번째 조각은 멀쩡한 왼쪽 무릎에 묶었다. 먼 길을 기어가려면 패드가 필요했다. 나머지 두 조각은 양쪽 손바닥에 둘렀다. 손가락까지 덮지 않는 것이 중요했다. 그는 담요의 나머지 부분을 돌돌 말아 기다란 가방 끈에 매어놓았다. 그러고는 두 손을 자유롭게 쓸 수 있도록, 단단히 봉한 가방을 등에 둘러멨다.

글래스는 샘에서 마지막으로 목을 축인 후 갈가리 찢긴 몸을 질질 끌고 빈터를 기어가기 시작했다. 오른팔로 땅을 짚어 균형을 잡고 싶었지만 그러기에는 기운이 너무 떨어져 있었다. 제대로 기능하지 않는 그의 오른쪽 다리는 천근만근이었다. 깃대처럼 뻣뻣해진 다리 근육은 아무리 구부렸다 펴보아도 풀릴 기미가 보이지 않았다.

글래스는 일정한 리듬에 맞춰 움직이려 애썼다. 오른손을 받침대 삼아 온 체중을 왼쪽에 실은 다음, 왼팔과 왼쪽 무릎으로만 땅을 짚어 마비된 오른쪽 다리를 질질 끌고 나갔다. 1미터, 그리고 또 1미터. 그는 수차례 멈춰서 담요와 가방의 위치를 조절했다. 자꾸 느슨해지는 가방의 매듭도 제대로 고쳐 맸다.

글래스의 무릎과 손바닥에 둘러맸던 양모 천 조각도 자주 고쳐 묶어야 했다. 그는 말을 듣지 않는 오른쪽 다리를 질질 끌고 가는 것이 이토록 고될 줄은 미처 몰랐다. 그의 모카신은 발바닥만 보호해줄 뿐 노출된 발목까지 챙겨주지는 못했다. 100미터도 채 벗어나지 못했지만 글래스의 발목은 이미 찰과상으로 뒤덮여 있었다. 그는 담요에서 뜯어낸 기다란 조각을 발목에 둘렀다.

개울을 따라 그랜드 강에 이르기까지 거의 두 시간이 걸렸다.

글래스의 다리와 팔은 익숙지 않은 동작을 반복해온 탓에 심하게 욱신거렸다. 그는 동지들이 남겨놓은 발자국을 내려다보았다. 인디언들이 여단의 흔적을 보지 못했다는 건 납득할 수 없었다.

하지만 그 답은 강 건너에 생생히 남아 있었다. 만약 그가 강을 건널 수 있었다면 채진목들 주변에 널려 있는 커다란 곰 발자국들과 인디언들이 탄 조랑말 다섯 마리의 발굽 자국들을 어렵지 않게 발견했을 것이다. 인디언들로부터 글래스를 구해준 것은 다름 아닌 회색곰이었다. 이 얼마나 아이러니한 일인가. 피츠제럴드와 마찬가지로 곰 역시 그랜드 강 주변에서 운 좋게 찾아낸 열매들을 신나게 따먹었다. 그러던 중 아리카라 족 전사 다섯 명이 불쑥 나타났고, 곰의 냄새를 맡은 한 얼룩말은 깜짝 놀라며 요동을 쳤다. 말을 탄 인디언들에게 딱 걸려버린 곰은 덤불 속으로 느릿느릿 도망쳤다. 사냥꾼들은 곰을 뒤쫓느라 강 건너 발자국을 보지 못했다.

글래스가 소나무 숲을 벗어나자 광활한 지평선이 그의 눈앞에 펼쳐졌다. 드문드문 외딴 산과 미루나무 무리들도 보였다. 강을 따라 우거진 버드나무 숲 때문에 기어서 이동하기가 쉽지 않았다. 늦은 아침의 강렬한 열기에 그의 등과 가슴에는 땀이 줄줄 흐르고 있었다. 짜디짠 땀이 상처들에 스며들면서 날카로운 통증이 느껴졌다. 글래스는 차가운 개울물로 목을 축인 후 상류 쪽을 돌아보았다. 또다시 그들을 쫓고 싶은 충동이 강하게 일었다. '지금은 안 돼.'

불가피한 지연에 짜증이 났지만 글래스는 마음을 다잡았다. 기회가 올 때까지 욕망을 단단히 다져놓는 것도 나쁘지 않을 것 같았다. 그는 기어이 살아남아 배신자들에게 처절한 복수를 안기겠노라고 맹세했다.

그날 글래스는 세 시간 이상을 엉금엉금 기어 이동했다. 2마일은 넘게 온 것 같았다. 그랜드 강의 기슭은 모래와 풀과 돌들로 덮여 있었다. 일어설 수만 있었다면 글래스는 발로 딛기 수월한 부분을 찾아 얕은 강을 마음껏 건너다녔을 것이다.

하지만 글래스에게 강을 건너는 것은 불가능한 일이었다. 계속 북쪽 기슭을 따라 기어가는 수밖에 없었다. 무엇보다도 돌들이 가장 큰 장애물이었다. 어느새 양모 패드는 너덜너덜 해어져 있었다. 패드 덕분에 찰과상은 면할 수 있었지만 타박상까지는 아니었다. 글래스의 무릎과 손바닥은 검푸른 멍자국들로 덮여 있었다. 살짝만 건드려도 심한 통증이 느껴졌다. 왼쪽 팔 근육에서는 경련이 일었고, 허기짐에 온몸이 바르르 떨렸다. 예상했던 대로 고기를 구하는 건 쉽지 않아 보였다. 당분간은 풀만으로 버텨야 했다.

포니 족과 함께 지내는 동안, 글래스는 평원의 식물들에 대해 많은 걸 배우게 되었다. 강 후미의 늪지에는 부들이 많았다. 갈색 털로 덮인 머리와 가느다란 초록 줄기로 이루어진 부들은 최대 1미터까지 자랄 수 있었다. 글래스는 막대기로 파낸 뿌리줄기에서 껍질을 벗겨내고 부드러운 순을 뜯어먹곤 했다. 하지만 부들이 있는 곳에는 예외 없이 모기가 많다는 게 문제였다. 노출된 그의 머리와 목과 팔뚝에는 이미 모기 여러 마리가 달라붙어 있었다. 그는 다 무시하고 부들을 뽑아나갔고, 망설임 없이 어린 싹의 가장자리를 갉아먹기 시작했다. 한참 후, 허기가 어느 정도 해소되자 점점 모기들이 신경 쓰였다. 글래스는 강을 따라 100미터쯤 더 내려갔다. 모기떼를 벗어날 방법은 없었지만 습지의 고인 물에서 떨어져 나오니 그 수가 눈에 띄게 줄어들기는 했다.

글래스는 사흘에 걸쳐 그랜드 강을 따라 기어 내려갔다. 사방이 부들로 넘쳐났고, 먹을 수 있는 다양한 식물들도 속속 눈에 들어왔다. 양파, 민들레, 그리고 버들잎. 운 좋게 산딸기 덤불을 찾았을 땐 손가락이 산딸기 즙으로 시뻘겋게 물들 때까지 열매를 배불리 따먹었다.

하지만 글래스의 몸이 절실히 바라는 건 찾지 못했다. 그가 회색곰에게 잡아먹힐 뻔한 지도 벌써 열이틀이나 지나 있었다. 배신자들에게 버려지기 전 글래스는 두어 차례 수프를 홀짝인 적이 있었다. 그 후로 그가 섭취한 음식다운 음식은 방울뱀이 유일했다. 산딸기와 풀뿌리들로 며칠은 버틸 수 있겠지만 부상을 회복하고 다시 두 발로 걸으려면 제대로 된 영양 보충이 시급했다. 그리고 그런 영양분은 오로지 고기를 통해서만 얻을 수 있었다. 며칠 전 뱀과 맞닥뜨렸을 때와 같은 행운은 두 번 다시 기대하기 힘들었다.

그렇다고 언제까지나 한자리에 머물러 있을 수는 없었다. 글래스는 날이 밝으면 다시 움직이기로 했다. 행운이 먼저 찾아들지 않는다면 직접 찾아 나서는 수밖에 없었다.

9
1823년 9월 8일

글래스는 물소의 시체 냄새를 맡을 수 있었다. 파리 떼가 쓰러진 놈의 가죽과 뼈 주변을 요란하게 윙윙대며 맴돌았다. 고기는 다른 동물들이 이미 먹어치운 후였지만 뼈에는 아직 힘줄이 붙어 있었다. 털이 무성한 큰 머리에는 위협적으로 보이는 검은 뿔이 달려 있었다. 새들이 쪼아 먹었는지 눈알은 보이지 않았다.

물소의 시체는 글래스에게 역겨움을 주지 않았다. 그저 고기를 빼앗긴 데 대한 아쉬움만이 느껴질 뿐이었다. 주변에는 실로 다양한 발자국들이 어지럽게 남아 있었다. 글래스는 물소가 나흘이나 닷새 전에 죽었을 거라 짐작했다. 그는 한쪽에 쌓인 뼈들을 응시하며, 외지고 암울한 대초원 한구석에 흩뿌려진 자신의 뼈들을 상상해보았다. 무섭게 몰려든 까치와 코요테들이 썩어가는 자신의 살을 우악스럽게 뜯어먹는 광경도 떠올려보았다. 순간 성서의 한 구절이 그의 뇌리를 스쳤다. '흙에서 흙으로. 바로 이런 경우를 두고 한 말인가?'

글래스는 당장 현실적으로 시급한 문제에 집중하기로 했다. 언젠가 그는 굶주린 인디언들이 끈적끈적해질 때까지 끓여낸 짐승 가죽으로 배를 채우는 걸 본 적이 있었다. 한번 시도해보고 싶었지만 끓는 물을 담을 솥이 없었다. 그는 금세 또 다른 방법을 떠올렸다. 물소의 시체 옆에는 사람 머리 크기의 바위가 하나 놓여 있었다. 그는 왼손으로 바위를 집어 들고 작은 갈비뼈들을 힘껏 내리쳤다. 뼈 하나가 뚝 부러졌지만 기대했던 골수는 이미 말라버린 상태였다. '더 두꺼운 뼈가 필요해.'

발굽까지 살이 발라내진 물소의 앞다리 하나는 시체에서 멀리 떨어져 있었다. 글래스는 그것을 평평한 돌 위에 내려놓고 또 다른 바위로 내려찍기 시작했다. 잠시 후, 날카로운 소리를 내며 뼈가 부러졌다.

역시. 두꺼운 뼈에는 아직 녹색을 띤 골수가 담겨 있었다. 나중에 후회하게 될지도 몰랐지만 굶주림은 글래스에게서 이성을 앗아가버렸다. 그는 쓰디쓴 맛을 무시하고 뼈에서 배어나는 액체를 쪽쪽 빨아먹었다. '여기서 아사하는 것보단 뭐라도 먹어보는 게 낫겠지.' 그나마 다행인 것은 골수를 큰 통증 없이 목으로 넘길 수 있게 되었다는 사실이었다. 글래스는 거의 한 시간 동안 뼈를 부러뜨리고 그 안에 담긴 내용물을 긁어내는 작업을 멈추지 않았다.

시간이 얼마나 흘렀을까, 글래스에게 첫 번째 경련이 찾아들었다. 창자에서 둔한 통증이 전해져 온 순간 그는 더 이상 자신의 체중을 지탱하지 못하고 한쪽으로 고꾸라졌다. 머릿속에서 극심한 압박감이 느껴졌다. 마치 두개골 곳곳에 금이 간 듯했다. 온몸에서 땀이 비 오듯 쏟아졌다. 복부에서는 타는 듯한 통증이 이어졌다. 마치 돋보기로 모아진 강렬한 햇빛이 살 속으로 파고드는 듯했다. 속은 심하게 요동치고 있었다. 헛구역질이 시작되자 목구멍이 찢어질 듯 아팠다. 역류한 담즙이 목의 상처로 스며든 것이다.

글래스는 두 시간 동안 땅에 누워 있었다. 완전한 공복 상태였지만 경련은 멎을 줄 몰랐다. 헛구역질과의 사투가 끝날 때마다 그는 죽은 듯이 누워 통증이 가시기를 기다렸다.

상태가 조금 나아지자 글래스는 엉금엉금 기어 물소의 시체에서 떨어져 나왔다. 역겨운 냄새로부터 멀리 도망치고 싶은 마음뿐이었다. 갑작스러운 움직임에 머릿속의 통증과 배 속의 메스꺼움이 재점화되었다. 물소로부터 30미터쯤 벗어나자 버드나무 숲이 나타났다. 글래스는 옆으로 누위 잠보다 무의식에 가까운 상태에 빠져들었다.

썩은 골수로 더럽혀진 글래스의 몸은 서서히 정화되었다. 회색곰이 안겨준 상처들의 집중된 통증은 널리 분산된 무기력과 결합되어 그를 더욱 힘들게 했다. 얼마 남지도 않은 기운은 모래시계 속 모래처럼 조금씩 새어나가고 있었다. 글래스는 활력이 증발하는 걸 똑똑히 느낄 수 있었다. 그는 자신에게 모래시계 위 칸에서 마지막 모래알이 빠져나가는 것과 같은 순간이 찾아들게 될 거라는 걸 알고 있었다.

글래스는 물소 뼈의 이미지를 뇌리에서 지워낼 수 없었다. 억센 짐승이 처참한 꼴로 대초원에서 썩어가는 모습을.

이튿날 아침, 글래스는 허기진 배를 안고 잠에서 깼다. 다시 배가 고파졌다는 건 몸에서 독소가 빠져나갔다는 뜻이었다. 그는 강 하류를 향해 부지런히 기어갔다. 기력이 남아 있을 때 먹을 것을 찾아야 했다. 물소 옆에 늘어져 있으면 아까운 시간만 허비하게 될 것이다. 지난 이틀간 글래스가 기어온 거리는 얼마 되지 않았다. 예기치 못하게 병을 얻어 그나마 남아 있던 기력마저 소진된 상태였다.

앞으로 며칠 안에 고기를 섭취하지 못하면 그는 목숨을 잃을 게 뻔했다.

글래스는 물소의 시체를 통해 소중한 교훈을 얻었다. 죽은 지 오래된 짐승은 절대 먹어서는 안 된다. 아무리 죽을 만큼 배가 고파도. 글래스는 창을 만들어야겠다고 생각했다. 창이 없으면 돌을 던져서라도 토끼를 잡아야 했다. 하지만 극심한 어깨 통증 때문에 오른팔을 조금도 들 수가 없었다. 표적을 향해 무기를 강하게 던지는 건 불가능했다. 왼손을 쓰면 정확도가 크게 떨어질 것이다.

사냥에 대한 기대는 접어야 했다. 이제 남은 방법은 덫을 놓는 것뿐이었다. 밧줄과 칼만 있으면 글래스는 온갖 종류의 올가미를 만들 수 있었다. 하지만 그에게는 기본적인 재료조차도 준비되어 있지 않았다. 하는 수 없이 글래스는 함정을 만들기로 했다. 커다란 돌 밑에 막대기를 받쳐놓으면 작은 동물을 잡을 수 있었다.

그랜드 강을 따라 펼쳐진 버드나무 숲과 강기슭의 젖은 모래에는 사냥감들의 흔적이 널려 있었다. 키가 큰 풀 안쪽으로 사슴 하나가 쉬었다 간 흔적이 보였다. 글래스의 상태로 사슴을 잡을 만한 함정을 만드는 건 불가능했다. 그는 함정에 쓸 크고 묵직한 돌이나 나무를 끌어올릴 자신이 없었다. 그는 강변에서 흔히 볼 수 있는 토끼를 잡아보기로 했다.

글래스는 토끼들이 좋아할 만한 우거진 숲 속을 살펴보기 시작했다. 비버에게 갉아먹혀 쓰러진 미루나무 한 그루가 그의 눈에 들어왔다. 무성한 잎으로 덮인 가지들이 토끼들을 위한 완벽한 은신처를 만들어놓았다. 나무 주변에는 완두콩만 한 배설물이 흩뿌려져 있었다.

글래스는 강 근처에서 적당한 크기의 돌 세 개를 찾아냈다. 돌들은 납작해서 넓은 공간을 덮을 수 있었고, 치명적인 힘으로 사냥감을 짓누를 수 있을 만큼 적당히 묵직했다. 돌들의 크기는 화약통만 했고, 무게는 10킬로그램쯤 되었다. 팔다리가 성치 않은 그는 무려 한 시간에 걸쳐 돌들을 차례로 옮겨놓았다.

그 작업이 끝나자 글래스는 그것들을 받쳐놓을 막대기를 찾아 나섰다. 그는 쓰러진 미루나무에서 지름이 3센티미터 정도 되는 가지 세 개를 꺾어와 두 동강 냈다. 첫 번째 가지를 부러뜨리자 찡하는 통증이 그의 어깨와 등으로 전해져 왔다. 글래스는 나머지 가지들을 미루나무에 기대어놓고 돌로 내리찍어 부러뜨렸다.

마침내 돌 밑에 받쳐놓을 막대기들이 준비되었다. 두 개의 막대기가 맞닿는 곳에는 방아쇠 역할을 할 막대기를 끼워놓아야 했다. 사냥감이 방아쇠 막대기를 살짝 건드리면 돌을 지탱하던 두 개의 막대기가 풀려버린 다리처럼 내려앉게 될 것이고, 방심한 사냥감은 살인적인 무게에 짓눌리게 될 것이다.

글래스는 가느다란 버드나무 가지를 40센티미터 길이로 잘라 방아쇠 막대기를 만들었다. 미끼는 강변에서 뜯어온 민들레 잎으로 충분할 것 같았다. 그는 부드러운 잎들을 방아쇠 막대기에 얹어놓았다.

토끼의 배설물로 덮인 좁은 길은 쓰러진 미루나무의 가장 우거진 부분으로 통하고 있었다. 글래스는 그곳에 함정을 설치하기로 했다.

함정은 안정감 있으면서도 적당히 약하게 만들어야 했다. 묵직한 돌을 거뜬히 지탱할 만큼 안정감이 있어야 했고, 사냥감이 방아쇠 막대기를 건드렸을 때 돌이 신속히 떨어질 수 있도록 적당히 약해야 했다. 너무 튼튼하면 돌이 떨어지지 않을 것이고, 너무 약하면 사냥감이 들어오기 전에 함정이 무너져 내릴 수 있었다. 그 둘의 균형을 맞추려면 적당한 힘과 조정 기술이 필요했다. 하지만 글래스의 성치 않은 몸으로는 불가능한 일이었다. 그의 오른팔은 돌의 무게를 지탱할 수 없었다. 그래서 그는 돌을 오른쪽 다리에 대충 걸쳐놓았다. 왼손으로 두 개의 지지 막대기를 세워놓고 그 사이에 방아쇠 막대기를 끼워 넣는 것 역시 쉽지 않았다. 함정은 반복해서 무너져 내렸다. 너무 튼튼하게 만들어졌다고 느껴질 때는 자신이 직접 무너뜨렸다.

그렇게 한 시간을 씨름한 끝에 글래스는 함정 하나를 완벽하게 설치할 수 있었다. 그는 미루나무 근처의 적당한 곳을 찾아 나머지 두 개도 마저 설치했다. 모든 작업을 마친 후에는 미루나무에서 떨어져 나와 강 쪽으로 내려갔다.

글래스는 강가 절벽 앞에서 숨을 만한 공간을 찾아냈다. 더 이상 배고픔을 참을 수 없게 되자 그는 미끼로 뜯어온 민들레의 뿌리 부분을 씹어 먹었다. 입 안에 남은 쓰디쓴 맛은 강물로 헹궈냈다. 그는 땅바닥에 누워 잠을 청해보았다. 토끼들은 야행성이었다. 그는 아침에 함정들을 살펴보기로 했다.

새벽이 되자 글래스의 목에서 날카로운 통증이 느껴졌다. 동쪽·지평선은 어느새 핏빛으로 물들어 있었다. 글래스는 어깨 통증을 누그러뜨리기 위해 몸을 뒤척였지만 효과는 보지 못했다. 한참 후, 통증이 조금씩 완화되자 이른 아침의 찬 공기가 기다렸다는 듯 그의 몸을 엄습해왔다. 글래스는 어깨를 움츠리고 갈가리 찢어진 담요를 목까지 끌어올렸다. 그는 한 시간 정도 불편한 자세로 누워 어둠이 걷히기를 기다렸다.

마침내 글래스가 쓰러진 미루나무를 향해 기어가기 시작했다. 그의 입안에서는 아직도 씁쓸한 민들레 뿌리의 맛이 감돌고 있었다. 어딘가에서 지독한 스컹크 냄새가 풍겨왔다. 글래스는 불쾌한 두 감각을 애써 무시하고 모닥불 위에서 노릇노릇 익어가는 토끼를 떠올려보았다. 고기의 영양분. 벌써부터 그 냄새와 맛이 느껴지는 것 같았다.

글래스는 50미터 밖에서 세 개의 함정을 살필 수 있었다. 하나는 멀쩡히 서 있었지만 나머지 두 개는 무너져 내린 상태였다. 불운하게도 지지막대기를 건드린 무언가가 납작한 돌에 깔렸다는 뜻이었다. 글래스의 목에서 맥박이 빠르게 뛰기 시작했다. 흥분한 그가 그쪽으로 빠르게 기었다.

글래스는 첫 번째 함정을 3미터쯤 남겨둔 지점에서 좁은 길을 유심히 살펴보았다. 전날에 보지 못했던 작은 발자국과 배설물들이 사방에 널려 있었다. 그는 가쁜 숨을 몰아쉬며 커다란 돌의 뒷면을 들여다보았다. 아무것도 튀어나와 있지 않았다. 그는 여전히 마음을 졸인 채 돌을 들어보았다. 함정 안은 텅 비어 있었다. 순간 실망감에 가슴이 내려앉았다. '내가 너무 반듯하게 세워뒀나? 자기가 알아서 무너져 내린 건가?' 글래스는 곧장 다음 함정이 있는 곳으로 이동했다. 함정 앞에는 아무것도 없었다. 그는 목을 길게 빼고 그 안을 살폈다.

검고 흰 무언가가 꿈틀대고 있었다. 들릴 듯 말 듯한 쉿 소리가 흘러나왔다.

무슨 일이 벌어졌는지 인지하기도 전에 통증이 밀려들었다. 함정에 앞다리가 깔린 스컹크가 유독한 물질을 뿜어낸 것이다. 마치 불타는 등유가 그의 눈에 뿌려진 듯했다. 졸지에 시력을 잃은 글래스는 잽싸게 몸을 굴려 함정에서 벗어났고, 필사적으로 기어 강가로 내려갔다.

글래스는 기슭의 깊은 웅덩이에서 화끈거리는 눈을 씻었다. 물속에 얼굴을 파묻고 눈을 떠보았지만 타는 듯한 통증은 쉬이 누그러지지 않았다. 그는 그렇게 20분 가까이 바동거린 후에야 비로소 앞을 다시 볼 수 있었다. 시뻘겋게 충혈된 눈에서는 눈물이 쉴 새 없이 쏟아져 내렸다. 글래스는 다시 기슭으로 올라갔다. 스컹크의 역겨운 냄새는 창유리에 낀 서리처럼 그의 피부와 옷에 달라붙어 있었다. 언젠가 그는 스컹크에게 공격받은 개가 지독한 악취를 떨쳐내기 위해 일주일 동안 땅을 뒹구는 걸 지켜본 적이 있었다. 그는 최소한 며칠은 고생할 각오를 해야 했다.

따끔거리는 눈이 조금씩 회복되자 글래스는 다시 자신의 몸 상태를 살폈다. 손가락을 목에 가져가 대보기도 했다. 더 이상 피는 묻어나지 않았다. 하지만 무언가를 삼키거나 깊은 숨을 들이켤 때마다 느껴지는 통증은 여전했다. 글래스는 자신이 지난 며칠간 단 한마디도 내뱉지 않았다는 사실을 깨달았다. 잠시 망설이던 그가 입을 열고 후두에 공기를 넣어보았다. 이내 날카로운 통증이 느껴지면서 애처로운 꺅꺅 소리가 터져 나왔다. 두 번 다시 정상적으로 말을 할 수 있을지 걱정이 되었다.

글래스는 몸을 틀어 목에서 어깨까지 이어지는 긴 상처를 내려다보았다. 브리저가 발라놓은 송진이 아직 말라붙어 있었다. 어깨 전체가 욱신거렸지만 다행히 상처는 조금씩 회복되어가는 중이었다. 허벅지의 찔린 상처 역시 많이 아문 상태였지만 아직 체중을 싣기에는 무리가 있어 보였다. 별 기대 없이 만져본 머리에도 출혈이 완전히 멎어 있었고 통증도 없었다.

글래스가 목 다음으로 걱정하는 부위는 등이었다. 손으로 만져볼 수도 없었고, 목을 길게 뽑아 눈으로 확인할 수도 없었다. 그의 머릿속에서는 별의별 끔찍한 이미지들이 맴돌았다. 딱지가 뜯겨질 때마다 묘한 기분이 들었다. 또한 헨리 대위가 봉합해놓은 부분에서는 실밥이 튀어나와 주변 피부를 간질였다.

또다시 위를 갉아먹는 듯한 배고픔이 몰려왔다.

글래스는 모래로 뒤덮인 강기슭에 지친 몸을 뉘었다. 사냥 실패는 그를 의기소침하게 만들어놓았다. 가느다란 줄기에 붙은 노란 꽃 한 무리가 그의 눈에 들어왔다. 달래와 흡사해 보였지만 글래스는 기대를 접었다. 치명적인 독성이 있는 카마시아였다. '신의 섭리인가? 날 위해 여기 심어놓은 건가?' 글래스는 독을 먹으면 어떻게 될지 궁금했다. 평화롭게 영원한 잠에 빠져들게 될까? 아니면 몸을 뒤틀며 고통스럽게 죽어갈까? 하긴, 그런다고 지금 상태와 크게 다르지 않을 텐데. 적어도 죽음이라는 완전한 결말이 찾아들 거라는 확신은 가질 수 있을 것이다.

글래스가 새벽빛에 잠겨 기슭에 누워 있을 때 강 건너 버드나무 숲에서 통통한 암사슴 한 마리가 튀어나왔다. 사슴은 잠시 머뭇거리다가 몸을 숙이고 물을 마시기 시작했다. 글래스와의 거리는 30미터도 채 되지 않았다. 라이플만 있었다면 어렵지 않게 잡을 수 있는 거리였다. '안슈타트.'

글래스는 눈을 뜨고 처음으로 자신을 버리고 떠난 남자들을 떠올렸다. 암사슴을 응시하는 그의 안에서 또다시 분노가 끓어올랐다. 버리고 떠났다는 말로는 그들의 배반 행위를 충분히 표현할 수 없었다. 버린다는 건 소극적인 행위였다. 도망치거나 무언가를 두고 떠나거나. 만약 그들이 그를 버려두기만 했다면 지금쯤 글래스는 라이플로 사슴을 겨누고 있을 것이다. 칼로 사슴을 해체하고, 부싯돌로 불을 피우고 있을 것이다. 글래스는 머리부터 발끝까지 쫄딱 젖은 자신의 몰골을 내려다보았다. 어느 곳 하나

성한 데가 없었고, 이제는 지독한 스컹크 냄새까지 풍기고 있었다. 입 안에서는 아직도 씁쓸한 뿌리의 맛이 감돌고 있었다.

피츠제럴드와 브리저가 한 짓은 그를 버려두고 떠난 것보다 훨씬 못된 짓이었다. 그들은 예리코로 통하는 길에서 고개를 돌리고 반대편으로 건너가는 행인들만도 못했다(착한 사마리아인의 법의 유래가 된 신약성서 이야기에서, 강도를 당해 유대인이 쓰러져 있는 곳이 예리코로 통하는 길목이다―옮긴이). 글래스는 그들로부터 극진한 보살핌을 기대하지 않았었다. 그저`자신에게 해를 끼치지 않기만을 바랐을 뿐이었다.

피츠제럴드와 브리저는 고의적으로 그의 소지품을 훔쳐갔다. 그것도 생존을 위한 필수품들을. 그것은 살인 행위나 다름없었다. 심장에 칼을 꽂거나 머리에 총알을 박아 넣는 것과 다르지 않았다. 그들은 그를 죽였지만 그는 죽지 않았다. 그리고 절대 죽지 않겠노라고 스스로에게 맹세했다. 왜냐면 그들을 찾아 죽여야 하니까.

휴 글래스는 몸을 추스르고 그랜드 강을 따라 계속 기어가기 시작했다.

글래스는 빈터의 윤곽을 유심히 살폈다. 50미터쯤 떨어진 곳에 풀이 무성한 습지대가 펼쳐져 있었다. 그 가장자리에는 바짝 말라버린 넓은 도랑들이 얽혀 있었다. 세이지와 키 작은 풀들이 적당한 은신처를 제공해주었다. 습지대를 보고 있노라니 갑자기 아칸소 강을 따라 이어져 있는 완만한 언덕들이 떠올랐다. 그는 언젠가 포니 족 아이들이 설치해놓은 함정을 본 적이 있었다. 그 아이들에게 함정을 만드는 건 놀이나 다름없었다. 글래스에게는 생존을 위한 방법에 지나지 않았지만.

습지대로 천천히 기어 내려간 글래스는 그 중심에서 끝이 날카로운 돌을 발견했다. 그는 그것으로 딱딱하게 굳어버린 모래흙을 파헤치기 시작했다.

한참 후, 지름 10센티미터에 팔뚝 깊이의 구덩이가 만들어졌다.

중간 지점부터는 구멍의 폭을 점점 넓혀나갔다. 구덩이가 바로 세워놓은 와인 병 모양이 되도록 팠다. 글래스는 구덩이 밖에 쌓인 흙을 넓게 다져 공사의 흔적을 지웠다. 지친 그가 작업을 멈추고 숨을 할딱거렸다.

어느 정도 숨을 돌린 후에는 크고 납작한 돌을 찾아 주변을 살피기 시작했다. 마침 구덩이에서 10미터쯤 떨어진 지점에 적당한 돌 하나가 뒹굴고 있었다. 그것과 함께 골라온 작은 돌 세 개는 구덩이 밖에 삼각형으로 놓아두었다. 납작한 돌은 작은 돌 세 개를 기둥 삼아 구덩이 위에 지붕처럼 덮었다. 작은 돌들이 만들어놓은 공간 덕분에 함정은 완벽한 은신처의 꼴을 갖추었다.

글래스는 꺾어 온 나뭇가지들로 함정을 가려놓고 천천히 기어 구덩이에서 멀리 떨어져 나왔다. 곳곳에 작은 배설물이 뿌려져 있었다. 좋은 징조였다. 글래스는 구덩이로부터 50미터쯤 떨어진 지점에서 멈췄다. 거친 땅을 기어 다니느라 그의 무릎과 손바닥은 누더기가 되어 있었다. 움직일 때마다 허벅지가 욱신거렸고, 딱지가 떨어져 나간 등에서는 다시 피가 배어났다. 잠시 멈추고 숨을 고르니 통증이 조금 누그러졌다. 그간 알게 모르게 엄청난 피로가 쌓여왔다는 뜻이었다. 안에서 끓어오른 둔한 통증이 밖에서 순환하고 있었다. 글래스는 눈을 감고 잠의 유혹에 굴복하고 싶은 충동을 꾹 참았다. 무엇이라도 먹지 않으면 절대 기력을 회복할 수 없다는 걸 그는 잘 알고 있었다.

글래스는 다시 땅바닥에 엎드렸다. 그러고는 자신이 파놓은 구덩이를 중심으로 천천히 원을 그리며 움직였다. 한 바퀴를 도는 데 무려 30분이 걸렸다. 몸은 그에게 제발 멈추고 쉬어줄 것을 주문했지만 그는 함정이 제대로 기능하는지 주의 깊게 지켜봐야 했다. 글래스는 계속 원을 그리며 구덩이 쪽으로 조금씩 접근해나갔다. 덤불이 나타나면 잠시 멈추고 살살 흔들어보았다. 안에 숨어 있을지 모르는 짐승을 구덩이 쪽으로 몰기 위함이었다.

한 시간 후, 글래스는 마침내 구덩이에 도착했다. 그는 납작한 돌을 걷어내고 귀를 쫑긋 세웠다. 언젠가 그는 포니 족 소년이 비슷한 함정 속으로 손을 넣었다가 방울뱀에 물리는 걸 본 적이 있었다. 소년의 실수는 아직까지도 그의 뇌리에 깊이 새겨져 있었다. 글래스는 쓸 만한 나뭇가지를 찾아 주변을 살폈다. 마침 끝이 납작한 가지 하나가 그의 눈에 들어왔다. 그는 그것으로 구덩이 안을 몇 번 찔러보았다.

아무 반응이 없자 글래스는 구덩이 안으로 팔을 쑥 찔러 넣었다. 죽은 쥐 네 마리와 얼룩다람쥐 두 마리가 만져졌다. 전혀 영광스럽지 않은 사냥 방식이었지만 글래스는 결과에 만족했다.

습지대는 꽤 괜찮은 은신처였다. 글래스는 큰맘 먹고 불을 피워보기로 했다. 부싯돌과 쇳조각이 없으니 막대기 두 개를 비벼 불꽃을 내는 수밖에 없었다. 글래스는 지금껏 한 번도 그런 방법으로 불을 만들어본 적이 없었다. 불꽃을 내기까지 얼마나 오래 걸릴지도 의문이었다.

글래스에게는 활과 마찰 막대가 절실했다. 불을 피우려면 세 개의 도구가 필요했다. 2센티미터 두께에 20센티미터 길이의 둥근 마찰 막대, 마찰 막대를 끼울 수 있는 납작한 나무토막, 그리고 첼로 연주자가 쓸 법한 활.

글래스는 필요한 도구를 구하기 위해 도랑을 살피기 시작했다. 납작한 유목을 찾는 건 어렵지 않았다. 마찰 막대와 활로 쓸 만한 막대기들도 사방에 널려 있었다. '활에 맬 끈이 필요해.' 그에게는 끈이 없었다. 내 가방에 끈이 달려 있잖아. 그는 면도칼을 꺼내 가방에서 끈을 떼어냈다. 그런 다음, 그것을 막대기의 양쪽 끝에 꽉 묶었다. 면도칼로 납작한 유목에 마찰 막대를 꽂을 구멍도 만들었다.

활과 마찰 막대가 준비되자 글래스는 부싯깃과 땔감을 모아왔다.

글래스는 가방에서 패치 몇 개를 꺼내 가장자리가 해어지도록 북북 찢었다. 그러고 나서 챙겨온 부들을 꺼내 마른 잔디와 함께 얕은 구덩이에 깔았다. 곳곳에서 집어 온 나무토막들에는 바짝 마른 물소 배설물을 발라놓았다.

글래스는 납작한 나무의 구멍에 부싯깃을 넣고 마찰 막대를 꽂았다. 그런 다음, 활을 막대 중앙에 수평으로 댄 후 활 양쪽에 묶어두었던 끈을 막대에 칭칭 감아 고정시켰다. 그는 천 조각을 두른 오른손으로 마찰 막대를, 왼손으로는 활을 각각 쥐었다. 그가 활을 앞뒤로 움직이자 마찰 막대가 납작한 유목의 구멍 안에서 빠르게 회전했다.

활로 열심히 마찰 막대를 돌려대던 글래스는 이내 문제점을 발견했다. 그는 마찰 막대의 한쪽 끝을 자신의 손바닥에 비비고 있었다. 글래스는 포니 족 사람들이 손바닥 크기의 나뭇조각으로 마찰 막대 위를 지그시 누르던 모습을 떠올렸다. 그는 적당한 크기의 나뭇조각을 찾아 면도칼로 중앙에 작은 구멍을 뚫었다. 구멍에 마찰 막대의 윗부분을 끼웠다.

성치 않은 글래스의 왼손은 여전히 어설펐다. 그는 마찰 막대와 한참을 씨름한 끝에 비로소 적당한 리듬을 찾아내는 데 성공했다. 그렇게 몇 분이 흐르자 마찰 막대 아래 구멍에서 연기가 피어오르기 시작했다. 잠시 후, 부싯깃에 불이 옮겨 붙었다. 그는 부들을 끌어와 불꽃에 갖다 댄 후 두 손으로 바람을 막았다. 마침내 부들에도 불이 옮겨 붙었다. 그는 불붙은 부들을 작은 구덩이 속 부싯깃에 살며시 내려놓았다. 갑자기 불어온 바람이 그의 등에 닿았다. 거센 바람에 불이 꺼지면 큰일이었다. 하지만 다행히 불꽃은 부싯깃과 마른 잔디에 차례로 옮겨 붙었다. 잠시 후, 글래스는 활활 타는 불에 물소 배설물이 발라진 나무토막들을 던져 넣었다.

자그마한 설치류의 가죽을 벗기고 내장을 빼내니 먹을 게 별로 없었다. 그나마 고기가 신선해 다행이었다. 적지 않은 공과 시간을 들였지만 작게

나마 수확이 있었다.

글래스는 마지막 남은 설치류의 작은 흉곽을 집어 들었다. 그는 아직도 배가 고파 죽을 지경이었다. 다음 날은 무리하지 않고 조금 일찍 휴식을 취하기로 했다. 두 군데에 함정을 파놓는 것도 좋을 것 같았다. 몸이 생각처럼 움직여주지 않자 그는 짜증이 났다. 통행이 잦은 그랜드 강 주변에서 아리카라 족과 맞닥뜨리기라도 한다면 끝장이었다. '그러지 마. 벌써부터 나중 일을 걱정할 필요가 없잖아. 오늘의 목표는 내일 아침일 뿐이라고.'

식사를 마친 글래스는 모래를 뿌려 모닥불을 끈 후 그대로 잠에 빠져들었다.

10
1823년 9월 15일

글래스 앞으로 쌍둥이 같은 외딴 언덕이 나타났다. 그 틈에 낀 그랜드 강의 폭은 눈에 띄게 좁아져 있었다. 글래스는 헨리 대위와 상류로 오를 때 보았던 언덕들을 생생히 기억하고 있었다. 그는 그랜드 강을 따라 계속 동쪽으로 기어나갔다. 눈앞에 펼쳐진 풍경에서는 눈에 띄는 특징을 찾아보기가 힘들었다. 미루나무 숲조차도 대초원의 목초에 완전히 뒤덮여 있었다.

헨리와 모피 수송대는 두 개의 언덕 근처에서 캠프를 차렸었다. 글래스는 같은 곳에서 쉬어가기로 했다. 운이 좋으면 그들이 놓고 간 것들 중 쓸 만한 물건을 건질 수 있을지도 몰랐다. 글래스는 언덕 근처의 높은 둑이 완벽한 은신처가 되어줄 거라 확신했다. 서쪽 지평선 위로는 시커먼 소나기구름이 불길하게 떠 있었다. 두 시간 안에 폭풍이 몰아칠 것 같았다. 그 전에 서둘러 쉴 자리를 찾고 싶었다.

글래스는 강을 따라 캠프까지 기어갔다. 최근에 불을 피웠던 자리에는 검게 그을린 돌들이 둘러져 있었다. 하지만 모피 수송대는 이곳에서 불을 피운 적이 없었다. 글래스는 누가 그들을 뒤쫓았을지 궁금해졌다. 글래스는 어깨에 메고 있던 가방과 담요를 내려놓고 강물로 목을 축였다. 그의 뒤로는 강가 절벽이 만들어놓은 은신처가 자리하고 있었다. 그가 기억하고 있는 그대로였다. 그는 인디언들의 흔적이 없는지 강을 좌우로 살폈다. 불행하게도 강변에는 초목이 거의 보이지 않았다. 또다시 살인적인 배고픔이 글래스를 엄습해왔다. 캠프는 함정을 파기에는 적당하지 않아 보였다. '괜히 아까운 기운만 빼는 게 아닌지 모르겠군.' 글래스는 아늑한 은신처와 배를 채울 식량 사이에서 고민에 빠졌다. 설치류 고기는 글래스에게 일주일 가까이 버틸 수 있는 기력을 보충해주었다. 그는 현재 자신의 상황을 꼼꼼히 따져보았다. 최악은 아니었지만 안심하기에는 일렀다.

잔잔한 바람이 비를 예고하고 있었다. 글래스의 등에서 식은땀이 연신 흘러내렸다. 글래스는 폭풍이 어디까지 왔는지 확인하기 위해 몸을 틀고 높은 둑으로 기어 올라갔다.

둑 너머로 펼쳐진 풍경이 그의 숨을 턱 멎게 했다. 언덕 밑 계곡의 시커먼 평원에는 수천 마리의 물소가 풀을 뜯고 있었다. 글래스로부터 50미터쯤 떨어진 지점에서 황소 한 마리가 보초를 서고 있었다. 놈의 키는 2미터가 넘을 것 같았다. 검은 몸통에 덮인 황갈색 털이 억세 보이는 머리와 어깨를 더욱 두드러지게 했다. 털은 뿔이 파묻힐 정도로 텁수룩했다. 황소가 코를 힝힝거리며 공기 냄새를 맡았다. 소용돌이치는 바람이 거슬리는 모양이었다. 황소 뒤에서는 암소 한 마리가 땅을 뒹굴며 먼지 구름을 일으키고 있었다. 그 주변에서 열 마리 남짓 되는 암소와 송아지들이 한가롭게 풀을 뜯고 있었다.

글래스가 처음으로 물소와 맞닥뜨린 건 텍사스 평원에서였다. 그 후로 무리 지어 몰려다니는 놈들을 숱하게 봐왔지만 물소들과 드넓은 대초원은 볼 때마다 그를 경탄하게 만들었다.

글래스로부터 100미터쯤 떨어진 하류에는 늑대 여덟 마리가 무리를 지어 어슬렁거리고 있었다. 사냥의 기회를 노리고 있는 듯했다. 우두머리 수컷은 세이지 덤불 근처에 몸을 웅크리고 앉아 있었다. 보나 마나 오후 내내 소들을 지켜보며 공격하기 적절한 때를 기다려왔을 것이다. 감시하는 황소와 나머지 물소들 사이에 충분한 틈이 생길 때를. 틈. 치명적인 약점. 커다란 늑대가 갑자기 벌떡 일어났다.

우두머리 수컷은 키는 컸지만 왜소해 보였다. 마디가 많아 울퉁불퉁한 다리는 볼품없었지만 새까만 몸뚱이와 묘하게 잘 어울렸다. 새끼 늑대 두 마리는 강기슭을 뒹굴며 장난을 치고 있었다. 몇몇 늑대는 농장의 여유로운 사냥개처럼 엎드려 자고 있었다. 포식자라기보다 애완동물에 가까운 모습이었다. 우두머리 수컷이 벌떡 일어나자 나머지 늑대들이 화들짝 놀랐다.

늑대들의 치명적인 힘은 그들이 본격적으로 움직이기 시작할 때 비로소 드러났다. 그 힘은 근골의 건장함이나 품위에서 비롯된 것이 아니었다. 계획적이고 가차 없는 그들의 움직임과 그것을 가능하게 해주는 외곬의 지능이야말로 그 힘의 원천이었다. 그리고 그 힘은 함께 모여 있을 때 더욱 빛을 발했다.

우두머리 수컷이 황소와 물소들 사이에 생긴 틈을 향해 빠르게 나아가기 시작했다. 몇 미터 벗어나서부터는 전력으로 달려나갔다. 늑대 무리는 넓게 펼쳐져 우두머리를 뒤따랐다. 그 정확성과 통일성이 꼭 군대를 보는 듯했다. 놈들은 빈틈을 향해 맹렬히 내달렸다. 새끼들마저도 정신을 바짝 차린 모습이었다. 무리로부터 멀리 떨어져 나온 물소 한 마리가 새끼들을 앞세우고 도망치기 시작했다. 물소 떼가 일제히 움직이면서 황소와의 틈이 점점 벌어졌다.

육중한 황소가 맹렬히 달려와 늑대 한 마리를 뿔로 냅다 받았다. 늑대는 비명을 지르며 6미터 밖으로 날아가 떨어졌다. 늑대들은 으르렁거리며 송곳니를 딱딱 부딪쳐댔다. 뒤늦게 상황을 파악한 물소들은 기겁을 하며 도망쳤다.

우두머리 수컷이 새끼 물소의 뒷다리를 물어뜯었다. 당황한 새끼 물소는 필사적으로 벗어나 가파른 강둑을 달려 올라갔다. 치명적인 실수를 깨달은 늑대들은 추격의 속도를 늦추었다. 새끼 물소는 비명을 빽빽 지르며 미친 듯이 내달리다 둑에서 나자빠졌다. 새끼 물소는 다리가 부러졌는지 다시 일어서지 못했다. 부자연스러운 각도로 꺾인 새끼 물소의 다리는 땅에 제대로 디뎌지지 않았다. 새끼 물소가 쓰러진 것을 확인한 늑대들이 우르르 몰려갔다. 잠시 후, 놈들의 송곳니가 일제히 새끼의 온몸을 파고들었다. 우두머리 수컷은 새끼의 목을 우악스럽게 물어뜯었다.

새끼 물소는 글래스로부터 70미터쯤 떨어진 지점에서 참혹한 최후를 맞고 말았다. 그 광경을 지켜보는 그의 얼굴에서 경이로움과 두려움의 표정이 교차했다. 다행히 그는 늑대들의 시야에서 충분히 벗어난 곳에 숨어 있었다. 놈들은 쓰러진 새끼 물소에만 온 신경을 집중시킨 상태였다. 우두머리 수컷과 그의 짝이 먼저 물소를 차지했다. 피가 뚝뚝 떨어지는 그들의 주둥이는 새끼 물소의 아랫배 부분에 파묻혀 있었다. 놈들은 새끼들에게도 기회를 주었다. 하지만 나머지 늑대들의 접근은 허락하지 않았다. 가끔 다른 늑대가 쓰러진 먹이 쪽으로 슬그머니 접근할 때마다 시커먼 우두머리는 이빨을 딱딱거리며 쫓아냈다.

글래스는 새끼 물소와 늑대들을 물끄러미 지켜보며 머리를 굴렸다. 새끼는 봄에 태어나 여름 내내 대초원에서 풀을 뜯으며 살을 찌워왔을 것이다. 그는 새끼의 무게가 70킬로그램에 육박할 거라 짐작했다. '70킬로그램의 신선한 고기.' 지난 보름간 힘겹게 잡은 짐승들의 고기 몇 점으로 버텨온 글래스에게는 꿈만 같은 일이었다. 글래스는 늑대들이 자신을 위해 먹을 것을 조금이라도 남겨놓고 떠나주기를 바랐다. 하지만 새끼 물소의 고기는 급속도로 줄어갔다. 한참 후, 우두머리 수컷과 그의 짝이 새끼 물소의 시체로부터 떨어져 나왔다. 그들의 입에는 새끼들에게 내줄 물소의 뒷다리가 물려 있었다. 그들이 물러나자 기다렸다는 듯 늑대 네 마리가 일제히 새끼 물소를 향해 달려들었다.

상황이 원하는 대로 진행되지 않자 글래스는 또다시 머리를 굴렸다. 더

기다렸다가는 그나마 남은 고기마저 동날 게 뻔했다. 그는 계속 쥐와 풀뿌리들로만 연명해야 하는 자신의 상황을 떠올려보았다. 코딱지만 한 고기 한 점을 얻기 위해 들여야 하는 공과 시간이 너무 아까웠다. 글래스는 아직 30마일도 채 오지 못한 상태였다. 이런 속도라면 추위가 닥치기 전에 카이오와 진지에 도착할 수 없을 것이다. 또한 이렇게 노출된 채로 강을 따라 계속 이동하게 되면 인디언들과 맞닥뜨릴 가능성도 높아질 수밖에 없었다.

글래스는 물소 고기로 기력을 회복해야만 했다. 그는 자신의 눈앞에 새끼 물소가 놓이게 된 것도 신의 섭리라 믿었다. '이 기회를 그냥 흘려보낼 순 없어.' 물소 고기를 원한다면 늑대들과 싸울 수밖에 없었다. 지금 당장.

글래스는 무기로 쓸 만한 것을 찾아 주변을 살펴보았다. 눈에 들어오는 것이라고는 바위, 유목, 그리고 세이지뿐이었다. '몽둥이?' 과연 그게 있다고 늑대들을 때려죽일 수 있을지 의문이었다. 불가능할 것 같았다. 몽둥이를 휘두르기 위해 팔을 들어 올릴 수도 없었다. 게다가 무릎을 꿇은 상태에서는 높이의 이점을 누릴 수도 없었다. '세이지?' 글래스는 마른 세이지 가지에 불이 잘 붙는다는 걸 알고 있었다. '횃불?'

다른 방법이 없었다. 글래스는 불을 피우는 데 필요한 것들을 찾아 주변을 살피기 시작했다. 춘기의 홍수로 불어난 강물은 커다란 미루나무의 몸통을 강가 절벽으로 밀어다놓았다. 썩 괜찮은 바람막이가 되어줄 것 같았다. 글래스는 그 옆에 얕은 구덩이를 팠다.

글래스는 활과 마찰 막대를 꺼냈다. 그나마 불을 피울 도구를 지니고 있어 다행이었다. 그는 가방에서 마지막 남은 패치와 부들 한 움큼도 꺼내놓았다. 글래스는 늑대들이 모여 있는 하류 쪽을 돌아보았다. 놈들은 아직도 새끼 물소를 뜯어먹고 있었다. '빌어먹을!'

글래스는 연료로 쓸 만한 것을 찾아보았다. 강은 미루나무의 가지들을

전부 앗아가버린 상태였다. 그는 죽은 세이지에서 큰 가지 다섯 개를 꺾어
와 구덩이 옆에 쌓아놓았다.

글래스는 활과 마찰 막대를 구덩이 안에 세워놓고 부싯깃을 조심스레
끼워 넣었다. 그는 천천히 활을 움직이기 시작했다. 리듬을 탄 손놀림이 점
점 빨라졌고 몇 분 후, 마침내 미루나무 옆 구덩이 안에 불이 만들어졌다.

글래스는 다시 하류의 늑대들을 돌아보았다. 우두머리 수컷과 그의 짝,
그리고 그들의 새끼들은 죽은 새끼 물소로부터 20미터쯤 떨어진 지점에
모여 있었다. 신선한 고기로 배를 채운 그들은 여유롭게 엎드려 물소의 뒷
다리에서 골수를 빨아대고 있었다. 글래스는 곧 벌어질 사투에 그들이 빠
져주기를 바랐다. 새끼 물소의 시체에는 총 네 마리가 달라붙어 있었다.

루프 포니 족은 그 이름에서도 알 수 있듯 억세고 교활한 늑대를 숭배
했다(루프 포니의 루프, 즉 loup는 불어로 '늑대'라는 뜻-옮긴이). 그들은 사냥
으로 잡은 늑대들의 가죽을 벗겨 여러 의식에 사용했다. 글래스도 그들과
늑대 사냥을 다녀본 적이 있었다. 하지만 세이지로 만든 횃불만 앞세우고
늑대들에게 달려드는 무모한 짓은 이번이 처음이었다. 그깟 고기 몇 점 때
문에.

세이지 가지들은 관절염에 걸린 거대한 손처럼 마구 뒤틀려 있었다. 잔
가지들은 나무껍질과 청록색 잎들로 덮여 있었다. 글래스는 가지 하나를
집어 들고 불에 가져다 댔다. 불은 가지에 금세 옮겨 붙었다. 가지 끝에서
높다란 불꽃이 피어올랐다. '너무 빨리 타들어가잖아.' 글래스는 자신이
늑대들에게 충분히 접근할 때까지 불이 살아 있어줄지, 과연 횃불만으로
놈들을 효과적으로 상대할 수 있을지 알 수 없었다. 그는 만일의 상황에
대비해야 했다. 처음부터 다섯 개 전부에 불을 붙이기보다는 필요할 때마
다 하나씩 붙여나가기로 했다.

글래스는 다시 늑대들을 바라보았다. 놈들이 갑자기 거대하게 느껴졌

다. 그는 잠시 망설였다. 여기서 포기할 수는 없었다. '이게 마지막 기회야.' 그는 한 손에 불붙은 세이지 가지를, 다른 한 손에는 나머지 네 개의 가지를 쥐었다. 글래스는 늑대들이 있는 기슭 쪽으로 기어 내려갔다. 50미터쯤 떨어진 곳에서 우두머리 수컷과 그의 짝이 죽은 새끼 물소 쪽으로 다가가는 요상한 동물을 응시하고 있었다. 놈들의 눈에는 적대감 대신 호기심이 잔뜩 담겨 있었다. 배불리 먹은 직후이니 어찌 보면 자연스러운 일이었다.

20미터를 남겨놓았을 때 바람의 방향이 갑자기 바뀌었다. 물소 시체를 뜯어먹던 늑대 네 마리가 연기 냄새를 맡고 일제히 글래스를 돌아보았다. 글래스는 그 자리에 멈춰 늑대들을 노려보았다. 멀리서는 온순한 개처럼 보였지만 가까이서는 전혀 다른 모습으로 다가왔다. 하얀 늑대 한 마리가 글래스 쪽으로 걸어 나왔다. 놈의 송곳니에서는 시뻘건 피가 뚝뚝 떨어지고 있었다. 늑대의 목에서 으르렁거리는 소리가 흘러나왔다. 놈의 어깨가 살짝 내려앉았다. 방어적이면서 동시에 공격적인 자세였다.

하얀 늑대는 주저하고 있었다. 횃불을 두려워하는 듯했다. 한쪽 귀가 뜯겨져 나간 두 번째 늑대도 글래스가 있는 쪽으로 조심스레 다가오고 있었다. 나머지 두 마리는 계속해서 새끼 물소를 뜯어먹었다. 글래스의 오른손에 쥐어진 횃불은 서서히 꺼져가는 중이었다. 하얀 늑대가 글래스 앞으로 한 걸음 내딛었다. 순간 곰에게 물어 뜯겼던 끔찍한 기억이 글래스의 뇌리를 스쳤다. '대체 내가 무슨 짓을 하고 있는 거지?'

그때 눈부신 섬광이 번쩍했다. 잠시 후, 요란한 천둥소리가 골짜기를 쩌렁쩌렁 울려댔다. 글래스의 얼굴에 빗방울이 떨어졌고, 거센 바람은 횃불을 위협하고 있었다. 그의 배 속이 심하게 울렁거리기 시작했다. '맙소사, 안 돼…… 지금 꺼지면 안 된다고!' 최대한 서둘러야 했다. 하얀 늑대는 이미 공격 태세를 취하고 있었다. '놈들이 정말 두려움의 냄새를 맡을 수 있을까?' 글래스는 자신이 먼저 놈들을 공격함으로써 그들의 허를 찔러보기로 했다.

글래스는 오른손에 쥐고 있는 네 개의 세이지 가지를, 횃불을 쥐고 있는 왼손으로 옮겨 잡았다. 잠시 후, 건성 연료를 게걸스럽게 삼켜버린 불꽃이 화르륵 타올랐다. 글래스는 두 손으로 가지들을 모아 쥐었다. 더 이상 균형을 잡기 위해 왼손을 쓸 수 없게 되었다. 부상 입은 그의 오른쪽 허벅지에 체중이 실리자 극심한 통증이 밀려들었다. 하마터면 그는 균형을 잃고 쓰러질 뻔했다. 글래스는 가까스로 균형을 잡고 계속 무릎으로 기어나갔다. 놈들을 대번에 압도할 수 있는 무시무시한 소리를 내지르고 싶었지만 그의 입에서는 괴상한 울부짖음만이 터져 나올 뿐이었다. 그는 횃불을 검처럼 휘두르며 앞으로 계속 기어나갔다.

글래스는 한쪽 귀가 잘린 늑대 앞으로 횃불을 들이댔다. 불꽃이 얼굴에 닿자 놈이 외마디 비명을 지르며 뒤로 물러났다. 하얀 늑대가 글래스의 옆으로 달려들어 그의 어깨를 깨물었다. 글래스는 몸을 틀고 목을 쭉 내밀었다. 성치 않은 목을 보호하는 게 무엇보다 중요했다. 글래스의 얼굴과 늑대의 얼굴은 몇 센티미터밖에 떨어져 있지 않았다. 놈의 입김에서 피 냄새가 진하게 풍겼다. 글래스는 균형을 잃지 않으려 필사적으로 바동거렸다. 그가 늑대를 쫓기 위해 횃불을 휘둘렀다. 불꽃이 놈의 배와 사타구니를 그을렸다. 마침내 늑대가 그의 어깨에서 떨어져 나갔다.

글래스의 뒤에서 으르렁 소리가 들려왔다. 짝귀 늑대가 맹렬히 달려오고 있었다. 그는 본능적으로 몸을 움츠렸고, 늑대는 그의 머리에 걸려 자빠지고 말았다. 글래스는 옆으로 돌아누워 신음을 토했다. 그의 등과 목과 어깨에서 일제히 극심한 통증이 전해져 왔다. 글래스가 놓친 횃불이 모래로 덮인 땅에 떨어졌다. 글래스는 놓친 가지들을 향해 손을 뻗었다. 불이 꺼지기 전에 끌어와야 했다. 그는 무릎으로 땅을 딛고 몸을 일으켜보려 했다.

늑대 두 마리가 글래스를 중심으로 천천히 돌고 있었다. 공격할 기회를 노리고 있는 것이었다. 놈들은 불꽃 맛을 한 번씩 본 터라 신중을 기하고 있었다. '놈들을 등지면 안 돼.' 또 한 번 번개가 내리쳤다. 이번에는 천둥 소리가 빠르게 뒤따랐다. 어느새 폭풍은 코앞까지 몰려와 있었다. 당장이라도 장대비가 쏟아질 것만 같았다. '시간이 없어.' 횃불은 꺼지기 직전이었다.

하얀 늑대와 짝귀 늑대는 조금씩 거리를 좁혀왔다. 그들 역시 전투가 절정에 다다랐음을 감지하고 있는 듯했다. 글래스는 횃불을 집어 들고 그들을 향해 휘둘렀다. 놈들은 접근 속도를 줄일 뿐 물러나지는 않았다. 글래스는 새끼 물소 쪽으로 조금씩 기어갔다. 남은 늑대 두 마리가 물소 시체에서 뒷다리 하나를 뜯어내 조용한 곳으로 도망쳤다. 글래스는 새끼 물소 주변의 마른 세이지를 눈여겨보았다. '불이 붙을까?'

글래스는 두 늑대에게 시선을 떼지 않은 채 횃불을 세이지에 대보았다. 이 지역에는 지난 몇 주간 비가 내리지 않았다. 부싯깃만큼이나 바짝 마른 덤불에 금세 불이 옮겨 붙었다. 물소 시체 옆에서 60센티미터 높이의 불꽃이 피어올랐다. 글래스는 계속해서 주변 세이지에 불을 붙여나갔다. 이제 새끼 물소는 불타는 덤불 중앙에 덩그러니 놓이게 되었다. 글래스는 모세처럼 물소 시체를 무릎으로 딛고 높이 든 횃불을 살살 흔들었다. 또다시 번개와 천둥소리가 지축을 흔들었다. 거센 바람에 불꽃이 요동쳤다. 빗방울이 떨어지기 시작했지만 세이지 덤불에 붙은 불을 꺼버릴 정도는 아니었다.

효과는 만점이었다. 하얀 늑대와 짝귀 늑대가 당황한 듯이 주위를 둘러보았다. 우두머리 수컷과 그의 짝, 그들의 새끼들은 어느새 대초원을 가로질러 가고 있었다. 배를 든든히 채운 놈들은 몰려오는 폭풍을 피해 피신처로 향하는 중이었다. 새끼 물소로부터 떨어져 나온 두 늑대도 입에 뒷다리를 문 채 그들을 뒤따라갔다.

하얀 늑대가 몸을 웅크리고 다시 달려들 태세에 들어갔다. 하지만 짝귀 늑대는 공격을 포기하고 무리가 있는 쪽으로 달려갔다. 순식간에 전세가 역전되자 하얀 늑대가 멈칫했다. 놈은 자신의 처지를 잘 알고 있었다. 그들이 어디로 이끌든지 순순히 뒤따라야 했다. 늑대들이 고른 먹잇감을 덫으로 모는 것도 놈이 하는 일이었다. 사냥에 성공하면 놈은 무리가 연회를 마칠 때까지 잠자코 기다려야만 했다. 이 늑대는 오늘 처음 맞닥뜨린 짐승이 서열로는 자신보다 훨씬 위라는 걸 알 수 있었다. 하늘에서 또다시 천둥소리가 터져 나왔다. 빗줄기는 점점 굵어져갔다. 하얀 늑대는 새끼 물소와 기괴한 짐승과 불타는 세이지 덤불들을 차례로 쳐다본 후 돌아서서 무리를 뒤따르기 시작했다.

글래스는 늑대들이 강가 절벽 너머로 사라질 때까지 기다렸다. 빗물이 불을 끄자 세이지 덤불에서 매캐한 연기가 뿜어져 나왔다. 이제 그는 무방비 상태가 되었다. 그는 가슴을 쓸어내리며 늑대에게 물린 어깨를 내려다보았다. 두 개의 찔린 상처에서 피가 나고 있었지만 상처가 깊어 보이지는 않았다.

늑대들에게 잡아먹힌 새끼 물소는 참혹한 꼴로 버려져 있었다. 놈들의 날카로운 송곳니는 시체를 갈가리 찢어놓았다. 물어뜯긴 목 안으로 피가 고여 있었다. 도랑의 황갈색 모래도 시뻘건 진홍색으로 변해 있었다. 늑대들은 글래스가 가장 탐을 냈던 내장을 전부 먹어치웠다. 그는 물소 시체를 뒤집어 반대쪽을 살펴보았다. 간도 남아 있지 않았다. 쓸개도, 허파도, 심장도 보이지 않았다. 남은 것이라고는 창자의 일부뿐이었다. 글래스는 가방에서 면도칼을 꺼내 위와 연결된 부분을 끊었다. 먹을 게 손에 들어오자 그는 더 참지 못하고 잘라낸 창자를 입 속으로 쑤셔 넣었다.

늑대 놈들은 얄밉게도 물소의 장기 대부분을 먹어치웠지만 시체의 가죽을 깨끗이 벗겨놓는 것으로 글래스의 수고를 조금이나마 덜어주기는 했다. 글래스는 면도칼로 물소의 부드러운 목을 갈랐다. 목 안쪽의 통통한 근육에는 하얀 비계가 덕지덕지 붙어 있었다. 사냥꾼들은 그 부위의 비계를 양털이라고 불렀다. 나름 별미로 꼽히는 것이었다. 글래스는 비계를 떼어 입 안에 넣었다. 몇 번 씹지도 않은 비곗덩어리는 급하게 목을 타고 내려가버렸다. 삼킬 때마다 목구멍이 타들어가는 듯한 통증이 느껴졌다. 하지만 배고픔은 통증을 완전히 압도했다. 글래스는 비를 쫄딱 맞아가며 배를 채웠다. 허기가 어느 정도 진정되자 다른 위험들에 대한 걱정이 밀려오기 시작했다.

글래스는 다시 강가 절벽 가장자리로 올라가 사방을 둘러보았다. 뿔뿔이 흩어진 물소들은 여전히 한가롭게 풀을 뜯고 있었다. 늑대나 인디언은 보이지 않았다. 오래가지 않아 비와 천둥과 바람이 멎었다. 거대한 소나기 구름을 뚫고 오후의 햇살이 뿌려졌다. 무지갯빛 광선들은 꼭 천국에서 뿌리는 듯했다.

글래스는 운이 좋았다. 비록 늑대들이 한몫 단단히 챙겨 가버렸지만 글래스의 굶주린 배를 채워줄 물소는 아직 많이 남아 있었다. 당분간 배를 굶을 일은 없을 것이고, 그는 그 사실만으로 만족했다.

글래스는 새끼 물소 옆 강가 절벽에서 사흘을 보냈다. 처음 몇 시간 동안은 불도 피우지 않았다. 얇게 저민 신선한 고기를 미친 듯이 먹어치우느라 그럴 정신이 없었다. 마침내 그가 식사를 중단하고 불을 피우기 시작했다. 고기를 굽고, 말리려면 어쩔 수 없었다. 그는 불꽃이 노출되지 않도록 절벽 가까이에 불구덩이를 만들었다.

글래스는 근처에서 끊어온, 초록 잎으로 덮인 버드나무 가지들로 고기 걸이를 만들었다. 그러고는 몇 시간에 걸쳐 무뎌진 면도칼로 물소 시체를 해체해나갔다. 그는 고기를 하나하나 걸면서 불을 꺼뜨리지 않으려 애썼다. 사흘 동안 글래스가 새끼 물소 고기를 말려서 얻은 육포는 7킬로그램 가까이 되었다. 최소한 보름은 버틸 수 있는 양이었다. 물론 그 사이 또 다른 식량을 구할 수 있다면 그 이상 버틸 수 있을 것이다.

늑대들은 글래스에게 귀한 부위 하나를 남겨주었다. 소의 혀. 그는 왕이 된 것처럼 별미를 즐겼다. 갈비와 남은 다리뼈들은 차례로 불에 구워 먹었다. 신선한 골수가 글래스의 기력을 보충시켜주었다.

글래스는 무딘 면도칼로 남은 가죽을 벗겨냈다. 몇 분이면 끝날 작업은 몇 시간 동안 이어졌다. 그는 칼을 훔쳐간 두 남자를 떠올리며 이를 갈았다. 시간과 도구, 모두 부족했지만 그는 생가죽이 말라버리기 전에 분주히 손을 놀렸다. 그에게는 육포를 넣을 가방이 필요했다.

사흘 째 되는 날, 글래스는 목발로 쓸 긴 가지를 찾아보기 시작했다. 늑대들과 한바탕 전쟁을 치렀을 때 그의 성치 않은 다리는 예상 외로 잘 움직여주었다. 그는 지난 이틀간 다리 운동을 열심히 해왔다. 목발만 있으면 제대로 서서 걸을 수 있을 것 같았다. 절름발이 개처럼 기어 다닌 지난 3주 동안 글래스의 머릿속에는 오로지 다시 걸어야 한다는 일념뿐이었다. 그는 적당한 길이와 모양의 미루나무 가지를 발견했다. 패드가 필요한 끝부분에는 허드슨 베이 담요를 칭칭 감았다.

필요에 따라 조금씩 잘라낸 담요는 이제 얼마 남지 않았다. 글래스는 면도칼로 그 가운데 구멍을 뚫어 목에 걸쳤다. 판초라 하기에는 너무 작았지만 어깨 정도는 거뜬히 덮고 다닐 수 있었다. 딱딱하게 굳은 육포의 생가죽이 피부를 찌르는 것도 막아주었다.

그곳에서의 마지막 밤, 외딴 산 밑으로 냉기가 내려앉았다. 진홍색 불씨 위에서는 마지막 남은 물소 고기 조각들이 말라가고 있었다. 달빛도 들지 않는 컴컴한 평원에서 은은한 붉은 빛이 작은 오아시스가 되어주었다. 글래스는 마지막 갈비에서 골수를 쪽쪽 빨아먹었다. 뼈를 불구덩이에 던져 넣는 순간 그는 허기짐이 완전히 가셨음을 깨달을 수 있었다. 글래스는 꺼져가는 불씨의 온기를 온몸으로 받았다. 앞으로 당분간은 누리지 못할 호사였다.

사흘간 잘 먹고 푹 쉰 글래스는 많이 회복된 느낌이었다. 그는 다리를 살짝 구부려보았다. 근육은 뻣뻣했고, 통증이 있었지만 제대로 기능했다. 어깨 상태도 눈에 띄게 나아졌다. 흐느적거리는 팔도 약간의 유연성을 되찾았다. 손끝으로 목을 만져보는 건 아직도 두려운 일이었다. 봉합된 피부 밖으로 굳어버린 실밥이 튀어나와 있었다. 글래스는 그 끝부분을 면도칼로 잘라낼까 하다가 생각을 접었다. 늑대들을 향해 고래고래 소리를 질러 댄 이후로 그는 한 번도 목소리를 내본 적이 없었다. 하지만 지금 굳이 시험을 해 볼 이유는 없었다. 앞으로 몇 주간은 생존을 위해 목을 쓸 일이 없을 테니까. 쓰게 된다면 할 수 없다. 그는 그저 음식을 삼킬 때 통증이 많이 줄었다는 사실에 감사할 따름이었다.

글래스는 새끼 물소가 자신의 운명을 바꿔놓았다는 걸 알고 있었다. 하지만 냉정히 따져보면 그의 처지는 크게 달라지지 않았다. 그저 생존과의 사투를 위한 또 하루가 주어졌을 뿐이었다. 그는 여전히 혼자였고, 무기도 없었다. 그와 브라조 진지 사이에는 아직도 300마일에 달하는 확 트인 대초원이 펼쳐져 있었다. 그가 방향을 읽기 위해 의지해야 하는 강 주변에는 두 인디언 부족이 활동하고 있었다. 하나는 확실히 적대적이었고, 나머지 하나도 그럴지 몰랐다. 물론 글래스는 인디언 외에도 위험 요소는 얼마든지 널려 있음을 알고 있었다.

일단 잠을 자둬야 했다. 목발이 생겼으니 하루에 10마일에서 15마일은 거뜬히 이동할 수 있을 것 같았다. 무언가가 따스한 온기 속에서 배불리 먹고 충분히 쉰 그의 마음을 산란하게 만들었다.

글래스는 가방을 끌어와 곰의 발톱을 꺼냈다. 그는 그것을 은은한 불빛에 비춰보았다. 발톱 끝에는 아직도 마른 피가 달라붙어 있었다. 그의 피였다. 글래스는 면도칼로 발톱의 두꺼운 밑부분을 깎아나가기 시작했다. 좁은 홈이 점점 깊어져갔다. 그는 가방에서 매의 발을 꿰어 만든 목걸이를 꺼냈다. 그런 다음, 발톱 밑 홈에 목걸이 끈을 꿰어 꽉 묶은 후 목에 걸었다.

자신에게 치명상을 입힌 발톱을 목에 건 그는 야릇한 기분을 느꼈다. '이제부터 이건 내 행운의 부적이야.' 글래스는 생각했다. 그는 이내 스르르 잠에 빠져들었다.

'빌어먹을!' 존 피츠제럴드는 눈앞에 불쑥 나타난 강의 굽이를 응시하고 있었다.

짐 브리저가 그의 뒤로 다가왔다. "왜 동쪽으로 꺾이는 거죠?" 피츠제럴드가 손등으로 소년의 입을 냅다 후려쳤다. 뒤로 벌러덩 넘어간 브리저가 충격에 휩싸인 표정을 지었다. "왜 때려요?"

"강이 동쪽으로 꺾이는 걸 내가 모르는 것 같아? 왜 묻지도 않은 걸 주절대고 지랄이야? 네놈은 입 닥치고 눈만 크게 뜨고 있으면 된다고!"

물론 브리저가 옳았다. 지금껏 강은 100마일도 넘게 북쪽으로, 그들이 원하는 방향으로 이어져오고 있었다. 피츠제럴드는 강의 이름을 알지 못했다. 그저 이 지역의 모든 강이 미주리 강으로 흘러 들어간다는 사실만을 알고 있었을 뿐이다. 강을 따라 계속 북쪽으로 향한다면 오래가지 않아 유니언 진지에 도달할 수 있을 거라 피츠제럴드는 굳게 믿고 있었다. 피츠제럴드는 눈앞에 흐르는 것이 옐로스톤 강일지 모른다고 했지만 브리저는 동쪽으로 너무 벗어나 있다는 말만 반복해댔다.

피츠제럴드는 미주리 강에 도달할 때까지 이 강을 따라갈 생각만 하고 있던 중이었다. 방대한 황무지에서는 조금만 한눈을 팔아도 길을 잃기가 일쑤였다. 그랜드 강 상류를 벗어난 상황이라 주변 어디서도 특징적인 풍경을 찾아볼 수 없었다. 풀이 드문드문 난 낮은 언덕들 너머로는 지평선이 까마득하게 펼쳐져 있었다.

강을 따라 이동하면 적어도 물은 원 없이 누릴 수 있었다. 피츠제럴드는 익숙한 강변을 벗어나 동쪽으로 향하고 싶지 않았다. 시간은 여전히 그들의 적으로 남아 있었다. 헨리와 여단으로부터 너무 오래 떨어져 있으면 흉변을 당할 가능성이 높아질 수밖에 없었다.

그들은 몇 분간 열심히 머리를 굴려댔다. 피츠제럴드의 눈은 강에서 떨어질 줄 몰랐다.

마침내 브리저가 깊은 숨을 들이쉬며 말했다. "북서쪽으로 향하는 게 좋겠어요."

피츠제럴드는 소년에게 짜증을 부리려다 멈칫했다. 그가 지평선 끝까지 펼쳐진 바짝 마른 초원을 가리켰다. "저쪽에서도 물을 찾을 수 있겠어?"

"아뇨. 하지만 이런 날씨에 군이 물을 찾을 필요는 없겠죠." 브리저는 피츠제럴드의 망설임이 클수록 자신의 목소리도 그만큼 높아질 수 있다는 걸 알고 있었다. 피츠제럴드와 달리 브리저에게는 타고난 지리적 직감력이 있었다. 특징 없는 지역에서는 항상 내부의 나침반이 발동해 그를 이끌었다. "미주리 강엔 이틀이면 도착할 거예요. 진지까지도 그 정도 남았을 거고요."

피츠제럴드는 브리저를 한 대 후려치고 싶은 충동을 애써 억눌렀다. 소년에게 라이플만 없었어도 그랜드 강에서 죽여버렸을 것이다. 하지만 언제 누구와 맞닥뜨릴지 모르는 위험천만한 곳을 혼자 들쑤시고 다니는 건 어리석은 짓이었다.

"잘 들어. 그들과 합류하기 전에 분명히 못 박아놓을 게 있어." 브리저는 글래스를 버리고 떠나온 직후부터 이 순간을 기다려왔다. 무슨 말을 듣게 될지 짐작한 소년은 고개를 떨구었다.

"우린 글래스를 위해 최선을 다했어. 남들이라면 엄두도 못 낼 만큼 성의를 다했다고. 리스 놈들에게 붙잡혀 머릿가죽이 벗겨지면 70달러가 무

137

슨 소용이겠어?" 리스는 아리카라 족을 부르는 다른 이름이었다.

브리저는 아무 대꾸도 하지 않았다. 피츠제럴드는 계속 이어나갔다. "글래스는 회색곰에게 당했을 때 이미 죽은 거야. 그 자식을 묻어주지 않고 온 건 마음에 걸리지만." 브리저는 여전히 그와 눈을 맞추지 않았다. 피츠제럴드의 속에서 다시 분노가 끓어올랐다.

"그거 알아, 브리저? 네가 어떻게 생각하든 난 상관 안 해. 하지만 이것만은 똑똑히 알아두라고. 나중에 연단에 합류해서 함부로 입을 놀렸다간 내 손에 죽게 될 거야."

12
1823년 9월 17일

앤드루 헨리 대위는 장관을 이룬 계곡에는 눈길도 주지 않았다. 미주리 강과 옐로스톤 강의 합류 지점이 내려다보이는 절벽 위에서 헨리와 그의 일곱 부하들은 무딘 고원 너머의 드넓은 지평선을 바라보고 있었다. 고원 앞에 널린 낮은 언덕들은 꼭 아마 빛깔 물결을 보는 듯했다. 가까운 비탈에는 나무가 거의 보이지 않았지만 먼 비탈에는 미루나무 숲이 우거져 있었다. 가을이 가까워오고 있었지만 잎들은 아직 푸르렀다.

헨리는 눈앞에서 두 강이 합쳐지는 것을 지켜보면서도 철학적 명상에 잠기지 않았다. 높은 산 목초지에서부터 흘러내려 온 물, 그리고 다이아몬드만큼이나 순수한 그것의 여정에 대해서도 상상해볼 여유가 없었다. 진지의 위치가 교역을 하는 데 얼마나 실용적인지도 한가하게 따져보지 않았다.

헨리 대위의 정신은 눈에 보이지 않는 것에 팔려 있었다. 말들은 보이지 않았다. 남자들의 움직임과 크게 피운 모닥불의 연기는 보였지만 말은 한 마리도 보이지 않았다. '빌어먹을 노새조차도 안 보여.' 대위는 허공에 대고 라이플을 한 번 발사했다. 인사의 의미였지만 좌절감의 표출이기도 했다. 캠프의 남자들이 일제히 하던 일을 멈추고 총성이 들려온 쪽을 돌아보았다. 캠프의 남자들은 총을 두 번 발사하는 것으로 화답했다. 헨리와 그의 일곱 부하는 유니언 진지를 향해 계곡을 내려가기 시작했다.

헨리가 아리카라 족 마을에 발이 묶인 애슐리를 돕기 위해 유니언 진지를 떠나온 지도 어느덧 8주가 지났다. 헨리는 출발 전 그들에게 두 가지

139

지시 사항을 내려주었다. 주변 개울들에 덫을 놓고, 말들을 잘 지킬 것. 헨리 대위의 불운은 계속 이어지고 있었다.

피그가 오른쪽 어깨에 걸쳐놓은 라이플을 번쩍 들었다. 그의 어깨에는 묵직한 총에 눌린 자국이 선명히 나 있었다. 그가 왼쪽 어깨에 라이플을 얹으려다 멈칫했다. 가방 끈에 쓸린 왼쪽 어깨에는 찰과상이 나 있었다. 하는 수 없이 그는 성치 않은 두 손으로 라이플을 들고 있기로 했다.

피그는 세인트루이스 통장이(cooper, 통을 제조하거나 수선하는 일을 업으로 하는 사람-옮긴이) 가게의 푹신한 매트리스를 떠올렸다. 그는 아무 생각 없이 헨리 대위를 따라나섰던 자신을 호되게 질책했다.

피그는 20년을 살아오면서 2마일 이상을 걸어본 적이 없었다. 그런 그가 지난 6주 동안은 매일 20마일 이상씩 걸어왔다. 심할 때는 30마일도 걸었다. 이틀 전, 피그의 세 번째 모카신 밑창에 구멍이 나고야 말았다. 아침마다 그 구멍으로 차가운 이슬이 스며들어왔다. 뾰족한 돌들은 그의 발바닥에 생채기를 냈다. 무엇보다도 선인장을 정통으로 밟았을 때가 가장 고통스러웠다. 깊숙이 박혀버린 가시들은 칼을 써도 잘 빠지지 않았다. 발을 내딛을 때마다 곪아 터진 발가락이 그를 움찔하게 만들었다.

그뿐 아니라 피그는 태어나서 한 번도 겪어본 적 없는 배고픔에 괴로워하고 있었다.

피그는 그레이비소스에 푹 담갔다 뺀 비스킷과 통통한 닭다리 생각이 간절했다. 그는 통장이의 아내가 하루에 세 번씩 날라다준 음식들을 떠올렸다. 차가운 육포로 대충 아침을 때워야 하는 지금에 비하면 진수성찬이었다. 그들은 점심을 건너뛰기 일쑤였고, 가끔 운 좋게 챙겨 먹는다 해도 메뉴는 바뀌지 않았다. 차가운 육포. 절대 총성을 내서는 안 된다는 대위의 철칙 때문에 저녁도 차가운 육포로 해결해야만 했다. 어쩌다 사냥에 성공해도 질긴 살, 딱딱한 뼈들과 씨름하느라 제대로 배를 채우기가 힘들었다. 변경에서 무언가를 챙겨먹는다는 것은 보통 고된 일이 아니었다. 먹으려고 고생을 하다 보면 어느새 다시 배고픔이 찾아들었다.

피그는 배 속이 요동칠 때마다, 쓰라린 발로 땅을 내딛을 때마다 서부로 떠나온 자신의 결정을 후회했다. 변경에서 기다리고 있다는 부(富)는 아득히 멀게만 느껴졌다. 피그는 지난 6주간 비버 덫을 놓지 않았다. 캠프로 들어선 그들은 말들 외에도 보이지 않는 게 있다는 걸 알아차렸다. '가죽들은 다 어딨지?' 진지를 에워싼 버드나무들에는 비버와 물소, 엘크, 늑대 가죽들이 걸려 있었지만 그 수는 챙겨가기가 민망할 정도로 적었다.

스터비 빌이라는 남자가 앞으로 튀어나와 헨리 앞으로 한 손을 내밀었다.

헨리는 내민 손을 무시해버렸다. "말들은 다 어디 갔지?"

스터비 빌은 한동안 어색하게 내민 손을 거두지 않았다.

마침내 그가 손을 내렸다. "블랙풋 놈들이 훔쳐갔습니다, 대위님."

"보초를 세워놨을 거 아니야."

"보초야 세워놨었죠. 하지만 그들이 들이닥치는 걸 보지 못했습니다. 난데없이 나타나 말들을 몰고 가버렸어요."

"그래서 추격은 했고?"

스터비 빌이 천천히 고개를 저었다. "우리가 무슨 수로 블랙풋 놈들을 쫓겠습니까?" 그의 말이 옳았다. 헨리 대위의 입에서 긴 한숨이 터져 나왔다. "그래서 몇 마리나 남았지?"

"일곱…… 아니, 다섯 마리와 노새 두 마리 남았습니다. 머피가 비버 크리크로 끌고 갔죠."

"덫도 놓지 않은 것 같던데."

"놓긴 했습니다, 대위님. 하지만 진지 근처에선 더 이상 잡을 게 없어요. 말이 없으니 밖으로 나가볼 수도 없고요."

짐 브리저는 올이 다 드러난 담요 밑에 웅크린 채 누워 있었다. 서리가 내리기 전이었지만 냉기는 이미 소년의 뼛속 깊이 파고들었다. 그들은 불도 피우지 않은 채 잠들어버렸다. 불을 피우기에는 두 사람 모두 너무 피곤한 상태였다.

꿈속에서 브리저는 크고 깊은 구멍의 가장자리에 서 있었다. 저녁 하늘은 검붉은 색을 띠고 있었다. 어둠에 떠밀린 희미한 빛이 모호한 형체의 유령을 비추었다. 유령은 아득히 먼 곳에서부터 천천히 다가왔다. 유령의 윤곽이 점점 선명해졌다. 심하게 뒤틀리고 절뚝거리는 몸뚱이였다. 브리저는 도망치고 싶었지만 그의 바로 뒤에는 거대한 구멍이 입을 벌리고 있었다.

어느새 열 걸음 앞으로 다가온 유령의 끔찍한 얼굴이 똑똑히 보였다. 그것의 얼굴은 가면처럼 일그러지고 부자연스러워 보였다. 볼과 이마는 흉측한 흉터들로 덮여 있었다. 코와 귀의 위치는 균형과 대칭을 완전히 무시한 듯했다. 텁수룩한 머리털과 마구 엉킨 수염이 괴기함을 더해주었다.

바짝 다가온 유령의 눈에서 불꽃이 튀었다. 증오로 이글거리는 눈이 브리저를 무섭게 노려보았다.

유령이 한 손을 번쩍 들었다가 쥐고 있는 칼로 브리저의 가슴을 힘껏 내리찍었다. 칼이 흉골에 떨어지자 소년은 충격에 휩싸였다. 그는 휘청거리며 뒤로 물러났고, 이글거리는 눈을 마지막으로 들여다본 후 픽 고꾸라졌다.

거대한 구멍은 가슴에 칼이 박힌 소년을 단번에 집어삼켜버렸다. 그는 칼자루 끝의 은 뚜껑을 물끄러미 내려다보았다. 글래스의 칼이었다. 놀라움 대신 안도감이 찾아들었다. 죄책감을 안고 사느니 차라리 죽는 편이 백배 나았다.

브리저는 늑골이 부서질 것 같은 통증을 느끼며 잠에서 깼다. 깜짝 놀

라 눈을 떠 보니 그의 앞에 우뚝 선 피츠제럴드의 모습이 보였다. "떠날 시
간이야."

13
1823년 10월 5일

재로 변한 아리카라 족 마을은 휴 글래스로 하여금 해골을 떠올리게 했다. 타고 남은 잔해는 보기만 해도 으스스했다. 불과 얼마 전까지만 해도 오백여 가구가 모여 살았던 활기 찬 마을이 한순간에 묘지와 같은 죽음의 땅으로 변해버린 것이다. 꼭 미주리 강 높은 절벽 위에 시커먼 기념물이 세워진 듯했다.

마을은 그랜드 강과의 합류 지점에서 북쪽으로 8마일쯤 떨어져 있었다. 브라조 진지는 남쪽으로 70마일을 더 내려가야 나왔다. 글래스가 미주리 강을 따라 올라온 이유는 두 가지였다. 우선 새끼 물소로 만든 육포가 전부 동나버렸다. 그는 또다시 풀뿌리와 산딸기로 연명해야 할 처지에 놓였다. 글래스는 급한 대로 아리카라 족 마을을 에워싼 옥수수 밭에서 식량을 구해볼 생각이었다.

또한 마을에서 뗏목을 만드는 데 필요한 재료를 찾아볼 생각이었다.

뗏목이 있으면 브라조 진지까지 강을 따라 유유히 떠내려갈 수 있을 것이다. 글래스는 마을을 천천히 가로지르며 주위를 유심히 살폈다. 오두막과 말뚝 울타리들을 보니 뗏목 제작에 필요한 재료는 어렵지 않게 구할 수 있을 것 같았다.

글래스는 걸음을 멈추고 마을 중심부에 자리한 커다란 오두막 안을 들여다보았다. 집회장으로 써온 것 같았다. 어둑한 실내에서 무언가가 꿈틀대는 게 보였다. 그는 흠칫 놀라며 뒤로 주춤 물러났다. 그의 심장이 쿵쾅대기 시작했다. 글래스는 어둠에 적응된 눈으로 다시 오두막 안을 들여다보았다. 더 이상 목발을 필요로 하지 않는 그는 미루나무 가지의 끝을 뾰족하게 깎아 창으로 만들어놓은 상태였다. 그가 창을 들고 방어 태세에 들어갔다.

오두막 안 한복판에서 자그마한 강아지 한 마리가 낑낑거리고 있었다. 그제야 글래스는 긴장을 풀 수 있었다. 생각지도 못한 신선한 고기를 얻을 수 있게 되었다는 생각에 들뜬 그는 창을 돌려 뭉툭한 쪽을 앞으로 내밀었다. 안으로 들어가 개를 유인한 후 창으로 놈의 머리를 박살낼 생각이었다. '고기를 상하게 할 필요는 없잖아.' 위험을 감지한 개가 문이 열린 뒤편 방으로 쏙 들어가버렸다.

개를 쫓아 잽싸게 방으로 뛰어 들어간 글래스가 깜짝 놀라며 멈춰 섰다. 한 인디언 노파가 아기처럼 개를 끌어안고 있었다. 노파는 짚자리와 누더기가 된 담요 위에 몸을 웅크린 채 누워 있었다. 강아지의 몸에 얼굴을 파묻은 노파의 백발이 어둠 속에서 흔들렸다. 그녀가 갑자기 흥분하며 울부짖기 시작했다. 그 소리는 일정한 패턴으로 계속 이어졌다. 섬뜩하면서도 불길한 기운이 느껴졌다. '죽음을 앞두고 기도라도 하는 건가?'

작은 개를 끌어안은 노파의 팔과 어깨는 뼈에 느슨하게 걸쳐진 가죽에 지나지 않았다. 글래스의 눈이 한층 짙어진 어둠에 서서히 적응되어갔다. 노파 주변에는 오물이 지저분하게 널려 있었다. 흙으로 빚어 구운 커다란 솥에는 물이 담겨 있었지만 음식의 흔적은 보이지 않았다. '왜 옥수수라도 따오지 않는 거지?' 글래스는 마을로 들어서기 전 옥수수를 몇 자루 땄다. 수 족과 사슴들이 대부분 뜯어가버렸지만 노파가 먹을 만큼은 아직 남아 있었다. '잘 걷질 못하나?'

글래스는 생가죽으로 만든 주머니에서 옥수수 한 개를 꺼냈다. 그는 옥수수 껍질을 벗기고 몸을 숙여 노파 앞으로 내밀었다. 노파는 울부짖음에 가까운 기도를 계속 이어나갔다. 한참 후, 강아지가 슬그머니 다가와 옥수

수 냄새를 맡기 시작했다. 글래스는 노파의 하얀 머리에 살며시 손을 얹어 보았다. 그녀가 기도를 멈추고 문틈으로 새어 들어오는 빛을 향해 몸을 틀 었다.

순간 글래스의 숨이 턱 막혔다. 그녀에게서 눈동자가 보이지 않았다. 눈 이 멀어버린 것이다. 그제야 글래스는 아리카라 족 마을 주민들이 노파를 버리고 떠난 이유를 알았다.

글래스는 노파의 손에 옥수수를 살며시 쥐여주었다. 그녀는 알아들을 수 없는 말을 옹얼거린 후 옥수수를 입으로 가져갔다. 이가 몽땅 빠져버린 그녀는 잇몸으로만 옥수수를 오물거렸다. 달콤한 즙이 배고픔을 깨웠는지 그녀의 손놀림이 빨라졌다. '국물이 아니면 먹기 힘들겠어.'

글래스는 오두막 안을 유심히 둘러보았다. 방 한복판 화덕 옆에는 녹슨 주전자가 놓여 있었다. 흙으로 만든 솥에 담긴 물을 살살 저어보았다. 침 전물이 수면 위로 떠오르면서 퀴퀴한 냄새가 풍겨 나왔다. 글래스는 솥을 번쩍 들고 밖으로 나가 물을 쏟아내 버렸다. 그는 마을을 관통해 흐르는 개울로 새 물을 뜨러 갔다.

글래스는 개울가에서 또 다른 개 한 마리를 발견했다. 이번에는 순순히 보내주지 않았다.

글래스는 솥에 새 물을 담아 가지고 오두막으로 돌아가 화덕에 불을 피 웠다. 해체한 개의 일부는 쇠꼬챙이에 꽂아 구웠고, 나머지는 주전자에 넣 고 삶았다. 그는 솥에 옥수수와 개고기 몇 점을 넣은 후 밖으로 나가 마을 구석구석을 둘러보았다. 흙으로 지은 오두막들은 화재에도 크게 손상되지 않았다. 글래스는 뗏목 제작에 필요한 밧줄과 주석으로 만든 컵, 그리고 물소 뿔로 만든 국자를 찾아냈다.

글래스가 다시 오두막으로 돌아왔을 때도 노파는 여전히 같은 자세로 누워 옥수수를 쪽쪽 빨아대고 있었다. 그는 주전자 앞으로 다가가 주석 컵에 고기 국물을 따랐다. 그러고 나서 짚자리에 컵을 살며시 내려놓았다. 불 위에서 구워지고 있는 개고기 냄새에 예민해진 강아지는 노파의 다리 앞에 웅크려 앉아 있었다. 노파도 고기 냄새를 맡은 모양이었다. 그녀가 컵을 꽉 움켜잡고 잠시 식혔다가 국물을 단숨에 들이켰다. 글래스는 컵을 다시 채워주었다. 이번에는 면도칼로 잘게 썬 고기도 몇 점 넣어주었다. 노파는 그렇게 세 컵을 연달아 들이킨 후에야 비로소 만족한 듯 잠에 빠져 들었다. 그는 그녀의 앙상한 어깨에 담요를 덮어주었다.

글래스는 불 앞으로 다가가 잘 구워진 개고기를 먹기 시작했다. 포니 족은 개를 별미로 여겼다. 그들은 백인들이 돼지를 도살해 먹듯이 개를 잡아먹었다. 글래스는 개보다 물소를 선호했지만 지금은 한가하게 그런 걸 따질 상황이 아니었다. 개고기도 감지덕지였다. 그는 솥에서 건져낸 옥수수까지 깨끗하게 먹어치웠다. 고기 국물과 삶은 고기는 노파를 위해 남겨 놓았다.

그렇게 한 시간쯤 지났을 때 노파가 다시 요란한 소리로 울부짖기 시작했다. 글래스는 잽싸게 그녀에게 다가갔다. 그녀는 알아들을 수 없는 말을 반복해서 외쳐댔다. "헤 투웨 헤…… 헤 투웨 헤……" 아까같이 겁에 질린 기도가 아니라 간절히 소통을 원하는 차분한 목소리였다. 글래스는 그녀의 말을 이해할 수가 없었다. 잠시 당황하던 그가 노파의 손을 움켜잡았다. 그녀는 글래스의 손을 자신의 볼로 가져갔다. 그들은 한동안 그렇게 붙어 앉아 있었다. 노파가 보이지 않는 눈을 감고 다시 잠에 빠져들었다.

다음 날 아침, 글래스가 잠에서 깼을 때 노파는 싸늘하게 식어 있었다.

글래스는 오전 내내 미주리 강이 내려다보이는 곳에 장작더미를 쌓았다. 작업이 끝나자 그는 커다란 오두막으로 돌아가 노파의 시신을 담요에 쌌다. 그가 그녀를 장작더미로 끌고 가자 개가 쪼르르 달려 나왔다. 부상입은 다리와 마찬가지로 글래스의 어깨도 빠르게 아물어가는 중이었다.

늑대들과 한바탕 전쟁을 치른 지도 벌써 몇 주가 지나 있었다. 글래스는 장작더미 위로 노파의 시신을 힘겹게 올려놓았다. 허리에서 익숙한 통증이 느껴졌다. 그가 가장 우려하는 부분이 바로 허리였다. 운이 좋으면 며칠 안에 브라조 진지에 도달할 수 있을 것이다. 글래스는 그곳에서 누군가가 자신의 성치 않은 몸을 낫게 해줄 거라 믿었다.

장작더미 앞에 선 글래스에게 아득한 과거의 기억이 찾아들었다. 그는 어머니와 엘리자베스의 장례식에서 어떤 말이 오갔을지 궁금했다. 글래스는 갓 파헤친 구덩이 옆에 수북이 쌓인 흙무더기를 떠올렸다. 매장의 개념은 늘 그에게 답답하고 추운 느낌을 주었다. 그는 시신을 높은 곳에 올려놓고 하늘로 띄워 보내는 인디언들의 방식을 선호했다.

갑자기 개가 으르렁거리자 글래스가 뒤를 휙 돌아보았다. 말을 탄 인디언 네 명이 70미터쯤 떨어진 곳에서부터 천천히 다가오고 있었다. 옷차림과 머리 모양을 보니 수 족인 것 같았다. 글래스는 당혹스러워하며 여기서 절벽의 울창한 숲까지의 거리를 대충 가늠해보았다. 그의 머릿속에 포니 족과 처음 맞닥뜨렸던 순간이 떠올랐다. 그는 물러나지 않기로 결심했다.

불과 한 달 전만 해도 사냥꾼들과 수 족은 아리카라 족을 맞아 전쟁을 벌였었다. 글래스는 수 족이 레번워스 대령의 전술에 불만을 품고 갑자기 지원을 끊어버렸던 일을 떠올렸다. 당시 로키마운틴 모피회사 소속 남자들 모두 대령과 뜻을 같이 했었다. '그래도 아직까지는 동맹 관계로 봐도 괜찮겠지?' 글래스는 다가오는 인디언들을 향해 애써 태연한 척하며 그들을 지켜보았다.

그들은 모두 젊었다. 셋은 10대 같았고, 나머지 하나는 20대 중반쯤 되어 보였다. 어린 전사들은 경계를 늦추지 않고 무기를 앞세운 채 다가왔다. 마치 생소한 짐승에게 접근하는 듯한 태도였다. 리더로 보이는 한 사람은 나머지 셋보다 약간 앞서 있었다. 그의 손에는 런던 화승총이 들려 있었고, 총열은 큰 종마의 긴 목에 얹어져 있었다. 말의 둔부에는 낙인이 찍혀 있었다. U. S. '레번워스의 말이야.' 이런 상황만 아니었다면 글래스는 대령의 불운을 고소해했을 것이다.

바짝 다가온 리더가 말을 세우고 글래스를 위아래로 뜯어보기 시작했다. 그의 눈은 이내 글래스 너머의 장작더미로 돌아갔다. 그는 처참하고 더러운 몰골의 백인 남자와 죽은 아리카라 족 노파의 관계가 궁금한 모양이었다. 그들은 낑낑거리며 노파의 시신을 장작더미에 올려놓는 글래스를 멀리서부터 지켜봤다. 도무지 이해가 안 되는 상황이었다.

리더가 다리를 한쪽으로 모으고 가볍게 종마에서 내려왔다. 그가 새까만 눈으로 글래스를 빤히 쳐다보았다. 글래스는 울렁거리는 속을 애써 무시하며 그와 당당히 눈을 맞추었다.

이 인디언은 글래스가 태연해 보이려 무던히 애쓰고 있다는 걸 알고 있었다. 그의 이름은 노란 말이었다. 그는 180센티미터가 넘는 큰 키에 떡 벌어진 어깨, 강한 목과 단단한 가슴이 돋보이는 완벽한 자세로 서 있었다. 공들여 땋은 머리에는 독수리 깃털 세 개가 달려 있었다. 전장에서 죽인 적의 수를 상징하는 것이었다. 암사슴 가죽으로 만든 튜닉의 가슴 부분에는 호저(쥐의 일종-옮긴이)의 가시털을 촘촘히 짜 만든 주색과 남색의 장식용 띠 두 개가 붙어 있었다.

두 남자는 한동안 그렇게 서로를 응시하며 마주 서 있었다. 인디언이 손을 내밀어 글래스의 목걸이에 걸린 커다란 회색곰 발톱을 만지작거리기 시작했다. 그의 시선이 글래스의 머리와 목의 흉터들을 찬찬히 훑어나갔다. 인디언이 글래스의 어깨를 밀어 돌아서게 한 후 갈가리 찢긴 셔츠 안으로 드러난 흉터들을 유심히 살폈다. 그러더니 어린 인디언들에게 몇 마디 주절대고 나서 다시 글래스를 돌아보았다. 말에서 내려온 어린 인디언들이 글래스에게 다가와 그의 등을 들여다보았다. 그들은 잔뜩 흥분된

149

목소리로 잠시 대화를 나누었다. '왜들 저러지?'

인디언들은 글래스의 등에 난 깊은 상처들에 큰 관심을 보이고 있었다. 지금껏 숱한 상처들을 봐온 그들이겠지만 이토록 참혹한 상태의 흉터는 처음이었을 것이다. 길고 깊은 상처들 안에서는 구더기들이 꿈틀거리고 있었다.

한 인디언이 손가락으로 하얀 벌레 하나를 집어 글래스에게 보여주었다. 화들짝 놀란 글래스가 외마디 비명을 지르고 누더기가 된 셔츠를 북북 찢었다. 그는 뒤로 팔을 뻗어 상처를 만져보려 했지만 헛수고였다. 글래스는 바닥에 엎드려 헛구역질을 시작했다.

인디언들은 글래스를 말에 태우고 아리카라 족 마을을 벗어났다. 노파의 개가 말들을 쫓아왔다. 그들 중 하나가 말에서 내려 강아지를 가까이 유인하더니 도끼의 뭉툭한 부분으로 개의 머리를 냅다 내리쳤다. 그는 죽은 개의 두 다리를 집어 들고 다시 말에 올라 저만치 멀어진 동료들을 뒤따라갔다.

수 족 캠프는 그랜드 강 남쪽에 자리하고 있었다. 네 전사가 백인 남자를 데리고 돌아오자 흥분한 인디언들이 가두 행진을 하듯 그들 뒤로 길게 늘어섰다.

노란 말은 캠프에서 조금 떨어진 낮은 티피로 그들을 이끌었다. 티피는 투박한 그림들로 장식되어 있었다. 번개를 쏘는 먹구름들, 기하학적 패턴으로 태양 주위에 늘어선 물소들, 불을 피워놓고 춤을 추는 인간들. 노란 말이 큰소리로 인사하자 티피에서 인디언 노인이 느릿느릿 걸어 나왔다. 내리쬐는 햇볕 속에서 그의 눈이 가늘어졌다. 깊이 팬 주름 밑으로 작은 눈이 보일락 말락 했다. 그의 얼굴 윗부분에는 검은 물감이 칠해져 있었고, 오른쪽 귀 뒤에는 죽은 갈까마귀 한 마리가 매달려 있었다. 10월의 한

기 속에서도 그는 웃통을 벗어젖히고 있었다. 탄력을 잃고 늘어진 그의 가슴에는 검은색과 빨간색 줄무늬가 그려져 있었다.

말에서 먼저 내린 노란 말이 글래스에게도 내리라고 손짓했다. 글래스는 뻣뻣한 동작으로 지시에 따랐다. 노란 말이 그 노인 주술사에게 폐허가 된 아리카라 족 캠프에서 발견한 수상한 백인 남자에 대해 설명했다. 그가 어떻게 죽은 노파의 영혼을 하늘로 보내주었는지, 조잡하게 만든 창만 믿고 얼마나 당당히 자신들에게 맞섰는지도 설명했다. 회색곰 발톱을 꿰어 만든 목걸이, 목과 등을 완전히 덮어버린 끔찍한 상처들에 대해서도 들려주었다.

노란 말의 설명이 이어지는 동안 주술사는 말없이 고개만 끄덕였다. 글래스를 유심히 쳐다보는 노인의 얼굴은 꼭 주름이 깊게 팬 가면 같았다. 우르르 모여든 인디언들은 상처 안에 득실댔던 구더기들 이야기에 특히 큰 관심을 보였다.

노란 말의 설명이 끝나자 주술사가 글래스 앞으로 다가갔다.

노인의 머리는 글래스의 턱에 간신히 닿을 정도였다. 나이 든 수 족 인디언은 작은 키 덕분에 회색곰이 남겨놓은 상처들을 완벽한 각도에서 살펴볼 수 있었다. 노인이 엄지손가락으로 상처를 살살 쓸어내렸다. 속임수가 아닌지 확인하려는 듯했다. 노인의 떨리는 손끝이 글래스의 오른쪽 어깨에서 목까지 이어지는 분홍빛 흉터를 더듬어나갔다.

마침내 그가 글래스를 돌아서게 했다. 노인의 손이 올이 다 드러난 셔츠의 깃을 우악스럽게 잡아 뜯었다. 누더기가 된 옷은 쉽게 뜯겨져 나갔다. 노란 말의 묘사를 눈으로 확인하려는 인디언들이 우르르 몰려들었다. 그들은 흥분하며 알아들을 수 없는 언어로 떠들어대기 시작했다. 글래스는 그들을 열광케 만든 구경거리를 떠올렸다. 순간 그의 속이 다시 울렁거렸다.

주술사가 한마디하자 인디언들의 입이 일제히 다물어졌다.

주술사 노인은 돌아서서 티피 안으로 사라졌다. 몇 분 후, 노인은 여러 종류의 박과 구슬로 장식된 주머니들을 한 아름 안고 나타났다. 그는 글래스에게 땅에 엎드리라고 손짓했다. 그런 다음, 글래스 옆에 희고 아름다운 생가죽을 깔고 그 위에 각종 약들을 반듯하게 늘어놓았다. 글래스는 그것들의 정체가 궁금했다. '아니지, 저게 뭐든 알게 뭐야.' 그에게 중요한 건 오직 하나뿐이었다. 저들에게서 벗어나는 것.

주술사가 한 젊은 전사에게 무언가를 지시했다. 잠시 후, 전사는 물이 가득 담긴 검은 솥을 가져왔다. 주술사는 가장 큰 박에 담긴 무언가의 냄새를 맡은 후 여러 주머니에서 꺼낸 재료들을 차례로 섞어나갔다. 분주히 손을 놀리는 노인의 입에서 나지막한 웅얼거림이 흘러나왔다. 쥐 죽은 듯 고요한 캠프에서 유일하게 들리는 소리였다.

커다란 박에 담긴 주재료는 지난여름 사냥해 잡은 황소의 방광에서 뽑아낸 오줌이었다. 주술사는 오줌에 오리나무 뿌리와 화약을 섞었다. 그렇게 만들어진 수렴제는 테레빈유만큼이나 강한 효능을 자랑했다.

주술사가 글래스에게 15센티미터쯤 되는 짧은 막대기를 쥐여주었다. 글래스는 이내 그것의 용도를 깨달을 수 있었다. 그가 깊은 숨을 들이쉬고 막대기를 꽉 깨물었다.

주술사가 글래스의 몸에 약을 붓기 시작했다.

수렴제가 피부에 닿자 지금껏 경험해본 적 없는 극심한 통증이 찾아들었다. 마치 뜨거운 쇳물을 몸에 붓고 있는 듯했다. 약이 다섯 개의 상처로 스며들었다. 몸속에서 불덩이가 꿈틀대는 것 같았다. 글래스는 연한 나무 막대기를 더욱 힘껏 깨물었다. 통증은 약의 카타르시스적 효과마저 압도해버렸다.

수렴제가 스며들자 구더기들이 상처에서 우수수 떨어져 나갔다. 수십 마리의 하얀 벌레가 땅에서 꿈틀거렸다. 몇 분 후, 주술사가 커다란 국자로 물을 떠 글래스의 등을 씻어주었다. 통증이 서서히 누그러들자 글래스는 비로소 숨을 돌릴 수 있었다. 주술사는 또다시 큰 박을 집어 들고 내용물을 상처에 부었다.

수렴제를 붓는 작업은 네 차례나 이어졌다. 소독이 끝나자 주술사는 상처에 송진과 낙엽송으로 만든 약제를 발라나갔다. 노란 말이 글래스를 부축해 주술사의 티피로 데려갔다. 인디언 노파가 갓 조리한 사슴고기를 가져왔다. 글래스는 따끔거리는 등의 통증을 잊고 게걸스럽게 고기를 뜯었다. 모처럼 고기로 배를 채운 그는 들소 가죽으로 만든 무릎 덮개에 픽 고꾸라져 잠이 들었다.

글래스는 이틀에 걸쳐 자다 깨다를 반복했다. 잠에서 깨면 항상 음식과 물이 그를 기다리고 있었다. 주술사는 그의 등에 약제를 두 번 더 발라주었다. 수렴제의 극심한 통증에 비하면 약제의 습한 온기는 어머니의 부드러운 손길 같았다.

글래스가 잠에 빠져든 지 사흘째 되는 날 새벽, 은은한 빛이 티피로 스며들었다. 밖에서 들려오는 소리라고는 말들의 바스락거림과 비둘기들의 구구거림뿐이었다. 주술사는 들소 가죽 덮개를 앙상한 가슴 위까지 끌어올린 채 누워 자고 있었다. 글래스 옆에는 벅스킨 옷이 반듯하게 놓여 있었다. 반바지, 구슬 장식이 달린 모카신, 그리고 수수한 암사슴 가죽 튜닉. 글래스는 천천히 일어나 옷을 걸쳤다.

포니 족은 수 족을 불구대천의 원수로 여겼다. 언젠가 글래스는 캔자스 평원에서 수 족 사냥꾼들에 맞서 소규모 접전을 벌인 적이 있었다. 하지만 이제 그는 그들을 다시 보게 되었다. 노란 말과 주술사의 극진한 간호를 어찌 감사히 여기지 않을 수 있겠는가. 주술사가 잠시 몸을 뒤척이더니 천천히 일어나 글래스를 쳐다보았다. 그가 알아들을 수 없는 말을 속삭였다.

몇 분 후, 노란 말이 티피로 들어왔다. 그는 기력을 회복한 글래스를 흐뭇한 표정으로 쳐다보았다. 글래스의 등 상태를 살핀 두 인디언이 만족스러운 반응을 보였다. 글래스는 자신의 등을 가리키며 눈썹을 올려 보였다. "좀 나아졌습니까?" 노란 말이 입을 오므리고 고개를 끄덕였다.

그날 저녁, 그들은 노란 말의 티피로 다시 모였다. 글래스는 손짓 발짓 다 해가며, 땅에 그림까지 그려가며 소통을 시도했다. 그는 그들에게 자신이 어디로 가고 싶은지 알려주고 싶었다. 노란 말은 '브라조 진지'라는 말을 알아듣는 듯했다. 인디언은 미주리 강과 화이트 강이 합류하는 지점에 자리한 진지의 약도를 정확히 그려냈다. 글래스는 그곳이 맞다며 고개를 끄덕였다. 노란 말은 티피에 모인 전사들에게 무언가를 들려주었다. 그날 밤, 글래스는 혼자 캠프를 떠날 각오를 다지며 잠자리에 들었다.

다음 날 새벽, 글래스는 주술사의 티피 밖에서 들려오는 말의 부스럭거림을 듣고 눈을 떴다. 노란 말과 아리카라 족 마을에서 본 젊은 전사 세 명이 말에 올라 떠날 채비를 하고 있었다. 그들 중 하나는 핀토의 굴레를 붙잡고 있었다.

노란 말이 무언가를 얘기하며 핀토를 가리켰다. 지평선 위로 태양이 떠오르자 그들은 브라조 진지가 자리한 남쪽으로 여정을 시작했다.

14
1823년 10월 6일

　짐 브리저의 방향감각은 이번에도 그를 실망시키지 않았다. 그는 피츠제럴드의 심한 반대를 무릅쓰고 육로를 통해 동쪽으로 굽어지는 리틀 미주리 강을 벗어났다. 그리고 그것이 옳은 결정이었음이 분명하게 확인되었다. 두 사람이 유니언 진지에 신호를 보내기 위해 라이플을 두 발 쐈을 때 해는 이미 서쪽 지평선 너머로 사라진 후였다. 헨리 대위는 그들을 진지로 안내해줄 부하 한 명을 보내주었다.

　피츠제럴드와 브리저를 반겨 맞는 로키마운틴 모피회사 소속 남자들은 어딘지 모르게 침울한 분위기였다. 피츠제럴드는 글래스의 라이플을 번쩍 들어 보였다. 마치 그것이 죽은 동지를 기리는 표상이라도 되는 것처럼. 안슈타트를 본 장 푸트린이 성호를 그었다. 몇몇은 모자를 벗어 경의를 표했다. 글래스의 죽음은 예고된 일이었지만 남자들의 마음은 천근만근이었다.

　남자들은 피츠제럴드의 설명을 듣기 위해 합숙소에 모였다. 브리저는 피츠제럴드의 교묘하고 능숙한 거짓말 실력에 혀를 내둘렀다. "뭐, 할 얘기 많지 않습니다." 피츠제럴드가 말했다. "다들 각오하고 있었던 일이지 않습니까. 그의 친구는 아니었지만 그의 남다른 근성엔 나 또한 경탄했습니다. 우린 그를 깊이 묻어주었습니다. 짐승들이 파헤치지 못하게 돌도 충분히 덮어놓았고요. 솔직히 난 서둘러 거길 뜨려 했습니다. 하지만 브리저 저 친구가 기어이 십자가를 만들어주겠다고 해서 말이죠." 뻔뻔한 거짓말에 브리저가 움찔했다. 스무 개의 우락부락한 얼굴들이 일제히 그를 돌아보았다. 그중 몇몇은 침통한 표정으로 고개를 끄덕였다. '맙소사. 정말 저 말을 믿는 거야?' 브리저는 더 들어줄 수가 없었다. 어떤 대가를 치르게 되더라도 막아야 했다. 그들의 거짓말을. 그의 거짓말을.

피츠제럴드가 매서운 눈빛으로 브리저를 노려보았다. '내가 못할 것 같아?' 브리저가 거짓을 바로잡기 위해 입을 여는 순간 헨리 대위가 불쑥 끼어들었다. "자네가 임무를 충실히 수행해줄 거라 믿었어, 브리저." 여단의 남자들이 다시 고개를 끄덕였다. '내가 무슨 짓을 하는 거지?' 브리저의 눈이 땅으로 툭 떨어졌다.

솔직히 브라조 진지에 '진지'라는 명칭을 붙이기에는 무리가 있었다. 그 이름은 순전히 허영심의 산물이자 가문의 명성을 공고히 하려는 욕망의 산물이었다. 어쩌면 명명법의 힘으로 적들을 무력화시키려 했는지도 몰랐다.

브라조 진지는 통나무집 한 채, 대충 지은 선창, 그리고 말 매는 말뚝으로 구성되어 있었다. 사격을 위해 통나무집 곳곳에 뚫어놓은 구멍들이 아니었다면 진지라는 명칭에도 이곳을 진지로 여기지 못했을 것이다. 그 작은 구멍들은 화살뿐만 아니라 바깥의 빛마저도 제대로 들이지 못했다.

진지 주변의 빈터에는 티피들이 널려 있었다. 그중 몇몇은 교역을 위해 방문한 인디언들이 쳐놓고 간 것들이었고, 양크턴 수 족 술꾼들이 모여 지내는 티피들도 있었다. 강을 따라 이동하는 이들도 필요에 따라 이곳에서 며칠씩 머물다 가곤 했다. 그들은 주로 별이 쏟아지는 하늘 아래 캠프를 차렸지만 여유가 조금 있는 이들은 25센트를 내고 통나무집 안의 매트리스에 몸을 누일 수도 있었다.

통나무집은 잡화점과 술집으로 이루어져 있었다. 불빛이 어둑한 실내에는 여러 냄새가 배어 있었다. 전날 피운 연기, 갓 벗겨낸 가죽, 소금에 절인 대구 등. 술꾼들의 수다 외에 들리는 것이라고는 파리 떼의 윙윙거림과 다락방에서 흘러나오는 코 고는 소리뿐이었다.

진지의 이름과 같은 카이오와 브라조는 말을 타고 다가오는 다섯 남자를 바라보고 있었다. 두꺼운 안경에 덮인 그의 눈은 부자연스러울 만큼 커

보였다. 노란 말의 얼굴을 확인한 그는 안도의 한숨을 내쉬었다. 카이오와는 수 족의 괴팍스러운 기질을 걱정하고 있었다.

윌리엄 애슐리는 지난 한 달간 브라조 진지에 틀어박혀 아리카라 족 마을에서 대실패를 맛본 로키마운틴 모피회사의 뒷날을 도모했다. 수 족은 아리카라 족과의 전투에서 백인들을 지원했었다. 레번워스 대령의 형편없는 전술에 불만을 품기 전까지는. 수 족 전사들은 레번워스의 명령에 따라 포위 작전을 펼치던 중 갑자기 전장을 떠나버렸다. 애슐리와 미 육군의 말들까지 훔쳐서 떠났다. 애슐리는 그렇게 떠나버린 수 족을 배반자들로 여겼다. 카이오와는 그런 수 족의 태도를 이해했다. 하지만 굳이 로키마운틴 모피회사 창립자의 심기를 건드릴 필요는 없었다. 애슐리와 그의 직원들은 구매력이 엄청난, 카이오와의 최고 고객들이었다.

브라조 진지가 사는 길은 지역 부족들과 꾸준히 교역하는 것뿐이었다. 아리카라 족과의 관계가 극적으로 변하면서 수 족의 중요성이 현저하게 높아졌다. 카이오와는 레번워스에 대한 수 족의 경멸감이 자신과 자신의 교역소에까지 나쁜 영향을 미칠지 모른다고 생각했다. 노란 말과 수 족 전사 세 명의 출현은 길조였다. 더군다나 그들은 백인까지 데려왔다.

진지에 거주하는 인디언과 뱃사공들이 몰려나와 그들을 반겨 맞아주었다. 모두의 시선은 얼굴과 머리에 흉측한 상처가 난 백인에게 집중되었다. 수 족 언어를 유창하게 구사하는 브라조는 노란 말과 인사를 나누었다. 노란 말은 어떻게 백인 남자를 거두어 보살피게 되었는지 설명했다. 글래스는 자신에게 집중된 따가운 시선들이 부담스러웠다. 수 족 언어를 아는 이들은 노란 말이 전하는 소식에 묵묵히 귀를 기울였다. 노란 말은 곰에게 치명상을 입은 글래스가 무기도 없이 떠돌다 자신들에게 발견되었다고 했다. 백인 남자도 할 말이 있었지만 노란 말의 설명은 더 이어지지 않았다.

노란 말의 설명이 끝나자 카이오와는 백인을 돌아보며 말했다. "당신 누구요?" 백인 남자는 제대로 대답하지 못했다. 영어를 알아듣지 못한다고 생각했는지 브라조는 프랑스어로도 물어보았다.

"키 에트— 부?"

글래스는 마른침을 삼키고 가볍게 헛기침을 했다. 그는 로키마운틴 모피회사 소속으로 강을 따라 상류로 오르던 중 만난 적이 있는 카이오와를 생생히 기억하고 있었다. 카이오와는 그가 기억나지 않는 모양이었다. 글래스는 확 달라진 자신의 겉모습 때문일 거라 생각했다. 사실 그도 자신의 몰골을 제대로 본 적이 없었다. "휴 글래스." 말을 할 때마다 목이 찢어질 듯 아팠다. 그의 목소리는 가련한 징징거림으로 들렸다. "애슐리의 사람."

"무슈 애슐리는 얼마 전 여길 떠나셨습니다. 제드 스튜어트와 열다섯 명의 직원을 서쪽으로 보내시고 세인트루이스로 가셨어요. 여단을 하나 더 만드셔야겠다나요." 카이오와는 부상 입은 남자의 반응을 묵묵히 기다렸다.

부상 입은 남자가 대꾸하지 않자 우둔해 보이는 애꾸눈의 스코틀랜드인이 불쑥 말했다. "대체 어떻게 된 거유?"

글래스는 목의 부담을 최대한 줄이기 위해 천천히 말했다. "그랜드 강 상류에서 회색곰의 공격을 받았어요." 그는 애처롭게 들리는 자신의 징징거림이 영 거슬렸다. "헨리 대위가 날 챙기라고 두 사람을 남겨뒀죠." 글래스가 설명을 멈추고 성치 않은 목을 살며시 매만졌다. "그들이 내 물건을 훔쳐 달아났어요."

"수 족이 당신을 여기까지 데려다준 거요?" 스코틀랜드인이 물었다.

통증에 일그러진 글래스의 얼굴을 확인한 카이오와가 대신 대답해주었다. "노란 말이 아리카라 족 마을에서 이분을 발견했다더군. 무슈 글래스, 그럼 그랜드 강에서 거기까지 당신 혼자 왔단 말입니까?"

글래스가 고개를 끄덕였다.

애꾸눈의 스코틀랜드 남자가 또다시 입을 열려 하자 카이오와가 잽싸게 끼어들었다. "글래스 씨는 휴식이 필요해. 얘긴 나중에 들어도 되잖아. 일단 먹고 푹 쉬어야 해." 안경 때문인지 카이오와는 교양 있고 친절해 보였다. 그는 글래스의 어깨를 붙잡고 통나무집으로 데려갔다. 글래스를 긴 테이블 앞에 앉혀놓은 카이오와가 아내에게 수 족 언어로 무언가를 속삭였다. 잠시 후, 그녀는 스튜가 담긴 커다란 무쇠 솥을 가져왔다. 글래스는 순식간에 세 그릇을 깨끗이 비워냈다.

카이오와는 얼빠진 듯이 지켜보는 구경꾼들을 쫓아내고 글래스의 맞은편에 앉았다.

식사를 마친 글래스가 카이오와를 쳐다보았다.

"내겐 돈이 없습니다."

"돈이 있을 거라곤 생각 안 했습니다. 애슐리의 사람이라면 제 진지에서 얼마든지 외상으로 지낼 수 있습니다." 글래스가 안도하며 고개를 끄덕였다. 카이오와가 계속 이어나갔다. "원한다면 세인트루이스로 가는 다음 보트에 태워줄 수도 있어요. 필요한 장비도 챙겨줄 수 있고요."

글래스가 단호하게 고개를 저었다. "세인트루이스로 가지 않을 겁니다."

그 말에 카이오와가 흠칫 놀랐다. "그럼 어디로 가려고요?"

"유니언 진지요."

"유니언 진지! 10월에 말입니까? 아리카라 족 마을을 지나 맨던 족 마을에 무사히 도착한다 해도 12월을 훌쩍 넘길 겁니다. 거기서 유니언 진지까지는 300마일을 더 가야 하고요. 한겨울에 미주리 강을 거슬러 오르는 게 말처럼 쉬울 것 같습니까?"

글래스는 대답하지 않았다. 목이 아프기도 했지만 그의 허락을 구할 필요가 없기 때문이기도 했다. 글래스는 커다란 양철 컵에 담긴 물을 힘겹게 넘긴 후 카이오와에게 고맙다고 정중히 인사했다. 몸을 누일 다락으로 향하기 위해 금방이라도 부서질 것 같은 사다리를 오르던 글래스가 갑자기 다시 내려와 밖으로 나갔다.

노란 말은 진지 밖 화이트 강의 기슭에 캠프를 마련해놓았다. 진지에서 교역을 마친 그는 수 족 동지들과 말들의 상태를 살피고 있었다. 날이 밝자마자 떠나기 위해 채비를 하는 것이었다. 노란 말은 가급적 진지에서 멀리 떨어져 있으려 했다. 카이오와와 그의 수 족 아내는 그를 성심껏 챙겨주었지만 진지는 늘 그를 우울하게 만들었다. 그는 진지 주변에 캠프를 차려놓고 술값을 벌기 위해 아내와 딸들의 포주 노릇을 하는 더러운 인디언 놈들을 경멸했고, 수치스럽게 여겼다. 또 자기네들로 하여금 부족을 떠나 불명예스럽게 살도록 부추기는 사악한 기운이 두려웠다.

브라조 진지가 그곳에 상주하는 인디언들에게 끼치는 영향은 실로 놀라웠다. 백인들이 생산하는 상품들의 정교함과 높은 품질은 그들을 경탄하게 만들었다. 총에서부터 도끼, 옷, 바늘에 이르기까지, 노란 말은 그런 것들을 뚝딱 만들어내는 사람들과 그들이 지닌 불가해한 능력이 두려웠다. 백인들이 동부에 만들어놓았다는, 물소 떼만큼이나 많은 사람들이 북적대며 살아간다는 거대한 마을들은 더 말할 것도 없었다. 그 사실을 증명하기라도 하듯 해가 갈수록 교역을 위해 찾아오는 상인들의 수는 급격히 늘어만 갔다. 그리고 이제는 군인들을 보내 아리카라 족과 치열히 싸우기까지 했다. 백인들이 아리카라 족을 벌하려 한다는 건 사실이었다. 그들이 보낸 군인들이 겁쟁이에 바보라는 것 또한 사실이었다. 노란 말은 정확히 무엇이 자신을 불안하게 만드는지 이해하지 못했다. 하지만 그는 그 알 수 없는 불길한 예감이 결국 큰 재앙을 불러들이고야 말 거라고 확신했다.

글래스가 캠프로 들어서자 노란 말이 일어났다. 꺼져가는 모닥불이 그들의 얼굴을 은은하게 비춰주었다. 글래스는 어떻게든 자신을 성심껏 돌봐준 수 족에게 보답하고 싶었다. 하지만 왠지 그랬다가는 노란 말이 불쾌해할 것 같았다. 그래서 그는 소박한 선물로 적합한 것들을 떠올려보았다. 약간의 담배나 칼 따위가 있겠지만 그런 하찮은 것들로는 감사의 마음을 충분히 전할 수 없었다. 글래스는 노란 말에게 다가가 회색곰 발톱으로 만든 목걸이를 인디언의 목에 걸어주었다.

노란 말이 한동안 글래스를 빤히 쳐다보았다. 글래스는 인디언의 눈을 똑바로 쳐다보며 고개를 끄덕인 후 돌아서서 통나무집으로 돌아갔다.

글래스가 다시 사다리를 타고 올라가자 다락의 커다란 매트리스에는 이미 뱃사공 두 명이 뻗어서 자고 있었다. 처마 밑 한쪽 구석에는 지저분한 짐승의 가죽이 깔려 있었다. 글래스는 그 위에 몸을 누이고 이내 깊은 잠에 빠져들었다.

다음 날 아침, 글래스는 누군가가 프랑스어로 주고받는 요란한 대화 소리에 눈을 떴다. 다락 아래서 들려오는 소리였다. 간간이 커다란 웃음소리도 들려왔다. 다락에는 글래스 혼자뿐이었다. 그는 한동안 아늑하고 따뜻한 자리를 뜨지 않았다.

엎드려 있던 그가 천천히 몸을 뒤집었다. 주술사의 잔혹한 치료법은 꽤 효과가 있었다. 등은 아직도 회복 중이었지만 더 이상 감염의 우려는 없어 보였다. 글래스는 새로 산 기계의 복잡한 부품들을 살펴보듯이 사지를 차례로 뻗어보았다. 이제 다리는 그의 체중을 완벽히 떠받칠 수 있게 되었다. 물론 그렇다고 절뚝거림까지 면하게 된 것은 아니었다. 기력은 완전히 회복되지 않았지만 팔과 어깨가 다시 정상적으로 기능하게 되었다. 라이플의 반동이 날카로운 통증을 유발하겠지만 그는 총을 제대로 쏠 수 있게 되었다는 사실 만으로 만족했다.

'총.' 글래스는 필요한 장비를 챙겨주겠다는 카이오와의 제안을 떠올렸다. 하지만 그가 원하는 것은 자신의 총이었다. 그의 총과 그것을 훔쳐간 놈들에게 심판을 해야 했다. 브라조 진지에 무사히 도달한 것만으로는 성에 차지 않았다. 물론 그는 자신이 얼마나 대단한 일을 해냈는지 알고 있었다. 하지만 글래스에게 진지는 의기양양하게 도달할 결승선이 아니었다. 오히려 단호한 결심을 안고 통과해야 할 출발선에 가까웠다. 진지에서 제공받게 될 장비들과 빠르게 회복되어가는 몸뚱이는 그가 지난 6주간 누리지 못했던 것들이었다. 이제는 아득히 멀기만 한 목표를 향해 기운차게 나아갈 때였다.

글래스는 다락에 누워 테이블에 놓인 물통을 올려다보았다. 살짝 열린 문틈으로 아침 햇살이 흘러들어왔다. 글래스는 몸을 일으켜 벽에 걸린 깨진 거울 앞으로 천천히 다가갔다.

글래스는 거울 속에서 자신을 내다보는 남자의 몰골에 충격을 받지 않았다. 이미 예상했던 모습이었다. 그럼에도 불구하고 몇 주 동안 상상해온 상처들을 직접 눈으로 확인하려니 묘한 기분이 들었다. 텁수룩하게 자란 턱수염 안으로 깊이 팬 발톱 자국들이 보였다. 출진 물감 같기도 했다. 글래스는 수 족이 그토록 정중했던 이유를 알 것 같았다. 그의 머리는 분홍빛 흉터들로 덮여 있었다. 정수리에 난 상처들은 특히 심각해 보였다. 새로 머리가 자란 부분과 턱수염에는 전에 못 본 회색 털이 섞여 있었다. 그는 목에 난 울퉁불퉁한 흉터들도 유심히 살펴보았다.

글래스는 등의 상태를 확인하기 위해 암사슴 가죽 상의를 걷어 올렸다. 하지만 더러운 거울은 긴 상처들의 윤곽만을 비춰줄 뿐이었다. 몸에 들러붙어 꿈틀대던 구더기들의 모습은 아직도 그의 뇌리에 생생히 남아 있었다. 글래스는 거울 앞에서 물러나와 사다리를 타고 내려갔다.

아래층 긴 테이블에는 남자 여러 명이 둘러앉아 있었다. 글래스가 다락에서 내려오자 시끌벅적하던 그들의 대화가 뚝 멎었다.

카이오와가 영어로 인사하며 글래스를 맞아주었다. 프랑스인은 변경의 상인답게 탁월한 언어적 재능을 지니고 있었다.

"어서 와요, 무슈 글래스. 그렇지 않아도 당신 얘길 하고 있었습니다."
글래스는 말없이 고개만 끄덕였다.

"운이 좋았어요." 카이오와가 계속 이어나갔다. "상류로 향하는 배가
있을 것 같습니다." 그 말에 글래스의 귀가 솔깃했다.

"앙투안 랑주뱅을 소개할게요." 콧수염을 길게 기른 땅딸막한 남자가
자리에서 일어나 글래스의 앞으로 손을 내밀었다. 악수에 응한 글래스는
자그마한 남자의 악력에 흠칫 놀랐다.

"랑주뱅은 상류에서 내려왔습니다. 어제 도착했어요. 당신처럼 사연이
많더군요, 무슈 글래스. 무슈 랑주뱅은 맨던 족 마을에서 왔다고 합니다.
아리카라 족이 맨던 족 마을에서 1마일쯤 떨어진 곳에 새 마을을 만들었
다더군요."

랑주뱅이 글래스가 알아듣지 못하는 프랑스어로 무언가를 얘기했다.
"그 얘기도 하려고 했습니다, 랑주뱅." 말이 끊기자 카이오와가 살짝 짜증
을 냈다.

"역사적 맥락부터 짚고 갈 필요가 있을 것 같았어요." 카이오와는 계속
설명을 이어나갔다. "맨던 족은 새 이웃이 어떤 말썽을 부릴지 무척 불안
해하고 있습니다. 맨던 족은 자신들 영역의 일부를 아리카라 족에게 내주
면서 한 가지 조건을 내걸었습니다. 더 이상 백인들을 공격하지 말라는 것
이죠."

카이오와는 안경을 벗어 긴 셔츠 자락으로 렌즈를 닦은 후 다시 불그레
한 코에 걸쳤다. "그건 현재 제 상황과도 밀접한 관련이 있는 조약입니다.
알다시피 이 작은 진지는 하천 운수에 크게 의존하고 있습니다. 당신 같은
사냥꾼과 상인들이 미주리 강을 찾지 않으면 운영이 안 된다는 얘깁니다.
장기간 머물다 가는 무슈 애슐리와 그의 직원들 덕분에 간신히 연명하고
있지만 결국 아리카라 족과의 싸움에 문을 닫게 될 겁니다. 그래서 랑주뱅

에게 사절단을 이끌고 가줄 것을 부탁했습니다. 선물 공세를 퍼서 아리카라 족과의 관계를 회복해보려는 것이죠. 그 전략이 성공하면 우린 세인트 루이스에 미주리 강이 다시 열렸다는 소식을 전할 겁니다. 랑주뱅의 보트엔 여섯 명이 탈 수 있습니다. 이쪽은 투생 샤르보노입니다." 카이오와가 테이블에 앉은 또 다른 남자를 가리켰다. 글래스도 들어본 이름이었다. 호기심에 찬 그의 시선이 새커거위아의 남편 쪽으로 돌아갔다. "투생은 새커거위아와 함께 루이스와 클라크의 원정에서 통역을 맡았었습니다. 맨던 족과 아리카라 족 언어에도 능통합니다."

"물론 영어도 할 수 있죠." 샤르보노가 말했다. 카이오와의 영어와는 달리 샤르보노에게서는 뚜렷한 악센트가 느껴졌다. 글래스는 샤르보노가 내민 손을 잡았다.

카이오와는 계속해서 둘러앉은 남자들을 소개해나갔다. "이쪽은 앤드루 맥도널드입니다." 그는 글래스가 전날 봤던 애꾸눈의 스코틀랜드인을 가리키며 말했다. 남자의 코끝에는 큼직한 살점이 떨어져 나간 흔적이 남아 있었다. "어쩌면 내가 지금껏 만나본 가장 우둔한 사람인지도 모릅니다." 카이오와가 말했다. "하지만 기운이 좋아서 하루 종일 쉬지 않고 노를 저을 수 있습니다. 우린 이 친구를 '프로페쐬르(professeur, 훈련만을 담당하는 무용 교사-옮긴이)'라고 부릅니다." 자신의 이름이 튀어나오자 프로페쐬르가 고개를 한쪽으로 기울이고 성한 한쪽 눈으로 카이오와를 쳐다보았다.

"그리고…… 이쪽은 도미니크 카트와르입니다." 카이오와가 가느다란 사기 파이프로 담배를 피우고 있는 뱃사공을 가리켰다. 도미니크가 자리에서 일어나 글래스의 손을 잡으며 말했다. "앙샹떼."

"도미니크의 동생은 루이 카트와르입니다. 창녀들의 왕이죠. 그도 당신들과 동행할 겁니다. 제때 창녀 텐트에서 끌어낼 수만 있다면 말이죠. 우

165

린 루이를 '라 비에르주(La Vierge, 성모-옮긴이)'라고 부릅니다." 그 말에 모두가 일제히 웃음을 터뜨렸다.

"상류로 올라가야 하니 짐을 최대한 줄여야 합니다. 캠프에 고기를 제공할 사냥꾼이 필요한데 그 부분은 당신이 책임져줄 수 있겠죠? 라이플은 챙겨줄게요."

글래스가 고개를 끄덕였다.

"우리 사절단에 라이플이 하나 더 필요한 이유가 있습니다." 카이오와가 계속 이어나갔다. "도미니크가 엘크의 혀라는 이름의 아리카라 족장이 부족에서 떨어져 나왔다는 소문을 들었답니다. 그가 전사 몇 명과 그들의 가족을 이끌고 맨던 족 마을과 그랜드 강 사이에 자리를 잡았다더군요. 그들의 정확한 위치는 알 수 없지만 자기들 마을이 공격당한 것에 대해 굉장히 화가 나 있다고 합니다."

글래스는 재로 변한 아리카라 족 마을을 떠올리며 고개를 끄덕였다.

"합류하겠습니까?"

글래스는 그들에게 부담이 되고 싶지 않았다. 그는 홀로 미주리 강을 거슬러 오를 계획을 세워두고 있었다. 더는 기다릴 수 없어 곧바로 출발할 참이었다. 하지만 뜻밖의 제안은 그냥 흘려버리기 아까웠다. 무리를 지어 이동한다면 그만큼 안전이 보장될 것이다. 물론 그들이 쓸모 있는 인간들이라면. 다행히 카이오와가 사절단으로 뽑은 남자들은 모두 노련해 보였다. 게다가 먼 거리를 걸어서 간다면 회복이 더뎌질 수 있다는 점도 무시할 수 없었다. 보트를 타고 강을 거슬러 오르는 것 역시 성치 않은 몸으로 걷는 것만큼이나 굼뜨겠지만 적어도 한 달 가까운 시간이 절약될 테니 부상 회복을 위해서는 오히려 잘된 일이었다.

글래스가 목에 손을 얹으며 말했다. "같이 가겠습니다."

랑주뱅이 카이오와에게 프랑스어로 무언가를 속삭였다. 카이오와가 다시 글래스를 돌아보았다. "랑주뱅이 오늘 보트를 손보겠답니다. 내일 새벽에 출발하자네요. 일단 다들 배를 든든히 채워놔야죠. 챙겨갈 식량도 준비해야 하고요."

카이오와는 통나무집의 무기들을 꺼내 진열하기 시작했다. 두 개의 커다란 빈 통에 얹어놓은 널빤지가 카운터로 쓰이고 있었다. 갖춰진 무기는 총 다섯 개였다. 그중 셋은 녹슨 북서부 모델 머스킷이었다. 인디언들과의 교역을 위해 마련해둔 모양이었다. 나머지 둘은 라이플이었다. 호두나무로 멋들어지게 처리된 구식 켄터키 롱 라이플과 부러진 개머리판을 생가죽으로 수리해놓은 낡은 모델 1803 보병 라이플이었다. 글래스는 두 라이플을 들고 밖으로 나갔다. 카이오와가 그를 따라 나왔다. 글래스는 중대한 결정을 내리기 전에 환한 밖에서 그 둘을 제대로 비교해보고 싶었다.

글래스는 기다란 켄터키 라이플부터 살펴보았다. "꽤 근사하죠?" 카이오와가 말했다. "독일 놈들은 요리 솜씨는 형편없지만 총 하나는 기가 막히게 만듭니다."

글래스도 그 말에 동의했다. 그는 늘 우아한 켄터키 라이플을 좋아했다. 하지만 두 가지 문제가 있었다. 첫째, 라이플은 겨우 32구경밖에 되지 않았다. 둘째, 총열이 너무 길어 들고 다니기 무거웠고, 장전하는 데도 불편했다. 다람쥐 사냥을 즐기는 버지니아의 대농장주들에게 제격인 총이었다. 글래스는 다른 총이 필요했다.

글래스는 카이오와에게 켄터키 라이플을 넘긴 후 모델 1803을 집어 들었다. 루이스와 클라크 원정대 소속 군인들이 썼던 총이었다. 글래스는 수리된 개머리판부터 살펴보았다. 젖은 생가죽으로 촘촘히 꿰맨 후 말린 모양이었다. 바짝 말라 수축된 생가죽은 단단하게 굳어져 있었다. 개머리판은 흉측해 보였지만 충분히 튼튼했다. 글래스는 잠금장치와 방아쇠를 살펴보았다. 기름칠이 잘 되어 있었고, 녹슨 부분은 없었다. 그의 손끝이 개머리판을 출발해 짧은 총열을 훑어나갔다. 그는 큰 총구에 손가락을 넣어 보았다. 53구경은 족히 될 것 같았다.

"아무래도 큰 총이 낫겠죠?" 글래스는 말없이 고개를 끄덕였다.

"나도 그렇게 생각합니다." 카이오와가 말했다. "한번 쏴봐요." 카이오 와가 쓴웃음을 지어 보였다. "이런 총이라면 곰도 잡을 수 있겠는데요!"

카이오와가 글래스에게 뿔 화약통과 계량기를 건넸다. 글래스는 화약 13그램을 총구에 쏟아부었다. 카이오와는 조끼 주머니에서 큼직한 53구 경 총알과 기름 묻힌 패치를 꺼내 글래스에게 쥐어주었다. 글래스는 패치 로 감싼 총알을 총구에 쑤셔 넣고 꽂을대를 뽑았다. 그런 다음, 총알을 조 심스레 약실로 밀어 넣은 후 팬에 화약을 조금 붓고 공이치기를 당겼다. 글래스의 눈이 적당한 표적을 찾아 주변을 살피기 시작했다.

잠시 후, 50미터쯤 떨어진 미루나무의 큰 가지에 다람쥐 한 마리가 앉 아 있는 게 글래스의 눈에 들어왔다. 글래스는 다람쥐를 조준하고 방아쇠 를 당겼다. 팬이 점화되었고 총열 안에서 폭발이 일어났다. 뿜어져 나온 연기가 그의 시야에서 표적을 가렸다. 글래스는 어깨를 강타한 총의 반동 에 움찔했다.

연기가 걷히자 카이오와가 미루나무 앞으로 천천히 다가갔다. 그는 걸 음을 멈추고 누더기가 된 다람쥐 시체를 집어 들었다. 성한 부분이라고는 털이 무성한 꼬리뿐이었다. 그가 다시 돌아와 글래스 앞으로 다람쥐 꼬리 를 획 던졌다. "다람쥐들에겐 그 총이 악몽이겠군요."

글래스의 얼굴에 미소가 떠올랐다. "이걸 가져가겠습니다."

다시 통나무집으로 들어온 글래스는 필요한 물건들을 분주히 챙기기 시작했다. 53구경 권총, 총알 거푸집, 납, 화약, 그리고 부싯돌. 도끼와 커다 란 칼도 빼놓지 않았다. 무기들을 꽂고 다닐 두꺼운 가죽 벨트, 암사슴 가 죽 튜닉 안에 받쳐 입을 빨간 면 셔츠 두 장, 허드슨 베이 판초, 양털 모자와 벙어리장갑, 소금 2킬로그램과 담배 세 개, 바늘과 실, 밧줄, 그리고 그것들을 담을 가죽 가방도 챙겼다. 가방에는 깃과 구슬로 만든 장식물이 달려 있었다. 뱃사공들은 파이프와 담배가 담긴 작은 부대를 하나씩 허리에 두르고 있었다. 글래스도 부대를 하나 가져와 부싯돌과 납을 담았다.

떠날 채비를 마친 글래스는 마치 왕이 된 듯한 기분이었다. 옷만 두른 채 빈손으로 6주를 버텨온 글래스는 이제 그 무엇도 두렵지 않았다. 카이오와는 글래스가 챙긴 물건들을 꼼꼼히 살피며 청구할 금액을 계산했다. 글래스는 윌리엄 애슐리에게 짧은 편지를 썼다.

애슐리 씨,
우리 여단의 두 사람이 제 장비들을 몽땅 훔쳐갔습니다. 그들에게 진 빚은 제가 개인적으로 꼭 갚아줄 생각입니다. 당장 필요한 물건들은 브라조 씨가 제공해주었습니다. 급한 대로 로키마운틴 모피회사의 이름을 대고 외상으로 구입했습니다. 제 장비를 되찾은 후 갚도록 하겠습니다.

1823년 10월 10일
휴 글래스 삼가 올림

"그 편지는 청구서와 함께 제가 부쳐줄게요." 카이오와가 말했다.

그날 저녁, 글래스는 카이오와, 그리고 새로운 동지 네 명과 식사를 했다. 나머지 한 명, 루이 '라 비에르주' 카트와르는 아직도 창녀 텐트에서 나오지 않고 있었다. 그의 형, 도미니크는 라 비에르주가 브라조 진지에 도착한 직후부터 만취와 간음만을 번갈아 해왔다고 설명했다. 뱃사공들은 글래스에게 직접 말을 걸 때가 아니면 자기들끼리 프랑스어로 신나게 수다를 떨어댔다. 캄페체에서 프랑스어를 접했던 글래스는 귀에 스치는 몇

169

몇 단어를 이해할 수 있었다. 하지만 자연스럽게 대화에 끼어들 정도는 아니었다.

"동생에게 시간 맞춰 떠날 준비를 하라고 해." 랑주뱅이 말했다. "그 친구 역할이 중요하다고."

"그건 걱정 마."

"정신 바짝 차려야 합니다." 카이오와가 말했다. "맨던 족과 시시덕거리러 가는 게 아니라고요. 아리카라 족으로부터 더 이상 강을 오가는 상인들을 공격하지 않겠다는 약속을 반드시 받아와야 합니다. 새해 첫날까지 아무 성과가 없으면 세인트루이스에 소식을 전할 수가 없어요. 춘계 거래 계획을 짤 수가 없게 된단 말입니다."

"가서 뭘 해야 하는지 압니다." 랑주뱅이 말했다. "필요한 정보를 반드시 얻어내겠습니다."

"정보 얘기가 나와서 말인데요……" 카이오와가 영어로 말했다. "우린 당신에게 정확히 무슨 일이 있었는지 알고 싶습니다, 무슈 글래스." 그 말에 프로페쐬르의 눈이 호기심으로 번뜩였다.

글래스는 테이블에 둘러앉은 남자들을 차례로 쳐다보았다. "뭐 호들갑 떨 일은 아닙니다." 글래스의 말은 카이오와에 의해 프랑스어로 통역되었다. 글래스의 대꾸에 뱃사공들이 일제히 웃음을 터뜨렸다.

카이오와가 웃음을 그치고 말했다. "미안하지만, 몽 아미(mon ami, 불어로 '친구'라는 뜻-옮긴이), 당신의 얼굴부터가 많은 얘길 해주고 있지 않습니까. 상세히 들려주면 좋겠는데요."

흥미진진한 이야기가 예상되는지 뱃사공들이 긴 파이프에 새 담배를 채워 넣기 시작했다. 카이오와는 주머니에서 화려한 장식의 은 코담배갑을 꺼내 코로 가져갔다.

글래스는 목에 손을 얹었다. 그는 아직도 징징대는 자신의 목소리가 마

170

음에 들지 않았다.

"그랜드 강에서 큰 회색곰에게 공격을 당했습니다. 헨리 대위는 내가 죽으면 묻어주고 오라면서 존 피츠제럴드와 짐 브리저를 남겨놓고 떠났죠. 하지만 그들은 내 물건을 훔쳐 달아났습니다. 난 놈들을 잡아 그걸 되찾아야 합니다. 복수도 해야 하고요."

카이오와는 글래스의 말을 뱃사공들에게 고스란히 통역해주었다. 한동안 침묵이 감돌았다.

프로페쐬르가 침묵을 깨고 거슬리는 악센트로 물었다. "그게 다요?"

"미안한 얘기지만……" 투생 샤르보노가 말했다. "우리가 기대했던 이야기꾼은 아니었어."

글래스는 말없이 그들을 쳐다보았다.

카이오와가 말했다. "곰과의 사투를 당신만의 비밀로 간직하겠다면 그렇게 해요. 하지만 다른 건 몰라도 그랜드 강에 대해선 꼭 들어야겠습니다."

카이오와는 상품만큼이나 정보의 거래 또한 중요시 여기는 사람이었다. 교역소를 찾는 이들은 그에게 많은 걸 배워갈 수 있었다. 카이오와의 진지는 미주리 강과 화이트 강의 합류 지점에 자리하고 있었고, 덕분에 그는 화이트 강에 대해서는 누구보다 잘 알고 있었다. 북쪽으로 이어지는 샤이엔 강도 마찬가지였다. 하지만 인디언들을 통해 듣는 그랜드 강에 대한 정보는 늘 부족했다.

카이오와가 아내에게 수 족 언어로 무언가를 지시했다. 잠시 후, 그녀는 닳아 해진 책 한 권을 가져왔다. 부부는 가정용 성서라도 되는 듯이 그것을 조심스레 다루었다. 누더기로 변한 표지에는 긴 제목이 적혀 있었다. 카이오와가 안경을 고쳐 쓴 후 큰 소리로 제목을 읽어나갔다. "루이스와 클라크 대위가 인솔한……"

끝은 글래스가 맺었다. "……원정의 역사." 카이오와가 들뜬 얼굴로 그를 쳐다보았다. "아 본! 이제 보니 크게 다친 우리 나그네는 문인이셨구먼!"

흥분한 글래스가 목의 통증을 잊은 채 말했다. "폴 앨런 편집. 1814년, 필라델피아에서 출간."

"그럼 클라크의 지도도 훤히 알겠군요."

글래스는 고개를 끄덕였다. 그는 오래전 회고록과 지도를 보며 경탄했던 어린 시절을 떠올렸다. 글래스는 로스톤 앤드 선즈의 필라델피아 사무실에서 『원정의 역사』를 처음 보았다.

카이오와가 책을 펼쳐 '루이스와 클라크의 진로, 미시시피 강에서부터 태평양까지 이어지는 북아메리카 대륙의 서부 횡단'이라고 적힌 지도를 보여주었다. 원정을 시작하기에 앞서 클라크는 지도 제작법과 각종 도구들을 다루는 방법을 완벽히 익혀놓았다. 출간 당시만 해도 그의 지도는 경이적인 업적으로 인정받았다. 그 이전에 나온 지도들과는 비교도 안 될 만큼 상세하고, 또 정확했다. 지도에는 세인트루이스에서부터 스리포크스까지 이어지는 미주리 강의 모든 주요 지류가 표시되어 있었다.

미주리 강으로 흘러드는 물줄기들은 꽤 정확히 묘사되어 있었지만 세부 사항은 합류 지점 근처에서 뚝 끊어져 있었다. 강이 흐르는 코스와 개울들의 원천에 대해서는 알려진 게 거의 없었다. 물론 몇 가지 예외는 있었다. 1814년에 제작된 지도는 드루이야르와 콜터가 옐로스톤 강 유역에서 발견한 것들을 포함하고 있었다. 예를 들면 로키산맥 남부를 들쑤시고 다닌 제불론 파이크의 자취 같은 것이 있었다. 지도에는 카이오와가 직접 그려 넣은 플랫 강도 보였다. 강의 북쪽과 남쪽 갈래들은 어림짐작으로 그려놓은 모양이었다. 빅혼 강 어귀에는 옐로스톤 강과 마누엘 리사가 버리고 떠난 진지가 표시되어 있었다.

글래스는 지도를 유심히 들여다보았다. 그는 클라크의 지도 자체에는 별 관심이 없었다. 로스톤 앤드 선즈 사무실과 세인트루이스에서 지겹도록 봐왔으니 그럴 만도 했다. 글래스의 관심을 확 잡아끈 건 다름 아닌, 카이오와가 연필로 그려 넣은 세부 사항들이었다. 그가 10년에 걸쳐 수집했다는 정보였다.

되풀이되는 주제는 물이었다. 그것들의 이름은 각 장소의 사연을 들려주었다. 기념할 만한 전투들―워 크리크(War Creek), 랜스 크리크(Lance Creek), 베어 인 더 로지 크리크(Bear in the Lodge Creek). 지역의 동식물상을 묘사한 이름들―앤털로프 크리크(Antelope Creek), 비버 크리크(Beaver Creek), 파인 크리크(Pine Creek), 로즈버드(Rosebud). 물의 특징을 따서 지은 이름들―딥 크리크(Deep Creek), 래피드 크리크(Rapid Creek), 플랫 강(the Platte), 설퍼 크리크(Sulphur Creek), 스위트워터(Sweet Water). 신령스러운 분위기를 풍기는 이름도 몇몇 있었다. 메디신 로지 크리크(Medicine Lodge Creek), 캐슬 크리크(Castle Creek), 케야 파하(Keya Paha).

카이오와는 글래스에게 질문 공세를 퍼부었다. 상류의 갈래를 발견할 때까지 그랜드 강을 따라 며칠이나 올라왔는지, 개울들은 어디서 강으로 흘러들어 갔는지, 오는 길에 눈에 띄는 지형지물은 없었는지, 비버나 다른 짐승들의 흔적은 없었는지, 숲은 얼마나 우거졌는지, 쌍둥이 언덕은 얼마나 떨어져 있었는지, 인디언들의 흔적은 없었는지, 있었다면 어떤 부족들이었는지…… 카이오와는 뾰족한 연필로 새로 알게 된 세부 사항들을 정성스레 그려나갔다.

이번에는 글래스가 질문 공세를 벌일 차례였다. 머릿속에 새겨놓은 약도는 수개월간 죽을 고생을 하느라 희미하게 바래진 상태였다. 맨던 족 마을과 유니언 진지의 거리가 몇 마일이나 되는지, 맨던 족 마을 위로 주요 지류가 흐르는지, 그렇다면 마을에서 얼마나 떨어져 있는지, 주변 지형은 어떤지, 미주리 강이 언제쯤 얼어붙었는지, 강의 어느 굽이를 가로질러 시간을 절약했는지…… 글래스는 클라크의 지도에 표시된 카이오와의 세부 사항들을 옮겨 적었다. 그는 맨던 족 마을과 유니언 진지 사이의 광활한 지역에 집중했다. 그의 손끝이 유니언 진지 위로 흐르는 옐로스톤 강과 미주리 강을 천천히 따라갔다.

테이블의 남자들이 하나둘씩 자리를 떴다. 카이오와와 글래스는 밤늦은 시간까지 지도를 연구했다. 석유램프가 뿌리는 희미하고 어스레한 빛이 통나무 벽에 불안하게 흔들리는 그림자들을 드리웠다. 지적 대화가 그리웠던 카이오와는 글래스를 놓아주려 하지 않았다. 카이오와는 멕시코 만에서 세인트루이스까지 걸어왔다는 글래스의 말에 경악을 금치 못했다. 그가 새 종이를 가져와 글래스에게 텍사스와 캔자스 평원의 약도를 그려줄 것을 요청했다.

"이곳 진지엔 당신 같은 사람이 절실한데 말입니다. 당신이 갖고 있는 정보는 이곳을 찾는 모든 이들에게 꽤 도움이 될 겁니다."

글래스는 단호히 고개를 저었다.

"진심으로 하는 얘깁니다, 몽 아미. 그러지 말고 여기서 겨울을 지내고 가요. 내가 정식으로 고용할 테니."

카이오와는 돈으로 말벗을 사려는 것이었다.

글래스는 더 단호하게 고개를 저었다. "반드시 해결해야 할 일이 있습니다."

"당신 같은 명인이 왜 그런 어리석은 짓을 하려는 겁니까? 이 엄동설한에 루이지애나를 걸어서 가로지르겠다니. 굳이 배신자들을 쫓아야 한다면 봄에 해도 되지 않습니까."

화기애애했던 분위기는 한겨울에 문을 활짝 열어놓은 듯 순식간에 냉각되었다. 글래스의 눈이 분노로 이글거리자 카이오와는 괜한 말을 내뱉은 자신을 질책했다.

"이건 당신 의견이 필요한 문제가 아닙니다."

"네, 무슈. 알겠습니다."

일출을 두어 시간 남겨놓았을 때 글래스는 지친 몸을 이끌고 다락으로 올라갔다. 피로에 전 몸을 힘겹게 뉘었지만 들뜬 마음에 잠은 오지 않았다.

글래스는 요란하게 들려오는 남자들의 거친 말소리에 눈을 떴다. 그들 중 하나는 프랑스어로 고래고래 소리를 지르고 있었다. 글래스는 그 말을 이해하지 못했지만 대충 어떤 분위기인지 알 것 같았다.

그 목소리의 주인은 라 비에르주 카트와르였다. 그는 단잠을 깨운 형, 도미니크에게 역정을 내고 있었다. 늑골을 걷어차도 동생이 일어나지 않자 도미니크는 다른 방법을 쓸 수밖에 없었다. 그래서 동생의 얼굴에 대고 오줌을 갈기기 시작했다. 라 비에르주가 흥분할 만했다. 도미니크의 분별없는 행동에 라 비에르주와 밤을 보낸 인디언 여자도 발끈했다. 그녀는 자신의 티피 안에서 벌어지는 거의 모든 무례한 행동들을 용인해주었다. 가끔은 그녀가 먼저 부추기기도 했다. 하지만 자신이 아끼는 담요에 도미니크의 오줌이 묻자 그녀는 더 참지 못하고 화난 까치처럼 요란하게 깩깩댔다.

글래스가 통나무집을 나왔을 때 격한 언쟁은 주먹다짐으로 번져 있었다. 라 비에르주는 고대 그리스의 레슬링 선수처럼 알몸으로 서서 형을 노려보고 있었다. 라 비에르주는 형보다 덩치가 컸지만 사흘 연속으로 과음을 한 탓에 제대로 싸울 수 있는 상태가 아니었다. 잠이 덜 깬 그는 연신 휘청거렸지만 싸우고자 하는 의지는 조금도 꺾이지 않고 있었다. 그런 라 비에르주의 스타일에 익숙한 도미니크는 완벽한 방어 태세를 취하고 있었다. 잠시 후, 라 비에르주가 괴성을 지르며 형에게 달려들었다.

라 비에르주는 형에게 마구잡이로 주먹을 날렸다. 그중 하나가 제대로 맞았다면 도미니크의 머리에는 큼직한 구멍이 생겼을 것이다. 도미니크는 가볍게 동생의 공격을 막아냈다.

허공에 대고 맹렬히 주먹을 날리던 라 비에르주가 중심을 잃고 비틀거렸다. 도미니크는 그 틈을 타 동생의 무릎 뒤를 냅다 걷어찼다. 불시의 일격을 당한 라 비에르주는 그대로 고꾸라졌다. 그는 한동안 할딱거리며 온몸을 비틀어댔다. 한참 후, 숨을 돌린 그가 힘겹게 몸을 일으키며 고래고래 욕을 해댔다. 도미니크는 동생의 명치를 사정없이 걷어찼다. 라 비에르주는 다시 캑캑대며 쓰러졌다.

"시간 맞춰 준비하라고 했잖아, 이 얼간이 자식아! 30분 후에 출발해야 한다고!" 도미니크는 라 비에르주의 입을 걷어차 동생의 입술을 찢어놓았다.

그렇게 싸움은 끝이 났고, 구경하던 사람들은 사방으로 흩어졌다. 글래스는 강 쪽으로 걸어갔다. 화물 카누들 틈에 낀 랑주뱅의 보트는 미주리 강의 급류에 요동치고 있었다. 길이가 9미터 정도 되는 보트는 예상했던 것보다 작았지만 강을 거슬러 오르는 데는 무리가 없을 것 같았다.

맨던 족과 교환한 모피를 가득 싣고 미주리 강을 따라 하류로 내려오는 동안은 어렵지 않게 보트를 조종할 수 있었을 것이다. 하지만 짐을 가득 싣고 상류로 거슬러 오르려면 최소한 열 명의 사공이 노를 저어야만 했다. 랑주뱅이 가져가는 짐은 많지 않았다. 맨던 족과 아리카라 족에게 안겨줄 선물 몇 가지가 전부였다. 그럼에도 불구하고 노 저을 사람이 달랑 네 명 뿐이라면 여정은 무척 고될 수밖에 없었다.

투생 샤르보노는 선창의 큰 통에 올라 앉아 사과를 먹고 있었다. 프로페쐬르는 랑주뱅의 지시에 따라 보트에 짐을 싣고 있었다. 그들은 화물의 중량을 적절히 분포시키기 위해 긴 막대기 두 개를 보트 바닥에 깔아놓았다. 프로페쐬르는 네 개로 나눈 짐을 그 위에 나란히 배치했다. 프로페쐬르는 프랑스어를 전혀 못하는 듯했다(가끔 보면 스코틀랜드인은 영어조차 못하는 것 같았다). 프로페쐬르가 우물쭈물할 때마다 랑주뱅의 언성이 높아졌다. 마치 목소리를 키우면 그가 지시 내용을 이해할 거라 믿는 듯했다. 답답해진 랑주뱅은 마침내 손짓 발짓까지 해가며 프로페쐬르를 몰아붙였다.

애꾸눈이라는 사실이 프로페쐬르에게 둔한 인상을 주었다. 그는 몬트리올의 한 술집에서 오이스터 조라는 악명 높은 싸움꾼과 맞붙었다가 한쪽 눈을 잃게 되었다고 했다. 뽑혀 나온 눈알을 황급히 눈구멍에 쑤셔 넣었지만 시력은 돌아오지 않았다나. 깜빡이지 않는 한쪽 눈은 부자연스러운 각도로 박혀 있었다. 꼭 상대의 측면 공격을 하염없이 기다리는 듯한 모양새였다. 그럼에도 프로페쐬르는 안대를 하고 다니지 않았다.

출발을 앞두고 진지 사람들이 몰려나와 그들을 배웅해주었다. 도미니크와 라 비에르주는 라이플과 작은 가방을 챙겨 들고 나타났다. 라 비에르주가 강에 반사된 눈부신 아침 햇살에 인상을 찌푸렸다. 그의 긴 머리에는 마른 진흙이 들러붙어 있었고, 턱과 셔츠 앞은 찢어진 입술에서 터져 나온 피로 벌겋게 물들어 있었다. 그는 처참한 몰골과 어울리지 않는 활기찬 동작으로 보트 앞 이물에 올라가 앉았다. 그의 눈은 벌써부터 의욕으로 번뜩이고 있었다. 도미니크는 보트 뒤편의 타수 자리에 앉았다. 라 비에르주가 알아들을 수 없는 말을 불쑥 내뱉자 두 형제가 일제히 웃음을 터뜨렸다.

랑주뱅과 프로페쐬르는 폭이 넓은 중간 부분에 나란히 앉았다. 그들의 앞뒤로 화물더미가 하나씩 놓여 있었다. 샤르보노와 글래스는 화물들 틈을 비집고 들어가 앉았다. 샤르보노는 이물, 글래스는 고물에 각각 자리를 잡았다.

네 명의 뱃사공이 노를 젓자 보트가 급류로 빨려 들어갔다. 그들은 힘껏 노를 저어 강을 거슬러 오르기 시작했다.

라 비에르주가 노를 저으며 노래를 부르자 나머지 뱃사공들도 이내 따라 불렀다.

쟁기꾼은 수레를 좋아하고,
사냥꾼은 총과 사냥개를 좋아하고,
소리꾼은 노래를 좋아하며,
나는 카누에 발이 묶였네!

"본 보야지, 메자미(Bon voyage, mes amis, 여행 잘 다녀오시오, 친구여)!" 카이오와가 소리쳤다. "맨던 족과 놀러 가는 게 아니라는 거 명심해요!" 글래스는 그를 돌아보았다. 카이오와 브라조는 자신의 작은 진지 선창에 서서 손을 흔들고 있었다. 글래스는 다시 상류 쪽으로 시선을 가져갔고, 두 번 다시 뒤를 돌아보지 않았다.

1823년 10월 11일이었다. 쳐 죽일 두 놈들과의 거리는 어느새 한 달 이상으로 벌어져 있었다. 전략적 후퇴였지만 후퇴는 후퇴였다. 글래스는 더 이상의 후퇴는 없도록 하겠노라고 굳게 다짐했다.

2부

네 개의 노가 일제히 수면을 휘저어댔다. 가느다란 노의 날이 물속으로 50센티미터씩 파고들 때마다 보트는 거센 급류를 헤치고 힘차게 나아갔다. 하지만 노가 수면 위로 떠오르면 보트는 다시 급류에 밀려났다. 조금이라도 더 이동하려면 보트가 원위치로 떠밀리기 전에 잽싸게 다시 노를 물에 담가야 했다.

그날 새벽, 그들이 보트에 올랐을 때 잔잔한 수면은 종잇장처럼 얇은 얼음에 덮여 있었다. 몇 시간이 흐른 지금, 글래스는 아침나절의 따스한 햇볕을 받으며 마치 몸이 물에 둥둥 떠 있는 듯한 황홀한 기분을 만끽하고 있었다.

브라조 진지를 떠나온 첫날, 선원 출신인 글래스는 직접 노를 저어보았다. 그가 노를 집어 들자 뱃사공들이 웃음을 터뜨렸다. 그들의 반응이 그의 오기를 발동시켰다. 그는 이내 자신의 어리석음을 깨달았다. 사공들은 분당 60회의 속도로 노를 저어왔다. 그것도 스위스 시계만큼이나 정확한 간격으로. 어깨 부상이 완전히 회복된다 해도 글래스는 그들의 속도를 결코 따라잡지 못했을 것이다. 그가 몇 분에 걸쳐 노와 씨름을 하고 있을 때, 부드럽고 축축한 무언가가 그의 뒤통수를 후려쳤다. 그의 뒤에서는 도미니크가 비웃는 듯한 미소를 흘리고 있었다. "이거나 받아요!" 결국 글래스는 여정이 끝날 때까지 노를 젓는 대신 커다란 스펀지로 보트 바닥에 고인 물을 쉴 새 없이 훔쳐내야 했다.

조금만 지체해도 보트 바닥은 새어 들어온 물로 흥건해졌다. 배가 아니라 물에 띄워놓은 이불 같았다. 그들은 구멍 난 부분을 자작나무 껍질과 소나무 잔뿌리로 기워놓았고, 물이 스며들 때마다 이음매에 송진을 발라놓았다. 자작나무를 찾지 못하면 다른 재료를 쓸 수밖에 없었다. 생가죽에 고무진을 듬뿍 발라 구멍을 막는 것 또한 한 방법이었다. 글래스는 보트의 연약함에 적잖이 놀랐다. 발로 힘껏 걷어차면 구멍이 크게 뚫릴 정도였다. 타수인 라 비에르주의 임무 중 하나는 보트를 손상시킬 수 있는 위험천만한 부유물들을 잘 피해 다니는 것이었다. 그나마 가을 물살이 상대적으로 유순했다. 춘기 홍수 때는 뿌리째 뽑혀 나간 나무들이 하류로 무섭게 휩쓸려 내려온다.

보트의 결점에는 장점도 하나 있었다. 보트가 약하다는 건 그만큼 가볍다는 뜻이기도 했다. 급류를 거슬러 올라가는 데 부담이 덜했다. 글래스는 뱃사공들이 보트에 남다른 애착을 갖고 있는 이유를 알 것 같았다. 어찌보면 배를 모는 사공과 그들을 모는 배는 부부와 다르지 않았다. 서로에게 전적으로 의존할 수밖에 없었다. 뱃사공들은 배의 결점들에 짜증을 내면서도 애정을 가지고 성심껏 배를 보살폈다.

그들은 깃털 장식과 밝은색 페인트로 치장된 보트의 겉모습에 큰 자긍심을 느끼고 있었다. 이물에는 수사슴의 머리가 그려져 있었다. 수사슴의 뿔은 유수를 향해 도발적으로 뻗어 있었다(라 비에르주는 고물에 사슴의 궁둥이를 그려놓았다).

"저 앞에 정박할 만한 곳이 있어." 라 비에르주가 이물에서 말했다.

랑주뱅이 모래로 뒤덮인 강둑을 바라보다가 고개를 들어 태양의 위치를 확인했다. "좋아. 한 파이프 정도 될 것 같은데."

뱃사공들은 거리를 잴 때 파이프라는 단위를 사용했다. 파이프는 그들이 담배 피우는 시간을 거리로 환산한 것이었다. 하류로 내려갈 때 파이프는 10마일, 고인 물에서는 5마일 정도를 의미했다. 하지만 미주리 강의 급류를 거슬러 오를 때는 2마일 정도를 한 파이프로 볼 수 있었다.

그들은 자연스레 정해진 패턴에 따라 움직였다. 자주색과 푸른색을 섞은 듯한 어스름이 찾아들면 그들은 아침을 먹었다. 메뉴는 주로 남은 고기와 튀긴 반죽이었다. 새벽의 냉기는 데일 정도로 뜨거운 차 한 잔으로 쫓아냈다. 시야가 충분히 확보될 만큼 세상이 밝아지면 그들은 보트에 올랐다. 그들은 매일 다섯에서 여섯 파이프씩 이동했다. 정오가 되면 그들은 다시 보트를 세우고 육포와 말린 사과로 허기를 달랬다. 그렇게 물에서 열두 시간 이상을 보낸 그들은 일몰에 맞춰 캠프하기 적당한 곳에 배를 정박시켰다. 글래스는 어스레함 속에서 한 시간 정도 사냥을 했다. 남자들은 캠프에서 들뜬 마음으로 기다렸고, 그는 어김없이 고기를 챙겨 들고 돌아왔다.

라 비에르주가 무릎 깊이의 물로 뛰어들었다. 보트의 연약한 밑바닥이 강기슭의 모래톱에 긁히는 걸 막기 위해서였다. 그가 배 끄는 밧줄을 커다란 나무에 묶자 랑주뱅과 프로페쐬르와 도미니크가 차례로 보트에서 내려왔다. 그들은 라이플을 들고 숲 쪽을 유심히 살폈다. 글래스와 프로페쐬르는 보트에 붙어 기슭으로 향하는 동지들을 엄호했다. 전날 글래스는 누군가가 버려두고 떠난 캠프를 발견했다. 열 개의 티피가 세워졌던 자리에는 받침돌들이 원을 이룬 채 놓여 있었다. 엘크의 혀가 이끄는 무리일지 모른다는 생각에 뱃사공들은 바짝 긴장했다.

남자들은 허리에 두른 부대에서 파이프와 담배를 꺼냈다. 그들은 도미니크가 피운 불씨를 이용해 차례로 불을 붙였다. 두 형제는 모래 바닥에 털썩 주저앉았다. 이물과 고물을 각각 책임져야 하는 도미니크와 라 비에르주는 하루 종일 서서 노를 젓느라 녹초가 된 상태였다. 그들이 앉아서 담배를 피우는 동안 나머지 사공들은 선 채로 기지개를 켰다.

산골짜기 너머에서 폭풍이 몰려오고 있었다. 차가운 공기가 글래스의 상처들로 스며들었다. 그는 매일 아침, 뻣뻣하고 욱신거리는 몸을 힘겹게 가누며 괴로워했다. 하루 종일 보트의 좁은 공간에 틀어박혀 있어야 하는 그는 기슭으로 올라올 때마다 사지의 혈액순환을 위해 모래톱을 빙빙 맴돌았다.

글래스는 멀리서 뱃사공들을 유심히 지켜보았다. 그들의 옷차림은 무척 닮아 있었다. 마치 제복을 걸치고 있는 듯했다. 그들이 쓴 빨간 양털 모자에는 귀까지 늘어뜨릴 수 있는 덮개가 있었고, 정수리 부분에는 술 장식이 달려 있었다(라 비에르주는 자신의 모자에 타조 깃털을 붙여놓았다). 그들의 면 셔츠는 하얀색, 빨간색, 그리고 감청색 등 다양한 색상을 띠고 있었다. 셔츠의 허리 부분에는 화려한 장식 띠가 둘러져 있었고 그 밑으로는 파이프를 비롯한 필수품들이 담긴 부대가 하나씩 달려 있었다. 암사슴 가죽으로 만든 반바지는 탄력이 좋아 좁은 보트에서도 쉽게 다리를 구부릴 수 있었다. 무릎 밑은 멋을 위해 반다나로 감싸놓았다. 그들은 맨발이었고, 모카신을 신고 있었다.

샤르보노는 1월에 내리는 비만큼이나 침울한 모습이었지만 나머지 사공들은 매 순간 낙천적이었다. 그들은 기회가 있을 때마다 웃음을 터뜨렸고, 침묵을 죽기보다 싫어했다. 그들의 주 관심사는 여자와 강과 난폭한 인디언들이었다. 서로를 모욕하는 것은 일상다반사였고, 농담에 반응하지 않는 것은 성격상의 결함이나 나약함의 표시로 여겨졌다. 프랑스어를 모르는 글래스는 그들의 거칠지만 정감 있는 농담을 알아듣지 못해 답답할 따름이었다.

신나게 떠들어대다가 갑자기 할 말이 떨어지면 그들은 누가 먼저랄 것도 없이 목청 높여 노래를 부르기 시작했다. 모두 지독한 음치들이었지만 노래에 대한 그들의 열의는 실로 대단했다. 글래스의 눈에도 순간순간을 흥겹게 보내려 노력하는 그들의 모습이 나쁘게 보이지 않았다.

뱃사공들이 뭍에 올라와 쉬고 있을 때 랑주뱅이 심각한 얼굴로 다가왔다. "밤에 보초를 서야 할 것 같아." 그가 말했다. "매일 밤 두 명씩. 2교대로."

샤르보노가 담배 연기를 길게 뿜어냈다. "브라조 진지에서 말했지? 난 통역만 할 뿐이라고. 보초 서는 건 내가 하는 일이 아니야."

"저 친구가 안 한다는 걸 왜 내가 해야 하지?"라 비에르주가 말했다.

"나도 싫어." 도미니크가 말했다.

프로페쐬르마저도 불만 가득한 표정을 짓고 있었다.

그들은 일제히 랑주뱅의 반응을 지켜보았다. 그는 여유롭게 담배를 마저 피운 후 자리를 털고 일어나 말했다. "알롱지(Allons-y, 갑시다). 해가 아직 남아 있을 때 부지런히 움직여야지."

닷새 후, 그들은 강과 작은 개울이 합류하는 곳에 도착했다. 진흙 섞인 미주리 강이 수정처럼 맑은 개울을 금세 탁하게 만들어놓았다. 랑주뱅은 개울을 응시하며 고민에 빠졌다.

"여기서 하룻밤 묵고 가자고, 랑주뱅." 샤르보노가 말했다. "흙탕물은 더 이상 마시고 싶지 않아."

"동의하고 싶진 않지만……"라 비에르주가 말했다. "샤르보노의 말이 맞아. 나도 이 물 때문에 배탈이 났단 말이야."

랑주뱅 또한 같은 생각을 하고 있었다. 문제는 미주리 강 서쪽 기슭에 자리한 개울의 위치였다. 그는 엘크의 혀가 강의 서쪽에 자리를 잡았을 거라 짐작했다. 글래스가 인디언 캠프를 발견한 후로 사절단은 최대한 동쪽 기슭에 붙어 이동해왔다. 하룻밤 묵고 갈 캠프를 결정할 때도 그 부분에 특히 신경을 썼다. 랑주뱅이 서쪽을 돌아보았다. 진홍빛 태양은 어느새 지평선 너머로 사라진 후였다. 동쪽에는 다음 굽이가 나오기 전까지 정박해

둘 만한 곳이 없었다. "좋아. 선택의 여지가 없는 것 같군."

그들은 노를 저어 기슭으로 향했다. 프로페쐬르와 라 비에르주는 짐을 내렸고, 사공들은 빈 보트를 번쩍 들어 뭍으로 옮겼다. 그들은 보트를 한 쪽으로 세워 강을 등질 수 있는 임시 쉼터를 만들었다.

글래스는 주변을 유심히 살피며 기슭으로 올라갔다. 모래톱은 하류 쪽으로 100미터쯤 펼쳐져 있었다. 그 너머로는 둑에 박힌 바위들과 울창한 버드나무 숲이 보였다. 둑 뒤로 널려 있는 유목들과 온갖 쓰레기는 물살의 속도를 줄여주는 역할을 했다. 모래톱 끝 버드나무 숲 너머로 상류에서 보기 힘든 미루나무 한 무리가 살짝 드러나 있었다.

"배고파 죽을 것 같아요." 샤르보노가 말했다. "가서 먹을 것 좀 잡아 와요, 사냥꾼 씨."

"오늘 밤엔 사냥 못 합니다." 글래스가 말했다. 샤르보노가 불평을 늘어놓으려 하자 글래스가 잽싸게 선수를 쳤다. "아직 육포가 많이 남았잖아요. 신선한 생고기를 하루 못 먹는다고 죽지 않습니다, 샤르보노."

"저 친구 말이 맞아." 랑주뱅이 말했다.

그들은 육포와, 쇠냄비에 약한 불로 튀긴 반죽으로 배를 채웠다. 남자들은 모닥불에 바짝 붙어 있었다. 해가 지면서 매서운 바람이 잦아들었지만 그들의 입에서는 하얀 입김이 연신 뿜어져 나왔다. 맑은 하늘은 쌀쌀한 밤과 아침의 된서리를 예고하고 있었다.

랑주뱅, 도미니크, 그리고 라 비에르주는 사기 파이프를 기분 좋게 뻐끔대고 있었다. 글래스는 회색곰의 공격을 받은 후로 담배를 피워본 적이 없었다. 담배 연기가 들어가자 그의 목구멍이 찢어질 듯 아팠다. 프로페쐬르는 냄비에 튀긴 반죽을 긁어내고 있었다. 샤르보노는 30분 전에 캠프를 벗어나 어딘가로 사라졌다.

도미니크가 백일몽에 빠져 있기라도 한 듯 나지막이 노래를 부르기 시작했다.

난 그 예쁜 장미꽃 봉오리를 따고말았네,

난 그 예쁜 장미꽃 봉오리를 따고말았네,

꽃잎을 하나씩 뜯어버렸네,

앞치마에 그 향기가 배어버렸네……

"노래라도 불러 아쉬움을 달래야지." 라 비에르주가 말했다. "아마 1년
도 넘게 여자 맛을 못 봤을 거야. 설마 아직까지 숫총각은 아니겠지?"

"미주리 강의 모든 진구렁에서 물을 떠먹느니 차라리 그냥 갈증을 참
겠어."

"뭐 이런 숙맥이 다 있지? 아니, 여자 보는 눈이 너무 높은 건가?"

"바른생활을 하는 게 나쁜 건 아니잖아. 게다가 난 너랑 다르게 치아가
온전한 여자들이 좋다고."

"내가 그들에게 먹을 걸 만들어 바치는 것도 아닌데 뭐."

"캘리코 치마만 둘러놓으면 넌 돼지랑도 동침을 할 놈이잖아."

"역시 카트와르 집안의 자랑답군. 형이 세인트루이스의 비싼 창녀들만
건드린다는 걸 어머니가 아시면 무척 뿌듯해하시겠는데."

"어머니는 안 그러실걸. 아버지라면 몰라도." 두 형제가 일제히 웃음을
터뜨렸다. 그들은 이내 얼굴에서 미소를 지워내고 성호를 그었다.

"목소리들 낮추라고." 랑주뱅이 속삭였다. "강가에선 더 크게 들린다는
거 몰라?"

"오늘 밤엔 왜 이리 짜증을 내지, 랑주뱅?" 라 비에르주가 물었다. "그
렇잖아도 샤르보노 저 친구 비위 맞추느라 힘들어 죽겠는데. 여기보다 장
례식장이 더 재밌을 거야."

"너희가 계속 그렇게 떠들면 머지않아 장례식을 치르게 될 거야."

라 비에르주는 사사건건 자신의 심기를 건드리는 랑주뱅이 못마땅했다. "카이오와 진지에서 본 인디언 여자 하나는 젖꼭지가 세 개나 있었어. 형은 몰랐겠지?"

"젖꼭지가 세 개나 있으면 뭐해? 어디 쓸 데도 없는데." 도미니크가 말했다.

"형은 상상력이 없어서 탈이야."

"상상력이라고? 너는 상상력이 조금만 덜했어도 오줌 눌 때 지금처럼 아프지 않았을 거다."

라 비에르주는 형에게 받아칠 거리를 찾으려다 포기했다. 그는 더 이상 짜증나는 대화를 이어갈 마음이 없었다. 랑주뱅도 그들 대화에 끼고 싶어 하지 않는 분위기였다. 숲 속으로 들어간 샤르보노는 아직도 돌아오지 않고 있었다. 프로페쏴르는 원래 과묵한 타입이었다.

마침내 라 비에르주의 시선이 글래스 쪽으로 돌아왔다. 그는 카이오와 진지를 떠난 후로 글래스가 입을 연 적이 거의 없음을 깨달았다. 가끔 사냥에 대해 몇 마디 주고받았을 뿐 라 비에르주가 원하는 진지한 대화는 한 번도 나누어본 적이 없었다.

라 비에르주는 사교적이지 못한 자신의 성격도 한몫 했으리라 생각했다. 그가 글래스에 대해 아는 것이라고는 회색곰의 공격을 받고 죽었다 살아났다는 사실뿐이었다. 라 비에르주는 글래스 또한 자신에 대해 아는 게 거의 없다는 걸 깨달았다. 라 비에르주는 그간 쌓아온 영어 실력을 시험해볼 겸 그에게 말을 걸어보기로 했다.

"이봐요, 친구." 글래스가 고개를 들자 그가 물었다. "어디서 왔습니까?"

갑작스레 영어로 던져진 질문에 글래스가 흠칫 놀랐다.

글래스가 헛기침을 한 번 했다. "필라델피아."

라 비에르주는 고개를 끄덕이며 글래스의 질문을 기다렸다.

하지만 아무 질문도 돌아오지 않았다.

마침내 라 비에르주가 말했다. "형과 난 꽁뜨흐꾀흐에서 왔어요." 글래스는 고개만 끄덕일 뿐 여전히 입을 열지 않았다. 과묵한 미국인의 입을 열기 위해서는 노력이 더 필요할 것 같았다.

"우리가 어떻게 뱃사공이 됐는지 알고 싶지 않아요?"

글래스는 고개를 저었다. 동생의 장광설이 시작될 것을 예감한 도미니크가 눈을 굴렸다.

"꽁뜨흐꾀흐는 세인트로렌스 강에 붙어 있습니다. 100년 전까지만 해도 가난한 농부들만 득실대던 마을이었죠. 그들은 하루 종일 밭에 나가 일을 했지만 형편없는 토양에 날씨까지 추워서 작물을 제대로 재배할 수 없었습니다. 어느 날, 이자벨이라는 아름다운 처녀가 강변 들판에서 일을 하고 있는데 갑자기 강에서 종마가 튀어나왔습니다. 크고 억센 놈이었죠. 석탄처럼 새까맸고요. 놈은 강에서 처녀를 지켜보았습니다. 그녀는 덜컥 겁이 났죠. 처녀가 도망치려고 하자 종마는 뒷발로 물을 걷어찼습니다. 그러자 송어 한 마리가 불쑥 튀어나와 그녀 쪽으로 날아갔어요. 송어는 그녀의 발 앞에 툭 떨어졌습니다. 그리고……" 라 비에르주는 적절한 영어식 표현이 떠오르지 않는지 두 손을 살랑여 보였다.

"이자벨은 그 선물을 보고 무척 기뻐했습니다. 그녀는 그걸 집어 들고 가족이 기다리는 집으로 돌아갔죠. 하지만 그녀 아버지와 형제들은 강에서 본 종마 얘기를 믿어주지 않았습니다. 그녀가 지어낸 얘기라고 생각했죠. 그들은 낄낄대며 그녀에게 나가서 새로 사귄 친구랑 고기나 더 잡아 오라고 했습니다. 이자벨은 다시 들판으로 나갔어요. 검은 종마는 그 후로도 매일 그녀 앞에 나타났습니다. 그리고 매일 조금씩 그녀에게 다가왔죠. 물론 선물도 빠뜨리지 않았습니다. 사과를 가져올 때도 있고, 꽃을 가져올 때도 있었어요. 그녀는 매번 집으로 돌아가 식구들에게 종마 얘길 들려줬지만 아무도 믿어주지 않았습니다. 그러던 어느 날, 마침내 종마가 이자벨 앞으로 바짝 다가왔습니다. 그녀는 놈의 등에 올라탔고, 종마는 이내 강으로 뛰어들었습니다. 그들은 급류 속으로 사라졌고, 두 번 다시 세상에 모습을 드러내지 않았습니다."

모닥불이 드리운 그림자들이 라 비에르주 뒤에서 휘청대고 있었다. 강에서 들려오는 거센 물소리는 그의 이야기가 사실임을 확인해주는 듯했다.

"그날 밤, 이자벨이 돌아오지 않자 그녀의 아버지와 형제들이 들판으로 나가봤습니다. 들판에는 이자벨과 종마의 흔적이 남아 있었죠. 그들은 그 흔적을 보고 이자벨이 종마를 타고 강으로 들어갔음을 알게 됐습니다. 그들은 강의 상류와 하류를 샅샅이 뒤졌지만 끝내 그녀를 찾지 못했습니다. 다음 날, 마을 남자들이 카누를 타고 본격적인 수색에 나섰습니다. 농장 일을 팽개치고 몰려나온 그들은 가엾은 이자벨을 찾을 때까지 강에서 나오지 않겠노라고 맹세했습니다. 하지만 끝내 그녀를 찾지 못했어요. 무슈 글래스, 그날 이후로 우리 모두는 뱃사공이 되고 말았습니다. 우린 아직까지도 강을 누비고 다니며 가엾은 이자벨을 찾아 헤매고 있어요."

"샤르보노는 어디 있지?" 랑주뱅이 물었다.

"샤르보노는 어디 있지!" 라 비에르주가 성을 내며 쏘아붙였다. "사라진 처녀 얘길 하고 있는데 웬 사라진 노인네 걱정이지?"

랑주뱅은 대꾸하지 않았다. "병든 개처럼 어딜 그렇게 어슬렁거리며 다니는지 원." 라 비에르주가 미소를 흘리며 말했다. "내가 한번 불러보지. 별일 없는지 알아봐줄게." 그가 컵을 감싸듯 모은 두 손을 입에 대고 버드나무 숲을 향해 소리쳤다. "걱정 마, 샤르보노! 프로페쐬르가 가서 밑을 닦아줄 거야!"

덤불을 등진 투생 샤르보노는 바지를 내린 채 쪼그려 앉아 있었다. 그는 꽤 오랫동안 그 자세를 유지해왔다. 허벅지에서는 경련이 일고 있었다. 사실 브라조 진지에서부터 이상했었다. 카이오와가 내준 형편없는 음식을 먹고 식중독에 걸린 게 틀림없었다. 캠프 쪽에서는 그를 조롱하는 라 비에르주의 목소리가 들려오고 있었다. 그는 그 자식이 더 싫어졌다. 그때 어디선가 나무의 잔가지가 부러졌다.

샤르보노가 스프링 튀듯 벌떡 일어났다. 한 손은 권총을 향해, 또 한 손으로는 사슴 가죽 바지를 향해 각각 뻗었다. 하지만 두 손 모두 임무를 완수하지 못했다. 권총은 멀리 미끄러져 내려갔고 바지는 그의 다리를 걸어 넘어뜨렸다. 땅바닥에 고꾸라진 샤르보노는 커다란 바위에 무릎을 긁히고 말았다. 통증에 신음하면서도 그의 시선은 어디선가 나타난 커다란 엘크에게서 떨어지지 않았다.

"메흐드(Merde, 제기랄)!" 샤르보노는 다시 웅크려 앉아 볼일로 돌아갔다. 다리에서 올라오는 날카로운 통증에 그의 얼굴이 일그러졌다.

한참 후, 샤르보노는 씩씩대며 캠프로 돌아갔다. 그의 시선이 커다란 통나무에 몸을 기댄 채 앉아 있는 프로페쐬르 쪽으로 돌아갔다. 육중한 스코틀랜드인의 턱수염에는 죽이 덕지덕지 달라붙어 있었다.

"정말 지저분하게도 먹는군." 샤르보노가 말했다.

라 비에르주가 파이프에서 눈을 떼고 그를 올려다보았다. "글쎄, 샤르보노, 불빛을 받아 반짝이는 게 꼭 북극광을 보는 것 같지 않아?" 그 말에 랑주뱅과 도미니크가 웃음을 터뜨렸다. 샤르보노의 심기는 한층 더 불편해졌다. 프로페쐬르는 자신에 대한 짓궂은 농담이 오가는 것도 모르는 채 계속해서 음식만 씹어댔다.

샤르보노가 다시 프랑스어로 말했다. "이봐, 이 얼간이 스코틀랜드 놈아. 뭔 소릴 하고 있는지 알아는 듣냐?" 프로페쐬르는 아랑곳없이 죽에만 집중했다. 차분한 모습으로 되새김질을 하는 암소를 보는 듯했다.

샤르보노의 입가에 옅은 미소가 떠올랐다. 잠자고 있던 장난기가 오랜만에 발동한 것이다. "대체 그 눈은 어떻게 된 거야?"

동지들 중 누구도 샤르보노를 말리려 하지 않았다.

한참 후, 듣다 못한 랑주뱅이 입을 열었다. "몬트리올에서 싸우다 눈알이 빠졌대."

"저런 눈으로 날 하루 종일 노려보고 있으니 불안해서 못 살겠다고."

"보이지도 않는 눈으로 어떻게 노려볼 수 있다는 거지?"라 비에르주가 말했다. 그는 프로페쐬르에게 아무런 반감이 없었다. 스코틀랜드인의 노젓는 실력은 매번 그를 감탄케 했다. 프로페쐬르를 떠올릴 때면 그는 자신이 샤르보노를 좋아하지 않는다는 사실을 새삼 확인하게 되었다. 샤르보노의 투덜거림은 강의 첫 번째 굽이를 지나면서 이미 진부해져 있었다.

"나한텐 노려보는 것처럼 보이는데." 샤르보노가 말했다. "항상 음흉하게 곁눈질하는 것 같다고. 눈을 깜빡이지도 않잖아. 그런데도 눈깔이 마르지 않는 걸 보면 정말 신기해."

"저 눈이 멀쩡하다 해도 당신의 끔찍한 몰골은 보고 싶지 않을 거야, 샤르보노."라 비에르주가 말했다.

"왜 안대를 안 하는 거지? 저 눈을 볼 때마다 하나 붙여주고 싶은 충동이 들어."

"그럼 하나 구해서 붙여주지 그래? 정말 훈훈한 광경일 텐데."

"나한테 이래라저래라 하지 마!" 샤르보노가 씩씩대며 말했다. "아리카라 놈들이 벼룩이 득실대는 네놈 머릿가죽을 벗기려들 땐 내가 한편이라는 사실에 감사하게 될걸!" 통역사의 입에서 침 거품이 연신 튀었다. "네놈이 똥오줌도 못 가리고 있을 때 난 루이스와 클라크 원정대에서 새로운 길을 열고 있었다고."

"맙소사, 이 노인네가 또 빌어먹을 루이스와 클라크 타령이군. 미쳐버리기 전에 총으로 내 머리통을 한 방 갈기던지 해야지 원. 아니, 그보단 당신 머리통을 날려버리는 게 낫겠어! 아마 다들 속으로 그걸 바라고 있을걸."

"싸 쒸피!" 마침내 랑주뱅이 끼어들었다. "그만들 둬! 뱃사공이 필요 없었다면 둘 다 내 손으로 죽여버렸을 거야!"

샤르보노가 의기양양한 얼굴로 미소를 흘렸다.

"내 말 잘 들어, 샤르보노." 랑주뱅이 말했다. "모두가 몇 가지씩 역할을 맡아 처리하고 있어. 머릿수가 적으니 어쩔 수 없잖아. 그러니 내키지 않는 일이라도 군말 없이 하란 말이야. 오늘 밤엔 두 번째로 불침번을 서도록 해."

이번에는 라 비에르주의 얼굴에 미소가 떠올랐다. 툴툴거리며 모닥불에서 떨어져 나온 샤르보노가 보트 아래 침낭을 깔았다.

"왜 저 노인네가 보트 밑자리를 차지해야 하지?" 라 비에르주가 불만을 터뜨렸다. 랑주뱅이 대꾸하려는 순간 도미니크가 먼저 말했다. "그 정도 했으면 됐어."

프로페쐬르는 잠에서 번쩍 깼다. 너무 춥기도 했고, 화장실도 급했기 때문이다. 그의 두꺼운 모직 담요는 발목까지 덮어주지 못했다. 옆으로 누워 긴 몸을 최대한 웅크려도 마찬가지였다. 그가 고개를 들고 성한 쪽 눈으로 주변을 둘러보았다. 담요에는 서리가 내려앉아 있었다.

동쪽 지평선이 희미한 새벽빛에 물든 상태였지만 어두운 하늘에는 여전히 휘황찬란한 반달이 높이 걸려 있었다. 샤르보노를 제외한 나머지 남자들은 잉걸불을 중심으로 바퀴살처럼 늘어져 누워 자고 있었다.

프로페쐬르가 천천히 몸을 일으켰다. 추위에 다리가 뻣뻣해져 있었다. 그나마 칼바람이 잦아들어 다행이었다. 그는 모닥불에 장작 하나를 던져 넣고 버드나무 숲으로 향했다. 열 걸음 정도 나아갔을 때 누군가의 몸뚱이가 그의 발끝에 닿았다. 샤르보노였다.

프로페쐬르는 샤르보노가 불침번을 서던 중 죽었다고 생각했다. 그가 뺙 소리를 질러 동지들을 깨우려는 찰나에 샤르보노가 벌떡 일어났다. 그는 휘둥그레진 눈으로 라이플을 찾아 손을 더듬거렸다. '불침번을 서다가 잠이 든 모양이지?' 프로페쐬르는 생각했다. '랑주뱅이 이 사실을 알면 노발대발할 텐데.' 프로페쐬르는 우선 급한 볼일부터 해결하기 위해 버드나무 숲을 향해 내달렸다.

숲으로 들어서기가 무섭게 프로페쐬르는 심상치 않은 기운을 감지할 수 있었다. 갑자기 찾아든 묘한 느낌에 그가 자신의 복부를 내려다보았다. 그의 배에는 화살이 꽂혀 있었다. 순간 그는 라 비에르주의 장난일지 모른다고 생각했다. 하지만 이내 두 번째, 그리고 세 번째 화살이 날아들었다. 프로페쐬르는 가느다란 화살 끝에 붙은 깃털을 물끄러미 내려다보았다. 갑자기 그의 다리에서 감각이 사라졌다. 그는 이미 뒤로 넘어가고 있는 중이었다. 그의 육중한 몸이 둔탁한 소리를 내며 딱딱하게 얼어붙은 땅에 떨어졌다. 숨이 끊어지기 직전 한 가지 의문이 그에게 찾아들었다. '왜 아프지 않은 거지?'

프로페쐬르가 고꾸라지는 소리를 듣고 샤르보노가 숲 쪽을 홱 돌아보았다. 거구의 스코틀랜드인이 화살 세 발을 맞고 땅바닥에 쓰러져 있었다. 무언가가 바람을 가르고 날아와 샤르보노의 어깨를 스쳤다. "메흐드!" 그가 땅바닥에 납작 엎드려 화살이 날아든 버드나무 숲 쪽을 살폈다. 민첩하게 반응한 덕분에 그는 목숨을 건질 수 있었다. 40미터쯤 떨어진 곳에서 총들이 불을 뿜었다. 동트기 전의 칠흑 같은 어둠 속에서 연신 불꽃이 튀었다.

그 불꽃들이 공격자들의 위치를 알려주었다. 그 수는 여덟 명쯤 되는 것 같았다. 활로 무장한 인디언들도 무시할 수 없었다. 샤르보노가 라이플의 공이치기를 당기고 가장 가까운 표적을 쏘았다. 검은 형체가 픽 고꾸라졌다. 기다렸다는 듯 버드나무 숲에서 화살들이 날아들었다. 그는 몸을 틀고 20미터쯤 떨어진 캠프를 향해 내달리기 시작했다.

샤르보노가 외쳐대는 욕설에 뱃사공들이 속속 잠에서 깼다. 아리카라 족의 일제 사격에 캠프는 대혼란에 빠졌다. 머스킷 총알과 화살 들이 잠에서 덜 깬 남자들에게 우박처럼 쏟아졌다. 날아든 총알이 늑골에 맞자 랑주뱅이 비명을 질렀다. 도미니크도 종아리에서 근육이 찢어지는 통증을 느꼈다. 뒤늦게 눈을 뜬 글래스의 눈 앞으로 화살 하나가 휙 스쳐 갔다.

남자들은 옆으로 세워놓은 보트 뒤로 몸을 숨겼다. 버드나무 숲에서 아리카라 족 전사 두 명이 튀어나왔다. 그들은 함성을 지르며 캠프를 향해 맹렬히 달려왔다. 글래스와 라 비에르주는 라이플을 들고 그들을 겨누었다. 사정거리가 10미터 남짓인 두 라이플이 일제히 불을 뿜었다. 문제는 두 사람이 같은 표적에게 총을 쏘았다는 사실이었다. 물소 뿔 투구를 쓴 육중한 아리카라 족 전사가 총알 두 방을 가슴에 맞고 쓰러졌다. 또 한 명의 전사는 큰 도끼를 휘두르며 라 비에르주를 향해 무섭게 돌진해왔다. 라 비에르주는 두 손으로 라이플을 번쩍 쳐들어 자신의 머리로 떨어지는 도끼를 간신히 막아냈다.

인디언의 도끼가 라 비에르주의 라이플과 엉겨 붙었다. 두 남자가 서로에게 달라붙은 채 땅바닥을 굴렀다. 둘 중 먼저 몸을 일으킨 쪽은 아리카라 족 전사였다. 그는 글래스를 등지고 서서 라 비에르주를 내려찍기 위해 다시 도끼를 번쩍 들었다. 글래스는 두 손으로 꽉 움켜쥔 라이플의 개머리판으로 인디언의 뒤통수를 힘껏 찍었다. 금속 개머리판이 머리에 닿는 순간 뼈가 부러지는 역겨운 소리가 터져 나왔다. 아리카라 족 전사가 라 비에르주 앞에 무릎을 꿇었다. 라 비에르주는 그 틈을 타 잽싸게 몸을 일으켰다. 그는 라이플을 몽둥이 삼아 인디언의 머리를 내리쳤다. 전사는 옆으로 고꾸라졌고, 글래스와 라 비에르주는 황급히 보트 뒤로 몸을 숨겼다.

도미니크가 라이플을 들고 버드나무 숲을 향해 발사했다.

랑주뱅이 글래스에게 자신의 라이플을 넘기고 자신의 옆구리에 난 총알구멍을 움켜잡았다. "당신이 쏴요. 장전은 내가 할 테니."

글래스가 라이플을 들고 달려오는 표적을 쏘았다. 이번에도 명중이었다.

"상태가 어떻습니까?" 글래스가 랑주뱅에게 물었다.

"괜찮아요. 우 스 트후브 프로페쐬르?"

"죽었어. 저 숲 속에서." 샤르보노가 총을 들고 일어서며 덤덤하게 말했다.

버드나무 숲에서 계속 총알이 날아왔다. 바람 가르는 소리를 내며 날아온 화살들이 보트의 얇은 바닥에 차례로 꽂혔다.

196

"이 개자식, 샤르보노!" 라 비에르주가 소리쳤다. "서라는 보초는 안 서고 잠만 쳐 잤지?" 샤르보노는 못 들은 척하며 라이플 총구에 화약을 쏟아 넣었다.

"이제 와서 그걸 따지면 뭐해?" 도미니크가 말했다. "빨리 이 빌어먹을 보트를 물에 띄우자고. 살려면 도망치는 수밖에 없어!"

"내가 시키는 대로 해!" 랑주뱅이 소리쳤다. "샤르보노, 라 비에르주, 도미니크, 세 사람은 보트를 강으로 끌고 가. 일단 한 발씩들 쏘고 재장전한 라이플은 여기 놔둬." 랑주뱅이 자신과 글래스 사이의 땅바닥을 손으로 가리켰다. "글래스와 내가 여기서 지키고 있을 테니까. 보트에 오르면 권총으로 우릴 지켜줘."

글래스는 랑주뱅의 지시 내용을 대충 이해할 수 있었다. 그는 딱딱하게 굳은 남자들의 얼굴을 차례로 돌아보았다. 누구도 더 나은 작전을 내놓지 못했다. 어떻게든 기슭을 벗어나는 게 급선무였다. 라 비에르주가 보트 너머로 라이플을 발사했다. 도미니크와 샤르보노도 잇따라 총을 발사했다. 그들이 라이플을 재장전하는 동안 글래스도 몸을 일으켜 총을 쏘았다. 총이 발사될 때마다 아리카라 족의 거센 반격이 뒤따랐다. 자작나무 껍질에 총알구멍이 속속 뚫렸지만 사공들은 최선을 다해 보트를 방어했다.

도미니크가 노 두 개를 라이플들 위로 던졌다. "이거 잊지 말고 챙겨 와!"

라 비에르주가 글래스와 랑주뱅 사이에 자신의 라이플을 던져놓고 보트의 중간 부분을 움켜잡았다. "가자고!" 샤르보노는 보트 앞, 도미니크는 뒤에 각각 자리를 잡았다.

랑주뱅이 소리쳤다. "내 신호에 맞춰! 앙, 두, 트와!" 그들이 일제히 보트를 머리 위로 번쩍 들고 10미터쯤 떨어진 강을 향해 뛰기 시작했다. 그들 뒤로 전사들의 함성이 들려왔다. 총격은 점점 격렬해져갔다. 여태껏 숨어 있던 아리카라 족 전사들이 우르르 뛰어나왔다.

글래스와 랑주뱅은 적들을 향해 라이플을 겨누었다. 방패가 되어준 보트가 사라졌으니 땅바닥에 몸을 최대한 밀착시킬 수밖에 없었다. 그들은 버드나무 숲에서 50미터밖에 떨어져 있지 않았다. 글래스의 시선이 앳되어 보이는 한 아리카라 족 전사에게 고정되었다. 그의 손에는 짧은 활이 쥐어져 있었다. 글래스가 라이플을 발사하자 인디언 소년의 몸이 뒤로 넘어갔다. 글래스는 이내 도미니크의 라이플을 향해 손을 뻗었다. 그의 옆에서 랑주뱅의 총이 불을 뿜었다. 도미니크의 라이플을 집어 든 글래스가 공이치기를 당기고 다음 표적을 찾아 방아쇠를 당겼다. 팬에서 불꽃이 튀었지만 화약에는 점화되지 않았다. "빌어먹을!"

랑주뱅은 샤르보노의 라이플을 집어 들었다. 글래스는 라이플의 팬에 화약을 부었다. 랑주뱅이 방아쇠를 당기려 하자 글래스가 그의 어깨를 움켜잡았다. "한 발은 남겨둬요!" 그들은 동지들이 두고 간 라이플과 노를 챙겨 들고 강을 향해 내달리기 시작했다.

글래스와 랑주뱅 앞으로 세 남자가 보트를 높이 치켜든 채 뛰고 있었다. 강이 코앞으로 다가오자 그들이 들고 있던 보트를 팽개치듯 물에 던졌다. 강으로 뛰어든 샤르보노가 먼저 허둥대며 보트에 올랐다. "조심해! 뒤집히겠어!" 라 비에르주가 소리쳤다. 샤르보노의 체중이 가장자리에 실리자 보트가 심하게 요동쳤다. 간신히 보트에 오른 그가 바닥에 납작 엎드렸다. 바닥에 난 총알구멍들로 물이 빠르게 새어 들어왔다. 샤르보노를 태운 보트가 물가로부터 빠르게 떨어져 나갔다. 물살이 고물에 닿자 보트가 천천히 회전했다. 보트 뒤로 밧줄이 뱀처럼 늘어졌다. 두 형제가 뱃전 너머로 샤르보노를 올려다보았다. 총알이 쏟아지면서 그들 주변에 물이 튀어 올랐다.

"밧줄을 잡아!" 도미니크가 소리쳤다. 두 형제는 동시에 밧줄을 향해 몸을 날렸다. 어떻게든 보트가 멀어지는 걸 막아야 했다. 라 비에르주가 두 손으로 밧줄을 꽉 잡았다. 허벅지 깊이의 물속에서 그의 발이 자꾸만 미끄러졌다. 그는 있는 힘껏 밧줄을 잡아당겼다. 도미니크가 동생을 도우러 다가오고 있었다. 허둥대던 도미니크의 발이 물속 바위에 부딪쳤고, 그는 극심한 통증에 울부짖었다. 중심을 잃고 물속으로 가라앉은 도미니크가 바둥대며 간신히 일어났다. 그의 코앞에 라 비에르주가 서 있었다.

"더는 못 버티겠어!" 라 비에르주가 소리쳤다. 도미니크가 팽팽히 당겨진 밧줄을 향해 손을 뻗는 순간 라 비에르주가 밧줄을 놓아버렸다. 도미니크는 휘둥그레진 눈으로 보트를 따라 빠르게 멀어지는 밧줄을 바라보았다. 보트를 쫓기 위해 헤엄쳐 가려던 그가 라 비에르주의 심상치 않은 표정을 보고 멈칫했다.

"도미니크……" 라 비에르주가 더듬거렸다. "아무래도 총에 맞은 것 같아." 도미니크가 철벅거리며 동생에게 황급히 다가갔다. 라 비에르주의 등에서 뿜어져 나오는 피가 주변 강물을 붉게 물들이고 있었다.

총알이 라 비에르주의 등에 박혔을 때 글래스와 랑주뱅은 이미 강으로 들어와 있었다. 그들은 움찔하며 밧줄을 놓아버리는 그를 보았다. 그들은 도미니크가 쫓아가 밧줄을 잡아줄 거라 생각했지만 그는 동생을 챙기느라 정신이 없었다.

"보트를 잡아!" 랑주뱅이 소리쳤다.

도미니크는 그 소리가 들리지 않는 모양이었다. 랑주뱅이 목소리를 한 층 높여 소리쳤다. "샤르보노!"

"멈출 수가 없어!" 샤르보노가 소리쳤다. 보트는 어느새 기슭에서 50미터 이상 떨어져 나가 있었다. 노가 없으니 샤르보노가 배를 돌릴 방법은 없었다. 설령 노가 있다 해도 그가 돌아올 리 만무했겠지만.

글래스가 랑주뱅을 돌아보았다. 랑주뱅이 입을 열려는 순간 총알이 날아들어 그의 뒤통수에 파고들었다. 그의 숨은 물에 빠지기 전에 끊어졌다. 글래스의 눈이 버드나무 숲 쪽으로 돌아갔다. 열 명도 넘는 아리카라 족 전사들이 물가로 달려오고 있었다. 양손에 라이플을 하나씩 쥔 글래스는 도미니크와 라 비에르주가 있는 쪽으로 몸을 날렸다. 이렇게 된 이상 보트를 향해 헤엄쳐 가는 수밖에 없었다.

도미니크는 라 비에르주를 부둥켜안고 있었다. 글래스는 그가 아직 살아 있는지 알 길이 없었다. 흥분한 도미니크는 알아들을 수 없는 프랑스어로 연신 소리를 질러대고 있었다.

"헤엄쳐서 따라가요!" 글래스가 소리쳤다. 그가 도미니크의 깃을 움켜쥐고 깊은 물로 잡아끌었다. 글래스의 한 손에서 라이플이 떨어져 나갔다. 세 사람은 급류에 휩쓸려 하류로 내려갔다. 그들 주위로 계속해서 총알이 쏟아져 내렸다. 글래스는 고개를 돌려 물가에 쭉 늘어선 아리카라 족 전사들을 바라보았다.

글래스는 라 비에르주와 라이플을 놓치지 않으려 안간힘을 다했다. 그의 두 다리는 물속에서 미친 듯이 바동거렸다. 도미니크도 그에 맞춰 발을 굴러댔다. 잠시 후, 그들은 둑을 완전히 벗어나는 데 성공했다. 라 비에르주의 얼굴은 연신 수면을 들락거렸다. 두 남자는 부상당한 사공이 가라앉지 않도록 최선을 다했다. 도미니크가 무언가를 외치려는 찰나 여울이 그의 머리를 삼켰다. 글래스의 손에서 라이플을 빼앗아간 바로 그 여울이었다. 당황한 도미니크가 필사적으로 강바닥을 디디며 물가로 향하기 시작했다.

"아직 안 돼요!" 글래스가 소리쳤다. "하류로 더 내려가야 해요!" 도미니크는 그의 말을 무시하고 계속 움직였다. 가슴까지 올라온 물속에서 그의 발이 얕은 곳을 찾아 부지런히 굴렀다. 글래스는 다시 뒤를 돌아보았다. 강둑의 바위들이 나름 쓸 만한 장벽을 만들어주고 있었다. 둑 아래 물가의 기슭은 높이 솟아 있었지만 아리카라 족 전사들의 접근을 효과적으로 막아줄 정도는 아니었다.

"아직 너무 가까워요!" 글래스가 소리쳤다. 도미니크는 이번에도 못 들은 척했다. 글래스는 혼자 떠날 수 있는 기회를 포기하고 도미니크를 도와라 비에르주를 뭍으로 끌고 나갔다. 그들은 라 비에르주를 경사진 기슭에 조심스레 뉘었다. 그의 눈이 몇 번 깜빡였다. 그가 기침을 하자 입에서 피가 쏟아져 나왔다. 글래스는 그를 옆으로 굴려놓고 부상 부위를 살펴보기 시작했다.

총알이 박힌 곳은 라 비에르주의 어깨뼈 부근이었다.

글래스는 총알이 라 비에르주의 심장을 비껴갔을 리 없다고 생각했다. 조심히 다가온 도미니크도 같은 결론을 내렸다. 글래스는 라이플을 살펴보았다. 화약이 물에 젖어 쓸 수가 없었다. 그는 자신의 벨트를 내려다보았다. 손도끼는 제자리에 걸려 있었지만 권총은 보이지 않았다. 글래스는 도미니크를 돌아보았다. '이제 어떻게 하지?'

다시 반듯하게 눕힌 라 비에르주의 입가에 옅은 미소가 머금어져 있었다. 그의 입술이 움직이기 시작하자 도미니크가 동생의 손을 잡고 귀를 바짝 가져다 댔다. 라 비에르주는 들릴락 말락한 소리로 노래를 부르고 있었다.

넌 나의 뱃사공 친구……

동생의 입에서 친숙한 노래가 흘러나오자 도미니크가 눈물을 글썽이며 나지막한 목소리로 따라 부르기 시작했다.

넌 나의 뱃사공 친구
난 카누에서 기꺼이 죽겠네

협곡 옆 내 무덤에 오거들랑,
내 카누를 뒤집어 놓아주게

글래스는 상류의 둑을 바라보았다. 75미터 떨어진 바위들 뒤에서 아리카라 족 전사 두 명이 나타났다. 그들이 총을 겨누고 고함을 지르기 시작했다.

글래스가 도미니크의 어깨에 손을 얹었다. 적들이 오고 있다는 말을 하기도 전에 두 개의 라이플이 발사되었다. 맹렬히 날아든 총알들이 기슭에 떨어졌다.

"도미니크, 여기서 이러고 있을 때가 아니에요."

"동생을 두고 가지 않을 겁니다." 도미니크가 억센 악센트로 말했다.

"그럼 다시 강으로 데리고 나가요."

"아니에요." 도미니크가 고개를 단호히 저으며 말했다. "동생을 데려가면 헤엄을 칠 수 없습니다."

글래스는 다시 둑 쪽을 돌아보았다. 아리카라 족 전사들이 우르르 몰려오고 있었다.

'시간이 없어!'

"도미니크!" 글래스가 다급한 톤으로 말했다. "더 꾸물댔다간 여기서 죽게 될 거요!" 멀리서 총성이 계속 들려왔다.

도미니크는 말없이 동생의 창백한 볼만 살살 쓰다듬을 뿐이었다. 평안해 보이는 라 비에르주의 두 눈이 어스레한 빛을 받아 번뜩였다. 마침내 도미니크가 글래스를 돌아보았다. "여기서 동생을 지킬 겁니다." 또다시 총성이 들려왔다.

글래스는 고민에 빠졌다. 생각할 시간이 더 필요했다. 자신의 결정을 정당화시킬 시간도 필요했다. 하지만 지금은 그런 여유를 부릴 때가 아니었다. 그는 한 손에 라이플을 쥐고 다시 강으로 뛰어들었다.

　총알 하나가 날아와 도미니크의 어깨를 파고들었다. 그는 인디언들이 포로를 다루는 끔찍한 방법에 대해 들은 적이 있었다. 그가 라 비에르주를 내려다보았다. "저놈들이 우릴 토막 내지 못하게 할 거야." 도미니크가 동생을 끌어안고 강으로 들어갔다. 또 다른 총알이 그의 등에 박혔다. "아우 님은 아무 걱정 마시게." 그가 속삭였다. 그러고는 거센 물살 위로 몸을 뉘었다. "여기서부터 하류로 유유히 떠내려가게 될 테니까."

글래스는 자그맣게 피워놓은 모닥불 옆에 알몸으로 쪼그려 앉아 있었다. 그는 두 손을 모으고 불 앞으로 바짝 가져다 댔다. 그렇게 데워진 손바닥을 어깨와 허벅지에 차례로 얹었다. 열기는 금세 피부로 스며들었지만 미주리 강의 차가운 물이 온몸에 심어놓은 냉기를 잡아주지는 못했다.

글래스의 옷은 대충 만든 걸이에 널려 있었다. 벅스킨 바지는 아직 젖어 있었지만 면 셔츠는 거의 다 말랐다.

급류에 휩쓸려 1마일쯤 내려온 글래스는 강을 빠져나와 우거진 덤불 속에 자리를 잡았다. 그는 토끼들의 흔적을 따라 딸기나무 덤불 속으로 파고들어 갔다. 버드나무 무리와 커다란 유목 사이에 주저앉은 그는 부상당한 부위와 소지품부터 찬찬히 살펴보았다.

회색곰과 사투를 벌였을 때보다는 훨씬 양호했다. 미친 듯이 기슭을 뒹구느라 몸 구석구석이 타박상과 찰과상으로 뒤덮여 있었다. 팔뚝에는 총알이 훑고 지나간 흔적이 뚜렷하게 남아 있었다. 냉기가 오래된 상처들을 욱신거리게 만들었다. 하지만 다행히도 심각한 부상은 없었다. 물론 이곳에서 얼어 죽을 가능성은 아직 남아 있었지만 그나마 아리카라 족의 맹공격을 받고도 무사히 살아남았다는 사실에 그는 안도했다. 강가에서 부둥켜안고 있던 도미니크와 라 비에르주의 모습이 아직도 그의 눈에 선했다. 그는 머릿속에서 그 이미지를 지워내려 애썼다.

글래스는 난리 통에 권총을 잃어버리고 말았다. 라이플은 비록 물에 젖었지만 아직 쓸 만했다. 칼과 부싯돌과 쇳조각은 가방에 무사히 담겨 있었다. 그는 손도끼로 불쏘시개를 깎아 얕은 불구덩이 속으로 던져 넣었다. 그런 다음, 뿔 화약통을 열고 땅바닥에 화약을 조금 쏟은 후 불을 붙여보았다. 화약이 점화되면서 썩은 달걀 냄새가 확 풍겨 올라왔다.

여분의 셔츠와 담요와 벙어리장갑을 넣어두었던 배낭도 분실하고 말았다. 가장 뼈아픈 건 그가 손으로 직접 미주리 강 상류의 지류와 주요 지형지물들을 그려 넣은 지도를 잃어버렸다는 사실이었다. 하지만 그는 피해가 이 정도로 끝이 난 걸 다행으로 여겼다.

글래스는 덜 마른 셔츠를 몸에 걸쳤다. 옷의 무게가 욱신거리는 어깨에서 냉기를 조금이나마 걷어내주었다. 글래스는 불을 꺼뜨리지 않으려 애썼다. 밖으로 새어 나가는 연기가 걱정되었지만 그렇다고 얼어 죽을 수는 없는 일이었다. 글래스는 잠시나마 추위를 잊어보기 위해 라이플을 손질하기 시작했다. 라이플에서 물기를 완전히 말린 다음, 구석구석에 기름을 칠해두었다. 그 작업은 한밤중이 되어서야 마칠 수 있었다.

글래스는 밤에만 이동하는 게 현명한 일일지 고민해보았다. 캠프를 습격한 아리카라 족 전사들은 가까운 곳에 숨어 있었다. 덤불 속은 완벽한 은신처였지만 언제까지 여기에만 머물 수는 없었다. 미주리 강의 거친 기슭을 따라 움직이려면 달빛이 절실했지만 애석하게도 하늘에는 달이 걸려 있지 않았다. 그는 동이 틀 때까지 기다리기로 했다.

글래스는 버드나무 가지로 만든 걸이에서 옷을 챙겨와 주섬주섬 몸에 걸쳤다. 그런 다음, 모닥불 옆에 정사각형의 얕은 구덩이를 팠다. 그는 막대기 두 개를 이용해 불에 달궈진 뜨거운 돌들을 새로 판 구덩이로 옮겨놓은 후 흙을 얇게 덮고 옆의 모닥불에 장작 여러 개를 던져 넣었다. 구덩이에 천천히 몸을 누이자 돌들이 발산하는 기분 좋은 온기가 글래스의 피부로 스며들었다. 벅스킨 바지는 거의 다 말라 있었다. 녹초가 된 그는 돌들과 모닥불의 온기에 온몸을 맡기고 깊은 잠에 빠져들었다.

글래스는 이틀에 걸쳐 미주리 강을 따라 올라갔다. 아리카라 족을 구슬 려야 하는 랑주뱅의 임무는 졸지에 그의 책임이 되어버렸다. 하지만 그는 그런 부담을 떠안고 싶지 않았다. 글래스는 사절단을 위해 사냥을 하고 그 들에게 신선한 고기를 제공하는 것으로 본인의 의무를 다했다. 또한 그는 엘크의 혀가 이끄는 무리가 나머지 아리카라 족의 뜻을 대표하는지 확인 할 길이 없었다. 하지만 그런 건 더 이상 중요하지 않았다. 보트로 강을 거 슬러 오르는 게 현명한 선택이 아니었다는 건 아리카라 족의 매복 공격이 이미 증명해주었다. 그뿐 아니라, 설령 아리카라 족의 몇몇 파벌로부터 보 증을 받는다 해도 그는 브라조 진지로 돌아갈 생각이 없었다. 그보다는 자 신의 볼일을 처리하는 게 더 중요했다.

글래스는 맨던 족 마을이 멀지 않은 곳에 자리하고 있을 거라 짐작했 다. 맨던 족은 원래 평화적인 부족이었지만 이번에 새로 아리카라 족과 동 맹을 맺었다니 안심할 수 없었다. '맨던 족 마을에 아리카라 족도 들어와 있을까? 그들이 사절단을 공격한 건 어떤 의미로 받아들여야 할까?' 글래 스는 그 답을 직접 확인하고 싶지 않았다. 맨던 족 마을에서 미주리 강을 따라 10마일쯤 올라가면 탤벗 진지의 작은 교역소에 도달할 수 있었다. 그 는 맨던 족 마을을 거치지 않고 탤벗 진지로 가기로 했다. 당장 필요한 게 몇 가지 있었다. 담요와 벙어리장갑.

아리카라 족의 공격을 받은 지 이틀째 되는 날 밤, 글래스는 사냥을 하 지 않고서는 더 이상 버틸 수 없다는 걸 깨달았다. 그는 배가 고파 죽을 지 경이었다. 또한 교역소에서 필요한 물건들을 손에 넣으려면 최소한 짐승 의 가죽이라도 지니고 있어야 했다. 그는 강 근처에서 발견한 엘크 발자국 을 따라 미루나무 숲으로 들어갔다. 강에서 반 마일쯤 떨어진 지점에 넓은 빈터가 자리하고 있었다. 작은 개울이 빈터를 반으로 갈라놓았다. 글래스 는 개울 근처에서 풀을 뜯고 있는 커다란 황소와 암소 두 마리, 그리고 통통하게 살이 오른 송아지 세 마리를 바라보았다. 그가 조심스레 빈터를 가로지르기 시작했다. 간신히 사정거리에 들어섰을 때 엘크가 무언가에 흠칫 놀랐다. 개울가의 소들도 일제히 글래스 쪽을 돌아보았다. 글래스는 황급히 라이플을 들었다. 하지만 엘크는 그를 보고 있지 않았다. 엘크와 소들은 그의 뒤를 바라보고 있었다.

글래스는 자신의 어깨 너머를 돌아보았다. 말을 탄 인디언 세 명이 미루나무 무리를 헤집고 나타났다. 뾰족하게 세운 머리 모양을 보니 아리카라 족 전사들인 것 같았다. 그들은 말을 맹렬히 몰고 달려오는 중이었다.

글래스는 숨을 곳을 찾아 주변을 살폈다. 가장 가까운 나무 무리는 200미터 이상 떨어져 있었다. 그쪽까지 가기엔 너무 늦었다. 강으로 돌아가는 것도 불가능했다. 그들이 유일한 길을 차단해버렸기 때문이다. 총으로 저항해볼 수는 있겠지만 한 명은 몰라도 세 명을 해치우는 건 무리였다. 아니, 두 명도 벅찼다. 글래스는 무작정 먼발치의 나무 무리를 향해 내달리기 시작했다. 다리에서 느껴지는 통증은 무시했다.

30미터쯤 달려나갔을 때 글래스가 갑자기 뜀박질을 멈췄다. 미루나무들 틈에서 말을 탄 또 한 명의 인디언이 불쑥 튀어나왔기 때문이다. 그는 황급히 뒤를 돌아보았다. 아리카라 족 전사들은 어느새 바짝 다가와 있었다. 글래스는 다시 새로 나타난 인디언을 쳐다보았다. 그의 총구는 글래스를 겨누고 있었다. 총이 발사되는 순간 글래스는 눈을 질끈 감았다. 이상하게도 통증은 찾아들지 않았다. 총알이 그의 머리 위로 빗나가버린 것이다. 글래스는 다시 뒤를 돌아보았다. 아리카라 족 전사들이 타고 온 말 하나가 쓰러져 있었다. 그의 앞에 불쑥 나타난 인디언이 나머지 세 명을 향해 총을 쏜 것이다. 총을 쏜 인디언이 맹렬히 달려오고 있었다. 자세히 보니 그는 맨던 족이었다.

이유는 알 수 없었지만 맨던 족 전사는 글래스를 돕고 있었다. 글래스는 다시 공격자들을 돌아보았다. 남은 두 명의 아리카라 족 전사는 150미터쯤 떨어져 있었다. 글래스는 라이플의 공이치기를 당기고 그들 쪽을 겨누었다. 아리카라 족 전사들은 조랑말의 머리 뒤로 납작 엎드렸다. 글래스는 한 조랑말의 목 아래 옴폭 들어간 부분에 총을 겨누었다.

글래스가 방아쇠를 당기자 라이플이 총알을 힘차게 뱉어냈다. 총에 맞은 말이 울부짖으며 픽 고꾸라졌다. 쓰러진 말 위로 흙먼지가 뽀얗게 일어났다. 말에 타고 있던 전사는 공중으로 휙 던져졌다.

맨던 족 전사가 잽싸게 다가와 말에 오르라고 손짓했다. 글래스는 시키는 대로 한 후 뒤를 살폈다. 마지막 남은 아리카라 족 전사가 그들에게 총을 쏘았고, 다행히 총알은 멀리 빗나갔다. 맨던 족 전사가 발뒤꿈치로 말 옆구리를 찍자 말은 나무들이 우거진 쪽으로 내달리기 시작했다. 미루나무 숲에 다다르자 인디언이 갑자기 말을 돌려세웠다. 그들은 말에서 내려 라이플을 재장전했다.

"리스." 인디언이 그들 쪽을 가리키며 말했다. "나쁜 놈들."

글래스는 고개를 끄덕이며 라이플에 화약을 털어 넣었다.

"맨던." 인디언이 자신을 가리키며 말했다. "좋아. 친절해." 글래스는 라이플을 들고 아리카라 족 전사를 겨누었다. 하지만 전사는 이미 사정거리 밖으로 벗어난 상태였다. 나머지 두 인디언은 그의 양옆에 서 있었다. 말을 잃자 추격의 의지가 꺾인 모양이었다.

맨던 족 전사는 자신을 만데 파추라고 소개했다. 그는 엘크를 사냥하던 중 아리카라 족에게 쫓기는 글래스를 발견했다고 설명했다. 만데 파추는 온몸이 흉터로 덮인 백인에 대해 잘 알고 있었다. 바로 전날, 통역사 샤르보노는 맨던 족 마을에 도착했다. 루이스와 클라크 원정대에서 활동한 덕분에 샤르보노는 맨던 족에게도 잘 알려진 인물이었다. 그는 그 마을 인디언들에게 아리카라 족이 뱃사공들을 공격한 일을 들려주었다. 맨던 족장

마토 토페는 엘크의 혀와 그의 변절자 무리를 탐탁지 않게 여기고 있었다. 카이오와 브라조와 마찬가지로 마토 토페 족장 역시 폐쇄된 미주리 강을 하루라도 빨리 열고 싶어 했다. 그는 엘크의 혀가 과민하게 반응한 이유를 알고 있었다. 하지만 화평을 제의하는 의미로 선물까지 가져온 뱃사공들에게 분풀이를 해댄 건 이해하기 힘들었다.

마토 토페는 새 거처를 찾는 아리카라 족이 나타났을 때 이미 언젠가는 이런 일이 벌어질 거라 예상했었다. 맨던 족은 백인들과의 교역에 크게 의존하고 있었다. 하지만 레번워스가 아리카라 족을 공격한 후로는 남쪽 물길이 완전히 막혀버리고 말았다. 게다가 이런 사건까지 터져버렸으니 강은 오랫동안 폐쇄되어 있을 게 뻔했다.

마토 토페 족장은 이번 일로 심기가 많이 불편해져 있었다. 젊은 만데 파추는 그런 족장의 환심을 사기 위해 글래스의 구조에 나섰던 것이다. 마토 토페에게는 아름다운 딸이 있었고, 만데 파추는 마을 청년들과 그녀를 두고 치열한 구애 전쟁을 벌이는 중이었다. 만데 파추는 백인을 데리고 의기양양하게 마을로 돌아가는 자신의 모습을 상상했다. 마을 사람들이 지켜보는 가운데 마토 토페에게 자초지종을 고하는 자신의 모습도 상상했다. 하지만 이 백인에게는 다른 계획이 있는 모양이었다. 그는 아까부터 계속 같은 말만 반복해대고 있었다. "탤벗 진지."

다시 말에 오른 글래스는 앞에 앉은 만데 파추를 주의 깊게 지켜보았다. 그가 맨던 족 인디언을 실물로 보는 것은 이번이 처음이었다. 젊은 전사는 왕관을 쓴 듯한 머리 모양을 하고 있었다. 인디언들의 화려한 치장은 주위의 시선을 끌기 위함이었다. 뒤로 묶어 길게 늘어뜨린 머리는 토끼 가죽으로 덮여 있었다. 정수리 위로 삐져나온 머리털은 물처럼 살랑였고, 턱 선에 맞춰 자른 옆머리에는 기름이 발라져 있었다. 그의 이마 중앙에는 공들여 빗어 내린 앞머리가 달라붙어 있었다. 다른 부분들도 화려하게 치장되어 있기는 마찬가지였다. 그의 오른쪽 귀에는 백랍으로 만든 커다란 귀걸이 세 개가, 구릿빛 목에는 하얀 구슬을 꿰어 만든 목걸이가 걸려 있었다.

만데 파추는 내키지 않았지만 백인을 탤벗 진지까지 데려다주기로 결정했다. 세 시간 정도밖에 걸리지 않는 짧은 거리였다. 그는 진지에서 쓸 만한 정보라도 얻어올 심산이었다. 한때 마을에서는 아리카라 족이 탤벗 진지에서 난동을 부렸다는 소문이 돌았다. 어쩌면 진지에는 마토 토페 족장에게 전달할 메시지가 준비되어 있을지도 몰랐다. 메시지를 전달하는 것은 막중한 임무였다. 위기에 빠진 백인을 구하고 중요한 메시지까지 가져왔다면 족장은 분명 크게 기뻐할 것이다. 그의 딸에게도 큰 인상을 심어줄 수 있을 것이다.

그들은 자정이 다 되어서야 탤벗 진지에 도착했다. 진지에는 불이 완전히 꺼져 있었다. 그들은 통나무로 세운 벽 앞으로 가까이 다가가보았다.

바로 그때 진지에서 섬광이 번쩍이더니 총성이 들려왔다. 맹렬히 날아든 머스킷 총알이 그들의 머리를 아슬아슬하게 비껴갔다.

깜짝 놀란 말이 요동치기 시작했고, 만데 파추는 놈을 진정시키려 낑낑댔다. 글래스가 이를 갈며 소리쳤다. "쏘지 말아요! 우린 같은 편입니다!"

통나무 진지 안에서 누군가의 목소리가 말했다. "누구요?"

글래스는 번뜩이는 라이플 총열과 불쑥 튀어나온 형체의 머리와 어깨를 올려다보았다.

"로키마운틴 모피회사의 휴 글래스입니다." 그가 성치 않은 목으로 소리쳤다. 부디 자신의 목소리가 상대에게 무사히 닿기를 바라면서.

"같이 온 그놈은?"

"맨던 족입니다. 아리카라 족 전사들로부터 날 구해줬습니다." 탑 위의 남자가 뒤에 대고 누군가를 불렀다. 잠시 후, 라이플로 무장한 남자 세 명이 모습을 드러냈다. 육중한 문의 뒤편이 소란스러워졌다. 살짝 열린 작은

210

쪽문 뒤에서 누군가의 걸걸한 목소리가 말했다. "조금 더 가까이 와봐요."

만데 파추가 말을 천천히 몰아 문 앞으로 다가갔다. 말에서 내려온 글래스가 말했다. "아까 총은 왜 쏜 겁니까?"

걸걸한 목소리가 말했다. "지난주에 내 파트너가 이 문 앞에서 리스 놈들에게 살해됐습니다."

"우린 아리카라 족이 아니라니까요."

"한밤중에 슬그머니 접근해온 사람을 어떻게 의심하지 않을 수 있겠습니까?"

브라조 진지와 달리 탤벗 진지는 적들에게 포위당한 곳 같았다. 직사각형으로 둘러진 통나무 벽은 높이가 3.5미터쯤 되었고, 바닥의 긴 면은 30미터, 짧은 면은 20미터 정도였다. 벽 안쪽 구석에는 대충 지은 방루가 두 개 세워져 있었다. 방루의 가장 안쪽 구석은 진지의 가장 바깥쪽 구석과 맞닿아 있었다. 방루에서는 통나무 벽 안팎을 쉽게 살필 수 있었다. 그들 위로 우뚝 선 방루에는 대구경 선회포의 공격에 대비해 투박한 지붕을 얹어놓았다. 또 다른 방루의 지붕은 얹다 만 상태였다. 진지 한쪽에 둘러진 울타리 너머로는 가축이 한 마리도 보이지 않았다.

쪽문 뒤의 눈들은 계속해서 글래스를 지켜보고 있었다. "여긴 왜 온 거요?" 걸걸한 목소리가 물었다.

"난 유니언 진지로 가는 길입니다. 필요한 게 있어 들른 겁니다."

"여기도 별거 없습니다."

"식량과 화약은 필요 없어요. 그냥 담요와 장갑만 있으면 됩니다. 그것만 챙겨서 곧장 떠날 겁니다."

"바꿀 건 있고요?"

"외상으로 달아놓으면 안 되겠습니까? 윌리엄 애슐리 앞으로 말입니다. 로키마운틴 모피회사가 봄에 사람들을 보낼 겁니다. 그들이 값을 후하게 쳐서 계산할 거예요." 한참 뜸을 들이다가 글래스가 다시 입을 열었다. "그들은 곤경에 빠진 직원을 도와준 교역소를 모른 척하지 않을 겁니다."

잠시 후, 쪽문이 닫혔다. 문 뒤에서 둔탁한 나무 소리가 들리더니 경첩이 삐걱대기 시작했다. 걸걸한 목소리는 왜소해 보이는 교역소 책임자의 것이었다. 라이플을 쥔 그의 벨트에는 권총 두 개가 꽂혀 있었다. "당신만 들어와요. 인디언은 들어올 수 없습니다."

글래스가 만데 파추를 돌아보았다. 그가 과연 남자의 말을 이해했을지 궁금했다. 글래스가 대꾸를 하려다 말고 진지 안으로 천천히 들어갔다. 그의 뒤로 문이 거칠게 닫혔다.

벽 안쪽으로는 당장이라도 무너져 내릴 것 같은 구조물들이 여러 개 세워져 있었다. 그중 한 곳에서 희미한 빛이 새어 나왔다. 창문이 있어야 할 자리에는 기름칠한 짐승 가죽이 걸려 있었다. 거무스름한 건물은 창고인 듯했다. 그 건물의 뒤쪽 벽이 곧 진지의 뒷벽이었다. 건물들 앞 작은 뜰에 지저분한 노새 두 마리가 있는 게 보였다. 아리카라 족이 미처 훔쳐가지 못한 운 좋은 놈들이었다. 뜰에서는 노새의 배설물 냄새가 지독하게 풍겼다. 뜰 한쪽에는 생가죽을 다리는 커다란 기계와 모루가 놓여 있는 미루나무 그루터기, 그리고 불안정하게 쌓아놓은 장작들이 보였다. 남자 다섯 명이 서 있었고, 방루에서도 한 명이 내려왔다. 어스레한 불빛이 흉터로 덮인 글래스의 얼굴을 비추었다. 글래스는 호기심에 찬 그들의 눈빛을 온몸으로 느낄 수 있었다.

"안으로 들어와요."

글래스는 남자들을 따라 불이 켜진 건물로 들어갔다. 비좁은 공간은 남자들의 합숙소로 쓰는 모양이었다. 뒤편의 흙난로에서 매캐한 연기가 피어오르고 있었다. 불쾌한 냄새는 조금 거슬렸지만 구석의 난로와 북적대는 남자들이 발산하는 훈훈한 온기는 반가웠다.

땅딸막한 남자가 입을 여는 순간 젖은 기침이 터져 나왔다. 격한 기침에 남자의 몸이 뒤틀려졌다. 나머지 남자들도 가끔씩 그와 유사하게 기침을 해댔다. 글래스는 덜컥 겁이 났다. 한참 후, 기침이 멎자 왜소한 남자가 다시 입을 열었다. "우리도 식량이 충분치 않아요."

"식량은 필요 없다고 했지 않습니까." 글래스가 말했다. "담요와 장갑만 가지고 떠날 겁니다." 글래스가 구석의 테이블을 가리켰다. "저 칼도 필요하고요."

왜소한 남자가 불쾌하다는 듯 가슴을 펴 보였다. "인색하게 굴고 싶진 않지만 어쩔 수 없습니다. 이곳은 리스 놈들에게 포위당한 상태입니다. 닷새 전에 쳐들어와 가축을 몽땅 훔쳐가버렸죠. 다섯 놈이 거래를 할 것처럼 나타났길래 문을 열어주었더니 다짜고짜 총부터 갈겨대더군요. 내 파트너도 무참히 죽였습니다."

글래스는 묵묵히 듣고만 있었다. 남자가 계속 이어나갔다. "사냥을 하거나 장작을 구해 오려면 밖으로 나가야 하는데 저놈들 때문에 그러질 못하고 있어요. 우리가 왜 이토록 야박하게 구는지 이해가 되죠?" 그가 글래스를 응시하며 반응을 살폈다.

마침내 글래스가 말했다. "백인과 맨던 족 인디언을 쏘면 리스와의 문제가 해결됩니까?"

아까 총을 쏘았던 남자가 불쑥 나섰다. 지저분한 몰골의 그는 앞니가 다 빠지고 없었다. "한밤중에 인디언 한 놈이 슬그머니 다가오는데 우리더러 어쩌라고요. 당신이 뒤에 타고 있는 걸 알 길도 없었고."

"그래도 쏘기 전에 표적부터 제대로 봐야 하는 거 아닙니까?"

땅딸막한 남자가 다시 입을 열었다. "내가 쏘라고 했습니다. 리스 놈들과 맨던 놈들이 어디 눈으로 쉽게 구분됩니까? 게다가 그 두 부족은 이제 하나로 뭉쳐 도적질을 해대고 있단 말입니다. 그놈들을 믿느니 차라리 죽이는 게 낫다고요."

흥분한 남자가 앙상한 손가락을 흔들어대며 말했다. "이 진지는 내 손으로 직접 지었습니다. 미주리 주지사에게 교역 허가도 받았고요. 우린 결코 여길 뜨지 않을 겁니다. 어느 부족이든 상관없어요. 벌건 놈이 눈에 띄면 다 죽여버릴 겁니다. 그 미치광이 살인마들은 다 죽어 마땅합니다."

"그럼 거래는 누구랑 하죠?" 글래스가 물었다.

"그건 걱정할 거 없어요. 알다시피 여긴 주요 진지입니다. 이제 곧 군대가 올라와 저 야만인들을 싹 쓸어버릴 겁니다. 강만 다시 열리면 상인들이 우르르 몰려올 테니 두고봐요."

글래스는 거칠게 문을 닫고 진지를 나왔다. 차가운 밤공기에 뿌려진 그의 하얀 입김이 매서운 칼바람에 실려 날아갔다. 만데 파추는 강가에서 기다리고 있었다. 문 닫히는 소리를 듣고 그가 달려왔다.

글래스는 새로 산 칼로 담요에 구멍을 내어 판초를 만들었다. 그걸 걸친 후 두 손을 털로 덮인 벙어리장갑에 쑤셔 넣었다. 그가 맨던 족 전사를 물끄러미 올려다보았다. 그에게 해줄 말이 없었다. '내 볼일을 보러 가야해요.' 그 혼자서 세상의 모든 부당함을 바로잡을 수도 없는 일이었다.

마침내 글래스가 칼을 만데 파추에게 건넸다. "고마웠어요." 글래스가 말했다. 맨던 족 전사가 칼과 글래스의 얼굴을 번갈아 쳐다보았다. 글래스는 돌아서서 칠흑 같은 어둠에 묻힌 미주리 강을 향해 걸음을 옮겼다.

19
1823년 12월 8일

존 피츠제럴드는 유니언 진지에서 얼마 떨어지지 않은 초소로 내려갔다. 초소는 피그가 지키고 있었다. 그는 가슴을 들썩이며 쌀쌀한 밤공기를 향해 연신 입김을 뱉어내고 있었다. "내 차례야." 피츠제럴드가 어울리지 않는 다정한 톤으로 말했다.

"보초 서는 게 그렇게 즐겁나?" 피그가 퉁명스럽게 내뱉고는 네 시간의 단잠과 아침식사가 기다리고 있는 캠프를 향해 느릿느릿 걸어갔다.

피츠제럴드는 담배를 두툼하게 잘라 입 속에 넣었다. 담배의 진한 맛이 입 안 가득 퍼지자 곤두섰던 신경이 진정되었다. 그는 한참을 우물대다가 침을 뱉었다. 숨을 들이쉬자 차가운 밤공기가 그의 폐를 파고들었다. 피츠제럴드는 추위에 짜증이 나지 않았다. 날씨가 춥다는 건 완전하게 맑은 하늘을 볼 수 있다는 뜻이었다. 피츠제럴드에게는 맑은 하늘이 절실했다. 높이 걸린 하현달이 강을 환히 비추고 있었다. 카누를 몰기에 충분한 밝기였다.

교대를 하고 30분쯤 지났을 때 피츠제럴드가 우거진 버드나무 숲 쪽으로 걸어갔다. 그는 그곳에 약탈품을 숨겨놓았다. 하류에서 팔아치울 비버 가죽, 황마 자루에 담긴 육포 10킬로그램, 뿔 화약통 세 개, 납 총알 백 개, 작은 솥, 모직 담요 두 장, 그리고 안슈타트. 피츠제럴드는 그것들을 물가에 놓아두고 카누를 끌어오기 위해 상류로 올라갔다.

강둑을 따라 오르던 피츠제럴드는 헨리 대위가 자신을 쫓기 위해 사람들을 보낼지 궁금해졌다. '그 얼간이 자식이?' 피츠제럴드는 지금껏 그토록 무능한 장교를 본 적이 없었다. 로키마운틴 모피회사 수송대에게 헨리의 형편없는 리더십은 재앙이나 다름없었다. '우리가 아직 살아 있는 게 기적이야.' 이제 그들에게 남은 말은 달랑 세 마리뿐이었다. 그 정도로는 사냥을 제대로 할 수 없었다. 헨리는 말을 구하기 위해 지역 부족들과 여러 차례 접촉을 시도했지만 끝내 결실을 맺지 못했다. 수송대가 도난당한 말들조차도 떳떳이 돌려받지 못하는 웃지 못할 상황도 종종 벌어졌다. 서른 명이 먹을 식량을 구하는 것도 점점 힘들어져갔다. 그들은 몇 주째 물소 한 마리를 보지 못했다. 그나마 가끔 맞닥뜨리는 영양들 덕분에 간신히 연명할 수 있었다.

일주일 전, 피츠제럴드는 스터비 빌로부터 거슬리는 소문을 듣게 되었다. "대위가 우릴 몰고 옐로스톤 강으로 올라가려 한대. 빅혼 강에 있는 리사의 옛 진지를 차지하려나 봐." 1807년, 마누엘 리사라는 비밀스러운 상인이 옐로스톤 강과 빅혼 강의 합류 지점에 교역소를 차렸다. 리사는 그곳에 마누엘 진지라는 이름을 붙이고 두 강을 따라 올라온 상인과 탐험가들에게 근거지로 쓰게 해주었다. 리사는 특히 크로 족, 그리고 플랫헤드 족과 돈독히 지내려 애썼다. 그들은 리사로부터 구입한 총으로 블랙풋 족과 전쟁을 벌였다. 그 때문에 블랙풋 족은 백인들을 철천지원수로 여기고 있었다.

1809년, 교역 사업이 어느 정도 성공을 거두자 리사는 세인트루이스 미주리 모피회사를 설립하기에 이르렀다. 투자자들 중에는 앤드루 헨리도 있었다. 헨리는 사냥꾼 백 명을 이끌고 스리포크스로 향하는 길에 옐로스톤 강을 따라 오르다 마누엘 진지에 잠시 들르게 되었다. 그는 아직까지도 그곳의 전략적 위치와 풍부한 사냥감과 우거진 숲을 생생히 기억하고 있었다. 헨리는 마누엘 진지가 10년 넘게 버려진 채 방치되고 있다는 걸 알고 있었다.

피츠제럴드는 빅혼 강이 얼마나 떨어져 있는지 알지 못했다. 하지만 상관없었다. 어차피 그의 목적지는 그 반대편에 있었으니까. 세인트루이스를 떠나온 직후 시작된 변경의 삶은 예상했던 만큼 고되지 않았다. 하지만 지금, 그는 형편없는 음식, 추위, 그리고 서른 명의 지저분한 남자들과 하루 종일 부대끼며 살아야 하는 자신의 처지가 영 못마땅했다. 언제 죽을지 모른다는 불안감도 컸다. 피츠제럴드는 싸구려 위스키와 싸구려 향수 냄새 그리웠다. 글래스를 돌봐준 대가로 70달러에 달하는 금화를 챙긴 그는 노름 생각도 간절했다. 1년 반이라는 세월이 흘렀으니 당당히 세인트루이스로 돌아가도 문제없을 것 같았다. 아니면 남쪽으로 더 내려가든지. 그는 직접 가서 확인해보고 결정하기로 했다.

진지 아래 긴 기슭에는 통나무로 만든 카누 두 개가 엎어져 있었다.

며칠 전에 피츠제럴드는 카누의 상태를 꼼꼼히 살펴두었다. 둘 중 작은 것이 더 튼튼했다. 어차피 하류로 내려가는 것이니 배가 클 필요는 없었다. 게다가 혼자서 몰기에는 작은 게 훨씬 좋았다. 피츠제럴드는 조심스레 카누를 뒤집은 후 노 두 개를 챙겼다. 그런 다음, 카누를 질질 끌고 모래톱을 가로질러 물가로 돌아왔다.

'이제 남은 카누는……' 피츠제럴드는 이미 두 번째 카누를 어떻게 처리할 것인지 생각해둔 상태였다. 카누 바닥에 구멍을 뚫어놓는 것도 한 방법이었지만 그보다 훨씬 손쉬운 방법이 있었다. 그는 남은 카누가 있는 곳으로 돌아가 밑에 깔린 노를 꺼냈다. '노가 없으면 카누도 소용이 없지.'

피츠제럴드는 자신의 카누에 약탈품을 싣고 강으로 나갔다. 카누에 올라 노를 두 번 저으니 급류가 그를 맞아주었다. 거센 물살이 카누를 하류로 힘껏 떠밀었고, 유니언 진지는 몇 분 만에 그의 시야에서 사라졌다.

헨리 대위는 퀴퀴한 냄새가 풍기는 막사에 홀로 앉아 있었다. 그의 숙소는 유니언 진지의 유일한 독방으로, 사생활이 확실히 보장된다는 것 외에는 아무런 장점이 없는 공간이었다. 옆방으로 통하는 열린 문간에서 열기와 빛이 새어 들어오고 있었다. 헨리는 냉기와 어둠 속에 파묻혀 머리를 굴려대는 중이었다.

피츠제럴드는 없어도 그만인 존재였다. 헨리는 세인트루이스에서부터 그를 신뢰하지 않았다. 카누가 사라진 것도 크게 아쉽지 않았다. 남은 말들을 훔쳐갔다면 사정이 달랐겠지만, 사라진 모피도 치명적인 손실은 아니었다.

문제는 떠난 사람이 아니라 남은 사람들이었다. 피츠제럴드의 탈영은 분명한 메시지였다. 남은 자들의 은밀한 생각을 대변하는 메시지. 로키마운틴 모피회사가 대실패했다는 것. 그가 실패했다는 것. '이젠 어쩌지?'

그때 막사 문에서 걸쇠 열리는 소리가 들려왔다. 흙바닥을 가로지르는 짧고 묵직한 발소리가 뒤따랐다. 잠시 후, 스터비 빌이 문간에 모습을 드러냈다.

"머피와 사냥꾼들이 들어왔습니다." 스터비가 보고했다.

"비버 가죽은 좀 챙겨왔나?"

"없습니다."

"단 한 개도?"

"네, 대위님. 나가보면 아시겠지만…… 그보다 더 큰 문제가 있습니다."

"응?"

"말도 보이지 않습니다."

헨리 대위는 한동안 입을 열지 못했다.

"다른 소식은 없고?"

스터비가 잠시 뜸을 들이다가 말했다. "저기…… 대위님, 앤더슨이 죽었답니다."

대위는 입을 꼭 닫아버렸다. 어색한 침묵이 이어지자 스터비는 슬그머니 막사를 나가버렸다.

헨리 대위는 싸늘한 어둠 속에 앉아 결심을 굳혔다. 유니언 진지를 버리고 떠나기로.

평원 한복판은 움푹 꺼져 있었다. 삼면에 늘어선 낮은 언덕들이 확 트인 평지의 가차 없는 바람을 효과적으로 막아주었다. 깔때기처럼 우묵하게 꺼진 땅의 중앙부는 수분으로 축축했고, 그 주변에는 산사나무 몇 그루가 서 있었다. 언덕과 나무들이 꽤 그럴듯한 쉼터를 제공해주었다.

그 공간은 미주리 강에서 50미터도 채 떨어져 있지 않았다. 휴 글래스는 모닥불을 작게 피워놓고 그 옆에 앉았다. 불꽃이 버드나무 꼬챙이에 꿰인 토끼 시체를 간질이고 있었다.

토끼 고기가 익기를 기다리는 동안 글래스는 모처럼 강물 소리에 귀를 기울였다. 지금껏 관심 한 번 둔 적 없는 소리였다. 지난 몇 주간 강에 들러붙어 간신히 버텨온 그였다. 그럼에도 새삼스레 집중하게 된 물소리는 무척 신선하게 다가왔다. 그가 불에서 눈을 떼고 강을 바라보았다. 저토록 잔잔한 물의 흐름이 그런 소리를 낼 수 있다니 놀라울 따름이었다. 바람도 마찬가지였다. 이내 그런 소리를 만들어내는 건 물이나 바람이 아닌, 그것들을 막고 선 세상의 온갖 장애물들이라는 깨달음이 찾아들었다. 글래스는 다시 모닥불로 시선을 돌렸다.

다리에서 익숙한 욱신거림이 느껴졌다. 글래스는 앉은 자세를 조금 바꿔보았다. 상처들은 조금씩 아물어가고 있었지만 완전한 회복까지는 아직 갈 길이 멀었다. 양쪽 다리와 어깨에 냉기가 스며들면서 욱신거리기 시작했다. 목소리는 정상으로 돌아왔지만 얼굴의 끔찍한 흉터는 영원히 남게 되었다. 그나마 이 정도인 게 다행이었다. 등에서도 더 이상 통증이 느껴지지 않았다. 이제는 먹을 때도 아프지 않았다. 그는 감사한 마음으로 눈앞에서 익어가는 고기 냄새를 마음껏 맡았다.

글래스는 해가 완전히 저물기 직전 토끼를 잡는 데 성공했다. 일주일째 인디언의 그림자도 보지 못한 상황이었다. 긴장을 늦춘 채 길을 걷던 중 통통히 살이 오른 솜꼬리토끼가 예고 없이 불쑥 튀어나오자 그는 모처럼 고기로 배를 채울 기대에 부풀어 곧장 사냥에 나섰다.

글래스가 라이플로 토끼를 잡았을 때 그곳으로부터 얼마 떨어지지 않은 상류에서는 피츠제럴드가 카누를 대놓을 곳을 찾아 물가를 살피는 중이었다. 갑자기 들려온 총성에 피츠제럴드가 움찔했다. '빌어먹을!' 그는 황급히 노를 저어 기슭으로 다가가 총성이 들려온 쪽을 유심히 살폈다. 저녁 빛은 빠르게 그 기운을 잃어가고 있었다.

'아리카라 놈들이 여기까지 올라왔을 리 없는데. 어시니보인 족인가?' 피츠제럴드는 저물어가는 해가 야속했다. 하지만 몇 분 후, 깜빡거리는 모닥불이 그의 시야에 들어왔다. 벅스킨을 걸친 남자의 형체가 어렴풋이 보였지만 얼굴은 확인할 수 없었다. 피츠제럴드는 남자가 인디언일 거라 짐작했다. 백인이 이곳까지, 그것도 12월에 올라올 이유가 없었다. '저놈 한 명뿐인가?' 어느새 칠흑 같은 어둠이 내려앉았다.

피츠제럴드는 잠시 고민에 빠졌다. 현재 위치에 자리를 잡을 수는 없었다. 그랬다가는 날이 밝기가 무섭게 총을 쏜 놈에게 발각될 게 뻔했다. 그는 몰래 접근해 놈을 죽일까도 생각했다. 하지만 상대의 수가 정확히 파악되지 않은 상황에서 무모하게 달려들 수는 없었다. 피츠제럴드는 한밤중에 놈이 눈치채지 못하게 슬쩍 지나가보기로 했다. 놈이 모닥불에 정신이 팔려 있을 때. 마침 보름달이 떠 카누를 몰고 내려가는 데는 아무 문제가 없었다.

피츠제럴드는 카누의 이물을 부드러운 모래톱에 대놓고 한 시간 가량

기다렸다. 서쪽 지평선이 마지막 남은 빛을 삼켜버리자 모닥불이 더욱 선명하게 보였다. 남자의 검은 윤곽은 모닥불 위로 몸을 구부리고 있었다. 피츠제럴드는 그가 저녁식사를 준비하는 데 정신이 팔려 있을 거라 생각했다. '지금이야.' 피츠제럴드는 안슈타트와 권총 두 개를 손이 닿는 곳에 잘 놓아두었다. 그런 다음, 기슭에서 끌어낸 카누에 천천히 올랐다. 그는 노를 두 번 저어 방향을 잡은 후 카누를 급류에 맡겼다. 노는 물에 담가 키로 사용했다. 그는 숨을 죽이고 강에 운명을 맡겼다.

휴 글래스는 토끼의 몸통에서 뒷다리를 비틀어 뜯어냈다. 그는 육즙이 뚝뚝 떨어지는 고기를 입 안으로 쑤셔 넣었다.

피츠제럴드는 물가에서 최대한 떨어져서 가려고 했지만 거센 급류를 거스르는 건 불가능했다. 모닥불이 빠르게 가까워져왔다. 피츠제럴드는 강에서 눈을 떼고 모닥불에 정신이 팔린 남자를 흘끔 쳐다보았다. 남자는 허드슨 베이 담요를 잘라 만든 판초를 걸쳤고, 양털 모자를 쓰고 있었다. '양털 모자? 백인?' 피츠제럴드는 다시 강으로 시선을 돌렸다. 카누에서 3미터도 채 떨어지지 않은 지점에 커다란 바위 하나가 솟아나 있었다.

피츠제럴드는 황급히 노를 물속 깊이 쑤셔 넣었다. 카누의 속도가 조금 줄어들자 그가 노를 다시 뽑아 바위를 힘껏 밀어냈다. 카누의 방향이 바뀌면서 측면이 바위에 긁히고 말았다. 피츠제럴드는 미친 듯이 노를 저어대기 시작했다. '더 뜸들일 필요가 없게 됐군.'

글래스는 요란하게 물이 튀며 무언가가 긁히는 소리를 똑똑히 들을 수 있었다. 그가 본능적으로 라이플을 집어 들고 미주리 강을 향해 빠르게 기어갔다. 환한 불빛에서 벗어난 눈이 어둠에 잘 적응하지 못했다.

글래스는 소리가 들려온 쪽을 유심히 살폈다. 100미터쯤 떨어진 곳에서 카누 하나가 떠내려가고 있었다. 그가 라이플을 들고 공이치기를 당긴 후 노를 쥔 남자의 형체를 겨누었다. 글래스의 손가락이 방아쇠에 얹어졌지만 총은 끝내 발사되지 않았다.

군이 쏠 이유가 없었다. 카누에 탄 남자는 의도적으로 글래스와의 접촉을 피하고 있었다. 또한 그의 진로와 정반대 방향으로 달아나고 있으니 딱히 위협적이지도 않았다.

피츠제럴드는 놈의 캠프에서 400미터쯤 떨어진 굽이를 지날 때까지 노를 멈추지 않았다. 그는 그렇게 1마일쯤 더 떠내려온 후 반대편 기슭에 카누를 댈 만한 곳을 찾아보기 시작했다.

마침내 뭍에 올라온 피츠제럴드는 카누를 뒤집어놓고 그 밑에 침낭을 깔았다. 그는 육포를 씹으며 모닥불 앞의 남자를 다시 떠올렸다. '12월에 백인이 거기서 대체 뭘 하고 있는 거지?'

피츠제럴드는 라이플과 권총을 조심스레 내려놓고 담요 밑으로 파고들었다. 창백한 달빛을 받은 안슈타트는 햇빛을 머금은 거울처럼 반짝거렸다.

헨리 대위는 연이어 찾아든 행운에 한껏 들떠 있었다.

우선 그들은 보름에 걸쳐 쪽빛 하늘을 마음껏 누릴 수 있었다. 좋은 날씨 덕분에 여단은 유니언 진지를 떠난 지 엿새 만에 200마일 떨어진 빅혼 강에 도착할 수 있었다.

버려진 진지는 헨리가 기억하고 있는 모습 그대로였다. 교역소의 상태는 기대 이상이었다. 목조건물은 오랫동안 방치되어왔다는 게 믿어지지 않을 만큼 탄탄했다. 덕분에 나무를 베고 운반하는 고된 작업을 할 필요가 없게 되었다.

헨리는 지역 부족들을 겪어본 경험이 있었다. 그것 또한 유니언 진지에서의 불운과 극명히 대조되는 부분이었다. 그는 앨리스테어 머피를 보내 이웃 부족들에게 선물을 전달했다. 무엇보다 플랫헤드 족과 크로우 족의 호감을 사는 것이 중요했다. 헨리는 금세 자신이 전임자가 발휘한 외교술의 수혜자라는 걸 깨닫게 되었다. 지역 인디언들, 특히 두 부족은 교역소의 부활을 무척 반기는 눈치였다. 그들은 의욕적으로 거래에 나설 준비가 되어 있었다.

협상을 이끈 머피는 크로우 족으로부터 말 일흔두 마리를 받아내는 데 성공했다. 가까운 빅혼 산은 개울들로 넘쳐났다. 헨리 대위는 다시 기동성을 갖추게 된 사냥꾼들을 산 곳곳에 공격적으로 배치시켜놓았다.

그 후로 보름 동안 헨리는 긴장의 고삐를 늦추지 않았다. 언제 또 불운이 닥쳐올지 몰랐다. 그는 스스로에게 약간의 낙관을 허락했다. '이제야 운세가 바뀌려는 모양이군.' 하지만 그의 예상은 보기 좋게 빗나갔다.

휴 글래스는 썰렁한 유니언 진지로 바짝 다가갔다. 경첩이 떨어져 나간 정문은 땅바닥에 아무렇게나 내팽개쳐져 있었다. 헨리 대위가 버리고 떠난 교역소는 폐허로 변해 있었다. 모든 문에는 금속 경첩이 붙어 있지 않았다. 다음 목적지에서 재활용하기 위해 뜯어간 모양이었다. 말뚝 울타리의 통나무들도 전부 뜯어내 장작으로 써버린 듯했다. 합숙소의 벽은 검게 그을려 있었다. 누군가가 진지에 불을 지르려 시도한 흔적이었다. 눈 덮인 뜰에는 수십 마리 말들의 발자국이 남아 있었다.

'내가 신기루를 쫓고 있는 건가?' 이 순간을 위해 얼마나 오래 걷고, 또 기어왔던가. 글래스는 오아시스 같은 샘이 있던 그랜드 강 옆 빈터를 떠올렸다. '그게 언제였지? 8월? 지금은? 12월?'

글래스는 조잡하게 만들어진 사다리를 타고 통나무집으로 올라가 골짜기를 내려다보았다. 눈을 걷어내고 세이지를 뜯어먹는 열 마리 남짓의 영양이 멀지 않은 곳에 있었다. 강에는 거위 떼가 거대한 V자 모양으로 늘어서 있었다. 하지만 사람의 흔적은 어디에도 보이지 않았다. '다들 어디로 갔지?'

글래스는 진지에서 이틀을 보냈다. 다시 길을 나서려니 발이 떨어지지 않았다. 죽을 고생을 하며 간신히 여기까지 온 그였다. 하지만 그의 목표는 장소가 아니라 두 명의 배신자였다. 처절한 복수를 해야만 했다.

유니언 진지를 나선 글래스는 옐로스톤 강을 따라 이동했다. 헨리가 어느쪽으로 갔는지 알 길이 없었지만 처참한 실패를 경험했던 미주리 강 상류쪽은 왠지 아닐 것 같았다. 그렇다면 남은 선택지는 옐로스톤 강뿐이었다.

닷새에 걸쳐 옐로스톤 강을 따라 오르자 숨이 턱 막힐 정도의 경이로운 풍경이 펼쳐졌다.

하늘과 땅이 맞닿은 빅혼 산이 그의 앞에 우뚝 서 있었다. 가장 높은 봉우리에는 구름이 몇 점 걸려 있었다. 끝도 보이지 않는 거대한 벽과 마주한 기분이었다. 하얀 눈이 햇빛을 머금어 눈부시게 빛났다. 눈이 시리고 눈물이 나왔지만 그는 시선을 돌릴 수가 없었다. 20년간 평원을 누벼온 글래스였지만 이런 황홀한 풍경은 처음이었다.

헨리 대위는 로키 산맥의 웅장함에 대해 자주 언급하곤 했다. 그럴 때마다 글래스는 그 묘사에 적지 않은 과장이 섞여 있을 거라 생각했다. 실물로 접하게 된 빅혼 산은 헨리의 묘사가 얼마나 부적절했는지 알게 해주었다. 헨리는 지나치게 고지식한 사람이었다. 그는 이 웅장한 산을 그저 사업에 지장을 주는 장애물 정도로만 여겼다. 하지만 헨리의 묘사와 달리 거대한 봉우리들은 글래스에게 신비한 기운을 불어넣어주었다.

물론 그는 헨리의 입장을 이해할 수 있었다. 엄청난 양의 모피를 챙겨 하곡을 가로지르는 것도 쉬운 일이 아닌데 하물며 이런 거대한 산을 넘는 게 과연 가능하겠는가.

옐로스톤 강을 따라 산으로 접근하는 내내 글래스의 경외감은 사그라지지 않았다. 그 위대한 산은 세월을 초월하는, 실로 엄청난 기준점이 아닐 수 없었다. 빅혼 산의 압도적인 웅장함에 주눅이 들거나 불안한 이들도 있겠지만 글래스는 달랐다. 그에게는 오히려 성스럽게만 느껴질 뿐이었다. 일상의 고통을 깨끗이 날려주는 불멸의 기운이었다.

글래스는 평원 끝의 거대한 산을 향해 멈추지 않고 전진해나갔다.

피츠제럴드는 허술해 보이는 방책 밖에 서서 심문을 받고 있었다. 심문자는 정문 위 방루를 지키고 있는 왜소한 남자였다.

피츠제럴드는 카누를 타고 오는 내내 온갖 거짓 대사를 지겹도록 연습해두었다. "로키마운틴 모피회사의 헨리 대위가 세인트루이스에 전할 메시지를 가지고 왔습니다."

"로키마운틴 모피회사?" 땅딸막한 남자가 코웃음을 쳤다. "저번엔 또 다른 직원이 오더니만. 그 친구는 당신이 온 쪽으로 갔어요. 엄청 무례한 사람이었죠. 인디언 놈도 하나 데려왔고. 같은 회사 소속이라면 그가 달아놓고 간 외상이나 좀 처리해주쇼."

순간 피츠제럴드의 가슴이 철렁 내려앉았다. 그의 호흡이 가빠졌다. '강에서 본 그 백인!' 그는 애써 차분한 목소리로 말했다. "내려오면서 못 보고 지나친 모양입니다. 그 친구 이름이 뭐라고 합디까?"

"이름은 모르겠고, 물건 두어 가지를 챙겨서 떠났습니다."

"어떻게 생겼죠?"

"그건 생생히 기억납니다. 들짐승에게 잡아먹힐 뻔했는지 얼굴이 흉터로 뒤덮여 있었어요."

'글래스! 아직 살아 있다니! 빌어먹을!'

피츠제럴드는 그들에게 육포를 내주고 비버 가죽 두 개를 받았다.

다시 카누에 오른 피츠제럴드는 더 이상 물살에 의존하지 않고 있는 힘껏 노를 저어나갔다. 최대한 멀리, 그리고 신속하게 벗어나야만 했다. 글래스는 반대쪽으로 향하고 있었지만 안심할 수 없었다. 죽었던 그가 다시 살아난 이유를 잘 알기에.

반나절 동안 눈은 멎지 않았다. 헨리와 그의 부하들은 슬그머니 몰려온 먹구름이 어느새 태양을 삼켜버렸다는 사실을 깨닫지 못했다.

하지만 그들은 걱정할 필요가 없었다. 재단장한 그들의 진지는 충분히 견고했다. 헨리 대위는 자축의 의미로 음주를 허락했고, 남자들은 기뻐 날뛰었다.

비록 많은 부분에서 실패를 겪었지만 헨리는 장려책의 힘을 누구보다도 잘 이해하고 있었다. 이스트와 능금으로 만든 시큼한 술은 땅속에 묻어 한 달간 발효시킨 것이었다. 마시는 자체가 고통이었지만 누구도 거절하지 않았다. 술잔이 돈지 얼마 되지 않아 모두가 거나하게 취해버렸다.

헨리는 남자들을 위해 또 다른 보너스를 준비했다. 그는 바이올린 연주에도 재능이 있었다. 분위기에 휩쓸린 그는 몇 달 만에 낡은 악기를 꺼내 모처럼 실력을 발휘했다. 합숙소는 깩깩대는 바이올린 소리와 술 취한 웃음으로 떠나갈 듯했다.

난로 앞에는 피그의 시신이 큰대자로 누워 있었다. 육중한 체격만 믿고 미친 듯이 술을 퍼마시다가 결국 목숨을 잃게 된 것이다.

"죽은 것 같은데." 블랙 해리스가 그의 복부를 세게 걷어찼다. 해리스의 발이 피그의 물렁물렁한 뱃속으로 잠시 사라졌다. 아무 반응이 없었다.

"죽은 게 확실하다면……" 헨리의 밀주를 마시기 전까지는 한마디도 하지 않았던 패트릭 로빈슨이 말했다. "제대로 장례를 치러줘야지."

"너무 춥잖아." 또 다른 사냥꾼이 말했다. "그냥 수의나 만들어주면 돼!"그 말에 남자들이 의욕을 보였다. 누군가가 담요 두 장과 바늘과 두꺼운 실을 가져왔다. 재단사이기도 한 로빈슨이 금세 피그를 위한 수의를 만들어냈다. 블랙 해리스의 감동적인 추도사가 끝나자 남자들이 차례로 나와 추도 연설을 했다.

"선하고 신앙심이 깊은 사람이었습니다." 한 남자가 말했다. "왔던 그대로의 상태로 당신께 돌아갑니다. 생전 비누 한 번 안 만져본 사람입니다."

"부디 내세로 무사히 보내주소서." 또 다른 남자가 말했다. "이 친구를 거뜬히 끌어올릴 수 있다면."

피그의 장례식이 끝나기도 전에 한쪽에서 요란한 언쟁이 벌어졌다. 앨리스테어 머피와 스터비 빌이 누가 권총을 더 잘 쏘는지를 놓고 티격태격하는 중이었다. 머피는 스터비 빌에게 결투를 제안했고, 헨리 대위가 사격 시합을 해 보는게 낫겠다고 제안했다.

스터비 빌은 상대의 머리 위에 얹어놓은 금속 컵을 맞히는 사람이 이기는 것으로 하자고 했다. 술에 진탕 취한 그조차도 그게 얼마나 터무니없는 제안인지 알고 있었다. 실랑이 끝에 그들은 피그의 머리에 컵을 올려놓고 쏘는 타협안에 동의했다. 피그와 친하게 지냈던 머피와 스터비 빌 모두 정신을 똑바로 차릴 수밖에 없는 상황이었다. 그들은 수의에 싸인 피그를 벽에 기대어놓고 그의 머리 위에 컵을 올려놓았다.

남자들은 반으로 갈라져 긴 합숙소의 양쪽 벽에 붙어 섰다. 두 총잡이는 피그의 양옆에 자리를 잡았다. 헨리 대위가 한 손에 머스킷 총알을 숨겼고, 그게 어느 손인지 정확히 맞춘 머피가 나중에 쏘는 것으로 결정되었다. 스터비 빌이 벨트에서 권총을 뽑아 들고 팬에 뿌려진 화약을 체크했다. 양쪽 발에 체중을 번갈아 싣던 그가 마침내 옆으로 돌아서서 표적을 응시했다. 그는 권총이 천장을 향하도록 팔을 직각으로 꺾은 후 엄지손가락으로 공이치기를 당겼다. 긴장감이 흐르는 합숙소는 쥐 죽은 듯 조용했다. 한참을 미동도 없이 서 있던 그가 권총을 천천히 내려 사격 자세를 취했다.

그는 망설였다. 갑자기 표적을 명중시킬 자신이 없어졌다. 그는 권총의 가늠쇠 너머로 육중한 피그의 시신을 바라보았다. 스터비 빌은 피를 좋아했다. 그것도 아주 많이. '하지만 이건 좋은 생각이 아니야.' 땀방울 하나가 그의 등을 타고 흘러내렸다. 그는 양옆으로 늘어선 남자들을 흘끔 쳐다보았다. 호흡이 가빠지자 곧게 뻗은 그의 팔이 불안정하게 흔들렸다. 권총이 갑자기 무겁게 느껴졌다. 스터비 빌은 숨을 참고 다시 집중해보려 애썼다. 하지만 산소 부족으로 이내 머리가 아찔해졌다. '반드시 명중시켜야 해.'

마침내 그가 방아쇠를 당겼다. 화약에서 불꽃이 튀자 그가 눈을 질끈 감았다. 맹렬히 날아간 총알은 피그 뒤의 통나무 벽에 박혔다. 뚱뚱한 남자의 머리에 얹어진 컵에서 30센티미터 이상 벗어난 곳이었다. 지켜보던 남자들이 일제히 웃음을 터뜨렸다. "대단한데, 스터비!"

이번에는 머피가 나섰다. "저놈은 생각이 너무 많았어." 그는 물 흐르는 듯한 유연한 동작으로 권총을 들고 망설임 없이 방아쇠를 당겼다. 날아간 총알이 컵의 밑 부분에 구멍을 냈다. 머리에서 떨어진 컵이 피그의 옆에서 요란하게 뒹굴었다.

두 번째 사격은 용케도 피그를 소생시키는 데 성공했다.

수의에 싸인 몸뚱이가 갑자기 꿈틀대기 시작했다. 우르르 몰려든 남자들이 몸부림치는 수의를 내려다보며 웃음을 터뜨렸다. 담요 안에서 긴 칼날이 불쑥 튀어나와 수의를 갈라나갔다. 잠시 후, 두 개의 손이 수의를 우악스럽게 뜯어버리더니 그 틈으로 피그의 통통한 얼굴이 튀어나왔다. 눈부신 불빛에 그가 눈을 깜빡였다. 남자들의 웃음과 조롱은 계속 이어졌다. "꼭 송아지가 태어나는 걸 보는 것 같아!"

한동안 총을 쓸 일이 없었던 남자들이 일제히 무기를 뽑아 들고 천장을 향해 방아쇠를 당겨댔다. 검은 연기가 실내를 가득 채우자 원기 왕성한 목소리들이 일제히 소리쳤다. "새해 복들 많이 받아!"

"이봐요, 대위님." 머피가 말했다. "이런 날 대포라도 몇 방 쏴야 하는 거 아닙니까?" 헨리는 반대할 이유가 없었다. 그는 합숙소가 쑥대밭으로 변하기 전에 이 사냥꾼들을 밖으로 쫓아내고 싶은 마음뿐이었다. 로키마운틴 모피회사 직원들이 함성을 지르며 어둠이 내려앉은 밖으로 우르르 뛰어 나갔다. 그들은 곧장 통나무집 쪽으로 달려갔다.

예상보다 거센 폭풍이 불고 있었다. 오후에 가볍게 흩날리던 눈송이들은 어느새 맹렬한 눈보라로 바뀌어 있었다. 뜰에 쌓인 눈은 20센티미터를 훌쩍 넘을 것 같았다. 폭풍을 막아줄 쉼터가 마련되어 있음을 다행으로 여겨야 할 때 그들은 오로지 대포에만 온 신경을 쏟고 있었다.

작은 곡사포는 대포라기보다 커다란 산탄총에 가까웠다. 사실 그 곡사포는 진지의 성벽이 아닌, 평저선의 이물에 맞춰 제작된 것이었다. 그것은 통나무집 한쪽 구석의 회전판에 설치되어 있었다. 길이가 1미터 남짓 되는 철관은 세 개의 받침으로 고정되어 있었다.

폴 호커라는 건장한 체구의 남자가 그 앞으로 바짝 다가갔다. 그는 자신이 1812년 영미전쟁 때 포병으로 활약했다고 주장했다. 다들 의심하는 분위기였지만 호커의 크고 권위적인 목소리에 기가 눌렸다. 호커와 두 남자가 사다리를 타고 통나무집으로 올라갔다. 나머지는 안전한 연병장에 남아 그들을 지켜보았다.

"포병들은 각자 위치로!" 호커가 소리쳤다. 호커와 달리 그의 두 부하는 훈련이 전혀 되어 있지 않았다. 그들은 멍한 얼굴로 명령을 기다렸다. 호커가 그중 하나를 가리키며 속삭이듯 말했다. "넌 화약과 충전재를 가져와." 그다음, 또 다른 남자를 가리키며 말했다. "넌 가서 방아끈에 불을 붙여." 다시 군인다운 태도로 돌아온 그가 소리쳤다. "발사 준비…… 일발 장전!"

호커의 명령이 떨어지자 화약을 가져온 남자가 60그램을 계량기에 부었다. 호커가 놋쇠 대포의 총구를 하늘로 향하게 한 후 화약을 털어 넣었다. 그는 주먹 크기의 넝마를 이용해 화약을 약실로 밀어 넣었다.

불붙은 방아끈을 기다리는 동안 호커는 뇌관들을 덮고 있던 유포를 걷어냈다. 거위의 깃과 화약으로 만든 뇌관의 양쪽 끝은 약간의 밀랍으로 봉해져 있었다. 호커는 그중 하나를 대포 약실의 작은 통기공에 밀어 넣었다. 불붙은 방아끈을 깃에 가져다 대면 밀랍이 녹아내리면서 화약이 점화될 것이고, 뇌관은 화약으로 채워진 약실을 폭발시키게 될 것이다.

마침내 방아끈을 쥔 남자가 사다리를 타고 올라왔다.

방아끈은 한쪽 끝에 구멍을 낸 긴 막대기였다. 구멍에는 소금물로 처리된 두꺼운 밧줄이 꿰어져 있었다. 호커는 방아끈 끝의 잉걸불을 입으로 불어 살린 후 웨스트포인트(West Point, 미국 육군사관학교)의 사관 후보생처럼 소리쳤다. "발사 준비!"

아래 남은 남자들은 엄청난 폭발을 기대하며 통나무집을 올려다보았다. 방아끈을 쥔 호커가 소리쳤다. "발사!" 그러고는 자신이 직접 뇌관에 불을 붙였다.

방아끈 끝의 잉걸불이 밀랍을 빠르게 녹여나갔다. 뇌관에서 불꽃이 튀면서 픽, 하는 소리가 났다. 모두가 기대했던 엄청난 폭발이 아니었다. 대포에서 터져 나온 소리는 혼자 치는 손뼉 수준에 지나지 않았다.

"이게 다야?" 연병장에서 볼멘소리가 속속 터져 나왔다. 야유와 비웃는 소리도 들려왔다. "무슨 대포 소리가 솥 두드리는 소리보다 작지?"

호커는 휘둥그레진 눈으로 대포를 쳐다보다가 더듬거리며 말했다. "아직 준비가 덜 끝났어!" 그가 동지들을 향해 소리쳤다. 그러고는 다시 두 남자에게 명령했다. "포병들은 각자 위치로!"

그의 두 부하가 미심쩍은 얼굴로 호커를 쳐다보았다. 더 이상 체면이 깎이고 싶지 않다는 듯이.

"얼간이 놈들, 빨리 안 움직여?" 호커가 말했다. "화약의 양을 세 배로 늘려!" 그는 화약과 충전재를 늘리면 저항력이 커져 훨씬 요란한 소리를 낼 수 있을 거라 생각했다. '이번엔 두고보라고.'

그들이 아까의 세 배에 달하는 화약을 총구에 쏟아 넣었다. '충전재는 뭘로 하지?' 호커는 자신의 가죽 튜닉을 북북 뜯어 대포에 쑤셔 넣었다. '이걸로는 부족해.' 호커는 자신의 부하들을 돌아보았다. "네놈들 튜닉도 필요해." 그가 말했다.

두 남자가 흠칫 놀라며 말했다. "너무 춥다고, 호커."

"빨리 내놔!"

그들은 마지못해 지시에 따랐다. 호커는 그들의 튜닉까지 충전재로 썼다. 호커가 씩씩대며 대포를 재장전하는 동안 아래서는 야유가 이어졌다. 포신 전체가 벅스킨으로 꽉 채워지자 모든 준비가 끝이 났다.

"발사 준비!" 호커가 다시 불붙은 방아끈을 집어 들며 소리쳤다.

"발사!" 그가 잉걸불을 뇌관에 갖다 대자 대포가 요란한 굉음을 내며 폭발했다. 벅스킨이 저항력을 높여준 덕분이었다. 문제는 그 충격으로 대포 자체가 산산조각 나버렸다는 사실이었다.

힘차게 쏘아 올려진 불덩이에 밤하늘은 환해졌지만 통나무집은 매캐한 연기에 덮여 한 치 앞도 보이지 않았다. 사방으로 파편이 튀자 남자들이 일제히 납작 엎드렸다. 뜨겁게 달궈진 쇳조각들이 멀리 날아가 진지의 통나무 벽과 눈밭에 꽂혔다. 통나무집에서 튕겨져 나간 호커의 두 부하는 눈 덮인 뜰에 떨어졌다. 한 명은 추락하면서 한쪽 팔이 부러졌고, 또 다른 한 명은 갈비뼈가 부러졌다. 바람에 날려 쌓인 눈더미가 아니었다면 그들 모두 살아남지 못했을 것이다.

거센 바람이 통나무집의 연기를 걷어내주었다. 모든 눈이 용감한 포병을 찾아 위로 향했다. 긴 침묵을 깨고 대위가 소리쳤다. "호커!"

한참을 기다려도 대답이 없었다. 통나무집에서 연기가 완전히 걷히자 성벽 가장자리로 불쑥 튀어나온 손 하나가 보였다. 또 다른 손과 호커의 머리도 차례로 모습을 드러냈다. 그의 얼굴은 석탄처럼 새까맣게 그을려 있었다. 모자는 어디론가 날아가버렸고, 그의 귀에서는 피가 흘러내리고 있었다. 통나무집을 필사적으로 붙잡고 있는 그의 몸이 위태롭게 흔들렸다. 앞으로 떨어져 죽을 거라는 남자들의 예상과 달리 그는 큰 소리로 외쳤다. "새해 복들 많이 받아, 이 더러운 새끼들아!"

그 말에 남자들의 함성이 터져 나왔다.

휴 글래스는 휘청대며 눈발을 헤쳐나갔다. 벌써부터 이토록 많은 눈을 보게 되다니 그저 놀라울 따름이었다. 라이플을 쥔 손에는 장갑이 끼워져 있지 않았다. 넘어질 때마다 맨손이 눈 속에 푹푹 파묻혔다. 따끔한 냉기가 그를 움찔거리게 만들었다. 글래스는 언 손을 판초 안으로 쑤셔 넣었다. 가볍게 흩날리는 눈송이만 보고 방심한 게 실수였다.

글래스는 주변을 살피며 일광이 얼마나 남았을지 가늠해보았다. 폭풍이 지평선을 가까이 끌어다놓았다. 그의 뒤로는 거대한 산이 조금씩 사라져가고 있었다. 사암으로 이루어진 산등성이와 소나무 무리가 아득하게 보일 뿐, 작은 언덕들은 회백색 구름 뒤로 이미 사라져버린 후였다. 글래스는 길잡이가 되어주는 옐로스톤 강이 무척 고마웠다. '일몰까지 한 시간 정도 남았나?' 글래스가 가방에서 장갑을 꺼내 꽁꽁 얼어붙은 손에 꼈다. '어차피 이런 날씨엔 사냥을 못하잖아.'

글래스가 유니언 진지를 떠나온 지도 어느덧 닷새가 지나고 있었다. 그는 헨리와 그의 여단도 같은 길로 이동했을 거라 확신했다. 서른 명에 달하는 남자들을 쫓는 건 어려운 일이 아니었다. 글래스는 지도를 통해 마누엘 리사의 버려진 빅혼 교역소의 위치를 파악해두었었다. '헨리는 아직 거기 머물고 있을 거야. 이런 날씨엔 선택의 여지가 없으니.' 글래스는 여기서부터 그곳까지의 거리를 대충 가늠할 수 있었다. 하지만 지금껏 이동해온 거리는 계산이 되지 않았다.

폭풍 때문에 기온이 급격히 떨어졌다. 하지만 그보다 추위에 생기를 불어넣고 있는 칼바람이 더 문제였다. 글래스의 옷 솔기마다 냉기가 파고들었다. 그가 가장 먼저 통증을 느낀 부위는 살짝 노출된 코와 귀였다. 그는 연신 눈물과 콧물을 쏟았다. 높이 쌓인 눈밭을 헤쳐나가는 글래스는 피부의 따끔거림이 점점 둔해지고 있음을 깨달았다. 한때 민첩하게 움직였던 그의 손가락들도 더 이상 제대로 기능하지 않았다. 글래스는 장작을 구해 쉼터부터 만들어보기로 했다. 그의 손가락이 아직 부싯돌과 쇳조각을 쥘 수 있을 때.

반대편에 경사진 기슭이 보였다. 그럭저럭 바람막이가 되어줄 수 있을 것 같았다. 문제는 강을 건널 방법이 없다는 사실이었다. 글래스가 있는 쪽의 지형은 평평하고 특색이 없어 거센 바람을 피할 길이 없었다. 그는 1마일쯤 떨어진 미루나무 무리를 목표로 걸음을 재촉했다. 날리는 눈과 어스레함 속에서 나무들은 잘 보이지 않았다. '내가 뭐하러 유니언 진지에서 그렇게 꾸물댄 거지?'

글래스는 20분 만에 미루나무 무리에 도착할 수 있었다. 바람에 눈이 쓸려나간 몇 곳을 제외하면 사방은 온통 무릎 높이의 눈밭이었다. 그의 모카신은 이미 눈으로 가득 차 있었다. 글래스는 각반을 챙기지 않은 자신을 질책했다. 그의 사슴 가죽 반바지는 딱딱하게 얼어붙어 있었다. 미루나무 무리에 다다랐을 때 그의 발가락은 감각을 완전히 잃은 상태였다.

폭풍은 점점 거세지고 있었다. 글래스는 쉼터로 가장 적절한 곳을 찾아 나무 주변을 유심히 살폈다. 바람은 사방에서 일제히 불어오고 있었다. 어느 곳을 선택해도 아쉽기는 마찬가지일 것 같았다. 그는 쓰러진 미루나무 앞에 자리를 잡았다. 뽑혀 나온 뿌리는 넓게 펼쳐져 두 방향에서 불어오는 바람을 막아주었다. '빌어먹을 바람이 사방에서 한꺼번에 불어오면 날더러 어쩌란 거지?'

글래스는 라이플을 내려놓고 장작을 찾아 나섰다. 나무는 어렵지 않게 구할 수 있었다. 문제는 부싯깃이었다. 주변의 땅은 눈으로 덮여 있었다. 눈 밑에 깔린 낙엽은 축축해서 부싯깃으로 적당하지 않았다. 미루나무 잔가지들은 아직도 푸릇푸릇했다. 글래스는 계속해서 빈터를 샅샅이 뒤졌다. 어둠은 빠르게 내려앉았다. 시간은 글래스의 예상보다 훨씬 많이 지나 있었다. 그는 칠흑 같은 어둠 속에서 필요한 것들을 전부 구해왔다.

글래스는 쓰러진 나무 옆에 장작을 쌓은 후 화덕으로 쓸 구덩이를 팠다. 장갑을 벗고 부싯깃을 준비하려 했지만 얼어붙은 손가락이 제대로 말을 듣지 않았다. 그는 동그랗게 모은 두 손에 입김을 불었다. 하지만 온기는 칼바람의 맹습에 금세 식어버렸다. 등과 목에도 냉기가 스며들었다. '바람의 방향이 바뀐 건가?' 글래스는 미루나무 반대편으로 넘어가야 할지 고민에 빠졌다. 다행히 오래가지 않아 바람이 잦아들었고 그는 자리를 지키기로 했다.

글래스가 부싯깃을 얕은 구덩이에 깔아놓고 가방에서 부싯돌과 쇳조각을 꺼냈다. 쇳조각을 내리찍는 과정에서 그는 실수로 자신의 엄지손가락을 찧고 말았다. 순간 날카로운 통증이 그의 팔을 타고 올라왔다. 찌릿찌릿 진동하는 팔이 꼭 소리굽쇠 같았다. 그는 통증을 애써 무시하고 다시 쇳조각을 내리찍었다. 마침내 부싯깃에 불이 옮아 붙었다. 글래스는 구덩이 위로 잽싸게 엎드려 입김을 불어 넣었다. 그때 휘몰아치는 바람이 그의 얼굴에 모래와 연기를 뿌렸다. 그는 격하게 기침을 하며 눈을 비벼댔다. 간신히 눈을 떠 보니 불씨가 보이지 않았다. '제기랄!'

글래스는 다시 부싯돌로 쇳조각을 내리찍었다. 구덩이 속으로 불꽃이 뿌려졌지만 깔아놓은 부싯깃은 거의 다 타고 없었다. 추위에 노출된 그의 손등이 따끔거렸다. 손가락은 이미 모든 감각을 상실했다. '화약을 써야겠어.'

글래스는 남은 부싯깃을 공들여 펼쳐놓고 그 위에 커다란 나무토막을 얹었다. 그런 다음, 뿔 화약통을 꺼내 피같이 소중한 화약을 살살 뿌렸다. 그는 몸으로 바람을 막으며 부싯돌로 쇳조각을 내리찍었다.

구덩이 안에서 섬광이 번쩍거렸다. 손을 데이고, 얼굴도 그슬렸지만 개의치 않았다. 글래스는 불씨를 살리는 데만 온 신경을 집중하고 있었다. 거센 바람에 불꽃이 위태롭게 흔들렸다. 그는 불 위로 몸을 숙이고 판초 자락을 넓게 펼쳐 바람막이로 썼다. 부싯깃의 불꽃이 커다란 나무토막에 옮겨 붙자 그는 안도했다. 장작을 몇 개 더 얹어놓자 불꽃은 몇 분 만에 화르르 타올랐다.

글래스가 쓰러진 나무에 몸을 기대는 순간 또 한차례 거센 바람이 불어와 모닥불을 위협했다. 그는 다시 몸을 날려 불을 보호했다. 판초 자락을 넓게 펼쳐 바람을 막았고, 잉걸불에는 조심스레 입김을 불었다. 꺼져가던 불이 다시 확 살아났다.

판초 자락을 붙잡고 엎드린 글래스는 무려 30분 동안 그 자세를 유지했다. 그가 불을 지키는 동안 그의 주변에는 몇 센티미터의 눈이 더 쌓였다. 글래스는 판초 위로 떨어지는 눈의 무게를 똑똑히 느낄 수 있었다. 그리고 곧 이어 찾아든 깨달음. 그의 가슴이 철렁 내려앉았다. '바람의 방향이 바뀌었어.' 글래스의 등을 두드리는 바람은 더 이상 휘몰아치지 않았다. 하지만 압력에는 변화가 없었다. 미루나무는 더 이상 바람막이가 되어주지 못했다. 아니, 오히려 바람을 그와 모닥불 쪽으로 떠미는 역할을 하고 있었다.

압도적인 좌절감과 공포가 찾아들었다. 불을 지키지 못하면 그는 얼어 죽을 게 분명했다. 하지만 언제까지나 바람을 등진 채 불 위에 엎드린 자세로 버틸 수도 없었다. 그는 이미 너무 지쳐 있었다. 폭풍은 짧게는 몇 시간, 길게는 며칠까지 이어질 수 있었다. 글래스에게는 쉼터가 절실했다. 바람의 방향은 완전히 바뀌어 있었다. 이렇게 된 이상 나무 반대편으로 옮겨갈 수밖에 없었다. 간신히 피운 모닥불을 버리고 갈 생각을 하니 글래스는 발이 떨어지지 않았다. 반대편에서도 불을 피울 수 있을까? 이런 어둠 속에서? 부싯깃도 없이? 불가능한 일이었지만 그래도 시도는 해 봐야 했다.

글래스는 구체적으로 계획을 세워보았다. 쓰러진 미루나무를 넘어가 구덩이를 얕게 파놓은 후 불씨를 옮겨야 했다.

더 이상 기다릴 수 없었다. 글래스는 라이플과 장작을 한 아름 안고 일어났다. 기다렸다는 듯 매서운 바람이 그의 몸을 공격했다. 그는 고개를 푹 숙이고 커다란 뿌리를 돌아나갔다. 눈이 모카신으로 스며들자 그의 입에서 욕이 튀어나왔다.

예상대로 나무 반대편은 바람이 덜했다. 하지만 높이 쌓인 눈은 문제가 될 것 같았다. 글래스는 라이플과 장작을 떨어뜨리고 구덩이를 파기 시작했다. 그 작업은 5분 만에 끝이 났다. 그는 왔던 길을 따라 나무 반대편으로 황급히 돌아갔다. 하늘을 뒤덮은 먹구름이 세상을 완전한 어둠 속에 파묻었다. 그는 작은 불씨라도 남아 있기를 빌었다. '안 보여. 완전히 꺼져버렸어.'

옴폭 팬 땅에는 어느새 눈이 수북이 쌓여 있었다. 글래스는 잉걸불을 찾아 눈을 파헤쳐보았지만 헛수고였다. 모닥불이 있었던 자리는 눈이 녹아 진창으로 변해 있었다. 그의 양모 장갑으로 물이 스며들자 마치 화상과 동상을 동시에 입은 듯한 묘한 통증이 느껴졌다.

글래스는 다시 나무 반대편으로 돌아갔다. 바람은 방향만 바뀌었을 뿐 더 강해져 있었다. 얼굴은 따끔거렸고, 손은 다시 무감각해졌다. 발의 상태는 쉽게 무시할 수 있었다. 발목 밑으로 감각이 완전히 사라져버렸으니까. 그나마 미루나무가 바람막이 역할을 착실히 해주고 있었다. 기온은 계속 떨어졌다. 불을 피우지 못하면 글래스는 살아남을 수 없었다.

부싯깃을 찾으러 다닐 시간은 없었다. 설령 백주대낮이었더라도 마찬가지였을 것이다. 글래스는 손도끼로 불쏘시개를 만들어보기로 했다. 화약을 쓰면 불을 피울 수도 있을 것 같았다. 하지만 화약을 이렇게 다 써버려도 될까? '지금은 그런 걸 따질 때가 아니잖아.' 그는 손도끼로 찍어 작은 나무토막을 반으로 쪼갰다.

나무가 요란하게 쪼개지는 순간 어딘가에서 아득한 천둥소리가 들려왔다. 움찔한 그가 목을 길게 빼고 소리가 들려온 쪽을 돌아보았다. '라이플 소리? 아니야. 그보단 훨씬 컸어.' 글래스는 눈보라 속에서 천둥소리를 들어본 적이 있었다. 하지만 이런 극심한 추위 속에서는 아니었다.

글래스는 귀를 쫑긋 세운 채 몇 분간 기다렸다. 바람의 비명만이 들려올 뿐이었다. 손의 통증이 글래스를 다시 눈앞 현실로 잡아끌었다. 눈보라 속에서 수상한 소리의 근원을 찾아 헤매는 건 어리석은 짓이었다. '빨리 불이나 피우라고!' 그는 손도끼로 또 다른 나무토막을 쪼갰다.

충분한 양이 쌓이자 글래스는 불쏘시개를 그 안에 쑤셔 넣고 뿔 화약통을 끌어왔다. 화약은 바닥나기 직전이었다. 그는 불쏘시개 위로 화약을 뿌리며 부디 재시도가 필요 없기를 간절히 빌었다. 얼어붙은 손으로는 도저히 남은 화약을 꼼꼼하게 재어 나눌 수 없었다. '이번에 반드시 성공해야 돼.' 그는 남은 화약을 전부 털어 넣고 부싯돌과 쇳조각을 꺼냈다.

글래스가 부싯돌을 번쩍 들었을 때 옐로스톤 강 계곡 쪽에서 요란한 쾅

음이 들려왔다. 순간 그는 깨달았다. 의심의 여지없는 대포 소리였다. '헨리!'

글래스는 라이플을 집어 들고 벌떡 일어났다. 거센 칼바람에 그가 잠시 휘청거렸다. 그는 발이 푹푹 빠지는 눈밭을 헤치고 옐로스톤 강 쪽으로 걸어나가기 시작했다. '부디 강을 건너야 하는 일이 없길!'

헨리 대위는 대포가 부서진 데 격분했다. 비록 쓸모는 없었지만 성벽 위에 버티고 있는 것만으로도 적에게 위압감을 줄 수 있는 소중한 무기였다. 게다가 대포 없는 진지는 헨리의 자존심이 허락하지 않았다.

하지만 그걸 알 리 없는 진지의 남자들은 아랑곳하지 않고 신년 축하 파티를 계속 즐겼다. 오히려 대포의 폭발이 들뜬 분위기를 한층 돋워준 듯했다. 남자들은 눈보라를 피해 다시 합숙소로 돌아갔다. 비좁은 공간은 금세 엉망진창이 되었다.

그때 문이 벌컥 열렸다. 마치 엄청난 외력이 문을 통째로 잡아 뽑으려 한 것 같았다. 열린 문으로 쏟아져 들어온 꽁꽁 얼어붙은 손가락들이 난로 앞에 모여 있는 남자들을 움켜잡았다.

"문은 닫고 들어와야지, 이 얼간이 놈아!" 스터비 빌이 뒤도 돌아보지 않은 채 소리쳤다. 남자들의 시선이 일제히 문 쪽으로 돌아갔다. 밖에서는 거센 바람이 새된 소리로 울부짖고 있었다. 문간에 선 어렴풋한 형체 뒤로 눈보라가 소용돌이쳤다. 형체는 마치 폭풍의 일부 같아 보였다.

짐 브리저는 겁에 질린 눈으로 유령을 쳐다보았다. 남자의 온몸은 얼어붙은 눈으로 뒤덮여 있었다. 초췌한 얼굴의 턱수염에는 수정으로 만든 단검 같은 고드름이 주렁주렁 매달려 있었다. 양모 모자를 쓴 유령은 꼭 겨울을 깎아 만든 듯했다. 하지만 얼굴의 진홍색 흉터들과 녹인 납처럼 이글거리는 눈빛은 그가 산 사람임을 확인시켜주었다. 브리저는 광기 어린 눈으로 실내 구석구석을 빠르게 훑는 남자를 지켜보았다.

눈앞에서 펼쳐지고 있는 충격적인 광경에 남자들은 넋이 나간 모습이었다. 그들과 달리 브리저는 대번에 이해할 수 있었다. 언젠가 꿈속에서도 본 적 있는 상황이었다. 순간 그의 안에서 죄책감이 끓어올랐다. 그는 당장이라도 도망치고 싶었다. '안에서 오는 것을 어떻게 피할 수 있지?' 저승에서 돌아온 망령은 그를 찾아 헤매고 있었다.

마침내 블랙 해리스가 먼저 입을 열었다. "맙소사…… 휴 글래스잖아!"

글래스는 충격에 휩싸인 얼굴들을 찬찬히 살펴보았다. 피츠제럴드가 보이지 않자 그의 얼굴에 실망의 표정이 스쳤다. 하지만 브리저는 금세 찾아낼 수 있었다. 브리저는 애써 그의 시선을 피하고 있었다. '그때도 그랬었지.' 브리저의 벨트에는 글래스의 눈에 익은 칼이 꽂혀 있었다. 글래스가 라이플을 들고 공이치기를 당겼다.

브리저를 쏘고 싶은 충동이 강하게 일었다. 글래스는 이 복수의 순간을 위해 무려 100일간 죽음과 사투를 벌여왔다. 이제 그에게는 살며시 방아쇠를 당기는 일만 남아 있었다. 하지만 그깟 총알 하나로 그의 격노를 충분히 표현할 수는 없었다. 그는 이 황홀한 순간을 최대한 오래 만끽하고 싶었다. 아사 직전에 놓인 사람이 잔치에 온 것처럼. 글래스는 라이플을 내리고 벽에 조심스레 기대어놓았다.

글래스가 브리저의 앞으로 천천히 다가갔다. 남자들은 뒤로 물러나 길을 터주었다. "내 칼 어디 있지, 브리저?" 글래스는 그의 앞에 멈춰 섰다. 브리저가 고개를 돌려 글래스를 쳐다보았다. 그는 해명을 하고 싶었지만 입은 끝내 열리지 않았다.

"일어나." 글래스가 말했다. 브리저는 순순히 시키는 대로 했다.

글래스의 주먹이 그의 얼굴에 떨어졌다. 브리저는 어떠한 저항도 하지 않았다. 맹렬히 날아드는 주먹을 보고도 고개를 돌리거나 움찔하지 않았다. 글래스는 브리저의 코 안에서 연골이 부러지는 걸 분명히 느낄 수 있었다. 그의 코에서 피가 폭포처럼 쏟아졌다. 글래스가 그토록 갈망해온 순간이었다. 그는 충동에 휩쓸려 소년을 죽이지 않은 걸 다행이라 생각했다. 그랬다면 이런 복수의 쾌락은 맛보지 못했을 것이다.

다시 휘둘러진 글래스의 주먹이 브리저의 턱 밑에 꽂혔다. 뒤로 밀려난 소년은 고꾸라지지 않으려 통나무 벽에 몸을 지탱했다.

글래스는 브리저 앞으로 성큼 다가가 그의 얼굴을 연신 내리쩍었다. 소년의 얼굴은 피로 범벅이 되어 글래스의 주먹이 자꾸 미끄러졌다. 그는 브리저의 복부로 표적을 바꾸었다. 브리저는 숨을 헐떡이며 바닥에 쓰러졌다. 글래스는 그를 힘껏 걷어찼다. 브리저는 저항하지 않았다. 소년은 언젠가 이런 순간이 오리라 확신했었다. 그는 대가를 치러야 했다. 그에게는 저항할 자격이 없었다.

마침내 피그가 앞으로 걸어 나왔다. 술에 거나하게 취한 상태임에도 피그는 눈앞에서 펼쳐지는 상황을 제대로 이해하고 있었다. 브리저와 피츠제럴드가 글래스에 대해 거짓말을 했다는 것을. 하지만 그렇다고 글래스가 자신들의 친구이자 동지를 때려죽이도록 내버려둘 수는 없었다. 피그가 달려들어 글래스를 붙잡았다.

그때 누군가가 피그를 잡아끌었다. 피그는 뒤를 홱 돌아보았다. 헨리 대위였다. 피그가 대위에게 말했다. "저 친구가 브리저를 죽이도록 내버려두실 겁니까?"

"난 지켜만 볼 거야." 대위가 말했다. 피그가 항의하려 하자 헨리가 말을 끊었다. "글래스가 알아서 하도록 내버려둬야 해."

글래스는 또다시 소년을 걷어찼다. 브리저의 입에서 신음이 터져 나왔다. 글래스는 웅크린 소년 위로 우뚝 서서 가쁜 숨을 몰아쉬었다. 그의 시선이 브리저의 벨트에 꽂힌 칼 쪽으로 돌아갔다. 그의 관자놀이에서 맥박이 바르게 뛰고 있었다. 그는 그날 빈터 끝에 서서 피츠제럴드가 던져준 칼을 받아 챙기던 브리저의 모습을 떠올렸다. '내 칼을.' 글래스는 몸을 숙이고 칼집에서 긴 칼을 뽑아 들었다. 칼자루 끝의 익숙한 촉감이 느껴졌다. 글래스는 그 칼이 절실했던 순간들을 차례로 떠올렸다. 또다시 분노가 치밀어 올랐다. '드디어 때가 왔어.'

이 순간을 위해 얼마나 이를 갈아왔던가.

마침내 그가 상상했던 것보다 훨씬 완벽한 복수의 순간이 찾아왔다. 글래스는 손바닥 위에서 칼날을 천천히 돌려보았다. 이제는 묵직한 칼로 복수를 마무리 지을 때였다.

글래스는 브리저를 물끄러미 내려다보았다. 순간 예기치 못했던 일이 벌어졌다. 완벽한 복수의 느낌이 조금씩 사그라들기 시작했다. 브리저는 글래스를 빤히 올려다보았다. 글래스는 소년의 눈에서 악의 대신 공포, 저항 대신 체념을 똑똑히 볼 수 있었다. '저항해, 이 빌어먹을 놈아!' 그런 기미가 조금이라도 보여야 마음 놓고 칼을 휘두를 수 있을 것 같았다.

하지만 소년은 그가 원하는 반응을 보이지 않았다. 글래스는 칼을 쳐든 채 소년을 노려보았다. 글래스의 뇌리에 또 다른 이미지들이 떠올랐다. 소년이 자신의 상처를 처치해주던 모습, 피츠제럴드와 언쟁을 벌이던 모습, 그리고 미주리 강기슭에서 보았던 라 비에르주의 창백한 얼굴.

글래스의 호흡이 조금씩 안정되어갔다. 심장박동이 느려지면서 관자놀이의 맥박도 그 기운이 떨어졌다. 그가 천천히 주위를 돌아보았다. 마치 그제야 자신을 지켜보는 눈이 많다는 걸 깨닫기라도 한 듯이. 글래스는 자신의 손에 쥐어진 칼을 한동안 내려다보다가 벨트에 꽂아 넣었다. 소년을 등지고 돌아선 글래스에게 갑자기 냉기가 파고들었다. 그는 난로 앞으로 다가가 피로 얼룩진 두 손을 앞으로 내밀었다.

돌리 매디슨이라는 기선은 일주일 전 세인트루이스에 도착했다. 배에는 쿠바에서 온 화물이 가득 실려 있었다. 설탕, 럼주, 그리고 시가. 윌리엄 H. 애슐리는 시가를 좋아했다. 하지만 그의 입에 물린 통통한 쿠바산 시가는 평소와 달리 그에게 감동을 주지 못했다. 물론 그는 그 이유를 알고 있었다. 매일 강가로 나갈 때마다 그는 카리브해 지역에서 온 하찮은 물건들에 눈길도 주지 않았다. 그의 관심은 오로지 극서부 지역에서 모피를 가득 싣고 올 보트에만 가 있었다. '대체 왜들 안 오는 거지?' 앤드루 헨리나 제디디아 스미스에게서는 벌써 다섯 달째 아무 보고가 없었다. '다섯 달씩이나!'

애슐리는 자신의 횅뎅그렁한 로키마운틴 모피회사 사무실을 빙빙 맴돌았다. 차분하게 앉아 있을 정신이 아니었다. 그는 다시 벽에 붙은 커다란 지도 앞에 멈춰 섰다. 화려하게 장식된 지도에는 재단사의 마네킹보다 많은 핀이 꽂혀 있었다. 그는 굵은 연필로 강과 개울과 교역소 등 다양한 주요 지형지물들을 차례로 지워나갔다.

애슐리의 시선이 미주리 강을 따라 천천히 올라갔다. 또다시 불길한 예감이 찾아들었다. 그는 세인트루이스의 서쪽으로 뻗친 강을 응시했다. 그의 평저선 중 하나가 무려 1만 달러 상당의 물자를 싣고 가다가 침몰한 곳이었다. 애슐리는 아리카라 족 마을을 표시해둔 핀을 쳐다보았다. 그의 직원 열여섯 명이 약탈당하고 살해된 곳이었다. 막강하던 미국 육군조차도 그곳에서는 아무런 힘도 쓰지 못했다. 애슐리의 시선이 맨던 족 마을

위를 지나는 미주리 강의 한 굽이에서 멈췄다. 2년 전, 헨리는 그곳에서 어시니보인 족에게 말 일흔 마리를 강탈당했다. 애슐리의 시선은 미주리 강을 따라 천천히 이동해나갔다. 유니언 진지를 지나 그레이트 폴스까지. 블랙풋 족에게 공격당한 헨리가 수송대를 이끌고 하류로 도망친 곳이었다.

애슐리는 자신의 손에 쥐어진 편지를 내려다보았다. 투자자 중 하나가 가장 최근에 보내온 문의 사항이었다. 편지는 '미주리 강 사업 현황'에 대한 최신 정보를 요구했다. '나도 모르는 걸 어떡하라고.' 애슐리의 전 재산도 앤드루 헨리와 제디디아 스미스의 운명과 같이하고 있었다.

애슐리는 당장 뭐라도 하고 싶었다. '무엇이라도······' 하지만 아무리 머리를 굴려봐도 그가 할 수 있는 건 아무것도 없었다. 그는 항상 새 평저선과 필수품들을 위한 대출 자격을 확보해두곤 했다. 덕분에 부두에는 평저선이 항시 대기 중이었고, 창고는 물자들로 넘쳐났다. 또한 새 모피 수송대 인력을 모집할 때마다 지원자가 끊이지 않았다. 애슐리는 지난 몇 주에 걸쳐 백 명의 지원자 중 사십 명을 선발해놓았다. 4월에는 자신이 직접 그들을 이끌고 미주리 강을 따라 올라갈 계획이었다. '아직 한 달도 더 남았군!'

어디로 가야 하나? 지난 8월, 애슐리는 헨리와 스미스를 떠나보내며 나중에 서부 어딘가에서 만나자고 했다. 장소가 결정되면 배달원을 통해 알려주겠고 했다. '배달원!'

애슐리의 시선이 다시 지도로 돌아갔다. 그는 손가락으로 그랜드 강이라고 적힌 곳을 더듬어보았다. 그는 자신이 추측한 위치에 강을 그려나가던 당시를 떠올렸다. '내가 제대로 그린 게 맞나?' 그랜드 강을 따라 나가면 정말로 유니언 진지에 다다를 수 있는 건가? 어딘가에서 갑자기 방향이 바뀌는 건 아니고? 헨리와 그의 수송대는 얼마 만에 진지에 도착했을까? 추기 사냥은 제대로 했을까? '과연 아직 살아 있긴 할까?'

앤드루 헨리 대위, 휴 글래스, 그리고 블랙 해리스는 빅혼 진지 합숙소의 꺼져가는 불 앞에 앉아 있었다. 헨리가 일어나 밖으로 나갔다. 잠시 후, 그가 장작을 한 아름 안고 돌아왔다. 그는 장작 하나를 석탄 더미에 얹어놓았다. 세 사람은 새 장작을 향해 타오르는 불꽃을 묵묵히 지켜보았다.

"세인트루이스로 보낼 배달원이 필요해." 헨리가 말했다. "진작 보냈어야 했는데. 하지만 난 빅혼에 자리를 잡을 때까지 기다리고 싶었어."

글래스는 절호의 기회를 놓치지 않았다. "제가 가겠습니다." 그는 미주리 강 어딘가에 있을 피츠제럴드와 안슈타트를 떠올렸다. 한 달간 헨리의 수송대와 함께 지내온 글래스는 마침 좀이 쑤시던 차였다.

"잘됐군. 우리 직원 세 명과 말을 내주지. 미주리 강을 최대한 벗어나 이동해야 한다는 건 알고 있겠지?"

글래스가 고개를 끄덕였다. "플랫 강까진 파우더 강을 따라가면 됩니다. 거기서부터 앳킨슨 진지까지는 직선 코스예요."

"그랜드 강은?"

"그랜드 강에선 리스 놈들이 설치고 있습니다. 게다가 파우더 강을 따라 이동하면 제디디아 스미스와 맞닥뜨리게 될지도 모르지 않습니까."

다음 날, 피그는 레드 아치볼드라는 사냥꾼으로부터 휴 글래스가 세인트루이스로 돌아가 윌리엄 H. 애슐리에게 대위의 메시지를 전달하게 될 거라는 소식을 전해 들었다. 그는 곧바로 헨리 대위를 찾아가 자신도 같이 가게 해달라고 요청했다. 아늑한 진지를 떠나기가 두렵기는 했지만 진지에 더 남아 있는 것 역시 불안하기는 마찬가지였다. 피그는 원래 이런 사냥꾼의 험난한 삶에 맞지 않는 사람이었다. 그는 통장이 가게에서 아무 걱정 없이 등 따시게 지내던 과거가 그리웠다.

레드와 안짱다리 영국인 윌리엄 채프먼도 함께 가겠다고 따라나섰다. 레드와 채프먼은 세인트루이스로 떠난다는 배달원 소식을 듣자마자 진지

를 뜰 계획을 세워두고 있었다. 헨리 대위는 지원자들에게 하사금도 내려
주겠다고 했다. 글래스를 따라나서면 나중에 몰래 도망칠 필요가 없었다.
게다가 돈까지 받고 남들보다 일찍 떠나는 특혜를 누릴 수 있었다. 채프먼
과 레드는 굴러들어온 행운에 한껏 들떠 있었다. "앳킨슨 진지의 술집을
기억해?" 레드가 물었다.

채프먼이 웃음을 터뜨렸다. 물론 그도 미주리 강을 따라 오르기 전 마
지막으로 마셨던 위스키의 맛을 잊지 못하고 있었다.

존 피츠제럴드는 앳킨슨 진지의 술집에서 지겹도록 들을 수 있는 야한
농담에 한순간도 귀를 기울이지 않았다. 그는 테이블의 얼룩진 펠트에서
집어든 카드에만 온 신경을 집중시키고 있었다. '에이스…… 이제야 내 운
이 바뀌는 모양이군…… 5…… 7…… 4…… 그리고……'

에이스. '됐어!' 피츠제럴드가 테이블에 모여 앉은 얼굴들을 차례로 돌
아보았다. 앞에 동전을 수북이 쌓아놓은 나긋나긋한 중위가 카드 세 장을
던지며 말했다. "세 장 줘요. 5달러 걸겠습니다."

구내매점의 상인이 자신의 패를 내려놓았다. "난 죽겠어요."

건장한 뱃사공이 카드 한 장을 앞으로 던지며 5달러를 테이블 중앙으
로 밀어냈다.

피츠제럴드는 카드 세 장을 던져놓고 계산에 들어갔다.

뱃사공은 어리석었다. 보나 마나 스트레이트나 플러시를 노리고 있을
것이다. 중위는 페어 정도를 쥐고 있겠지만 피츠제럴드의 에이스를 이길
수는 없을 것이다. "당신이 5달러를 걸면 난 거기에 5달러를 더 얹겠습니
다."

"무슨 돈으로 얹겠다는 거죠?" 중위가 말했다. 피츠제럴드의 얼굴이 화
끈 달아올랐다. 그의 관자놀이에서는 맥박이 미친 듯이 뛰고 있었다. 그는
매점 상인에게 생가죽을 팔아 손에 넣은 100달러를 거의 다 잃은 상태였

다. 그가 상인을 돌아보았다. "좋아요. 남은 비버 가죽을 마저 팔겠습니다. 아까랑 같은 값에. 개당 5달러로."

상인은 카드 실력은 형편없었지만 장사에는 꽤 소질이 있었다. "값이 좀 떨어졌어요. 개당 3달러로 합시다."

"개자식!" 피츠제럴드가 씩씩거리며 말했다.

"날 뭐라 불러도 상관없어요." 상인이 말했다. "아무튼 난 그 값이 아니면 안 살 겁니다."

피츠제럴드는 젠체하는 중위를 다시 홀끔 쳐다보았다. 그러고는 상인에게 고개를 끄덕였다. 상인은 가죽 가방에서 60달러를 꺼내 피츠제럴드 앞에 내려놓았다. 피츠제럴드는 그중 10달러를 테이블 중앙으로 밀어냈다.

딜러가 사공에게는 카드 한 장, 피츠제럴드와 중위에게는 세 장씩 각각 내밀었다. 피츠제럴드는 카드를 집어 들었다. '7······ 잭······ 3······ 빌어먹을!' 그는 무표정한 얼굴을 유지하려 애썼다. 중위를 그를 빤히 쳐다보고 있었다. 중위의 입가에는 옅은 미소가 떠올라 있었다.

'개자식.' 피츠제럴드는 남은 돈 전부를 테이블 중앙으로 밀어냈다. "50달러 더."

뱃사공이 휘파람 소리를 내며 카드를 내려놓았다.

중위는 테이블 중앙에 수북이 쌓인 돈과 피츠제럴드를 번갈아 쳐다보았다. "꽤 과감한 베팅이군요, 피츠······ 뭐라고 했죠? 피츠패트릭?"

피츠제럴드는 애써 마음을 진정시켰다. "피츠제럴드."

"피츠제럴드······ 아, 맞아. 미안합니다."

피츠제럴드는 중위를 유심히 쳐다보았다. '보나 마나 접을 거야. 그렇게 배짱 있어 보이진 않아.' 중위는 한 손에 패를 쥔 채 또 다른 손으로 테이블을 가볍게 두드리고 있었다. 그가 입을 오므리자 긴 콧수염이 한층 더 처졌다. 피츠제럴드는 짜증이 났다. 특히 그의 눈빛이 영 마음에 들지 않왔다.

"나도 따라가겠습니다." 중위가 말했다.

피츠제럴드의 가슴이 철렁 내려앉았다. 그는 어금니를 악문 채 에이스 두 장을 뒤집어 보였다.

"에이스 둘." 중위가 말했다. "내가 가진 페어보단 확실히 높군요."

중위가 3번 카드 두 장을 앞으로 휙 던졌다. "그런데 내겐 한 장이 더 있습니다." 그가 또 한 장을 내밀었다. "이걸로 오늘 밤 게임은 끝났군요, 피츠…… 어쩌고 하는 양반. 아니면 이 선한 상인에게 카누라도 팔겠습니까?" 중위가 테이블 중앙의 돈더미를 향해 손을 뻗었다.

순간 피츠제럴드가 벨트에서 칼을 뽑아 들고 중위의 손등을 내리찍었다. 손에 칼이 박히자 중위가 비명을 질렀다. 피츠제럴드는 위스키 병을 집어 들고 중위의 머리를 힘껏 내리쳤다. 그가 깨진 병으로 중위의 목을 찌르려는 찰나 군인 둘이 달려와 그를 붙잡았다.

그날 밤, 피츠제럴드는 영창에 갇혔다. 다음 날 아침, 그는 족쇄를 찬 채 군사 법정처럼 꾸며놓은 식당으로 끌려가 소령 앞에 섰다.

소령은 격식 있는 억양으로 이치에 맞지 않는 긴 잔소리를 늘어놓았다. 중위의 손에 감겨 있는 붕대는 피로 얼룩져 있었다. 소령은 30분에 걸쳐 중위를 심문했다. 그 뒤를 이어 매점 상인, 뱃사공, 그리고 목격자 세 명이 차례로 심문을 받았다. 피츠제럴드는 호기심에 찬 눈으로 모든 과정을 지켜보았다. 그는 중위를 칼로 찌른 사실을 부인할 마음이 추호도 없었다.

한 시간 후, 소령이 피츠제럴드를 '판사석' 앞으로 불렀다. 피츠제럴드는 소령이 앉아 있는 평범한 책상 앞으로 다가갔다.

소령이 말했다. "폭행죄로 유죄를 선고한다. 피고는 감옥에서 5년을 보내는 것과 미군 육군에 입대해 3년간 복역하는 것 중 하나를 선택할 수 있다." 앳킨슨 진지의 병력은 이미 4분의 1이 탈영한 상태였고, 소령은 병력

보충에만 혈안이 되어 있는 듯했다.

피츠제럴드는 고민하지 않았다. 영창에 갇혀도 결국에는 탈출할 수 있겠지만 그보다는 육군에 입대하는 편이 훨씬 나을 것 같았다.

그날 오후, 존 피츠제럴드는 오른손을 들고 미합중국 헌법에 충성을 맹세했다. 그는 그렇게 미국 육군 제6연대 소속 이등병으로 거듭나게 되었다. 탈영을 결심할 때까지 앳킨슨 진지를 집으로 삼고 버텨야 했다.

휴 글래스가 말에 짐을 싣고 있을 때 짐 브리저가 뜰을 가로질러 다가왔다. 그동안 소년은 양심껏 글래스를 피해 다녔다. 글래스는 하던 일을 멈추고 딱딱하게 굳은 얼굴로 걸어오는 소년을 쳐다보았다.

브리저는 글래스 앞에 멈춰 섰다. "내가 한 일에 대해 사과할게요." 잠시 뜸을 들이던 그가 계속 이어나갔다. "당신이 떠나기 전에 꼭 말하고 싶었어요."

글래스가 대꾸하려다 멈칫했다. 이미 오래전에 소년이 찾아올 것을 예상한 그는 때가 왔을 때 늘어놓을 잔소리를 수차례 연습해둔 상태였다. 하지만 막상 소년을 보니 그 내용이 하나도 기억나지 않았다. 예상치도 못했던, 연민과 존중을 섞은 듯한 묘한 감정이 찾아들었다.

마침내 글래스가 입을 열었다. "넌 네 길을 가, 브리저." 그는 다시 말쪽으로 돌아섰다.

한 시간 후, 휴 글래스와 세 남자는 빅혼 진지를 떠나 파우더 강과 플랫 강을 향해 긴 여정을 시작했다.

23
1824년 3월 6일

높은 산들의 꼭대기만이 조금이나마 햇빛을 누릴 수 있었지만 그마저도 금세 꺼져버렸다. 환한 대낮이 새까만 한밤으로 바뀌는 짧은 전환의 순간은 글래스가 안식일만큼이나 성스럽게 여기는 시간이었다. 해가 저물면 평원은 다시 가혹한 공간으로 변했다. 우짖는 바람이 잦아들자 장려한 풍경과 어울리지 않는 완전한 정적이 찾아들었다. 세상의 색채에도 변화가 생겼다. 뚜렷하던 낮의 색조들은 빠르게 어두워지는 자줏빛과 푸른빛에 서서히 물들어가며 흐려지고 또 연해졌다.

어마어마한 공간에서의 신성한 숙고의 시간.

신은 이런 서부의 광활한 평원에 살고 있을 게 분명했다. 적어도 글래스는 그렇게 믿었다. 물리적 형태가 아닌, 인간이 절대 이해할 수 없는 영적인 모습으로.

어둠은 깊어졌고 글래스는 속속 모습을 드러내는 별들을 올려다보았다. 희미하던 별들은 금세 등대의 불빛만큼이나 환해졌다. 그는 실로 오랜만에 별들을 관찰하고 있었다. 그의 머릿속에는 아직도 나이 든 네덜란드 선장의 교훈이 남아 있었다. "별들을 읽을 줄 알면 나침반은 필요 없어." 글래스는 큰곰자리를 찾아냈다. 그의 시선이 북극성으로 향해 천천히 돌아갔다. 동쪽 지평선 위로는 오리온자리가 보였다. 오리온. 복수의 칼을 높이 쳐든 사냥꾼.

레드가 침묵을 깨고 말했다. "오늘은 네가 두 번째야, 피그." 레드는 자신이 짠 계획에 따라 남자들에게 임무를 내려주었다.

피그도 불침번 순서를 잘 알고 있었다. 그가 담요를 머리 위까지 끌어 올리고 눈을 감았다.

그날 밤, 그들은 산골짜기에 캠프를 차렸다. 산골짜기는 광활한 평지에 난 거대한 상처 같았다. 춘기 홍수나 여름 폭풍이 만들어놓은 골짜기는, 자양분이 풍부한 단비가 만들어놓은 다른 곳들과는 확실히 달랐다. 수분에 익숙하지 않은 땅은 그 엄청난 양의 물을 흡수하지 못했다. 결국 물은 자양분이 되는 대신 파괴만을 일삼고 말았다.

시간이 얼마나 흘렀을까, 레드가 곯아떨어진 피그에게 다가가 발로 툭툭 건드렸다. "네 차례야." 레드가 말했다. 피그는 투덜거리며 힘겹게 몸을 일으켰다. 자정의 하늘에는 은하수가 하얀 강처럼 흐르고 있었다. 피그는 잠시 하늘을 올려다보았다. 그에게 하늘이 맑다는 건 그저 날씨가 추워질 거라는 불길한 징조일 뿐이었다. 어깨에 담요를 두른 그가 라이플을 집어 들고 골자기를 내려갔다.

쇼숀 족 전사 두 명은 산쑥 덤불 뒤에 숨어 불침번 교대가 이루어지는 걸 지켜보고 있었다. 그들은 어린 소년들이었다. 작은 곰과 토끼 같았다. 열두 살짜리 전사들은 사냥을 위해 골짜기로 나온 것이다. 하지만 눈앞의 말 다섯 마리는 그냥 지나치기 힘들었다. 소년들은 훔친 말들을 몰고 의기양양하게 마을로 돌아가는 자신들의 모습을 상상하며 흐뭇해했다. 마을 사람들은 그들을 위해 모닥불을 피울 것이고 잔치를 열어줄 것이다. 그들은 자신들의 기민함과 용맹함을 신나게 떠벌릴 것이다. 그들은 굴러들어온 행운을 지켜보면서도 자신들의 눈을 믿지 못했다. 흥분과 두려움이 교차하는 순간이었다.

소년들은 동이 트기 직전까지 기다렸다. 보초의 집중력이 가장 흐트러졌을 때를 노려야 했다. 예상대로 보초의 경계는 조금씩 풀렸다. 한참 후, 남자의 코 고는 소리가 들려오자 그들은 조심스레 덤불을 나와 골짜기를 올라갔다. 말들은 긴장한 모습이었지만 다행히 아무 소리도 내지 않았다. 두 소년이 접근해오자 말들이 귀를 쫑긋 세웠다.

작은 곰이 조심스레 손을 뻗어 가장 가까운 말의 긴 목을 살살 쓸어내렸다. 토끼도 작은 곰을 따라했다. 그들은 그렇게 몇 분간 말들을 쓰다듬었다. 말들이 진정되자 작은 곰이 칼을 꺼내 놈들의 앞다리에 묶인 가죽 끈을 잘라나가기 시작했다.

소년들이 다섯 마리 중 네 마리의 끈을 잘라냈을 때 보초가 뒤척였다. 그들은 순간 바짝 얼어붙었다. 보초가 깨면 잽싸게 말에 올라 도망쳐야 했다. 그들은 육중한 검은 형체를 숨죽여 지켜보았다. 다행히 남자는 눈을 뜨지 않았다. 토끼가 작은 곰에게 손짓했다. '이만 가자!' 작은 곰은 단호히 고개를 저었다. 그의 손가락이 다섯 번째 말을 가리켰다. 그는 마지막 말 앞으로 다가가 끈을 자르기 위해 몸을 숙였다. 칼이 무뎌져 가죽 끈이 잘 잘라지지 않았다. 작은 곰에게 짜증과 초조함이 밀려들었다. 그가 칼을 힘껏 잡아당기자 가죽 끈이 뚝 끊어졌다. 움찔 밀려난 그의 팔꿈치가 말의 정강이를 툭 건드렸다. 순간 깜짝 놀란 말이 히힝 울기 시작했다.

그 소리에 놀란 피그가 벌떡 일어났다. 그는 휘둥그레진 눈으로 라이플을 집어 들고 공이치기를 당긴 후 황급히 말들이 있는 쪽으로 달려갔다. 그의 눈앞으로 검은 형체가 불쑥 튀어나왔다. 피그는 멈춰 서서 소년을 쳐다보았다. 토끼는 이름처럼 화들짝 놀란 모습이었다. 눈은 휘둥그렇고, 팔다리는 막대기처럼 뻣뻣했다. 소년의 한 손에는 칼이, 또 다른 손에는 밧줄이 각각 쥐어져 있었다. 피그는 어떻게 해야 할지 난감했다. 그의 임무는 말들을 지키는 것이었다. 하지만 앞에 선 소년은 칼을 쥐고 있었음에도 전혀 위협적으로 보이지 않았다. 마침내 피그가 라이플을 들고 소리쳤다. "꼼짝 마!"

작은 곰은 겁에 질린 눈으로 그 긴박한 상황을 지켜보고 있었다. 그는 지금껏 백인을 실물로 본 적이 없었다. 게다가 눈앞의 남자는 인간 같아 보이지 않았다. 그의 육중한 덩치와 불타는 듯한 빨간 머리털이 소년으로 하여금 사나운 곰을 연상케 했다. 총을 앞세운 거인이 고래고래 소리를 지르며 토끼 앞으로 다가갔다. 작은 곰은 무의식적으로 괴물에게 달려들어 그의 가슴에 칼을 꽂았다.

피그는 가슴에 날카로운 통증을 느꼈다. 여전히 상황 파악이 되지 않은 그는 어리둥절한 표정을 짓고 있었다. 작은 곰과 토끼는 계속해서 겁에 질린 눈으로 육중한 괴물을 지켜보았다. 다리가 풀려버린 피그가 픽 고꾸라졌다. 그는 본능에 따라 방아쇠를 당겼다. 하지만 총알은 허무하게도 별들을 향해 날아가버렸다.

토끼는 말의 갈기를 움켜잡고 등에 올라탔다. 그가 작은 곰을 큰소리로 불렀다. 소년은 죽어가는 괴물을 물끄러미 내려다보다가 친구 뒤에 올라탔다. 그들은 놀라 날뛰는 말을 제어하지 못했다. 다섯 마리 모두가 미친 듯이 골짜기를 달려 내려갔다.

글래스와 나머지 남자들이 현장에 도착했을 때 말들은 이미 사라져버린 후였다. 피그는 아직도 무릎을 꿇고 앉아 가슴을 움켜쥐고 있었다.

글래스가 피그에게로 달려가 상처를 움켜쥐고 있는 그의 두 손을 떼어냈다. 피그의 셔츠를 걷어 올리자 작은 칼자국이 드러났다. 그걸 내려다보는 세 남자의 얼굴이 어두워졌다.

피그가 겁에 질려 애원하는 눈으로 글래스를 올려다보았다.

"나 좀 살려줘, 글래스."

글래스가 피그의 큼직한 손을 꼭 잡았다. "아무래도 힘들 것 같아, 피그."

피그는 격하게 기침을 해댔다. 그의 육중한 몸이 덜덜 떨리기 시작했다. 넘어가기 직전의 거대한 나무를 보는 듯했다. 마침내 그의 손에서 기운이 쭉 빠져나갔다.

거구의 남자가 마지막으로 긴 숨을 내쉰 후 평원의 반짝이는 별들 아래서 숨을 거두었다.

휴 글래스는 칼로 땅을 쿡쿡 찔러보았다. 칼끝은 2센티미터 정도밖에 박히지 않았다. 땅은 꽁꽁 얼어붙어 있었다. 글래스가 한 시간쯤 언 땅과 씨름하고 있을 때 레드가 다가왔다. "이런 땅에선 무덤을 팔 수가 없어."

글래스는 다리를 접고 땅에 주저앉아 가쁜 숨을 몰아쉬었다. "네가 도와주면 빨리 끝날 텐데 말이야."

"헛일하는 것만 아니면 당연히 도와줬겠지." 채프먼이 영양의 갈비에서 눈을 떼고 말했다. "피그를 묻으려면 어지간한 깊이로는 어림도 없을걸."

"인디언들처럼 비계 같은 걸 만들어 거기에 눕혀놓는 건 어떨까?" 레드가 제안했다.

채프먼이 코웃음을 쳤다. "그걸 뭘로 만들게? 산쑥으로?"

레드가 나무 하나 없는 평원을 찬찬히 돌아보았다. "그걸 만들어놔도 문제야." 채프먼이 말했다. "우리가 무슨 수로 피그를 들어 비계에 눕히겠어?"

"그냥 돌을 모아와 저 친구를 덮어주는 건 어때?" 그게 가장 나은 방법인 것 같았다. 그들은 30분에 걸쳐 주변의 모든 돌을 긁어모았다. 그래 봤자 열 개 남짓이었다. 그마저도 꽁꽁 얼은 땅에 단단히 박혀 있어 뽑아내기가 여간 힘든 게 아니었다.

"이걸로는 머리도 제대로 덮지 못하겠는데." 채프먼이 말했다.

"머리만이라도 덮어놔야 까치들이 몰려와 얼굴을 쪼아 먹지 않을 게 아니야." 레드가 말했다.

그때 글래스가 몸을 홱 틀어 캠프를 나섰다. 레드와 채프먼이 깜짝 놀라며 그를 돌아보았다.

"저 친구 어디 가는 거지?" 레드가 물었다. "이봐!" 그가 글래스의 뒤에 대고 소리쳤다. "어디 가는 거야?"

글래스는 못 들은 척 400미터쯤 떨어진 작은 메사(mesa, 꼭대기는 평평하고 주위가 급경사를 이룬 탁자 모양의 언덕-옮긴이)를 향해 걸음을 옮겼다.

"저 친구가 없는 동안 쇼숀 족 놈들이 들이닥치면 큰일인데."

채프먼이 고개를 끄덕였다. "불을 피우고 남은 영양이나 마저 구워 먹자고."

한 시간 후, 글래스가 돌아왔다. "저 언덕 밑에 노두(露頭)가 있어." 그가 말했다. "피그를 눕혀놓을 만큼의 공간이 되던데."

"동굴에?" 레드가 말했다.

채프먼은 잠시 머리를 굴려보았다. "지하 무덤 같은 거로군."

글래스가 두 동지를 번갈아 쳐다보며 말했다. "그 방법밖엔 없어. 우선 불부터 꺼. 저 친구를 끌고 가야돼."

피그를 품위 있게 끌고 갈 방법은 없었다. 들것을 만들 재료도 없었을 뿐더러 설령 만든다 해도 그들 셋이 들고 가기에 피그는 너무 무거웠다. 결국 그들은 그를 담요에 엎어놓고 메사까지 질질 끌고 가기로 했다. 두 사람이 피그를 끌면 나머지 한 명은 모두의 라이플을 챙겼다. 평원 곳곳에 솟아 있는 선인장과 유카(yucca, 용설란의 종류-옮긴이)를 피해가는 건 쉬운 일이 아니었다. 뻣뻣하게 굳은 피그의 몸뚱이는 두 차례나 땅바닥에 내동댕이쳐졌다.

메사에 도착하기까지 30분 이상이 걸렸다. 그들은 피그를 반듯하게 눕혀놓고 그 위에 담요를 덮어주었다. 메사 주변에는 돌이 많았다. 그들은 필요한 만큼을 모아와 허접하나마 지하 무덤을 완성했다. 노두는 사암으로 이루어져 있었다. 높이는 60센티미터 정도였고, 1.5미터 가까운 면적을 덮고 있었다. 글래스는 피그의 라이플 개머리판으로 안쪽 공간을 대충 치웠다. 짐승의 흔적이 남아 있었지만 최근에 머문 것 같지는 않았다.

그들은 사암을 높이 쌓아나갔다. 다들 마지막 단계로 넘어가는 걸 주저하는지 돌무더기는 필요 이상으로 높아져갔다. 마침내 글래스가 마지막 돌을 던져 올리며 말했다. "이만하면 됐어." 그가 피그의 시체 앞으로 다가갔다. 나머지 두 사람도 그를 도와 시체를 무덤 구멍 안으로 밀어 넣었다. 그들은 한동안 피그를 빤히 지켜보았다.

왠지 무슨 말이라도 한마디 해야 할 것 같았다. 글래스가 모자를 벗어 쥐자 두 동지도 그를 따라했다. 글래스는 헛기침을 한 번 했다. 그러고는 '죽음의 계곡'에 대한 시라도 한 수 읊기 위해 기억을 더듬어보았다. 하지만 아무리 머리를 굴려봐도 적절한 시는 떠오르지 않았다. 결국 그는 주기도문을 크게 읊는 것으로 추도사를 대신했다. 레드와 채프먼도 기억을 더듬어 웅얼웅얼 기도를 따라했다.

기도를 마친 글래스가 말했다. "저 친구 라이플은 돌아가면서 차례로 들기로 하지."

그가 손을 뻗어 피그의 벨트에서 칼을 뽑아 들었다. "레드, 이건 네가 가져. 채프먼, 넌 뿔 화약통을 갖고."

채프먼은 딱딱하게 굳은 표정으로 화약통을 받아들었다. 레드는 손에 쥔 칼을 유심히 살펴보았다. 잠시 후, 그가 옅은 미소를 머금고 들뜬 목소리로 말했다. "이 칼 꽤 괜찮은데."

글래스는 피그의 목에 둘러진 작은 주머니를 집어 들고 내용물을 땅바닥에 쏟아냈다. 부싯돌, 쇳조각, 머스킷 총알 몇 개, 패치들이 우수수 떨어졌다. 그 틈에서 백랍으로 만든 팔찌가 보였다. 거구의 남자와 어울리지 않는 소지품이었다. '피그가 왜 이런 앙증맞은 장신구를 지니고 다녔을까? 죽은 어머니의 것인가? 고향에 두고 온 애인의 것?' 그 비밀은 이제 그와 함께 영원히 묻히게 되었다. 글래스는 우울한 생각을 떨쳐낸 후 자신의 차지가 된 기념품들을 주섬주섬 챙겨 넣었다.

부싯돌과 쇳조각, 총알과 패치들이 차례로 글래스의 가방에 담겼다.

햇빛을 받은 팔찌가 반짝거렸다. 레드가 그것을 향해 손을 뻗었고, 글래스는 잽싸게 그의 손목을 낚아채 잡았다.

레드가 방어적인 눈빛으로 말했다. "저 친구에겐 이제 필요 없게 됐잖아."

"네게도 필요 없긴 마찬가지야." 글래스는 팔찌를 다시 피그의 주머니에 넣고 그의 커다란 머리 밑에 주머니를 깔아놓았다.

마무리 작업은 한 시간 정도가 걸렸다. 그들은 무덤 밖으로 발이 삐져나오지 않도록 피그의 다리를 구부려놓았다. 글래스는 피그와 노두 사이로 담요를 꾹꾹 쑤셔 넣어 시체의 얼굴을 덮어주었다. 돌로 무덤 구멍을 꼼꼼히 막아놓고 나서야 비로소 모든 작업이 끝이 났다. 마지막 돌을 얹은 글래스가 자신의 라이플을 집어 들고 돌아섰다. 레드와 채프먼은 자신들이 쌓아놓은 돌벽을 잠시 응시하다가 돌아서서 글래스를 뒤따랐다.

그들이 파우더 강을 따라 이동한 지 이틀째 되는 날, 강이 갑자기 서쪽으로 급하게 꺾였다. 그들은 남쪽으로 흐르는 개울을 발견하고 그것을 따라 내려갔다. 얼마나 걸었을까, 개울의 폭이 점점 줄어들면서 알칼리 평지(alkali flat, 못이나 호수가 말라버린 뒤에 염류나 알칼리가 굳어서 만들어진 평지—옮긴이)가 나타났다. 그들은 멈추지 않고 계속 남쪽으로 내려갔다. 멀리 낮은 산 모양의 평원이 보였다. 그 윗부분은 꼭 탁자를 연상케 했다. 그 앞으로는 넓고 얕은 노스플랫 강이 흐르고 있었다.

그들이 플랫 강에 도착하자 기다렸다는 듯 거센 바람이 불고 기온이 급격히 떨어졌다. 늦은 오전, 눈을 잔뜩 머금은 구름이 낮게 떠왔다. 글래스의 뇌리에는 아직도 옐로스톤 강에서 눈 폭풍과 사투를 벌였던 악몽 같은 기억이 생생히 남아 있었다. 그는 더 이상 자연을 상대로 도박을 하고 싶지 않았다. 그들은 가까운 미루나무 무리 속으로 들어갔다. 글래스가 사냥해 온 사슴을 손질하는 동안 레드와 채프먼은 서둘러 쉼터를 만들었다.

늦은 오후가 되자 거센 눈보라가 노스플랫 골짜기로 불어닥쳤다. 키 큰 미루나무들이 바람에 심하게 요동쳤지만 다행히 그들이 만든 쉼터는 끄떡없었다. 그들은 담요로 몸을 감싼 채 쉼터 앞에 커다란 모닥불을 피워놓고 앉아 있었다. 진홍빛 잉걸불이 내뿜는 열기가 쉼터 안으로 스며들어왔다. 구워 먹은 사슴고기가 그들의 배 속을 따뜻하게 데워주었다. 동트기한 시간 전부터 바람이 조금씩 잦아들었다. 날이 밝자 폭풍은 멀리 몰려갔다. 태양이 뿌리는 하얀 빛이 어찌나 강렬한지 눈을 가늘게 떠야만 비로소 앞을 볼 수 있을 정도였다.

레드와 채프먼이 캠프를 정리하는 동안 글래스는 하류를 살폈다. 눈밭을 걷는 건 쉬운 일이 아니었다. 글래스가 발을 디딜 때마다 얇은 표면이 깨지면서 1미터 높이로 쌓인 눈 속에 발이 푹푹 빠졌다. 3월의 강렬한 햇볕이 하루나 이틀 만에 다 녹여주겠지만 지금 당장은 걸어 다니는 데 짜증만 날 뿐이었다. 글래스는 도난당한 말들이 새삼 아쉬워졌다. 그는 눈이 녹을 때까지 육포를 만들며 기다릴까도 생각해보았다. 고기를 넉넉히 챙겨서 떠나면 매일 사냥을 할 필요가 없어질 것이고 그만큼 더 빨리 이동할 수 있을 것이다. 플랫 강은 여러 인디언 부족들의 사냥터였다. 쇼숀 족, 샤이엔 족, 포니 족, 아라파호 족, 수 족. 그중에는 우호적인 부족도 있겠지만 그렇지 않은 부족도 분명 있을 것이다. 피그의 죽음이 그것을 증명하지 않았던가.

외딴 산의 꼭대기까지 오른 글래스가 갑자기 걸음을 멈췄다. 100미터쯤 떨어진 곳에 쉰 마리에 가까운 물소가 모여 있는 게 보였다. 놈들은 폭풍에 맞서느라 쳐놓은 원형 진을 아직도 유지하고 있었다. 우두머리로 보이는 수놈 하나가 그를 발견하고 무리 속으로 쏙 들어갔다. 잠시 후, 물소떼가 천천히 움직이기 시작했다. '떼로 도망치려는 거야.'

글래스는 한쪽 무릎을 땅에 대고 어깨에 메고 있던 라이플로 통통한 암놈을 골라 쏘았다. 총에 맞은 소가 잠시 휘청거렸지만 주저앉지는 않았다. '저기까지 쏘려면 화약을 더 넣어야겠어.' 글래스는 화약의 양을 두 배로 늘여 10초 만에 라이플을 재장전했다. 그가 다시 암놈을 겨누고 방아쇠를 당겼다. 그제야 암소는 눈밭에 픽 고꾸라졌다.

글래스는 꽂을대를 총구로 쑤셔 넣으며 지평선을 빠르게 훑었다.

다시 물소 떼 쪽으로 시선을 가져간 글래스가 흠칫 놀랐다. 소들은 아직도 사정거리 안에 머물러 있었다. 당황한 우두머리는 무리 앞에서 어쩔 줄 몰라하고 있었다. 놈이 앞으로 몸을 날려 깊고 축축한 눈 속에 가슴을 파묻었다. '제대로 움직이지도 못하잖아.'

글래스는 또 다른 암소나 송아지를 쏴야 할지 고민에 빠졌다. 하지만 이내 생각을 접었다. 이 정도 고기면 충분하다는 판단이었다. '하지만 좀 아쉽군.' 그는 생각했다. '이런 상황에선 열 마리도 넘게 잡을 수 있을 텐데.'

순간 기발한 생각이 그의 뇌리를 스쳤다. 왜 진작 그 생각을 못했는지 어이가 없을 정도였다. 글래스는 물소 떼로부터 40미터쯤 떨어진 지점까지 나아갔다. 그다음, 라이플을 들어 덩치가 가장 큰 수소를 골라 쏘았다. 그는 잽싸게 재장전한 후 또 다른 수소를 쏘았다. 그때 글래스의 뒤에서 두 발의 총성이 들려왔다. 눈앞에서 송아지 한 마리가 픽 쓰러지자 그가 뒤를 돌아보았다. 채프먼과 레드가 달려오고 있었다. "이얏-호!" 레드가 소리쳤다.

"수소만 쏴!" 글래스가 외쳤다.

레드와 채프먼이 그의 옆으로 다가와 라이플을 재장전했다. "왜?" 채프먼이 물었다. "송아지 고기가 더 연하잖아."

"저놈들 가죽이 필요해." 글래스가 말했다. "그걸로 가죽배를 만들 거야."

5분 후, 총 열한 마리의 수소가 그들의 총에 맞고 쓰러졌다. 그 정도면 충분했다. 하지만 한껏 들뜬 레드와 채프먼은 총질을 멈추지 않았다. 글래스도 꽂을대로 총구를 힘껏 쑤셔 재장전했다. 미친 듯이 총을 쏘아대느라 총열의 상태는 말이 아니었다. 그가 가까운 곳에 쓰러져 있는 수소를 향해 천천히 다가가며 말했다. "채프먼, 저쪽 능선으로 올라가서 주위를 살펴봐. 이 소리를 듣고 누가 오고 있을지 모르니까. 레드, 넌 새 칼로 작업을 시작하고."

글래스는 계속 수소 앞으로 다가갔다. 놈의 주변에는 시뻘건 피가 뿌려져 있었다. 글래스는 그 옆의 암소를 잠시 응시하다가 칼로 목을 그어 피를 뽑아냈다. 그들의 저녁거리였다. "이리 와봐, 레드. 가죽 벗기는 걸 좀 도와줘야겠어." 그들은 암소를 옆으로 쓰러뜨렸다. 글래스가 달려들어 소의 배를 길게 갈라나갔다. 글래스가 능숙하게 칼질을 해놓으면 레드가 가죽을 힘껏 잡아당겨 뜯었다. 그들은 암소 시체에서 뜯어낸 가죽을 한쪽으로 치워놓고 먹을 부위들을 떼어내기 시작했다. 혀, 간, 혹, 허릿살…… 그렇게 떼어낸 고기들은 펼쳐진 가죽 위로 던져졌다. 그들은 남은 수소들의 가죽도 차례로 벗겨냈다.

채프먼이 돌아오자 글래스는 그에게도 할 일을 내주었다. "뜯어낸 가죽에서 최대한 크게 정사각형 조각을 잘라내야 해. 신중하게 작업하도록 해."

레드의 팔 전체가 피로 붉게 물들어 있었다. 그가 커다란 물소 시체를 물끄러미 내려다보았다. 물소 떼를 향해 미친 듯이 총질해대는 건 신나는 일이었지만 가죽을 벗기는 건 중노동이었다. "그냥 뗏목을 만들면 안 돼?" 그가 투덜거렸다. "강가에 나무도 많은데."

"플랫 강은 수심이 너무 얕아. 특히 이맘때쯤엔 더." 일단 재료가 풍부하기도 했지만 가죽배가 특히 좋은 이유는 흘수(배가 물 위에 떠 있을 때 물에 잠겨 있는 부분의 깊이-옮긴이)가 20센티미터도 채 되지 않기 때문이었다. 플랫 강에 물이 충분히 차오르려면 몇 달을 더 기다려야만 했다. 이른 봄에는 가죽배 외에 대안이 없었다.

정오가 되자 글래스는 레드를 캠프로 돌려보냈다. 그가 할 일은 고기를 말릴 수 있도록 불을 피워놓는 것이었다.

레드는 고기가 수북이 쌓인 암소 가죽을 질질 끌고 사라졌다. 글래스와 채프먼은 남은 수소들에서 혀와 가죽을 마저 뜯어냈다. "오늘 밤엔 간이랑 혀를 구워 먹으면 되겠는데." 채프먼이 큰 소리로 말했다.

두 사람은 힘겹게 벗겨낸 수소 가죽에서 최대한 크게 정사각형 조각을 잘라냈다. 모든 면이 반듯해야만 했다. 물소들의 억센 겨울털에 칼날은 금세 무뎌졌다. 그들은 틈틈이 작업을 멈추고 칼을 갈아야만 했다. 간신히 작업을 마친 그들은 잘라낸 가죽을 캠프로 가져갔다. 그들이 가죽을 캠프 근처 빈터에 널어놓았을 땐 이미 노스플랫 강 위로 초승달이 높이 걸려 있었다.

레드는 직사각형 구덩이 세 곳에 작은 모닥불을 피웠다. 얇게 저민 고기들은 버드나무 걸이에 차례로 얹었다. 레드는 오후 내내 고기를 신나게 씹어댔다. 고기 굽는 냄새가 그렇게 좋을 수 없었다. 글래스와 채프먼도 육즙 많은 고기를 연신 입 속으로 쑤셔 넣었다. 그들의 저녁식사는 몇 시간 동안 이어졌다. 풍부한 고기만큼이나 그들을 만족시킨 것은 잦아든 바람과 누그러진 추위였다. 불과 하루 전에 눈보라와 씨름을 했다는 사실이 믿어지지 않았다.

"가죽배를 만들어본 적이 있어?" 레드가 물었다.

글래스가 고개를 끄덕였다. "포니 족이 그걸 만들어 타고 아칸소 강을 내려갔었지. 만드는 데 시간은 좀 걸리지만 어려운 일은 아니야. 나뭇가지로 틀을 만들고 가죽을 씌우면 되거든. 커다란 사발을 만든다고 생각하면 될 거야."

"그게 정말 물에 뜰까?"

"가죽이 마르면 북처럼 팽팽해진다고. 우린 그냥 매일 아침 이음매에 뱃밥을 채우기만 하면 돼."

가죽배가 완성되기까지는 꼬박 일주일이 걸렸다. 글래스는 하나의 커다란 배 대신 두 개의 작은 배를 만들었다. 필요하다면 그들 모두가 하나에 올라탈 수 있었다. 둘 중 작은 것은 가벼워서 얕은 물에서도 얼마든지 띄울 수 있었다.

첫날, 그들은 물소 시체들에서 힘줄을 뜯어와 틀을 만들었다. 커다란 미루나무 가지를 고리 모양으로 구부리자 뱃전이 완성되었다. 그들은 뱃전 밑으로도 작은 고리를 여러 개 만들었다. 그런 다음, 수직 버팀대를 세우고 튼튼한 버드나무 가지로 잘 엮었다. 연결 부위는 물소의 힘줄로 꽁꽁 묶었다.

완성된 틀에 가죽을 씌우는 작업이 가장 까다로웠다. 하나당 여섯 장의 가죽이 쓰였다. 가죽을 꿰매는 건 따분한 작업이었다. 그들은 칼끝으로 가죽에 구멍을 낸 후 힘줄로 꼼꼼히 꿰매어나갔다. 그 작업이 끝나자 두 개의 커다란 정사각형이 만들어졌다.

그들은 정사각형 중앙에 나무로 만든 틀을 놓고, 가죽의 털이 있는 쪽을 보트 안으로 해서 그것을 뱃전 위로 끌어올렸다. 그들은 가장자리에 남은 부분을 잘라내고 물소 힘줄로 꿰맸다. 그런 다음, 보트를 뒤집어놓고 햇볕에 말렸다.

  뱃밥 채우는 작업을 위해서는 다시 죽은 물소가 있는 곳에 다녀와야 했다. "젠장, 냄새가 고약하군." 레드가 말했다. 온화한 날씨가 눈을 녹이고 물소 시체들을 썩게 만들었다. 까치와 까마귀 떼가 몰려들어 고기를 뜯고 있었다. 글래스는 새 떼가 자신들의 위치를 외부에 알리는 꼴이 되지 않을까 걱정이 되었다. 그들이 할 수 있는 일이라고는 서둘러 보트를 완성해 캠프를 뜨는 것뿐이었다.

  그들은 물소에서 기름을 짜냈다. 손도끼로는 발굽을 잘랐다. 다시 캠프로 돌아간 그들은 그것들에 물과 재를 섞어 불 위에 올려놓았다. 한참을 끓이자 끈적끈적한 액체가 만들어졌다. 솥이 작은 관계로 이틀에 걸쳐 무려 총 열두 차례나 같은 작업을 반복해야 했다.

  그들은 그토록 고생해서 만든 뱃밥을 이음매에 듬뿍 발라놓았다. 글래스는 3월의 태양 아래서 말라가는 보트들을 꼼꼼히 살폈다. 적당한 바람이 건조 과정을 도와주었다. 그는 흐뭇한 얼굴로 완성된 보트들을 쳐다보았다.

  그들은 다음 날 아침에 출발했다. 글래스의 보트에는 짐을 잔뜩 실었다. 레드와 채프먼은 나머지 보트에 함께 올랐다. 어설프게 만들어진 보트에 적응한 그들이 미루나무 장대로 플랫 강의 얕은 바닥을 힘차게 밀어내기 시작했다.

  눈보라가 스쳐간 지도 어느덧 일주일이 지나 있었다. 그들은 한곳에 너무 오래 머물렀다. 하지만 플랫 강을 따라 500마일만 내려가면 앳킨슨 진지에 도달할 수 있었다. 보트 덕분에 허비한 시간을 어느 정도 만회할 수 있게 된 것이다. '매일 25마일씩 내려가면 되겠지?' 날씨만 도와준다면 3주 안에 도착할 수 있을 것 같았다.

  피츠제럴드는 지금쯤 앳킨슨 진지를 지나고 있을 거야. 글래스는 생각했다.

글래스는 안슈타트를 메고 한가로이 진지로 들어가는 그를 상상해보았다. 거기 가서는 또 뭐라고 둘러댈 것인가? 한 가지는 분명했다. 피츠제럴드가 쉽게 눈에 띌 거라는 것. 한겨울 미주리 강에서는 백인을 거의 볼 수 없었다. 글래스는 피츠제럴드의 낚싯바늘 모양 흉터를 떠올렸다. 그런 사람은 상대에게 깊은 인상을 남길 수밖에 없다. 글래스는 냉혹한 포식자의 자신감으로 가득 차 있었다. 그는 자신의 사냥감이 먼발치 어딘가에 숨어 있다는 걸 알고 있었다. 시간이 지날수록 그와의 거리는 점점 좁아졌다. 글래스는 피츠제럴드를 기필코 찾아낼 것이다. 그때까지는 절대 눈을 감을 수가 없으니까.

글래스는 긴 장대로 플랫 강 바닥을 짚고 힘껏 밀어냈다.

글래스와 그의 동지들은 플랫 강을 따라 유유히 내려갔다. 강은 이틀 동안 벅스킨처럼 매끄러운 낮은 언덕들을 따라 동쪽으로 흘러갔다. 사흘째 되는 날, 강은 갑자기 남쪽으로 방향을 틀었다. 우뚝 솟은 눈 덮인 봉우리는 꼭 넓은 어깨에 얹어진 머리를 보는 듯했다. 봉우리를 향해 직진하던 그들은 플랫 강이 다시 방향을 바꾸면서 남동쪽으로 돌아서게 되었다.

그들은 예상보다 빠르게 이동 중이었다. 가끔 맞바람이 불어올 때도 있었지만 잔잔하게 서풍이 불 때는 속도가 확실히 높아졌다. 물소 육포가 넉넉히 남아 당분간 사냥 걱정은 없었다. 강가에서 캠프를 할 때는 가죽배를 뒤집어 쉼터로 썼다. 매일 아침 한 시간씩 밑바닥 이음매에 뱃밥을 발라줘야 하는 작업 외에는 특별히 신경 쓸 부분이 없었다. 그들은 그렇게 별 어려움 없이 앳킨슨 진지를 향해 유유히 떠내려갔다. 글래스는 긴장을 풀고 모든 걸 강에 맡겼다.

보트를 타고 이동한 지 닷새 째 되는 날이었다. 글래스가 가죽배에 뱃밥을 바르고 있을 때 레드가 기겁을 하고 캠프로 돌아왔다. "오르막 너머에 인디언이 있어! 말을 타고 왔다고!"

"그가 널 봤어?"

레드가 고개를 세차게 저었다. "못 봤을걸. 덫을 확인하려고 개울로 나온 모양이야."

"어느 부족인지 알겠어?" 글래스가 물었다.

"리스 놈들 같아 보이던데."

"젠장!" 채프먼이 말했다. "리스 놈들이 플랫 강에서 뭘 하는 거지?"

글래스는 레드의 보고를 곧이곧대로 믿을 수가 없었다. 아리카라 족이 미주리 강을 벗어나 이곳까지 내려왔을 리 없었다. 그는 레드가 샤이엔 족이나 포니 족을 보았을 가능성이 높다고 판단했다. "가서 확인해보자고." 글래스가 레드를 돌아보며 덧붙였다. "내가 쏘기 전에 방아쇠를 당겨선 안 돼."

그들은 라이플을 팔꿈치 안쪽에 얹어놓은 채 땅바닥에 납작 엎드려 낮은 언덕으로 올라갔다. 눈이 녹아 땅이 질퍽거렸다. 그들은 바짝 마른 세이지와 버펄로그래스(buffalo grass, 목초의 일종-옮긴이)가 펼쳐진 언덕으로 올라갔다.

언덕 꼭대기에 오르자 얼룩말을 탄 인디언 전사가 보였다. 그는 반 마일쯤 앞에서 플랫 강을 따라 달려나가고 있었다. 어느 부족인지 알 길은 없었지만 가까운 곳에 인디언들이 몰려 있음은 충분히 짐작할 수 있었다.

"이젠 어쩌지?" 레드가 물었다. "보나 마나 저놈 혼자 온 건 아닐 텐데. 강가 어딘가에 캠프를 차려놓았을 게 틀림없어."

글래스는 짜증 섞인 눈빛으로 레드를 돌아보았다. 레드에게는 문제를 발견하는 묘한 재주가 있었다. 그러나 해결책을 제시하는 능력은 전혀 없었다. 어쨌든 그의 말이 옳았다. 지역 인디언들이 작은 개울이 많은 플랫 강 주변을 얼쩡거린다면 앞으로 심각한 문제에 봉착하게 될 수도 있었다. '이젠 어떡하지?'

"하는 수 없지 뭐." 글래스가 말했다. "앞으로 강 주변을 더 철저히 정찰하는 수밖에."

레드가 대꾸하려는 찰나 글래스가 먼저 치고나갔다. "내 배는 나 혼자 밀고 갈 수 있어. 원한다면 다시 돌아가도 좋아. 누가 뭐래도 난 이 강 끝까지 내려갈 거야." 그가 몸을 틀어 가죽배를 향해 걸어갔다. 채프먼과 레드는 아득히 멀어지는 인디언을 한동안 바라보다가 글래스를 뒤따랐다.

그 후로 이틀간은 아무 일도 벌어지지 않았다. 글래스는 그 기간 동안 최소한 150마일 이상 이동했을 거라 짐작했다. 해질녘이 되자 플랫 강의 까다로운 굽이가 나타났다. 글래스는 그곳에서 밤을 보낸 후 날이 밝으면 떠날 계획이었지만 어디에도 가죽배를 댈 만한 곳은 보이지 않았다.

양쪽으로 늘어선 언덕들이 강의 폭을 좁혀놓았다. 때문에 수심은 깊어졌고, 물살은 세졌다. 북쪽 기슭에는 미루나무 하나가 쓰러져 있었고, 강으로 뻗은 가지들 뒤로는 떠내려온 온갖 쓰레기가 걸려 있었다. 글래스의 배와 동지들의 배 사이의 거리는 10미터 정도였다. 급류는 가죽배를 쓰러진 나무 쪽으로 이끌었다. 글래스는 장대를 이용해 나무를 피해보려 했다. '장대가 바닥에 닿지 않아.'

급류는 더욱 거세어졌고, 미루나무는 위협적인 창처럼 가지를 내밀고 있었다. 그것에 정통으로 찔리면 가죽배는 가라앉을 것이다. 글래스는 한쪽 무릎을 바닥에 대고 몸을 일으켰다. 다른 쪽 발은 배의 골로 가져가 붙여놓았다. 그는 장대를 들고 그걸 쓸 만한 곳을 찾아 잽싸게 주변을 훑었다. 나무 몸통의 평평한 부분이 눈에 들어오자 그가 그쪽으로 장대를 길게 뻗었다. 다행히 장대의 끝이 그 부분에 단단히 걸렸다. 글래스는 있는 힘껏 장대를 눌러 가죽배를 들어올렸다. 급류에 들썩이던 배가 마침내 나무를 돌아 반대편으로 무사히 넘어갔다.

글래스는 돌아서서 레드와 채프먼의 상황을 확인했다. 그들은 잔뜩 긴장한 모습으로 불안정하게 요동치는 배를 제어해보려 애쓰고 있었다. 레드가 번쩍 치켜든 장대에 하마터면 채프먼이 맞을 뻔했다. "눈 똑바로 떠, 이 얼간아!" 채프먼도 자신의 장대를 미루나무 쪽으로 뻗었다. 레드의 장대는 가지에 뒤엉켜 있던 쓰레기 더미에 걸렸다.

급류가 그들의 가죽배를 반쯤 잠긴 나무 너머로 힘껏 밀어냈다. 두 남자는 배의 바닥에 납작 엎드렸다. 레드의 셔츠에 걸린 가지가 확 구부러졌다. 그의 셔츠가 찢어지면서 구부러졌던 가지가 뒤로 튕겨나갔고, 그 끝이 채프먼의 눈을 쳤다. 극심한 통증에 채프먼이 비명을 지르며 쥐고 있던 장대를 떨어뜨렸다. 그의 두 손이 황급히 부상 입은 눈을 감싸 쥐었다.

글래스는 계속해서 그들을 지켜보았다. 급류는 두 개의 가죽배를 남쪽 기슭으로 밀어내주었다. 한쪽 무릎으로 바닥을 짚고 일어난 채프먼은 여전히 눈에서 손을 떼지 못하고 있었다. 레드의 시선이 글래스 너머의 하류로 돌아갔다. 글래스는 레드의 얼굴이 점점 굳어져가는 걸 똑똑히 확인할 수 있었다. 레드가 장대를 떨어뜨리고 허둥대며 라이플을 집어 들었다. 불길한 예감에 글래스가 뒤를 획 돌아보았다.

그들로부터 50미터쯤 떨어진 플랫 강 남쪽 기슭에는 스무 개 남짓의 티피가 세워져 있었다. 물가에서 놀던 아이들 몇 명이 갑자기 불쑥 나타난 가죽배를 보고 기겁을 하며 비명을 질러댔다. 글래스는 모닥불 앞에 앉은 두 인디언 전사가 벌떡 일어서는 걸 지켜보았다. 레드의 말이 옳았다. 그때 흘려듣는 게 아니었는데. '아리카라 족이야!' 급류는 두 가죽배를 그들의 캠프 쪽으로 이끌었다. 기슭에서 총성이 들려왔다. 무기를 챙겨든 캠프의 남자들이 높은 강둑으로 몰려들고 있었다. 글래스는 장대로 강바닥을 힘껏 밀어낸 후 라이플을 집어 들었다.

레드가 총을 쏘자 한 인디언이 둑에서 픽 쓰러졌다. "어떻게 된 거지?" 채프먼이 성한 한쪽 눈으로 주위를 살폈다.

레드가 대꾸를 위해 입을 여는 순간 그의 복부에서 뜨거운 열기가 느껴졌다. 구멍 난 셔츠에서 피가 뿜어져 나오고 있었다. "오 젠장, 채프먼. 총에 맞았어!" 당황한 레드가 셔츠를 북북 찢고 상처를 눈으로 확인했다. 그때 두 개의 총알이 더 날아들었고, 중심을 잃은 레드가 뒤로 벌러덩 넘어갔다. 그의 두 다리가 뱃전에 걸리면서 가죽배의 가장자리가 물속에 잠겼다. 가장자리로 들이닥친 급류가 결국 배를 전복시켰다.

앞을 제대로 볼 수 없는 채프먼은 상황 파악도 제대로 못한 채 물에 빠지고 말았다. 얼음장처럼 차가운 물에 몸이 잠기자 그의 정신이 번쩍 들었다. 채프먼은 필사적으로 허우적대며 레드의 시체가 하류로 떠내려가는 걸 지켜보았다. 그가 쏟아낸 피가 검은 잉크처럼 강을 물들였다. 기슭 쪽에서 첨벙대는 발소리가 들려오고 있었다. '놈들이 이쪽으로 오고 있어!' 그는 산소가 절실했지만 수면 위로 떠오르고 싶지는 않았다.

더 이상 참을 수 없게 된 채프먼이 수면 위로 머리를 내놓고 가쁜 숨을 몰아쉬었다. 눈을 다친 그는 자신의 머리를 향해 휘두르는 도끼를 보지 못했다.

글래스는 라이플을 들고 가장 가까운 아리카라 족 전사를 쏘았다. 인디언 여러 명이 수면 위로 떠오른 채프먼의 머리에 도끼질을 해대고 있었다. 레드의 시체는 홀로 쓸쓸히 떠내려가는 중이었다. 글래스가 피그의 라이플을 집어 드는 순간 물가에서 요란한 함성이 들려왔다. 건장한 전사 하나가 그를 향해 창을 던졌다. 글래스는 본능적으로 몸을 숙였다. 날아든 창이 가죽배 옆에 꽂혔다. 글래스는 뱃전 너머로 라이플을 내밀고 물가의 육중한 전사를 쏘았다.

20미터쯤 떨어진 둑에는 아리카라 족 전사 세 명이 서 있었다. '저들에게 잡히면 끝장이야.' 그들이 쏜 총알이 날아들자 몸을 뒤로 젖힌 글래스가 플랫 강으로 떨어졌다.

그의 손에서 라이플이 떨어져 나갔다.

헤엄쳐서 하류로 내려가는 건 어리석은 생각이었다. 글래스의 몸은 이미 차디찬 강물에 꽁꽁 얼어버린 상태였다. 말을 타고 쫓아올 아리카라 족으로부터 벗어날 방법은 없었다. 플랫 강의 급류도 전력으로 달리는 말을 따돌리기에는 역부족이었다. 지금으로서는 최대한 오래 물속에 잠겨 있는 것이 최선이었다. 그렇게 해서 반대편 둑으로 갈 수 있다면, 적들을 강 건너에 묶어둘 수 있다면, 그러고 나서 재빨리 숨을 곳을 찾을 수 있다면 그는 살 수도 있었다. 글래스는 물속에서 미친 듯이 발을 구르기 시작했다.

강 중앙의 수심은 꽤 깊었다. 강바닥에 똑바로 서면 머리가 나오지 않을 정도였다. 갑자기 무언가가 날아들어 물속을 파고들었다. 인디언들이 활을 쏘고 있었다. 총알도 속속 날아와 작은 어뢰처럼 물속에 박혔다. '저들은 내가 보이는 모양이군!' 글래스는 더 깊이 잠수해보려 했다. 하지만 그의 폐는 이미 심하게 수축돼 있었다. '반대편 기슭에 뭐가 있었더라?' 그는 물에 빠지기 전 강 건너를 살피지 못했다. '숨을 쉬어야 해!' 그가 수면을 향해 떠올랐다.

글래스의 머리가 수면 위로 올라오자 총성이 격렬해졌다.

글래스는 재빨리 깊은 숨을 들이쉬었다. 언제든 총알이 날아들어 그의 머리를 박살낸다 해도 이상할 게 없는 상황이었다. 머스킷 총알과 화살들이 그의 주변에 속속 떨어졌다. 글래스가 북쪽 기슭을 황급히 살펴본 후 다시 물속으로 들어갔다. 그의 눈에 들어온 것이 한 줄기 희망을 안겨주었다. 40미터 가까이에 모래톱이 펼쳐져 있었다. 몸을 숨길 곳은 없었다. 무모하게 기어오르다가는 인디언들이 쏜 총이나 화살에 맞을 게 뻔했다. 하지만 모래톱 끝에는 풀로 덮인 낮은 둑이 자리하고 있었다. 그가 취할 수 있는 유일한 선택이었다.

글래스는 물속 깊이 내려가 모래톱을 향해 헤엄쳐나가기 시작했다. 마침 같은 방향으로 흐르는 급류가 그를 도와주었다. 물은 탁했지만 그는 모래톱의 가장자리를 희미하게나마 볼 수 있었다. '30미터 남았어.' 머스킷 총알과 화살들이 연신 수면을 갈랐다. '30미터.' 글래스는 기슭 쪽으로 방향을 틀었다. 그의 폐는 산소를 달라고 울부짖는 중이었다. '10미터.' 글래스의 발이 강바닥 바위에 닿았지만 그는 수면으로 오르지 않았다. 아직까지는 아리카라 족의 총격에 대한 공포가 호흡을 향한 갈망을 압도하고 있었다. 수심은 점점 얕아졌고, 그는 더 이상 물속에 머무를 수 없게 되었다. 수면을 뚫고 튀어나온 글래스가 깊은 숨을 들이쉬며 풀로 덮인 둑 쪽으로 몸을 날렸다. 그는 등과 다리에서 오는 날카로운 통증을 무시하고 버드나무 무리 속으로 뛰어 들어갔다.

버드나무 뒤에 몸을 숨긴 글래스가 강 건너 상황을 살피기 시작했다. 네 명의 전사가 말을 몰고 경사진 둑을 내려오고 있었다. 물가에는 대여섯 명의 전사가 서서 버드나무 무리 쪽을 가리키고 있었다. 그때 상류 쪽에서 무언가가 그의 눈에 띄었다. 아리카라 족 전사 두 명이 채프먼의 시체를 질질 끌고 둑을 오르는 중이었다. 글래스는 도망치려 몸을 틀었다. 순간 다리에서 살을 에는 듯한 통증이 느껴졌다. 그가 아픈 부위를 내려다보았다. 종아리에 화살 하나가 박혀 있었다. 다행히 뼈에 박히지는 않았다. 글래스가 손을 뻗어 화살을 뒤로 확 잡아 뽑은 후 버드나무 무리 뒤로 빠르게 기어가기 시작했다.

얼마나 들어갔을까, 글래스 앞에 암말 한 마리가 불쑥 나타났다. 아까 플랫 강으로 뛰어든 네 마리 중 하나였다. 주인의 채찍질에 못 이겨 얕은 물로 들어섰다가 갑자기 강바닥이 사라지자 당황한 나머지 주인을 내동댕이치고 홀로 헤엄쳐 강을 건너온 모양이었다. 망아지가 낑낑거리며 머리를 흔들어댔다. 글래스가 고삐를 힘껏 당겨보았지만 망아지는 고집스럽게 강 건너만 바라볼 뿐이었다. 나머지 세 마리는 차가운 강물에 몸을 담근 채 심하게 요동치고 있었다. 서로 몸을 부딪쳐대는 두 놈의 등에서 전사가 차례로 떨어졌다.

그들은 끈질기게 채찍을 휘두르며 말들을 계속 몰았다. 그렇게 아까운 시간이 허비되고 있었다.

글래스는 버드나무 무리를 벗어나 모래로 덮인 둑으로 올라갔다. 그는 뒤편의 좁은 물길을 내려다보았다. 햇볕이 잘 들지 않는 곳이라 잔잔한 물은 아직 얼어 있었다. 얼어붙은 수면 위로 눈이 얇게 덮여 있었다. 그 너머에는 가파르게 경사진 둑과 버드나무 무리가 펼쳐져 있었다. '저쪽이야.'

글래스는 경사지를 미끄러져 내려가 얼어붙은 물길로 들어갔다. 얇게 덮인 눈 밑으로 얼음이 느껴졌다. 모카신이 미끄러지면서 그가 뒤로 벌러덩 자빠졌다. 깜짝 놀란 그는 잠시 그렇게 누워 어둑해져가는 저녁 하늘을 올려다보았다. 이내 옆으로 몸을 굴려 일어나 띵한 머리를 세차게 흔들었다. 뒤에서는 암말이 계속 낑낑대고 있었다. 글래스는 힘겹게 몸을 일으키고 좁은 물길을 조심스레 건너갔다. 반대편 둑에 도달하자 뒤에서 말들이 달려오는 소리가 들려왔다.

말을 탄 아리카라 족 전사 네 명이 둑에 올라 물길을 내려다보고 있었다. 어스레함 속에서도 글래스가 남겨놓은 발자국은 선명히 보였다. 한 전사가 조랑말의 옆구리를 발뒤꿈치로 찍었다. 얼어붙은 물길로 들어선 말도 글래스와 다르지 않았다. 오히려 평평한 발굽 때문에 더 힘들어하고 있었다. 네 다리가 경련하듯 떨리다가 일제히 풀려버렸다. 쓰러진 말에 전사의 한쪽 다리가 깔렸고, 그는 통증에 비명을 질러댔다. 나머지 세 명은 잽싸게 말에서 내려 글래스를 뒤쫓기 시작했다.

글래스는 우거진 버드나무 무리 속으로 도망쳤다.

어둠이 빠르게 내려앉으면서 그의 흔적도 육안으로 확인하기 힘들어졌다. 글래스는 더 이상 부러진 나뭇가지나 자신이 남겨놓은 발자국을 걱정하지 않았다. 하지만 시야가 줄어들수록 그의 불안감은 점점 커져갔다. 마침내 그림자가 완전히 사라졌고, 숲은 칠흑 같은 어둠에 파묻혔다.

글래스는 낙마하며 다리를 다친 인디언의 울부짖음을 듣고 멈춰 섰다. '저들은 아직도 빙판에 있어.' 그들과의 거리는 50미터쯤 벌어진 상태였다. 어둠 속에서는 노출을 걱정할 필요가 없었다. 하지만 소리는 또 다른 문제였다. 그의 옆에는 커다란 미루나무 한 그루가 서 있었다. 그는 낮게 뻗은 가지를 움켜쥐고 나무를 오르기 시작했다.

나무의 주지(主枝)는 2미터 높이까지 뻗어 있었다. 글래스는 몸을 웅크리고 뛰는 가슴을 진정시키려 애썼다. 그가 벨트에 꽂힌 칼집을 손으로 더듬으며 안도의 한숨을 내쉬었다. 부싯돌과 쇳조각이 든 주머니도 제자리를 지키고 있었다. 라이플은 플랫 강 바닥에 가라앉아버렸지만 목에는 여전히 뿔 화약통이 걸려 있었다. 불을 피우는 데 지장이 없다는 게 그나마 다행이었다. 불을 피울 생각을 하니 갑자기 흠뻑 젖은 옷과 뼈를 파고드는 살인적인 냉기가 뚜렷이 느껴졌다. 그의 몸은 제어가 되지 않을 정도로 덜덜 떨리고 있었다.

그때 잔가지 부러지는 소리가 들려왔다. 글래스는 나무 밑 빈터를 내려다보았다. 깡마른 전사가 멀뚱하게 서서 빈터 곳곳을 둘러보고 있었다. 사냥감의 흔적을 찾고 있는 것이다. 긴 머스킷으로 무장한 그의 벨트에는 손도끼가 매달려 있었다. 아리카라 족 전사가 빈터로 들어서자 글래스는 숨을 참았다. 전사는 총을 앞세운 채 미루나무 쪽으로 천천히 다가오고 있었다. 칠흑 같은 어둠 속에서도 글래스는 전사의 목에서 반짝거리는 엘크 이빨 목걸이를 똑똑히 볼 수 있었다. 그의 손목에는 번들거리는 놋쇠 팔찌 두 개가 채워져 있었다. '제발 올려다보지만 마.' 심장이 글래스의 늑골을 뚫고 튀어나올 것만 같았다.

인디언이 미루나무 앞에 멈춰 섰다. 그의 머리는 글래스와 3미터도 채 떨어져 있지 않았다. 전사는 주변 땅과 덤불을 찬찬히 살펴나갔다. 글래스는 전사가 지나갈 때까지 기다려볼 참이었다. 하지만 문득 뇌리를 스치는 생각이 있었다. 발밑의 인디언을 죽이고 그의 총을 취하는 방법이 훨씬 나을 것 같았다. 글래스는 벨트에 꽂힌 칼집으로 손을 가져가 조심스레 칼을 뽑았다.

글래스는 그것으로 인디언의 목을 그어버릴 생각이었다. 정맥을 신속하게 끊어버리면 소리 없이 놈을 죽일 수 있었다. 글래스는 아주 천천히 상체를 세우고 적을 덮칠 태세에 들어갔다.

그때 빈터 끝에서 다급한 속삭임이 들려왔다. 글래스는 고개를 들고 두 번째 전사가 빈터로 들어서는 걸 지켜보았다. 그의 손에는 튼튼해 보이는 긴 창이 쥐어져 있었다. 글래스는 습격을 준비하기 위해 몸이 훤히 노출되는 쪽으로 천천히 이동했다. 더 이상 그를 가려줄 잔가지는 없었다.

나무 밑 인디언이 돌아서서 고개를 저었다. 그가 발밑 땅과 우거진 덤불을 차례로 가리켰다. 그가 무언가를 속삭이자 창을 쥔 인디언이 미루나무 쪽으로 성큼 다가왔다. 글래스는 마음의 평정을 잃지 않으려 애썼다. '일단 기다려.' 마침내 진행 방향을 정한 두 인디언이 덤불 속으로 사라졌다.

글래스는 그 후로 두 시간 이상 미루나무를 내려오지 않았다. 그는 때때로 들려오는 소리에 귀를 기울이며 다음 작전을 떠올렸다. 한참 후, 아리카라 족 전사 하나가 다시 빈터로 들어왔다. 강으로 돌아가려는 모양이었다.

전사가 멀리 사라지자 글래스는 조심스레 나무를 내려왔다. 모든 관절이 꽁꽁 얼어버린 기분이었다. 그의 발도 감각을 잃은 상태였다. 그가 정상적으로 걸을 수 있을 때까지는 몇 분의 시간이 걸렸다.

글래스는 새벽에 아리카라 족 전사들이 다시 들이닥칠 거라는 걸 알고 있었다. 또한 동이 트면 덤불이 그의 흔적을 감춰주지 못할 거라는 사실도 알고 있었다. 그는 플랫 강과 같은 방향으로 부지런히 걸었다. 구름이 달빛을 가리면서 기온도 뚝 떨어졌다. 젖은 옷에는 여전히 냉기가 달라붙어 있었다. 하지만 꾸준한 움직임이 그의 체온을 아주 조금이나마 높여주었다.

그렇게 세 시간쯤 걸어가자 작은 개울이 나타났다. 완벽했다. 글래스는 마치 플랫 강의 반대편으로 향한 듯한 흔적을 뚜렷이 남겨놓고는 첨벙거리며 개울로 들어갔다. 개울을 따라 100미터쯤 올라가자 바위가 많은 물가가 나타났다. 그곳이라면 발자국을 숨길 수 있을 것 같았다. 그는 적당한 곳을 골라 개울을 나왔다. 바위투성이 물가를 지나자 땅딸막한 나무들이 우거진 숲이 보였다.

산사나무였다. 가시로 덮여 있어 둥지 지을 곳을 찾는 새들이 즐겨 찾는 나무였다. 글래스는 걸음을 멈추고 칼을 뽑아 들었다. 그는 입고 있는 빨간 면 셔츠에서 작은 조각을 잘라내 가시에 걸어놓았다. '설마 이것까지 못 보고 지나치진 않겠지.' 그는 다시 바위 많은 물가를 지나 개울로 돌아갔다. 그러고는 개울 한복판을 따라 걸어 내려가기 시작했다.

구불구불한 작은 개울은 평지를 가로지르다 플랫 강과 합쳐졌다. 글래스는 미끄러운 바위에서 연신 넘어졌다. 젖은 옷이 계속 거슬렸지만 그는 생각을 딴 데로 돌리려 애썼다. 플랫 강에 도착했을 때 그의 발은 완전히 마비된 상태였다. 글래스는 무릎 깊이의 물속에 서서 몸을 덜덜 떨었다. 앞으로 또 어떤 시련이 자신을 기다리고 있을지 눈앞이 막막해졌다.

글래스는 강 건너 둑의 윤곽을 바라보았다. 버드나무와 미루나무 무리들이 희미하게 보였다. '어떻게든 흔적을 남기지 않고 가야 해.' 그는 계속해서 강 한복판으로 걸어 들어갔다. 물이 허리까지 차오르자 그의 호흡이 가빠졌다. 어둠 속에서 강바닥을 확인할 길이 없었다. 갑자기 발이 푹 빠졌고, 물이 글래스의 목까지 치고 올라왔다. 얼음장처럼 차가운 물이 갑자기 가슴을 덮어버리자 정신이 번쩍 들었다. 글래스는 허겁지겁 헤엄쳐 반대편 기슭으로 향했다. 강바닥에 다시 발이 닿자 그가 물가를 따라 천천히 오르기 시작했다. 잠시 후, 그는 강을 나서기 적합한 곳을 찾아내는 데 성공했다. 버드나무 숲으로 통하는, 바위로 덮인 둑이 있었다.

글래스는 조심스레 강을 나와 버드나무와 미루나무 무리들을 헤쳐나갔다. 그는 아리카라 족 놈들이 자신의 계략에 넘어가 엉뚱한 곳으로 향하기를 바랐다. 그들이 글래스를 쫓아 플랫 강 쪽으로 올 가능성은 희박했다. 하지만 긴장을 늦출 수는 없었다. 글래스는 무방비 상태였다. 또다시 그들과 맞닥뜨리면 끝장이었다.

어느덧 미루나무 숲 너머 동쪽 하늘에 희미한 빛이 새어 나오고 있었다. 동트기 전의 어스레함 속에서 2마일쯤 떨어진 고원의 검은 윤곽이 글래스의 눈에 들어왔다. 끝이 보이지 않는 고원은 강을 따라 뻗어 있었다. 글래스는 그곳에서 은신처를 찾아보기로 했다. 운이 좋으면 불을 피우고 옷과 몸을 말리기 적합한 동굴을 발견하게 될지도 몰랐다. 그곳에 숨어 있다가 밖이 잠잠해지면 다시 플랫 강으로 나와 앳킨슨 진지까지 걸어간다는 것이 그의 계획이었다.

글래스는 어렴풋이 보이는 고원을 향해 터덕터덕 걷기 시작했다. 갑자기 채프먼과 레드가 떠올랐다. 그의 안에서 죄책감이 꿈틀댔다. 하지만 그는 애써 모른 척했다. '지금은 이러고 있을 때가 아니야.'

조나단 제이컵스 중위가 한 손을 높이 들고 큰 소리로 정지 명령을 내렸다. 그의 뒤에서 말을 탄 남자 스무 명이 일제히 고삐를 당겨 멈춰 섰다. 땅에서는 흙먼지가 뽀얗게 일었다. 중위가 땀에 젖은 자신의 말을 토닥이며 물통을 꺼내 들었다. 그러고는 태연한 얼굴로 물을 들이켰다. 사실 그는 상대적으로 안전한 앳킨슨 진지를 떠나고 싶지 않았다.

정찰병이 맹렬히 말을 몰아 돌아오고 있었다. 또 어떤 나쁜 소식을 보고받을지 그는 벌써부터 불안해졌다. 눈이 녹기 시작한 후로 포니 족과 변절한 아리카라 족 무리가 플랫 강에 출몰하는 일이 잦아졌다. 중위는 정찰병의 정식 보고를 받기 전까지 섣부른 상상은 하지 않기로 했다.

정찰병은 히긴스라는 이름의 나이 든 평원 주민이었다. 그가 중위에게 바짝 다가와 멈춰 섰다. 그의 가죽 재킷에서 술 장식들이 요동쳤다.

"어떤 남자 하나가 이쪽으로 걸어오고 있습니다. 저쪽 능선을 넘어서요."

"인디언인가?"

"그런 것 같습니다. 자세히 보진 못했습니다." 제이컵스 중위는 히긴스에게 병장과 두 부하를 붙여주고 다시 돌아가 제대로 살펴볼 것을 지시하려다 말았다. 내키지는 않았지만 자신이 직접 가서 확인하는 게 나을 것 같았다.

능선이 가까워지자 중위는 부하 하나를 골라 말들을 맡겼다. 그다음, 나머지 부하들과 땅바닥에 납작 엎드려 천천히 기어갔다. 그들의 눈앞으로는 플랫 강의 넓은 골짜기가 100마일도 넘게 펼쳐져 있었다. 반 마일쯤 앞에서 한 형체가 강둑을 내려오고 있었다. 제이컵스 중위는 튜닉의 가슴 주머니에서 작은 망원경을 꺼냈다. 그가 길게 늘인 놋쇠 도구로 형체를 살피기 시작했다.

확대된 형체가 제이컵스의 망원경 안에서 위아래로 튀었다. 다가오는 남자는 몸에 벅스킨을 걸치고 있었다. 얼굴은 알아볼 수 없었지만 텁수룩한 수염은 확인할 수 있었다.

"맙소사." 제이컵스 중위가 흠칫 놀라며 말했다. "백인이잖아. 대체 저기서 뭘 하는 거지?"

"이곳 소속은 아닌 것 같은데요." 히긴스가 말했다. "탈영병이라면 당연히 세인트루이스로 가야 하지 않습니까."

위협적인 상황이 아니라고 판단한 중위가 용기를 내어 말했다. "가서 만나보자고."

로버트 컨스터블 소령은 집안 전통에 따라 원치도 않는 군인이 되었다. 그의 증조부는 프랑스인과 인디언들에 맞서 싸웠던 영국 보병 제12연대 소속 장교였다. 그의 할아버지는 집안의 소명에 따라 워싱턴의 미국군 소속 장교가 되어 영국군과 싸웠다.

컨스터블의 아버지는 운이 무척 없었다. 혁명 때는 너무 어렸고, 1812년 영미전쟁 때는 너무 늙어 참전할 수 없었다. 군인의 꿈을 끝내 이루지 못한 그는 자신의 외아들을 입대시키는 것으로 아쉬움을 달랬다. 어린 로버트는 판사가 되어 법복을 걸치는 게 소원이었다. 로버트의 아버지는 하나뿐인 아들이 법복을 걸친 궤변가가 되어 가문에 오점을 남기는 걸 허락하지 않았다. 그는 친분 있는 상원 의원을 찾아가 아들을 웨스트포인트에 넣어달라고 청탁했다. 그 후로 20년간 로버트 컨스터블 소령은 야금야금 진급을 거듭해 지금의 위치에 오르게 되었다. 그를 따라 지겹도록 이사를 다녔던 아내는 더 버티지 못하고 10년 전에 그와 이혼했다. 현재 그녀는 유명한 판사 애인과 보스턴에 살고 있었다. 앳킨슨 장군과 레번워스 대령이 겨울을 맞아 동쪽으로 돌아갔을 때 컨스터블 소령은 진지의 임시 사령관으로 임명되었다.

보병 백 명(이주민과 수형자의 비율이 반반쯤 되었다), 기병 백 명(불행하게도 보유하고 있는 말은 고작 쉰 마리뿐이었다), 녹슨 대포 열두 개. 보잘것없는 이 작은 왕국이 소령의 지배하에 놓여 있었다.

제이컵스 중위가 햇볕에 새까맣게 탄 남자를 데리고 들어왔을 때 컨스터블 소령은 커다란 책상 뒤에 앉아 있었다. "북쪽 지류에서 아리카라 족의 공격을 받고 간신히 살아남았답니다."

제이컵스 중위가 의기양양한 모습으로 환히 웃었다. 그의 머릿속은 벌써부터 포상받을 생각으로 가득 차 있었다. 컨스터블 소령이 그와 눈도 마주치지 않고 말했다. "나가봐."

"나가보란 말씀이십니까, 소령님?"

"나가봐."

제이컵스 중위는 예기치 못한 퉁명스러운 반응에 당황했다. 그가 머뭇거리자 컨스터블이 직설적으로 말했다. "꺼지란 말이야." 그는 각다귀를 쫓듯 한 손을 살랑였다. 그러고는 글래스를 돌아보며 물었다. "누구십니까?"

"휴 글래스입니다." 얼굴만큼이나 거친 목소리였다.

"어떻게 플랫 강을 따라 내려오게 됐습니까?"

"로키마운틴 모피회사에 메시지를 전하러 가는 길이었습니다."

흉터투성이 백인의 출현에 별 반응이 없던 소령이 로키마운틴 모피회사가 언급되자 흠칫 놀랐다. 앳킨슨 진지의 미래, 더 나아가서는 소령의 미래가 모피 교역의 상업적 성패에 달려 있었다. 모피가 아니라면 사람이 살 수 없는 사막과 통행할 수 없는 봉우리들로 가득 찬 황무지에서 이 고생을 할 이유가 없었다.

"유니언 진지에서 왔습니까?"

"유니언 진지는 버려진 상탭니다. 헨리 대위는 리사가 버리고 떠난 빅혼 진지로 들어갔습니다."

소령이 앉은 채로 몸을 앞으로 기울였다. 그는 겨울 내내 충실하게 세인트루이스로 특전을 쳤다. 지금껏 보고를 올린 내용 중 그나마 흥미로운 것이라고 해봤자 기껏해야 부하들이 이질에 걸린 것과 말을 배정받은 기병의 수가 빠르게 줄어간다는 소식 정도였다. 하지만 이번에는 달랐다. 로키마운틴 직원 구조! 버려진 유니언 진지와 빅혼의 새 진지!

"식당에 전해. 글래스 씨가 먹을 따뜻한 음식을 가져오라고."

그 후로 한 시간 동안 소령은 글래스에게 유니언 진지와 빅혼의 새 진지, 그들 사업의 성공 가능성 등에 대해 집요하게 물었다.

글래스는 변경으로 돌아와야 했던 진짜 이유를 꼭꼭 숨긴 채 최대한 성의껏 대답해주었다. 마침내 글래스가 질문을 던질 차례가 되었다. "혹시 낚싯바늘 모양의 흉터가 난 남자가 여길 들르지 않았습니까? 미주리 강에서 내려왔을 텐데요." 글래스는 손가락으로 자신의 입가에 낚싯바늘 모양을 그려 보였다.

컨스터블 소령이 글래스의 얼굴을 빤히 응시하다가 말했다. "그런 사람은…… 들렀다 가지 않았습니다."

순간 압도적인 실망감이 글래스에게 찾아들었다.

"여기 계속 머물고 있죠." 컨스터블이 말했다. "지역 술집에서 싸움을 벌여 잡혀 왔는데 감옥에 가는 대신 입대를 택했습니다."

'그가 여기 있다고?' 글래스는 흥분을 가라앉히려 애썼다.

"그 친구를 압니까?"

"압니다."

"도망친 로키마운틴 모피회사 직원인가요?"

"회사뿐 아니라 많은 것들로부터 도망친 놈이죠. 도둑이기도 하고요."

"매우 심각한 혐의군요." 흥미로운 소식에 컨스터블은 또다시 들떴다.

"혐의요? 난 불만을 접수하러 여기 온 게 아닙니다. 내 모든 걸 앗아간 사람을 붙잡아 대가를 치르게 하기 위해 온 겁니다!"

컨스터블은 깊은 숨을 한 번 들이쉬고는 턱을 천천히 쳐들었다. 그가 요란하게 한숨을 내쉬며 마치 차분하게 아이를 타이르듯 말했다. "여긴 황야가 아닙니다, 글래스 씨. 내게 말을 할 땐 최소한의 예의는 차려주기 바랍니다. 난 미국 육군의 소령이고, 이 진지의 지휘관입니다. 당신의 얘긴 잘 들었습니다. 꼼꼼히 수사토록 지시하겠습니다. 물론 증거는 있겠죠?"

"증거? 그가 내 라이플을 챙겨갔단 말입니다!"

"글래스 씨!" 컨스터블은 점점 짜증이 났다. "만약 피츠제럴드 이등병이 당신의 소유물을 훔쳐간 게 분명하다면 내가 군법에 따라 처벌할 겁니다."

"이건 그렇게 복잡한 문제가 아닙니다." 글래스는 조롱 섞인 톤을 감추지 않고 말했다.

"글래스 씨!" 컨스터블이 빽 소리쳤다. 우울한 전초기지에서 보낸 무의미한 세월은 그에게 합리화하는 능력만 길러주었다. 그는 자신의 권위가 짓밟히는 걸 가장 견디지 못했다. "마지막으로 경고하겠습니다. 이 진지에서 법을 집행하는 건 바로 납니다!"

컨스터블 소령이 보좌관을 돌아보았다. "피츠제럴드 이등병이 어디 있는지 알고 있나?"

"E중대에 있습니다, 소령님. 현재 숲에 나가 작업 중이고 오늘 밤에 돌아올 예정입니다."

"진지에 도착하는 대로 그를 체포하게. 라이플이 없는지 숙소도 수색해보고. 총이 발견되면 가져오게. 이등병은 내일 아침 8시까지 법정으로 데려오고. 글래스 씨, 당신도 물론 나와주겠죠? 법정에 오기 전에 잘 좀 씻도록 해요."

그들은 식당을 컨스터블 소령의 임시 법정으로 둔갑시켜놓았다. 몇몇 군인들이 컨스터블의 사무실에서 커다란 책상을 가져와 임시변통으로 만든 단상에 놓아두었다. 컨스터블은 높은 자리에 올라가 앉아 법정 안을 찬찬히 둘러보았다. 그는 그럴듯한 재판 분위기를 내기 위해 책상 뒤에 두 개의 기를 걸어놓기까지 했다.

법정의 위엄은 없었지만 규모로는 전혀 꿀리지 않았다. 테이블을 치워놓으면 백 명 이상의 관중이 들어와 재판을 구경할 수 있었다. 컨스터블 소령은 몇몇을 제외하고 진지의 모든 사람들을 식당으로 소집했다. 북적대는 법정의 분위기를 연출하기 위함이었다. 소령은 재판을 재미있는 볼거리 정도로만 여기는 듯했다. 게다가 이번 사건은 내용부터가 무척 흥미로웠다. 진지에는 이미 흙터 난 개척자와 그의 엄청난 주장에 대한 소문이 파다하게 퍼져 있었다.

휴 글래스는 소령의 책상 옆 벤치에 앉아 식당 문이 벌컥 열리는 걸 지켜보았다. "차렷!" 컨스터블 소령이 안으로 들어서자 관중이 일제히 일어났다. 네빌 K. 애스키첸이라는 중위가 소령을 뒤따라 들어왔다. 사병들은 애스키첸(Askitzen) 중위를 아첨쟁이(Ass-Kisser) 중위라고 불렀다.

컨스터블이 식당을 가득 메운 관중을 찬찬히 둘러보며 앞으로 걸어나갔다. 애스키첸은 그 뒤에 바짝 붙어 따라갔다. 판사석에 앉은 소령이 애스키첸을 돌아보며 고개를 끄덕였다. 중위가 관중을 향해 앉으라고 지시했다.

"피고를 데려오게." 컨스터블 소령이 지시했다. 식당 문이 다시 열리고 피츠제럴드가 문간으로 들어왔다. 그의 손목에는 수갑이 채워져 있었다. 그를 보기 위해 관중이 웅성거리기 시작했다. 소령의 책상 오른편에는 급하게 제작한 작은 철창 우리가 놓여 있었다. 피츠제럴드는 철창에 들어가 소령 왼편에 앉은 글래스를 쳐다보았다.

글래스의 날카로운 눈빛이 피츠제럴드의 얼굴에 박혔다. 나사송곳이 무른 나무를 파고드는 듯했다. 피츠제럴드는 머리를 짧게 깎았고 턱수염도 깨끗하게 밀어버린 상태였다. 그의 몸에는 벅스킨 대신 감청색 제복이 걸쳐져 있었다. 어울리지 않게 점잖은 제복 차림이라니. 피츠제럴드의 차림새가 글래스로 하여금 역겨움에 치를 떨게 했다.

살아서 그를 다시 마주하게 되다니 글래스는 실감이 나지 않았다. 그는 피츠제럴드에게 달려가 목을 조르고 싶은 충동을 애써 억눌렀다. '안 돼. 여기선 그러면 안 돼.' 피츠제럴드가 정중하게 아는 척이라도 하듯 글래스를 똑바로 쳐다보며 고개를 끄덕였다.

컨스터블 소령이 헛기침을 한 번 한 후 말했다. "지금부터 군법 재판을 시작하겠다. 피츠제럴드 이등병, 자넨 이 자리에서 고소인과 대면하고, 혐의에 대해 재판을 받게 될 거야. 중위, 혐의 내용을 읽게."

애스키첸 중위가 쥐고 있던 종이를 펴고 쩌렁쩌렁 울리는 목소리로 내용을 읽어 내려갔다. "다음은 미국 육군 제6연대, E중대 소속 존 피츠제럴드 이등병에 대한, 로키마운틴 모피회사 소속 휴 글래스 씨의 고소 내용입니다. 글래스 씨는 피츠제럴드 이등병이 로키마운틴 모피회사 소속으로 일할 당시 글래스 씨의 라이플과 칼, 그리고 여러 사유물을 훔쳤다고 주장하고 있습니다. 만약 유죄 판결이 내려지면 피츠제럴드 이등병은 군법에 따라 징역 10년에 처해지게 됩니다."

관중이 다시 웅성거렸다. 컨스터블 소령이 의사봉으로 책상을 내리치자 식당 안이 금세 조용해졌다. "고소인은 앞으로 나와주십시오." 글래스가 어리둥절한 얼굴로 소령을 올려다보았다. 소령은 책상으로 다가오라고 신경질적으로 손짓했다.

애스키첸 중위가 성서를 손에 들고 서 있었다. "오른손을 드십시오." 그가 글래스에게 말했다. "오직 진실만을 말할 것을 엄숙히 맹세합니까?" 글래스가 고개를 끄덕이며 그러겠다고 대답했다. 그는 자신의 기어들어가는 목소리가 영 마음에 들지 않았다.

"글래스 씨, 방금 혐의 내용을 들으셨죠?" 컨스터블이 물었다.

"네."

"다 사실입니까?"

"그렇습니다."

"모두 진술하시겠습니까?"

글래스는 망설였다. 익숙지 않은 형식상 절차에 그는 적잖이 당황한 상태였다. 백 명의 관중 앞에서 개인사를 논하게 될 줄은 몰랐다. 컨스터블은 진지의 지휘관이었지만 이 문제는 그와 피츠제럴드, 두 사람 사이의 일이었다. 오만한 장교와 백 명의 사병이 참견할 문제가 아니었다.

"글래스 씨, 모두 진술하시겠습니까?"

"어떻게 된 일인지는 어제 다 얘기하지 않았습니까. 피츠제럴드와 브리저라는 아이가 그랜드 강에서 회색곰의 공격을 받아 죽을 고비에 놓인 나를 끝까지 돌보겠다며 자발적으로 남았습니다. 그들은 죽지도 않은 날 버려두고 떠났습니다. 난 그 부분을 문제 삼는 게 아닙니다. 내가 용서할 수 없는 건 그들이 내 물건을 훔쳐 달아났다는 사실입니다. 라이플, 칼, 거기다 부싯돌과 쇳조각까지 싹쓸이해 갔습니다. 살아남기 위해 반드시 갖춰야 하는 필수품들을 다 가져가버렸단 말입니다."

"이게 당신의 라이플입니까?" 소령이 책상 뒤에서 안슈타트를 집어 들었다.

"내 라이플입니다."

"확인을 위해 특징을 설명해주시겠습니까?"

순간 글래스의 얼굴이 붉게 상기되었다. '왜 내가 심문을 받고 있는 거지?' 그가 심호흡을 하며 가슴을 진정시켰다. "총열엔 제작자의 이름과 제조 장소가 새겨져 있습니다. J. 안슈타트, 쿠츠타운, 펜."

소령이 주머니에서 안경을 꺼내 코에 걸치고 총열을 유심히 들여다보았다. 그가 총열에 새겨진 내용을 큰 소리로 읽어나갔다. "J. 안슈타트, 쿠츠타운, 펜." 그러자 식당 안이 다시 술렁거렸다.

"더 추가하실 내용은 없습니까, 글래스 씨?" 글래스는 고개를 저었다.

"자리로 돌아가십시오."

글래스는 다시 피츠제럴드 맞은편 자리로 돌아가 앉았다. 소령이 계속 이어나갔다. "애스키첸 중위, 피고에게도 맹세를 받게." 애스키첸이 피츠제럴드가 갇힌 철창 우리 앞으로 다가갔다. 성서에 손을 얹는 피츠제럴드의 손목에서 수갑이 요란하게 짤랑거렸다. 중위의 질문에 대답하는 그의 기운찬 목소리가 식당 안을 쩌렁쩌렁 울렸다.

컨스터블 소령이 다시 의자 등받이에 몸을 갖다 붙였다. "피츠제럴드 이등병, 자네도 글래스 씨의 주장을 들었겠지? 그 혐의에 대해 해명하겠나?"

"해명할 기회를 주셔서 감사합니다, 판사님…… 아니, 컨스터블 소령님." 피츠제럴드의 실수에 소령이 살짝 미소를 머금었다. "제가 휴 글래스를 거짓말쟁이라고 몰아세울 거라 생각하셨겠지만 전 그러지 않겠습니다." 컨스터블이 호기심에 찬 표정을 지으며 몸을 앞으로 기울였다. 갑자기 불안해진 글래스의 눈이 가늘어졌다.

"전 휴 글래스가 좋은 사람이라는 걸 알고 있습니다. 로키마운틴 모피 회사 동료들도 그를 존경했습니다.

"휴 글래스는 자신의 주장이 진실이라고 믿고 있습니다. 문제는 말입니다, 소령님, 그가 실제로 벌어지지도 않은 일들을 철석같이 믿고 있다는 겁니다. 진실을 말씀드리겠습니다. 저희가 그를 두고 떠나기 전 이틀 동안 그는 고열로 의식이 혼미해져 헛소리를 해댔습니다. 당장 죽을 것처럼 식은땀을 비 오듯 쏟아냈고요. 그는 신음하고, 또 비명을 질렀습니다. 상태가 굉장히 심각했습니다. 마음은 좋지 않았지만 저희가 그를 위해 할 수 있는 건 아무것도 없었습니다."

"대체 떠나기 전까지 그를 위해 뭘 해준 건가?"

"저는 의사가 아니지 않습니까, 소령님. 그저 제 능력껏 최선을 다했을 뿐입니다. 약제를 만들어 그의 목과 등에 발라주었습니다. 죽을 쑤어 먹이려고도 했고요. 당시 그는 목의 부상이 심해 음식을 삼키거나 말을 할 수 없는 상태였습니다."

글래스는 더 들어줄 수가 없었다. 그가 이를 갈며 말했다. "거짓말을 쉽게도 하는군, 피츠제럴드."

"글래스 씨!" 컨스터블이 얼굴을 일그러뜨리며 소리쳤다. "여긴 내 법정입니다. 심문은 내가 합니다. 또다시 허락 없이 입을 열면 법정 모독죄로 처리하겠습니다!"

컨스터블이 잠시 뜸을 들인 후 다시 피츠제럴드를 돌아보았다. "계속해보게, 이등병."

"물론 그를 탓할 생각은 없습니다, 소령님." 피츠제럴드가 측은해하는 눈빛으로 글래스를 쳐다보았다. "우리가 돌봐주는 동안 그는 고열로 자주 의식을 잃었습니다."

"그건 그렇다 치고, 죽어가는 그를 버리고 떠났다는 사실까지 부인하는 건가? 그의 사유물을 훔쳐 달아난 사실이 없다는 거야?"

"그날 아침 무슨 일이 있었는지 자세히 들려드리겠습니다, 소령님. 저 흰 그랜드 강에서 얼마 떨어져 있지 않은 빈터에서 나흘간 머물렀습니다. 전 브리저를 글래스와 남겨놓고 강 쪽으로 사냥을 나갔습니다. 오전 내내 캠프로 돌아오지 않았죠. 사냥을 하던 중 캠프에서 1마일쯤 떨어진 곳에서 아리카라 족 무리를 보게 되었습니다." 점점 흥미로워지는 피츠제럴드의 이야기에 사병들이 귀를 쫑긋 세웠다. 그들 대부분은 아리카라 족 마을에서 전투를 치러본 경험이 있었다.

"다행히 리스 놈들은 절 보지 못했습니다. 그래서 전 잽싸게 캠프로 향했습니다. 하지만 개울에 도달했을 때 놈들이 절 발견하고 말았습니다. 그들이 맹렬히 추격해왔고, 전 캠프를 향해 전력으로 내달렸습니다. 캠프에 도착해서 브리저에게 리스 놈들이 달려오고 있다고 알려주었습니다. 그들에 맞서 싸워야 하니 준비를 하라고 했죠. 그때 브리저가 말하더군요. 글래스가 죽었다고."

"이 개자식!" 글래스가 벌떡 일어나 피츠제럴드가 있는 쪽으로 다가갔다. 라이플과 총검으로 무장한 사병 둘이 달려와 그의 앞을 막아섰다.

"글래스 씨!" 컨스터블이 의사봉으로 책상을 내리치며 소리쳤다. "입 닥치고 앉아 있어요. 영창에 갇히고 싶지 않다면!"

한동안 씩씩대던 소령이 애써 흥분을 가라앉혔다. 그가 놋쇠 단추가 달린 재킷의 깃을 고쳐 세우고 피츠제럴드의 심문을 이어나갔다. "하지만 글래스 씨는 그때 살아 있었는걸. 자네가 직접 상태를 확인해봤나?"

"전 휴의 분노를 이해할 수 있습니다, 소령님. 그때 브리저의 말을 곧이 곧대로 믿는 게 아니었습니다. 하지만 그날 제가 본 글래스는 유령처럼 창백했습니다. 미동도 하지 않았고요. 개울 쪽에서는 리스 놈들이 맹렬히 달려오는 소리가 들려왔습니다. 브리저는 서둘러 빈터를 떠야 한다고 고래

고래 소리를 질러댔습니다. 전 글래스가 죽었다고 확신했고…… 그래서 그를 남겨두고 도망치게 된 겁니다."

"그의 라이플은 왜 훔쳤지?"

"브리저가 훔친 겁니다. 리스 놈들과 싸우려면 무기가 필요하다면서 그의 라이플과 칼을 챙겼습니다. 그땐 옳고 그름을 놓고 그 아이와 언쟁할 여유가 없었습니다."

"하지만 그 라이플은 자네 수중에 있지 않나."

"그렇습니다, 소령님. 저희가 유니언 진지에 도착하자 헨리 대위님이 약속한 금화가 준비되지 않았다면서 돈 대신 라이플을 가지라고 하셨습니다. 그런데 이렇게 휴에게 라이플을 돌려줄 기회가 왔으니 얼마나 다행입니까."

"그의 부싯돌과 쇳조각은?"

"그건 저희가 가져가지 않았습니다, 소령님. 보나 마나 리스 놈들이 훔쳐갔을 겁니다."

"그들이 왜 글래스 씨를 죽이지 않았지? 늘 그러듯이 머릿가죽이라도 벗겨 갔어야 하지 않은가."

"그가 죽었다고 생각했겠죠. 저희가 그렇게 오해한 것처럼 말입니다. 휴에겐 미안한 말이지만, 당시 그에겐 벗겨낼 머릿가죽도 얼마 남아 있지 않았습니다. 곰이 갈가리 찢어놓았거든요. 그런 그의 상태를 보고 리스 놈들도 손을 들어버린 거죠."

"자네가 이곳에 온 지 6주가 지났네, 이등병. 어째서 지금껏 이 사실을 털어놓지 않았나?"

피츠제럴드는 잠시 뜸을 들였다. 그가 고개를 푹 숙이고 입술을 잘근잘근 씹어댔다. 마침내 그가 다시 고개를 들었다. 그러고는 나지막한 목소리로 말했다. "제 자신이 너무 부끄러웠습니다."

글래스는 황당했다. 피츠제럴드의 거짓 진술은 충분히 예상이 가능했다. 원래 그런 놈이었으니. 그가 이해할 수 없는 건 그 거짓말에 놀아나고 있는 소령의 반응이었다. 꼭 피리 부는 사나이에게 홀린 쥐새끼를 보는 듯했다. '저 말을 믿다니!'

피츠제럴드가 계속 이어나갔다. "저는 휴 글래스가 아직 살아 있다는 걸 어제야 알게 됐습니다. 지금 와서 생각해보면 그를 제대로 묻어주지 않고 캠프를 떠난 건 분명 잘못한 일이었던 것 같습니다. 아무리 상황이 위태로웠어도 최소한 그 정도는 해주었어야……"

글래스는 더 이상 참을 수가 없었다. 그가 판초 속으로 손을 넣어 벨트에 숨겨놓은 권총을 뽑아 들었다. 글래스는 망설임 없이 방아쇠를 당겼고, 날아간 총알은 피츠제럴드의 어깨에 박혔다. 피츠제럴드가 비명을 지르는 순간 억센 팔들이 양쪽에서 글래스를 붙잡았다. 그는 필사적으로 바동거렸고, 식당 안은 이내 아수라장으로 변했다. 애스키첸이 무언가를 지시하는 소리가 들려왔다. 글래스의 눈에 소령과 번뜩이는 그의 황금 견장이 들어왔다. 잠시 후, 글래스는 뒤통수에 날카로운 통증을 느끼며 정신을 잃었다.

글래스는 퀴퀴한 냄새가 풍기는 어둠 속에서 눈을 떴다. 아직도 머리가 욱신거렸다. 그는 거친 바닥에 엎드려 있었다. 그가 옆으로 천천히 돌아누웠다. 차가운 벽이 그의 몸에 스쳤다. 그의 머리 위로 한 줄기 빛이 보였다. 문에 난 작은 틈으로 스며들어온 것이다. 술주정꾼과 무단결석자들을 가둬두는 앳킨슨 진지의 영창은 꽤 넓었다. 한쪽에는 나무로 된 독방 두 개가 마련되어 있었다. 그의 독방 밖에서 영창에 갇힌 죄수 서너 명의 목소리가 간간이 들려왔다.

독방에 누워 있으니 꼭 작은 관 속에 들어와 있는 듯했다. 글래스는 자신이 그토록 싫어했던 배의 축축한 짐 선반과 바다에서의 답답한 삶을 떠올렸다. 그의 눈썹에는 땀방울이 송골송골 맺혀 있었다. 호흡도 짧고 산발적으로 바뀌었다. 글래스는 확 트인 평원과 바람에 살랑대는 풀들과 먼 지평선에 아득하게 보이는 산들을 상상해보았다.

영창에서는 시간의 흐름을 읽는 게 쉽지 않았다. 그저 간수들의 일상업무를 통해서만 대충 짐작이 가능할 뿐이었다. 새벽의 교대 시간, 정오에 넣어주는 빵과 물, 해질녘의 교대 시간, 그리고 밤. 그렇게 보름쯤 지났을 때 삐걱 소리와 함께 영창 문이 열리면서 신선한 공기가 확 쏟아져 들어왔다. "뒤로 물러나 있어. 허튼수작 부렸다가는 네놈 머리통이 날아갈 줄 알아." 탁한 목소리가 경고했다. 글래스는 열쇠가 짤랑대는 소리에 귀를 쫑긋 세웠다. 잠시 후, 자물쇠와 빗장이 차례로 풀리더니 독방 문이 스르르 열렸다.

갑자기 쏟아져 들어온 빛에 글래스가 눈을 찡그렸다. 노란색 계급장을 달고 양고기 모양의 회색 구레나룻으로 치장한 병장이 문간으로 들어왔다. "컨스터블 소령님이 네놈을 풀어주라고 명령하셨어. 가기 싫어도 여길 떠나야 할 거야. 내일 정오까지 나가지 않으면 권총을 훔쳐 피츠제럴드 이 등병을 쏜 혐의로 재판을 받게 될 테니까."

보름간 어두컴컴한 독방에 갇혀 지낸 글래스의 눈이 바깥의 눈부신 빛에 쉽게 적응되지 않았다. 그때 누군가가 말했다. "봉주르, 무슈 글래스." 글래스의 눈이 반점으로 덮인 카이오와 브라조의 통통한 얼굴을 알아보기까지 몇 분이 걸렸다.

"여긴 어쩐 일입니까, 카이오와?"

"평저선에 물자를 싣고 세인트루이스에서 돌아오는 길입니다."

"당신이 날 꺼내준 겁니까?"

"그래요. 컨스터블 소령과 친분이 좀 있거든요. 듣자 하니 여기서 문제가 좀 있었던 모양입니다."

"문제가 있긴 했죠. 권총이 제대로 발사되지 않았으니."

"당신 권총도 아니었지 않습니까. 당신 총은 여기 있어요." 카이오와가 글래스에게 라이플을 건넸다. 글래스는 손에 쥐어진 라이플을 물끄러미 내려다보았다.

안슈타트. 그는 라이플의 총열을 잡고 묵직함을 느껴보았다. 방아쇠는 기름칠이 필요할 것 같았다. 짙은 색 개머리판에는 전에 없던 상처가 몇개 보였다. 자세히 보니 그 끝에는 작은 글자들이 새겨져 있었다. J. F.

또다시 분노가 치밀어 올랐다. "피츠제럴드는 어떻게 됐습니까?"

"컨스터블 소령이 근무 복귀 지시를 내렸다고 하더군요."

"아무 처벌도 없이요?"

"두 달 치 월급을 몰수당하게 됐답니다."

"두 달 치 월급!"

"거기다 어깨에 총알구멍도 하나 생기지 않았습니까. 당신은 이렇게 라이플을 돌려받게 됐고요."

카이오와가 글래스의 얼굴을 잠시 살폈다. "노파심에 하는 얘기지만, 이 진지에서 그 안슈타트를 쓸 생각일랑 하지 말아요. 컨스터블 소령은 법적 책임에 무척 집착하는 사람입니다. 당신을 살인미수로 잡아넣으려고 혈안이 돼 있어요. 그가 당신을 풀어준 건 당신이 무슈 애슐리의 사람이라고 내가 설득했기 때문입니다."

그들은 나란히 서서 연병장을 걷기 시작했다. 깃대를 지탱하는 밧줄이 거센 봄바람에 진동하고 있었다. 나부끼는 깃발의 가장자리는 너덜너덜 닳아 해져 있었다.

카이오와가 글래스를 돌아보았다. "당신은 어리석은 생각을 하고 있어요."

글래스가 걸음을 멈추고 프랑스인을 빤히 쳐다보았다.

카이오와가 말했다. "당신이 피츠제럴드에게 계획했던 복수를 못했다는 건 나도 유감스럽게 생각합니다. 하지만 세상일이 다 그렇게 깔끔하게 마무리 지어지진 않습니다."

그들은 한동안 서로를 응시했다. 들리는 것이라고는 나부끼는 깃발 소리뿐이었다.

"이건 당신 생각처럼 간단한 문제가 아니에요, 카이오와."

"당연히 아니겠죠. 누가 간단하다고 했습니까? 하지만 그거 알아요? 세상 모든 일엔 미진한 부분이 남기 마련입니다. 그냥 주어진 패에 만족하고 흘려버려야죠."

카이오와가 또다시 제안했다. "나랑 같이 브라조 진지로 갑시다. 나중에 내 파트너가 될 수도 있어요."

글래스는 천천히 고개를 저었다. "마음 써줘서 고마워요. 하지만 난 한 곳에 오래 머무르고 싶지 않습니다."

"그럼 어쩔 셈입니까? 무슨 계획이라도 세워뒀습니까?"

"세인트루이스에 가서 애슐리에게 메시지를 전해야 합니다. 그 후의 일은 나도 모르겠어요." 글래스가 잠시 망설이다 덧붙였다. "그리고 이곳에서 처리해야 할 일이 아직 남았습니다."

글래스는 그것이 무엇인지는 설명하지 않았다. 카이오와도 한동안 침묵을 지켰다. 마침내 그가 다시 입을 열고 나지막이 말했다. "일 네 삐흐 쑤흐 끄 설뤼 끼 느 뵈 빠 장땅드흐(Il n'est pire sourd que celui qui ne veut pas entendre). 이게 무슨 뜻인지 압니까?"

글래스는 고개를 저었다.

"볼 마음이 없는 자보다 더 지독한 맹인은 없다. 변경엔 왜 오게 된 겁니까?" 카이오와가 물었다. "좀도둑이나 잡자고 온 겁니까? 한순간의 복수를 즐기려고 왔어요? 난 당신을 그렇게 보지 않았습니다."

글래스는 여전히 말이 없었다. 마침내 카이오와가 말했다. "그토록 영창에서 죽고 싶다면 굳이 말리지 않겠습니다." 프랑스인이 돌아서서 연병장을 가로질러 나가기 시작했다. 글래스는 잠시 망설이다가 그를 따라 나갔다.

"가서 위스키나 한잔 합시다." 카이오와가 어깨 너머로 소리쳤다. "파우더 강과 플랫 강에 대해 듣고 싶어요."

카이오와는 글래스에게 돈을 빌려주었다. 덕분에 글래스는 필요한 물자를 구입하고 앳킨슨 진지에 하룻밤 숙박비를 지불할 수 있었다. 그는 매점 다락의 짚자리에 누워 잠을 청했다. 평소와 달리 위스키는 글래스의 긴장을 풀어주지 못했다. 그의 머릿속은 여전히 온갖 잡념들로 북적대고 있었다. 그는 차분히 생각을 정리해보려 애썼다. 카이오와의 질문에 어떤 답을 내놓아야 하지?

글래스는 안슈타트를 챙겨 들고 싸늘한 연병장으로 나갔다. 맑은 밤이었지만 달은 보이지 않았다. 하늘에서는 수십억 개의 별들이 반짝이고 있었다. 그는 불안정한 계단을 따라 진지 성벽에 둘러진 말뚝 울타리로 올라갔다. 그곳에서 내려다보이는 풍경은 기가 막혔다.

글래스는 돌아서서 진지를 내려다보았다. 연병장 너머로 막사들이 줄지어 자리하고 있었다. '그가 저기 있어.' 피츠제럴드를 찾아 몇천 마일을 횡단해왔던가. 사냥감은 그의 눈앞에서 곤히 잠들어 있었다. 글래스는 안슈타트의 차가운 금속 표면을 손으로 살살 문질렀다. '여기까지 왔는데 그냥 포기하고 돌아가라고?'

글래스가 다시 돌아서서 성벽 너머 미주리 강을 바라보았다.

검은 수면에서도 밤하늘의 별들이 반짝이고 있었다. 글래스는 고개를 젖히고 자신을 위한 징조를 찾아보았다. 큰곰자리와 작은곰자리의 비스듬한 꼬리가 그의 눈에 들어왔다. 언제나 위안을 주는 북극성도 보였다. '오리온은 어디 있지? 섬뜩한 칼을 쳐든 사냥꾼은 대체 어디로 간 거지?'

그때 눈부시게 빛나는 커다란 직녀성이 글래스의 눈에 띄었다. 직녀성 옆에는 백조자리가 떠 있었다.

글래스는 백조자리에 시선을 고정시켰다. 수직을 이룬 선들이 조금씩 십자가의 모양으로 변하고 있었다. '북십자성.' 백조자리의 통칭이었다. 이제 보니 별자리와 이름이 그렇게 잘 어울릴 수가 없었다.

그날 밤, 글래스는 성벽에 올라서서 아주 오랫동안 밤하늘을 올려다보았다. 미주리 강이 흐르는 소리를 들으며 별들을 관찰했다. 그는 문득 미주리 강과 빅혼 강의 수원(水源)이 궁금해졌다. 또한 그는 이 작고 하찮은 세상을 포근히 덮어주는 별들과 하늘에 대해서도 생각했다. 마침내 글래스가 성벽을 내려와 매점으로 돌아갔다. 다락에 올라 몸을 눕히자 스르르 잠이 찾아들었다.

짐 브리저가 헨리 대위의 문에 노크를 하려다 말았다. 대위가 막사에 틀어박혀 지낸 지도 벌써 일주일째였다. 그는 크로우 족이 쳐들어와 말들을 훔쳐간 후로 한 번도 밖에 모습을 드러내지 않았다. 머피가 사냥해 잡은 짐승을 끌고 돌아왔을 때도 막사를 나오지 않았다.

브리저는 심호흡을 한 번 하고 문에 노크했다. 안에서 부스럭거리는 소리가 흘러나왔다. 하지만 응답은 없었다. "대위님?" 여전히 정적이었다. 브리저는 용기를 내어 문을 열어보았다.

헨리는 두 개의 술통과 널빤지로 만든 책상 뒤에 앉아 있었다.

어깨에 모직 담요를 두른 대위의 모습이 난로 앞에 웅크리고 앉은 잡화점 노인 같았다. 대위의 한 손에는 깃펜이, 또 다른 손에는 종이 한 장이 각각 쥐어져 있었다. 브리저는 종이를 흘끔 쳐다보았다. 오른쪽부터 왼쪽까지, 위에서부터 아래까지 숫자들로 빽빽이 채워져 있었다. 깃펜이 멈췄던 곳에는 잉크 얼룩이 피가 뿌려진 듯 남아 있었다. 책상과 바닥에는 구겨서 던져버린 종이들이 어지럽게 널려 있었다.

브리저는 대위가 입을 열거나 고개를 들 때까지 기다렸다.

대위는 한참 동안 아무 반응이 없었다. 시간이 얼마나 흘렀을까, 마침내 그의 고개가 천천히 들렸다. 며칠째 눈을 붙이지 못한 듯한 몰골이었다. 빨갛게 충혈된 눈 밑으로 회색 살이 축 늘어져 있었다. 브리저는 헨리 대위가 미쳐버렸다는 소문이 사실일지 궁금했다.

"숫자를 아나, 브리저?"

"아뇨."

"나도 마찬가지야. 깊이 알진 못해. 차라리 아무것도 모르면 좋았으련만." 대위가 다시 종이로 시선을 가져갔다. "몇 번을 계산해도 같은 답만 나와. 내 계산 능력이 문제가 아닌 모양이야. 그저 내가 원하는 답이 나오지 않는 게 문제일 뿐이지."

"무슨 말씀이신지 모르겠습니다, 대위님."

"우린 망했어. 3만 달러 적자를 봤어. 말이 없으니 사람을 내보낼 수가 없지 않은가. 말을 사오려면 내줄 물건이 필요하고."

"머피가 빅혼 강에서 사냥을 해왔잖아요."

대위는 처음 듣는 소식에 어리둥절한 표정이었다.

"그걸로는 턱없이 부족해, 브리저. 그깟 모피 몇 묶음으로는 어림도 없단 말이야. 수십 묶음으로도 모자랄 판인데."

대화는 브리저가 기대했던 방향으로 흐르지 않았다. 보름 만에 간신히 용기를 내어 대위를 찾아왔건만 대화는 그의 용건에서 너무 많이 벗어나버리고 말았다. 브리저는 다 포기하고 돌아가고 싶은 충동을 꾹 참았다. '안 돼. 이번엔 안 돼.' "머피에게 들었는데 대위님께서 제디디아 스미스를 찾기 위해 산으로 사람들을 보내신다고요?"

대위가 반응을 보이지 않자 브리저가 계속 밀어붙였다. "저도 그들과 같이 가고 싶습니다."

헨리가 소년을 올려다보았다. 브리저의 눈이 화창한 봄날처럼 반짝거렸다. 대위는 앳된 얼굴에 떠오른 낙천적인 표정을 한동안 응시했다. '사람 얼굴에서 마지막으로 저런 표정을 본 게 언제였더라? 맙소사.'

"내가 자네의 고생을 덜어주지, 짐. 난 그 산을 직접 겪어봤네. 거긴 매음굴 앞에 지어놓은 위장 건물이나 다름없어. 난 자네가 뭘 찾으러 가려는

지 알고 있어. 하지만 거기선 아무것도 찾지 못할 거야."

브리저는 어떻게 대꾸해야 할지 난감했다. 무엇보다도 대위의 부자연스러운 모습이 영 마음에 걸렸다. 어쩌면 그는 정말로 미쳐버렸는지도 몰랐다. 브리저는 그걸 확인할 방법이 없었다. 하지만 한 가지는 분명했다. 헨리 대위가 틀렸다는 것.

그들은 한동안 침묵을 지켰다. 슬슬 불편해졌지만 브리저는 물러가지 않았다. 마침내 대위가 그를 쳐다보며 말했다. "선택은 자네가 하게, 짐. 꼭 가야겠다면 보내주겠네."

뜰로 나온 브리저는 아침 햇살에 눈을 찡그렸다. 상쾌한 공기가 그의 얼굴을 감싸주었다. 계절은 또다시 바뀌고 있었다. 겨울의 흔적이 아직 남아 있었지만 평원으로 스며든 봄의 기운은 부정할 수 없었다.

브리저는 짧은 사다리를 타고 말뚝 울타리로 올라갔다. 그는 울타리 위에 팔꿈치를 걸쳐놓고 먼발치의 빅혼 산을 바라보았다. 그의 시선이 산 중심부의 깊은 협곡을 찬찬히 훑어나갔다. 브리저는 그 협곡에서 무엇을 찾게 될지 궁금했다. 산꼭대기, 그리고 그 너머에는 무엇이 기다리고 있을지 상상해보았다.

브리저는 눈 덮인 봉우리들이 만들어놓은 지평선을 바라보았다. 순백의 눈과 새파란 하늘 사이의 경계. 그는 그곳에 오르고 싶었다. 그곳에 올라 지평선을 직접 만져보고, 그 너머에 있을 미지의 세상으로 미끄러져 내려가보고 싶었다.

에필로그

이 소설이 역사적으로 얼마나 정확한지 궁금해할 독자가 많을 것 같다. 모피 교역 시대의 이야기는 역사와 전설의 탁한 혼합물이다. 휴 글래스의 역사에도 약간의 전설이 섞여 있을 것이다. 『레버넌트』는 소설이다. 하지만 소설 속 주요 사건들은 최대한 진실되게 담아보려 노력했다.

1823년 가을, 로키마운틴 모피회사 소속 사냥꾼으로 정찰 임무를 수행하던 중 회색곰에게 공격을 받은 휴 글래스의 이야기는 사실이다. 그가 치명적인 부상을 입은 것도, 그를 돌보기 위해 뒤에 남았던 동지들이 결국 그를 버리고 떠나버린 것도, 그리고 기적적으로 살아남은 그가 복수를 위해 장대한 여정을 떠나게 된 것도 모두 사실이다. 글래스에 대해 가장 포괄적으로 연구한 사람은 존 마이어스다. 그는 『휴 글래스의 전설(The Saga of Hugh Glass)』이라는 흥미로운 전기를 집필하기도 했다. 그 책에서 마이어스는 해적 장 라피트와 포니 족 인디언들에게 포로로 잡혔던 것을 포함해 글래스의 삶에서 주목할 만한 모든 면들에 대해 납득할 만한 증거를 제시하며 소개하고 있다.

사학자들의 의견이 엇갈리는 부분도 있다. 예를 들면, 글래스를 돌보기 위해 뒤에 남은 두 사람 중 짐 브리저도 포함되어 있었는지에 대한 것이 있다. 대부분의 사학자들은 그렇다고 믿고 있다(그러나 사학자 세실 얼터는 1925년에 발표한 브리저의 전기에서 정반대되는 주장을 펼치기도 했다). 글래스가 빅혼 강 진지에서 브리저와 재회하고 그를 용서해주었다는 주장을 뒷받침하는 증거도 적지 않다.

이 소설에는 내가 문학적으로, 그리고 역사적으로 바꾼 부분이 두어 곳 있다. 글래스가 앳킨슨 진지에서 미국 육군 제복 차림을 하고 있는 배신자 피츠제럴드를 붙잡았다는, 꽤 설득력 있는 증거가 존재한다. 하지만 당시 상황에 대한 기록은 무척 피상적이다. 내가 소설에 묘사한 군법 재판에 대한 증거는 없다. 컨스터블 소령은 내가 상상으로 만들어낸 캐릭터다. 글래스가 법정에서 피츠제럴드의 어깨를 쏜 것 역시 내가 지어낸 것이다. 또한 휴 글래스가 아리카라 족의 공격을 받기 전 앙투안 랑주뱅의 무리에서 떨어져 나왔다는 증거 역시 없다(랑주뱅과 동행했던 투생 샤르보노는 기적적으로 목숨을 건진 것으로 보이지만 정확한 사정은 알려져 있지 않다). 프로페쐬르, 도미니크 카트와르, 그리고 라 비에르주 역시 내 상상력의 산물들이다.

탤벗 진지와 그곳 사람들도 내가 지어낸 것이다. 하지만 지리적 참조점은 꽤 정확하다고 자신한다. 1824년 봄, 아리카라 족 인디언들은 실제로 글래스와 그의 동지들을 공격했다. 보고에 따르면, 그 사건은 노스플랫 강과 (나중에 이름이 붙은) 래러미 강의 합류 지점에서 발생했다고 한다.

모피 교역 시대에 대해 관심이 있는 독자라면 하이럼 치텐던(Hiram Chittenden)의 고전 『미국 극서부 지방의 모피 교역(The American Fur Trade of the Far West)』과 로버트 M. 어틀리(Robert M. Utley)의 『거칠고 위험한 삶(A Life Wild and Perilous)』을 찾아보기 바란다.

소설에 묘사된 사건들 이후 중심인물들 대부분은 계속해서 모험과 비극과 영광을 이어나갔다. 주목할 만한 몇 가지를 소개하면 다음과 같다.

앤드루 헨리 대위

1824년 여름, 헨리와 그의 부하들은 현재 와이오밍이라 불리는 곳에서 제디디아 스미스의 병력과 만났다. 비록 회사의 부채를 메우기에는 역부족이었지만 헨리는 그곳에서 상당량의 모피를 수확할 수 있었다. 스미스는 그곳에 남았고, 헨리는 수확한 모피를 챙겨 세인트루이스로 돌아갔다. 비록 미비한 양이었지만 애슐리는 곧바로 자금을 확보해 수송대를 다시 현장으로 돌려보냈다. 헨리가 이끄는 수송대는 1824년 10월 21일, 세인트루이스를 떠났다. 하지만 헨리는 얼마 지나지 않아 알 수 없는 이유로 변경에서 돌아오게 되었다.

만약 로키마운틴 모피회사의 지분을 1년만 더 지니고 있었더라면 헨리는 큰돈을 챙겨 은퇴할 수 있었을 것이다. 하지만 헨리는 불운을 몰고 다니는 묘한 재주가 있었다. 그는 보유하고 있던 회사 주식을 싼값에 팔아치웠다. 그 돈만으로도 얼마든지 풍요롭게 살 수 있었지만 헨리는 무모하게 보석금 보증 사업을 벌였고, 채무자 몇몇이 변제를 못하는 바람에 쫄딱 망해버리고 말았다. 앤드루 헨리는 1832년, 무일푼으로 세상을 떠났다.

윌리엄 H. 애슐리

같은 사업의 두 파트너는 너무나도 다른 결말을 맞게 되었다. 부채가 눈덩이처럼 불어나는 와중에도 애슐리는 모피를 향한 집착을 버리지 않았다. 1824년, 미주리 주지사 선거에 출마했다가 패배한 그는 직접 사냥꾼들을 이끌고 플랫 강의 남쪽 지류를 따라 내려갔다. 그는 그런 강에서 운항을 시도한 첫 번째 백인으로 기록되어 있다. 하마터면 그는 현재 애슐리 강으로 불리는 곳의 하구에서 비참하게 생을 마감할 뻔했다.

애슐리와 그의 무리는 의기소침해 있는 허드슨 베이 회사 소속 사냥꾼들과 우연히 만나게 되었다. 애슐리는 그들과의 은밀한 거래에서 비버 모피 100묶음을 손에 넣게 되었다. 어떤 이들은 미국인들이 허드슨 베이 회사의 은닉처를 약탈했을 거라고 주장한다. 하지만 흥정의 귀재인 애슐리가 황당하리만큼 유리한 조건으로 모피를 사들였을 뿐이라는 의견이 지배적이다. 어쨌든 애슐리는 1825년 가을, 그렇게 손에 넣은 모피를 세인트루이스로 가져와 20만 달러에 팔아치웠다.

1826년 랑데부에서 애슐리는 자신의 로키마운틴 모피회사 주식을 제디디아 스미스, 데이비드 잭슨, 그리고 윌리엄 서블렛에게 팔았다. 랑데부 시스템을 만들고, 모피 교역 시대의 전설적 인물을 여럿 키워냈으며, 역사상 가장 성공한 모피 부호로 이름을 떨친 애슐리는 그렇게 교역에서 손을 뗐다.

1831년, 미주리 주민들은 하원 의원 스펜서 포티스의 자리를 애슐리가 메우게 해주었다(포티스는 결투에서 져 세상을 떠났다). 애슐리는 두 차례나 재선에 성공했고, 1837년, 정계를 은퇴했다. 윌리엄 H. 애슐리는 1838년 사망했다.

짐 브리저

1824년 가을, 짐 브리저는 로키산맥을 넘어 그레이트솔트 호수를 발견한 첫 번째 백인으로 이름을 남겼다. 1830년, 브리저는 로키마운틴 모피회사의 파트너가 되었고, 모피 교역 시대가 저문 1840년대까지 회사를 이끌었다. 모피 교역의 열기가 식어가자 브리저는 서부 개척이라는 다음 물결에 올라탔다. 1838년, 그는 현재 와이오밍이 있는 자리에 진지를 지었다. '브리저 진지'는 오리건 산길의 중요한 교역소로 자리 잡게 되었고, 훗날에는 군 주둔지와 조랑말 속달 우편 사무소로 쓰이기도 했다. 1850년대와 1860년대에는 정착민과 탐사대, 그리고 미국 육군의 안내인으로 활동했다.

짐 브리저는 1878년 7월 17일, 미주리 주의 웨스트포트 인근에서 숨을 거두었다. 일생을 사냥꾼, 탐험가, 그리고 안내인으로 명성을 떨친 브리저는 '산사람들의 왕'으로 불리게 되었고, 현재까지도 서부에는 그의 이름을 딴 산과 개울과 마을이 많이 남아 있다.

존 피츠제럴드

존 피츠제럴드에 대해 알려진 사실은 많지 않다. 그는 실재했고, 휴 글래스를 버리고 떠난 두 사람 중 한 명으로 널리 알려져 있다. 많은 사학자들이 그가 로키마운틴 모피회사 수송대를 이탈해 나와 앳킨슨 진지에서 미국 육군으로 입대한 것으로 믿고 있다. 이 소설 속에 묘사된 그의 다른 면들은 내가 지어낸 것들이다.

휴 글래스

앳킨슨 진지를 떠난 글래스는 강을 따라 세인트루이스로 내려갔다. 그곳에서 애슐리에게 헨리의 메시지를 전달하고, 산타페로 떠난다는 상인들을 우연히 만나게 되었다. 그는 그들 무리에 합류해 헬로 강에서 1년간 사냥을 했다. 1825년에는 남서부 모피 교역의 중심지였던 타오스에서 활동한 것으로 알려져 있다.

남서부의 개울들이 바짝 말라버리자 글래스는 다시 북쪽으로 눈을 돌렸다. 그는 사냥을 하며 콜로라도 강, 그린 강, 그리고 스네이크 강을 차례로 거슬러 올라갔고, 마침내 미주리 강의 상류에 도달하게 되었다. 1828년, 소위 자유파라고 일컬어지는 사냥꾼들의 대표로 선출된 글래스는 로키마운틴 모피회사의 독점을 저지하는 데 앞장섰다. 극서부 지방과 컬럼비아 강 인근에서 사냥을 하던 글래스는 문득 로키산맥의 동부로 관심을 돌리게 되었다.

1833년, 글래스는 헨리의 옛 진지에서 얼마 떨어지지 않은, 옐로스톤 강과 빅혼 강의 합류 지점에 자리한 '캐스 진지'라는 전초기지에서 겨울을 보냈다. 2월의 어느 날, 글래스와 두 동료는 얼어붙은 옐로스톤 강에서 사냥을 하던 중 매복하고 있던 아리카라 족 전사 서른 명에게 공격을 받아 세상을 떠났다.

작가의 말

많은 친구와 가족(그리고 낯선 이 두어 명도)이 소중한 시간을 할애해 이 소설의 원고 초안을 읽어주었고, 날카로운 비평과 후한 격려로 작품의 질을 높여주었다. 다음 분들에게 감사의 뜻을 전한다. 숀 다라, 리즈와 존 펠드먼, 티모시와 로리 오토 푼케, 피터 셰어, 킴 틸리, 브렌트와 셰릴 개럿, 마릴린과 부치 푼케, 랜디와 줄리 밀러, 켈리 맥매너스, 마크 글릭, 빌과 메리 스트롱, 미키 캔터, 안드레 솔로미타, 에브 에를리히, 젠 캐플런, 밀드레드 회커, 몬테 실크, 캐럴과 테드 키니, 이언 데이비스, 데이비드 쿠랍카, 데이비드 마르치크, 제이 지글러, 오브리 모스, 마이크 브리지, 낸시 굿먼, 제니퍼 이건, 에이미와 마이크 맥매너먼, 린다 스틸먼, 그리고 재클린 쿤디프.

내게 교육이 세상을 바꿀 수 있다는 걸 보여준 와이오밍 토링턴의 훌륭한 교사들에게도 감사의 말을 전한다. 에델 제임스, 베티 스포츠먼, 이디 스미스, 로저 클라크, 크레이그 소다로, 랜디 애덤스, 그리고 밥 라타도.

특히 윌리엄 모리스 인디버(WME) 에이전시의 티나 베넷에게 무한한 감사의 마음을 전한다. 이 작품의 모든 흠은 내 탓이지만 모든 장점은 티나 덕분이다. 그녀 덕분에 작품의 질이 높아졌고, 결국 영화 제작까지 되었다. 이 소설에 멋진 제목을 붙여준 티나의 재능 있는 비서, 스베틀라나 카츠와 초고의 편집을 맡아준 필립 터너,『레버넌트』가 빛을 보기까지 많은 부분에서 도움을 준 피카도르의 스티븐 모리슨과 P. J. 호로스코에게도 감사하다는 말을 하고 싶다.

키스 레드몬은 2002년부터 『레버넌트』를 영화로 만들 궁리를 해왔고, 스티브 골린과 데이비드 캔터 등 어나니머스 컨텐츠 동료들과 함께 기어이 해내고 말았다.

그리고 우리 가족. 함정 실험을 도와준 소피, 무시무시한 회색곰 흉내를 내준 보, 그리고 원고를 수백 번 반복해 읽으면서도 짜증 한 번 내지 않고 변함없는 지원과 인내로 큰 힘을 준 트레이시에게도 깊은 감사의 마음을 전한다.

옮긴이의 말

『레버넌트』는 지독한 시대, 지독한 장소에서 벌어지는 지독한 남자들의 생생한 초상이다. 마이클 푼케는 역사적 사실을 바탕으로 대단히 흥미로운 소설을 완성해냈다. 세계무역기구 주재 미국 대사로 활동하며 짬짬이 이 소설을 집필해왔다니 그저 놀라울 따름이다.

『레버넌트』는 아주 쉽게 읽히는 소설이다. 문체는 서정적이지도, 교훈적이지도, 해학적이지도, 학구적이지도 않다. 독자들은 그저 한 사나이의 처절한 여정을 차근차근 따라가기만 하면 된다. 푼케는 매 순간 조명받아야 하는 인물에만 집중하면서 스토리의 몰입도를 높여준다. 예를 들어 소설 초반, 휴 글래스가 회색곰에게 공격받고 두 남자에게 버려지는 부분을 보면 푼케가 피츠제럴드와 브리저를 따라가며 그들의 상황을 들려주는 대신 고집스럽게 글래스에게만 초점을 맞추고 있음을 확인할 수 있다. 회색곰과의 사투, 버려짐, 그리고 회복. 그 치열한 과정을 지켜보는 동안 나머지 인물들은 방해 없이 독자의 관심 밖에서 잠자코 때를 기다린다. 그런 군더더기 없는 내러티브의 묵직함이야말로 『레버넌트』의 가장 큰 장점이라 할 수 있겠다.

『레버넌트』는 복수에 대한 소설이면서 생존과 성장에 대한 소설이기도 하다. 글래스가 살아남기 위한 사투는 자연과의 싸움이자 자신과의 싸움이다. 글래스와 조우하는 다채로운 인물들은 스토리에 동력을 공급하는 동시에 글래스를 인격적으로 성장시킨다. 예상을 빗나간 클라이맥스에서 글래스가 적대자들과 대면하는 순간에는, 독자 또한 같은 상황에 처했을 때 어떤 결정을 내려야 할지 그와 함께 고뇌하게 된다.

작업하는 내내 눈앞에서 펼쳐지는 얼어붙은 지옥의 참혹한 풍경과 극한의 상황에서 숱하게 시험받는 글래스의 불굴의 의지에 몸을 떨어야 했다. 읽는 것만으로도 고통을 안겨줄 만큼 생생한 문장들이 거장 알레한드로 G. 이냐리투 감독에게도 인상적이었던 듯하다. 이냐리투의 대작으로 재탄생한 영화와 함께 비교하며 읽어보는 것도 의미가 있을 것이다. 한 남자의 실화를 이토록 숨 막히게 그려낸 이 작품이 데뷔작이라면, 푼케의 차기작이 기대될 수밖에 없다.

최필원

레버넌트

초판 1쇄 발행 2016년 1월 14일
초판 3쇄 발행 2016년 2월 12일

지은이 | 마이클 푼케
옮긴이 | 최필원
펴낸이 | 정상우
주간 | 정상준
편집 | 이민정 김민채 황유정
디자인 | 박수연 김인경
관리 | 김정숙

펴낸곳 | 오픈하우스
출판등록 | 2007년 11월 29일 (제13-237호)
주소 | 서울시 마포구 동교로13길 34(121-896)
전화 | 02-333-3705 팩스 | 02-333-3745
openhousebooks.com
facebook.com/vertigo.kr

ISBN 979-11-86009-46-8 04840
    979-11-86009-19-2 (세트)

VERTIGO는 (주)오픈하우스의 장르문학 시리즈입니다.

이 도서의 국립중앙도서관 출판예정도서목록(CIP)은 서지정보유통지원시스템 홈페이지(http://seoji.nl.go.kr)와
국가자료공동목록시스템(http://www.nl.go.kr/kolisnet)에서 이용하실 수 있습니다.
(CIP제어번호: CIP2015035209)